媾疫

中國最有故事張力的禁書

吊莊是一個偏遠荒蠻的鄉村，這一年，奇童五斤降世，
其父老莽魁中風不語，左鄰死牛，右舍瘋騾，怪事接二連三……

亦夫——

自序　你的聲音來自洞穴？

《媾疫》二十二萬餘字，是我在短短二十一天時間內草寫而就的長篇。熟悉我做事方式的朋友們，仍投來一片驚詫或疑惑的目光。

寫一部書對我而言，是壓在心頭的一塊黑色石頭。我無法忍受它帶來的漫長的沉重，只能在最短的時間裡卸掉重荷。已經過去的那二十一個日夜，我的靈魂漂游在吊莊袁家那座充斥著夢魘和災難的土院中，寢食不寧，晝夜難辨。我知道按每天一萬餘字的速度計算，這部小說必將在我能感覺到的時間內畫上最後一個句號。它是自己在流動，它會不容置疑地帶著我結束又一次充滿危險的精神之旅。三月十三日中午，我將沒有一處塗痕的草稿封進紙袋時，心中唯一的感覺是，我終於從惡夢中擺脫出來，又可以放縱地和朋友們胡侃亂聊、喝酒玩牌和到校園中去踢足球，又可以懶睡不起或坐在戶外明媚的陽光下慵倦地漫想往事或發呆。我知道我不會再去考慮有關《媾疫》的任何事情，即便付梓後也不會去翻看任何一頁，就如同《土街》一樣，它已經永遠地過去了。

寫故事是一個沉重的負荷，但同時也是一次在陌地的長旅。它使我輕易地體驗了我貧乏的閱歷難以體驗的人物和場景、情緒和心境，這是我何以無法將這種重荷徹底卸脫的原因。寫作是一種充滿危險的誘惑，我想我很難在忘記《媾疫》的同時，不再為新的誘惑所動心而又一次陷入這種精神苦役。但有一點我十分清醒，那就是在我能維持閒散、輕鬆甚至無聊的時候，我絕不願輕易地背起行囊——那支禿筆和一疊稿紙。

我的幾部長篇和中短篇小說，都是在沒有構思、沒有提綱，也不明確要表達什麼的狀況下，一筆而成的東西。厚厚的手稿沒有塗痕，乾淨得如同精心謄抄過一樣。我一次又一次拒絕了編輯及書商關於修改的要求，但這並非是因為自己認為作品已臻完美。恰恰相反，我的劣習使作品粗陋不堪，無法達到這種題材應有的力度。我之所以固執己見，是我的性格使然。修改會使我重新走入潮濕陰暗的洞穴，會使我重新經歷那夢魘般的場景。因為我知道，無論土街還是吊莊，無論掌才還是莽魁，他們不是出自我的想像，他們是存在著的。他們存在於歷史或者未來，存在於陽世或者陰界，存在於人類意識的荒野之中。而我，已無力再次承受這種存在對於我靈魂造成的重壓。

在京十年，從北大到北圖，從北圖到文化部機關，從機關又到了一家出版社的編輯部，我像個患了夢遊症的病人，莫名其妙地走進了今天這種與過去設想相去甚遠的生活。一根神祕的纖繩牽引著我，使我在這樣年輕的年齡，也許過早地注定了以後的模式，這一點讓人悲哀。想來想去，自己無論如何都不會是個為了什麼目標而義無反顧的人。過去我也見過一些醉心寫作的人，他們拋家捨業，蓬頭垢面地背著厚厚的書稿來京找發表之門，言語激奮，心境傲遠，有的甚至徒步千里，衣食無著。他們總讓我想起印度那些苦難的聖僧，心中泛起一絲難言的情緒，不知道是敬仰還是同情。其實，精神的功名和物欲的滿足，都是讓人企慕的好事。我並非能超脫它的誘惑，但我卻無法如此執著、如此堅韌和如此充滿能包容一切苦難的寬厚。

男人們為了標榜自己更是個男人，便去炫耀自己滿身的創傷和疤痕，便去尋找甚至刻意製造各種各樣的艱辛和磨難。也許我並不算一個十分脆弱的人，但如果能讓我輕鬆地擺脫這一切，我寧願別人嘲笑我是個懦夫。過去那個貧困得幾乎難以維持的家和父母細微得近乎瑣碎的疼愛，使我的性格中充滿了對毫無個性色彩的世俗溫情的嚮往。這也許會妨礙我變得超脫和傲遠，但卻使我在清醒的時候，能永遠地保持朗晴的心境，而不會總是有那麼多的神聖感、使命感和無休無止的失落與孤獨。如果今生能活得輕鬆隨意，我現在是個庸人，以後也願意永遠是個庸人。比起那些或是蓄著凌亂的長髮、或是一味地憤世嫉俗、或是永遠想以反叛常情而標榜個性的所謂搞藝術或寫作的人們，我更喜歡在田間勞作的農人，更喜歡於摩肩接踵的市場上，反復比較著菜肉價錢的千萬個普通的平民。他們眞實地貼近於自己的生命，貼近於我的生命，使我永遠感到自己沒有被遺棄。

大概從中學時代起，我就一直在幻想這樣的生活：自己有一間不大卻完全獨立的房子，屋內除了一些散亂的書籍外，便只有從闊大的窗戶中投射進來的溫暖的陽光。我隨意坐在地板上或一隻深得足以將我陷進去的沙發中，一個晌午一個晌午地漫想那許許多多或近或遠的事……十多年過去了，而我終究還是不能擁有這樣的空間、這樣的心態。寫作《媾疫》期間，我借住的原機關那間六平米的房子已經期滿。每日回去，門上都貼滿了催我搬離的各種通知和告示。但是春天來了，這一切都不足以破壞我溫暖的心境。我知道眼下最緊要的事是四處託人租房，並反復到機關去磨嘴皮以求十天半月的寬限。但這些事在我心中卻如同與己無關一般，總也難以讓自己方寸全亂。

春天已經清晰地出現在我們的面前，柳樹、楊樹已經綻出新綠，各色耐不得寂寞的早春花兒已遍地開放。明媚的陽光照射下來，空氣中到處流蕩著一股令人酥癢的氣息。《媾疫》的惡夢已經醒來，我整日走在這個清晨般清新美麗的季節裡，想起過去苦難卻讓人懷戀的鄉居的日子，想起或近或遠的親人們，心中充滿了纏綿的溫情和世俗的快樂。

春天眞好，活著眞好。

亦夫

一九九四年四月七日於六鋪炕

1、

五斤生於一個寒風凜冽的冬夜，據說在那間四壁漏風的土坯屋中當時閃現了一片紅光。病懨懨的五斤媽早已被陣痛和下身如注的污血折騰得神志昏迷，那些關於神祕紅光的傳言，都是老接生婆呱呱後來四處瘋傳的。究竟是靈光一現還是煞星過頂，村人們眾說紛紜，甚至爲此竟引發了幾樁爭吵打鬥。但有一點卻是千眞萬確的奇事：就在五斤降臨人世的那個晚上，右鄰錄世家的一頭黃犍牛和左鄰永倉家的一匹大青騍子同時瞎了眼睛。

五斤媽爲自己第七個兒子吃盡了苦頭。以至於她終於下定決心，悄悄到六甲鎭馮郎中的診所裡做了絕育手術，然後才同意年已古稀的男人莽魁那永無止境的同房要求。自從五斤降生，左鄰右舍便與莽魁家結下了私怨。錄世家那頭瞎了眼的黃犍牛被剝皮宰肉，烹成了一鍋紅燒牛肉。錄世本想將牛肉分送除莽魁之外的本村各家，借機聲討五斤這個下凡的白虎災星。不料事與願違，那鍋牛肉煮爛後卻發出陣陣難以入鼻的騷臭氣味。錄世坐在那口大鐵鍋前，任冰涼的眼淚一股股順臉頰淌下，最後只能唉聲歎氣地在自家院後的那棵燈籠柿樹下挖了個深坑，偷偷將那鍋臭肉埋了。永倉家那頭大青騾子的瞎眼病不但久治不癒，反而到後來竟又添了瘋症，扯斷手腕粗細的鐵鍊和籠套，呲著一嘴白牙奔竄到遙遠的地方去了。牲口於莊戶人家而言，其金貴程度賽過親生兒女，從此錄世和永倉兩家與莽魁結下深怨。明槍沒有，暗箭卻是不斷。

五斤並沒有顯示出任何不同常人的異相，只是稀鬆平常的一個鼻涕娃而已。他沒有任何早慧的兆頭，長到四歲才會咿咿呀呀地發出幾個簡單的土音。莽魁膝下兒孫成群，他對這個在自己尋歡之時不慎製造出來的兒子越來越感到厭惡。這年秋天，遠在喬山的一房遠親來走閑。遠親夫婦兩皆已年逾四旬卻膝下淒涼，見狀便欲收養了五斤，以使他們那大片的山莊和家產後繼有人。莽魁大喜，遂倒貼兩斤糕點糖果將五斤過繼給了遠親。這對中年夫婦自然樂得像空手套了白狼，喜滋滋將瘦小如貓的五斤抱回了喬山農莊。過繼儀式當日，莽魁喝得酩酊大醉，一覺睡醒後已是第三日正午。莽魁走到豬舍中撒了美足足一泡熱尿，然後走到門樓下的石墩旁，一屁股坐下來掏了菸鍋就吸。就在這時，他恍惚間聽見一陣大青騾子瘮人的嘶鳴。莽魁驚訝地抬頭看時，竟見五斤端端正正地站在自己的面前。

莽魁大叫一聲，拔腿跑出了自家的院門。他恍惚地望去，只見秋天的陽光下，兩排村舍像泊在水面上的畫舫一樣微微擺動。栓在各家門前木樁上的綿羊都悄然靜臥，神色如同白袍裹身、正默誦經文的僧人。

「瘋騾子？……」古稀之人莽魁眼神癡迷地看著這條空寂的街道，一時形如夢魘，渾身冷顫不停。

「青騾子在樹上哩。」身後四歲的五斤邁著嫩步走來，纖細的聲音奶腔奶調。莽魁幾乎是不由自主地順著七兒子的手指尖望去，卻一眼看見鄰居錄世家院後那株燈籠柿樹上，除了殘留的幾枚乾紅的柿子外，竟落滿了那種被村人們稱爲「愣猴」的不祥之鳥。

「你!?你怎麼剛學人話第一句就是謊話！」

「我沒有說謊，你看，騾子還在樹上呢。」

「剛說話就會強嘴，你這孽種！」

莽魁深醉初醒，身心孱弱，被這一驚一嚇弄得頓時一股黑血直沖天靈。他大喝一聲，抬腿想猛踢這個孽種一腳，沒料到自己竟一下子跌翻在地，半個身子頓時由劇疼變爲酥麻，再由酥麻漸漸變得失去了知覺。莽魁感到自己如同陷進了一池泥漿，冰涼的淤泥正在越來越多地吞沒自己的身體。他想掙扎卻渾身不聽大腦調動，想大聲呼救卻發不出聲音。五斤帶著滿臉嬉笑站在一旁，正好奇地打量著自己。莽魁望著他，嘴裡發出一串含混不清的咕嚷聲：「報應……報應呀！」

「保英！保英！你爹喚你哩。」正在廚房中做削筋麵的莽魁婆姨聽見丈夫的叫喊，心中暗罵一句「死鬼醉酒還沒靈醒呢」，然後喊了聲大兒子保英，繼續伏進案板上那一堆麵團之中搓揉起來。

四十五歲的大兒子保英應聲出來。一身黑色粗衣的老爹莽魁橫臥在地，他竟沒有在意，而是一眼就看見了靜悄悄站在一旁的小弟五斤。自從這個長相、體形都與其餘幾個兄弟相去甚遠的小弟誕生那日起，保英心中就萌生出一種莫名其妙的複雜情緒。說不清是幸福、是痛苦、是仇恨、是疼愛、是辛酸還是暗喜。但有一點在保英模糊的心中卻清楚無比，那就是這個聖嬰般的孩子並不是簡單以自己弟弟的身分降臨人世的，他必將與自己發生許許多多極其神祕的關聯，這種關聯將延續終身。三日前，當莽魁決定將五斤過繼給遠親時，保英曾與從未敢黑臉直向的父親發生過一次爭執，但終因父親的蠻橫和強大而徒勞未果。但保英心中那份直覺告訴自己，他與五斤那種神祕的關聯絕不會因此而中斷或削弱，因爲那是一種任何外力都無法摧毀或改變的關聯。

「五斤！啊！五斤！」

保英瘋魔般地搶步上前，一把將五斤摟在了懷裡。他糙黑的臉頰緊緊貼住五斤那顆粉嫩的頭顱，從那稀黃柔軟的胎髮中瀰漫而出的一股濃郁的奶腥氣味，竟使保英這個四十多歲的半老男人一時如同吸食了過量的煙土一樣，渾身痙攣，嘴裡白沫噴湧。

「報應呀……報……應……」老莽魁臥伏在塵粒如粉的黃土裡，仍咕咕噥噥地發出一串模糊不清的歎息。

在廚房裡和麵的莽魁婆姨沒有意識到院門口發生的一切，仍專注地一面揉搓著手中巨大的麵團，一面回想自己和莽魁五十多年來那已無法數清的夜晚裡的事。一隻蒼蠅在莽魁婆姨眼前不屈地嗡嗡嗡盤飛良久，竟一頭扎進了她的鼻孔。莽魁婆姨一個響亮的噴嚏，隨即一注清亮的鼻涕飛落到了案板上的麵團之中。莽魁婆姨猝不及防，還不等反應過來，那灘鼻涕早已被她機械地搓揉著的雙手和進了麵團之中。

「日怪了！怎麼今日做甚都是恍恍惚惚的。做了五十多年的飯，老了老了倒整下一鍋涎水鼻涕，真是日怪了。」

「報……應，報應啊。」

老莽魁那模糊不清的叫聲再次傳進婆姨的耳孔時，她終於意識到院外可能發生了什麼不同尋常的事。她用黏滿麵粉的手揉了揉結滿眼屎的雙目，迷惑地走出了廚房。婆姨走出院門一看，立即發出一聲尖利的大叫，隨即返身跑回廚房，從油漬發亮的肉案上取下一把寒光四射的剔骨刀，發瘋般地衝出了院門口。她嘴裡大叫著：「保雄保文保武保德保才！你們趕緊出來，你爹和你哥被野鬼附身了。」她一邊叫，一邊將那柄剔骨刀飛掄起來，不斷刺向莽魁和保英四周的空氣和身下的土地。婆姨瘦弱老邁的身體忙不迭地來回奔突，形如一隻跛腳烏鴉在追趕嘴邊的土鱉蟲，雖義無反顧卻蠢笨滑稽、難以如願。婆姨漸漸如同進入了某種儀式，一邊舞蹈，嘴裡一邊哼唱起來：

嗚嗚嗚，嗚嗚嗚，
牛鬼蛇神各有窟。
遊蕩的孤鬼迷了道，
千萬別上我家的轎。
我把快刀腰裡掖，
不走就放你的血。
嗚嗚嗚，嗚嗚嗚，
……

保英在這種肅穆恐怖的儀式中嚇得清醒過來。他將一聲不吭的七弟五斤放在地上，趕忙過去照看老爹莽魁。隨著莽魁婆姨那聲刺破正午沉寂的尖叫，袁家大院那排泥坯房中應聲而出的只有老三保文和老五保德家的媳婦。他們忙不迭地過來搭手架腳、扶肩扛背，幫助大哥保英將嘴角仍殘留著白沫子的老當家莽魁抬到了堂屋的土炕上。莽魁婆姨依舊顫著小腳揮刀喃喃，被保英數落了幾句，訕訕地停住，這才注意到睜著一雙又明亮又平靜的大眼睛乖乖站在一旁的七兒子五斤，遂一把摟在懷裡，「親呀」、「肉呀」地扯開嗓子號泣起來。

保英、保文及保德的媳婦將莽魁安頓到炕上。莽魁仍舊老眼微睜，隨著不斷蠕動的雙唇間細細流淌的一股股涎水和白沫，一串含混不清的咕噥聲也漂浮在這間光線昏暗的堂屋之中。保英和保文幾乎把耳朵塞進了老爹的嘴中，才模模糊糊聽出那一串串單詞是「報應呀……報應」。

「爹，我在哩，我在你眼窩跟前哩，你喚我做甚？爹，你一向剛剛氣氣的，咋一下子就成了這樣？」

「報應……報應呀！」老莽魁眼神飄忽遊移，似乎根本就沒有感覺到眼前這幾個大活人的存在。

「爹這是……莫非要嚥氣了，心中還有啥割捨不下的？」保文疑惑地問道。

「你是吃屎了嗎？滿嘴放屁！家裡本沒事，咒都能讓你咒出事來。」

保英黑著臉喝唬了保文兩句，心中卻也禁不住「撲騰撲騰」亂跳起來。他將右手搭在老莽魁的腕子上號了號脈，無奈自己對醫術門道不清，一時辨不出個名堂，乾脆扭過臉說道：「老五家的！你到村東去請三省爺來，讓他給咱爹診治診治，千萬不敢耽擱下了。」老五家媳婦應了一聲，扭著一雙滾圓滾圓的大屁股低眉順眼地走了。

「大哥，與其去請三省那個老油嘴，還不如把莊上的呱呱接來捻弄捻弄宅子。自打五斤出世後，咱這院子老讓人感到陰氣沉沉的，怕是犯了甚破相。」保文一臉憂鬱地說。

「唉！」保英抬頭看了一眼保文，剛湧到嘴邊的斥責沒有出口，而是化為了一聲憂心忡忡的歎息。保文沒著沒落地立了片刻，訕訕地出了堂屋。他見老母仍懷裡緊緊摟著五斤，「肉呀親呀」地抹著眼淚，一時心生惡念，走過去一把將軟嫩柔弱的五斤撕扯到一邊，粗聲大氣地對老母吆喝道：

「媽你看你，你看看你！陽婆都上半牆了，你還有心在這裡抱著這個掃帚星抹眼淚。下地幹活的人就要歇工了，你讓他們回來吃生麵呀？媽你看看，你眞個是老小老小，越老越掂量不來輕重了。」

莽魁婆姨吃驚地望了望保文，見這個平素在眾弟兄中最蔫鬆、最能忍氣吞聲的三兒子居然脖筋青露，雙目噴火，心中立即泛上一絲衰弱無力的感覺。她站起來用手牽了五斤，嘴裡說著：「再甭說外話了。五斤再不濟也是你的親兄弟。他軟耷耷一條命，你掃帚星長掃帚星短的，是要把他咒死呀！」然後就拖著一雙灌了鉛似的老腿到廚房中繼續弄中飯去了。

保文望著牽在老母手中幼小的五斤，又想起了他出生那年發生的一系列怪事，腮肌不覺顫了一下，心中隨即滋生出一片沉沉陰霾。保文倒背雙手，又逕自出門去村後那座廢棄已久的瓦窯上發呆了。

老五家媳婦去請土醫三省，回來時不僅沒見三省的人影，倒是抱了一堆雪白的孝帽孝衫。她說：「三省爺又到六甲鎮跟著馮郎中長手藝去了，他屋裡的說沒個三五天怕是難閃面。」

「你懷裡抱的是誰家的孝衣？把你媽日的，難道爹沒死你就把孝衫借下了！」

保英幾乎沒有聽到關於三省不在家的話，老五家媳婦一進門，那團白孝衫就刺目地躍入他的眼簾，使他渾身血脈澎漲，心跳如鼓。

「喬山老莊有人來報喪，說收養五斤的表哥、表嫂雙雙下世了。怪不得我剛才還在納悶，七弟咋會又回來了呢。」

「日怪了！眞是日怪了。」保英聽罷胸中長吁了一口氣，低頭捲了根紙菸猛吸起來。

此時已過立夏，太陽已變得如同從空中射下來的一簇簇金芒，刺得人皮灼肉痛。天上沒有一絲雲彩，瓦藍瓦藍的如同天海。土牆已被蒸出濃濃的土腥氣，在偌大一個袁家大院裡四處彌漫。

歇工時，莽魁的另外幾個兒子保雄、保武、保德、保才及一些媳婦們都陸續回到了家中。此時莽魁服了些保英弄來的草灰水，已經沉沉入夢。廚房中幾個媳婦搭手幫婆婆燒鍋撈麵，先外頭後裡屋、先男人後女人地一碗一碗從廚窗傳著油潑扯麵。男人們順牆蹴了一溜。他們把頭埋進粗瓷大碗裡，整個院子中頓時響起一陣可怕的「吸溜吸溜」的聲音，如同一個人晚間獨自走在海邊聽洶湧的濤聲一樣，心中生出莫名的驚恐。

「今日媽把麵扯得好，光滑得像抹了一層鼻涕一樣。」

素愛說笑的保雄逗了一句，院子裡立即浮起「哧哧」的笑聲。只有站在大鐵鍋邊盛麵的莽魁婆姨聽罷此話，立即有一顆豆粒般的淚水落進了鍋裡。幸虧滿屋都充斥著濃濃的水蒸氣，幾個幫廚的兒媳婦並沒有注意到婆婆潮紅的眼睛。

「男人吃完飯甭午歇，到堂屋議事。喬山表哥、表嫂歿了。」吃完飯保英用袖子把滿嘴紅辣子油一抹，老聲老氣地說了一句，就轉身進了堂屋。

幾個弟兄愣了一下，幾乎是不約而同地議論起七弟五斤來。這個說五斤命硬，乾爹乾媽肯定是叫他給剋死了；那個說五斤是禍害無窮的冤家，是閻王爺送來糟蹋人的……一時言辭激昂，情緒憤然。

而此時四歲的五斤喝下了半碗麵湯，正獨自伏在灶角裡，將一隻從老牆縫中爬出來的蠍子抓起來，悄悄放進了自己貼身的衣袋裡。

外面的熱浪掀窗而入，讓人們像喝了陳年老酒一樣昏昏欲睡。而棲在茂盛的枝葉間的那些叫不上名字的野雀們，偏偏在這個時候扯著嗓子拚命啼叫起來。

2、

古稀老人袁莽魁自從那日正午時分莫名其妙摔倒後，竟一病不起。老袁家是吊莊有名的大戶，兒孫成群，人多勢眾，因而當家之主的不幸遭遇很快便傳遍了方圓村落。那些年年仰仗老袁家玉米種子、辣椒苗苗、蘿蔔籽兒的小戶人家，便借探病之機來迎逢討好。他們或裝兩把岐山掛麵，或帶一把田裡的蒜苗，前來袁家叩安問病，與袁家兒騾般的一群男人一起唉聲歎氣、憂心如焚。一時莽魁家那座土院裡見天人來人往，熱鬧得如同新開張的集市。莽魁婆姨和長子保英整日陪著來客說話，端茶遞菸、抹凳擦席，時間一久，心中便漸漸厭了。

這一日，保英將老母和幾個兒弟叫到堂屋老莽魁的炕前。他端坐在炕沿上，幾個兄弟除年輕的老六保才靠老櫃站著外，其餘皆屁股蹭住老炕蹴下去，黑壓壓地蹲成了一排。數兄弟人手一桿菸鍋，片刻工夫堂屋的角角落落便充滿了嗆人的菸草味，濃濃的青霧厚實得如同房子著了火一般。

老莽魁平臥於大炕之上。他那雙眼睛依舊半閉半睜，兩片厚厚的嘴唇間除不停地流出一股股粘稠的白沫外，同時無休無止地發出那種古怪而暗弱的咕噥聲。從兒子們菸鍋中飄出來的縷縷青煙，繚繞於他那張長滿硬鬍渣的四方大臉之上，使那咕噥聲更如同做法事時僧人嘴裡喃喃的誦經聲一樣，增添了一絲肅穆和神祕的氣氛。

保英本想說：「看把你們菸癮大的！爹病成這個樣子，你們就不能不嗆他？」可他猶豫了一下卻沒能說出口。他知道兄弟們爲何拚命抽菸的原因：老爹嘴裡流出的那些粘稠的液體散發著一股濃烈的惡臭，就如同源自盛夏因曝曬而正高度腐敗的一具死屍，實在是讓人難以忍受……保英輕輕地歎了口氣，自己也從白粗布短衫中掏出菸鍋，劃著火吸了起來。

莽魁身上那股強烈的惡臭，吸引了初夏剛剛出現不久的許多蒼蠅。它們都是蠅類中體格健壯肌肉發達之輩，絲毫不知疲倦地在莽魁身體四周盤旋飛動。如同黃昏中在枯樹上空穩健盤旋的蒼鷹或鴉群一樣，伺機就會落到自己早已瞅準的棲息之所。老莽魁的嘴角、眼眉、鼻子、耳朵等處不時落滿蒼蠅，奇癢使他迷睡的老臉不時痛苦地抽搐一下。保英一邊悶頭吸菸，一邊揮手去趕老爹臉上的蒼蠅。

「爹剛剛氣氣一輩子，不料一下子就成了個這！」保英望望坐在門檻上、懷抱五斤的老母和蹴了一圈的眾兄弟，終於開口道，「自打爹病倒，咱吊莊的土醫三省、六甲鎮的名醫馮郎中和捻弄宅基的呱呱婆都請遍了，可爹還是這樣。眼見田裡的麥子一天比一天黃起來，曬脫人三層皮的夏收就要到了，爹到底咋辦？你們說，大家拿個主意。」

保雄、保文、保武、保德和保才五人面面相覷，他們那一雙雙已顯出與年齡不相稱老態的眼睛中幾乎同時閃過一絲疑惑：咋辦？我們能知道咋辦？！連六甲鎮方圓數十里名如華佗的馮郎中都說爹這病千年難遇，我們一群在黃土裡刨食的莊稼漢，能拿出什麼辦法？

「咱們家在吊莊也算得上大戶人家，雖說沒有多少活錢，但三年前的陳糧都吃不退。依我看，咱們莫如把爹送進省城大醫院去看一看。」保才見眾兄長們一個個低頭不言，便衝著大哥保英叫起來，「反正學校裡就要放暑假，我可以到城裡去照看爹嘛。」

「咱莊稼人沒有幾個活錢，別說那點糧食，就是把這座院子賣了，也不夠到省城住上兩天的。才娃你甭心熱咧，你嘴上說爲照顧爹，心裡惦著自己到省城去逛景呢。」老二保雄還不等保英發話，就衝著保才搖頭晃腦起來。

「就是嘛，這個主意使不得！」保文等其他幾個兄弟也附和著說道。

「那你們拿個主意麼！」保才被二哥數落了兩句，臉上平日常掛著的輕蔑又浮了上來。他脖子上青筋暴漲，扭頭裂頸地嘟囔道：「嫌花錢，那乾脆出去挖個坑把爹活埋了拉球倒。」

「保才你狗日的起勢呢！」一直沒有吱聲的老大保英冷不丁一聲吆喝，把滿屋的人都嚇了一大跳，「這裡除過五斤外，哪一個不比你大，這裡還能有你放屁撒野的份兒！」

「那你喚我來議事做甚？你們自己愛咋辦就咋辦不就算球了。」保才少年氣盛，他見大哥保英黑唬了臉色，不覺也渾身燒起火來。

「反了你了！念了幾頁破書就張狂得要往天上飛了，看我今天不卸了你一條驢腿！」保英說罷就從炕沿上跳下來，揮著一隻青筋綻張的大手向保才撲去。這時，一直坐在門檻上沒有吱聲的莽魁婆姨忽然一聲尖叫，隨即放下五斤，跳起來衝到保才跟前。她一面用自己瘦弱的身體隔開保英，一面又扯又推地衝保才道：「你個傻熊還不趕緊跑！把你個強種，你尋著嘴被扇爛呢嗎？！」見保才仍瞪著一雙噴火的眼睛戳在那裡，莽魁婆姨掄起巴掌，在他仍嫩生生的臉上「啪」地就是一個脆響的耳光，保才這才極不情願地嘟囔著出門去了。這邊保英也被保文緊緊拉住，沒有挨得上保才的邊兒。保英望望保文，他知道這哥倆一向十分投緣要好，心裡怨憤卻不便挑明，就又坐回炕沿上去了。

大家正尷尬，卻聽得大門「咣」地一聲重響，接著一陣爽朗的大笑，就如同秋天滿枝頭的果子一樣落滿院子。隨著一陣腳步聲，卻見一個老漢低頭進了堂屋。這老漢身材瘦高，細長的脖子上一顆腦袋顯得奇小無比，如同一只風乾的茄子。他兩隻露在外面的胳膊乾皮包骨，黝黑老糙，且如同雞爪子一樣勾在胸前。

「我爹從昨天起，已不再接受任何親戚友人的探視，請回吧，你老請回。」保英見此人長相奇特、容顏醜陋，心下不悅，遂起身欲將來人阻攔，叫他趕緊轉身走開。沒料到那小頭老漢並不理會保英，依然朗聲高笑著，推開保英走到了炕前。隨著他飄然而過，立即有一股濃烈的草藥的清香傳遍了這個煙霧騰騰的土屋。

「你上哪兒來的？究竟要來做甚？我們家正忙著商議大事呢。你愣熊胡來攪和個啥嘛，走走走，趕緊走人。」

保英一面氣惱地嚷嚷，一面過去欲推搡來人。莽魁婆姨卻將兒子攔住，疑惑地上前問道：

「你老……莫非是駒良的棗胡老漢？」

「呵呵呵，」小頭老漢又一陣大笑道，「大妹子還真是好記性。幾十年前我來你家時，保英這熊還揪著你的衣衫找乳頭呢。哈哈哈。」

「快，快！你們幾個別愣著，趕緊給你棗胡伯熬茶拿菸。這可是咱們家的救命恩人棗胡老漢呢。」

莽魁婆姨立即滿臉堆笑，眼睛中放出一簇亮光來。她一面指使幾個牛高馬大的兒子給老漢熬茶拿菸，一面殷勤地把老漢讓到炕沿上坐了。那棗胡老漢微微擺了擺手，俯下身去對平躺在炕上的莽魁說：

「傻兄弟，三十年前我給你說的話應驗了吧？知其道者，法於陰陽，和於術數。你老弟心血太盛，終要釀惡果呀。」

「他棗胡大伯，莽魁這病你老給看看，還能有治嗎？」莽魁婆姨聽不懂棗胡老漢滿嘴高古莫測的話，只是想迫不及待地讓他給自己男人的病下個定論。

「大妹子，莽魁兄弟此症非病，並非藥可解危。或當院立牆，或另闢宅基，只有與幾個兒子分家另灶，莽魁之病方可漸癒。久合必分，否則恐怕難以熬過十五了。」

這時保英正巧熬好了一壺釅茶端來，聽見此話，驚得手中的茶潑了出來。七弟五斤正悶頭在炕沿底下蹲著捉蟲玩，猝不及防地被滾開的熱茶燙著，立即發出一陣撕心裂肺的銳哭。莽魁婆姨疾撲過去抱起小兒看時，五斤那嫩生生的右額上早已起了一片燎泡，個個飽滿而又閃著奇異的亮光。

「你看看，把神的屄子拿鐵鍬給捅著了，咱們家現在事事都走背字！保英你急猴上炕的，五斤難道是從石頭縫裡蹦出來的嗎？！把你媽叫驢日了！」莽魁婆姨見狀，一邊用口對著五斤頭上的燙傷猛地吹氣，一邊氣急敗壞地責罵保英。

「我……我……」保英見狀也心疼得緊，一時不知道該說什麼。

「大妹子別揪心，保英燙著你七兒其實等於燙了他自己。沒事的，沒事的。」棗胡老漢將下頷上一撮雪白的山羊鬍子捋了捋，慢條斯理地說，「順皆順，逆皆逆。保英才給五斤找了這麼點罪，以後有他受罪都不言聲的時候呢。」

「棗胡他伯，你心裡經綸高奧，可你妹子是個糨糊腦袋，根本聽不下。你就給挑明了說吧。」

莽魁婆姨早已被棗胡老漢的話弄得五神六道，睜著一雙沾滿風乾眼屎的老眼問道。棗胡老漢並不回答，他呵呵朗笑兩聲，卻伸手摸了摸小五斤那片燙傷的皮膚，然後說了聲「時候不早，我走了」。保英一盞茶還沒有遞上，急頭慌腦地和老母一道勸留時，那神祕兮兮的小頭老漢早已飄然出門去了。原先在莽魁婆姨懷裡踢腿伸腳哭鬧不止的五斤，此時卻立愣住了哭聲，神情安靜地從衣兜中掏出幾條黑色和綠色的毛毛蟲，放在手掌中專注地玩了起來。

「這孩子眞是個怪種，怎麼老是喜歡玩這一堆堆的蠍子毛蟲，連大人看著都怪害怕的。」莽魁婆姨又心疼又氣惱地將五斤放到地上，看他低著頭到屋外玩去了。

「媽，這瘋老漢的話果眞聽得？」保英把茶盅放在紅漆炕桌上，滿臉憂鬱地對老母親說。

「恐怕想不聽也由不得人了。」莽魁婆姨心裡灰溜溜地挨著大兒在炕沿上坐了，重重地歎了一口氣。

「咱袁家在吊莊是放個屁都能震動一方的大戶，好端端地怎麼卻就非得分家了。唉，人家都是越來越紅火，咱倒越活越抽縮了。」保英這麼說著，眼圈禁不住紅了。這時另外幾個兄弟又漸漸聚到了堂屋。大家剛才都聽見了棗胡老漢的話，可此時卻誰也不吱聲，都用一種十分複雜的眼神看著保英——這個在袁家老當家無法行使權力時，這座土院中當之無愧的一族之長。保英想說話卻說不出來，只覺得胸口發堵，一股熱乎乎的東西不斷地從眼眶中滋生出來。他透過朦朧的淚眼望去，窗外一排排熟悉的泥坯房、青色的瓦頂、滿院的椿樹和土槐、雞籠、豬圈、井臺、轆轤、柴房，都清楚又模糊地映入了他的眼簾，使這個四十多歲的半老男人忽然變得滿腹柔情，一腔淒婉。保英心裡明白，即便沒有老爹的病變，這個龐大的家族最終也還是避免不了解體的命運。他用眼睛瞟了一圈圍在炕下的兄弟們，似乎能看到他們隱匿在平靜神色中的暗喜和焦渴。

「狗日的翅膀都硬了！」保英這麼想著，嘴裡長長地歎了口氣，語氣淒涼地說：「咱袁家在吊莊之大……唉，不說了。既然神漢棗胡伯說要救咱爹命只能分家，看來也是天數，咱弟兄們也就別跟命強了。這幾日晚間到堂屋議事，看看這家咋球個分法。房子、糧食、地、家具、牲口豬羊……唉，慢慢再議吧。散散散，你們都先回去和婆姨們商量，晚上再議。」

保雄、保文、保武、保德弟兄四人聽罷，都垂著沉甸甸的頭顱走出去了。莽魁婆姨心中傷悲，滾落了一襟眼淚。她默默地顛著小腳隨兒子們來到院中，卻看見小兒子五斤懷裡抱著一隻黃狗崽從大門口走了進來。

「咱家所有倒楣事，都是自打這個東西生下後開始的。你瞧瞧，從小就弄蟲玩獸，長大了不燒祖墳才怪哩。」

老三保文見狀，一股惡氣直沖天靈。他一步奔過去就要奪下五斤手中的狗崽，沒料到那狗竟出其不意地一口咬來，保文的手指頓時鮮血淋淋。

「呀，這是一條狼崽，根本就不是什麼狗！」保雄在一旁吃驚地叫了起來。

「看我今日不弄死這東西。」怒氣衝天的保文剛欲再次上前，將那或狗或狼的東西一把摔死，小五斤卻扯著嗓子大哭起來。莽魁婆姨見孩子一哭，額頭上剛燙起的燎泡又閃起一團可怕的亮光，立即心疼地大罵道：「都給我滾！要是你們小時候被人這樣，心裡會是甚滋味？你們也不要太眼黑他了，反正要分家了，他再也連累不下你們了。嗚嗚嗚，我苦命的兒呀，你到這個世上來究竟幹什麼呀？」

幾個男人見老母親抱著五斤慟哭起來，心下不忍，勸說了母親幾句，各懷心事地回自己的屋子去了。院子裡頓時除了莽魁婆姨的抽泣聲，寂靜得再連什麼也聽不到了。

此時堂屋裡的保英正憂心忡忡地坐在父親的炕沿上，痛苦地考慮如何分家的事。恍惚間，他忽然聽見身後老莽魁似乎發出了一陣陰沉沉的暗笑。保英大驚失色地轉頭看時，卻見老爹正蠕動著兩片厚厚的嘴唇，將幾隻蒼蠅活活吞了進去。

保英心裡驚悸，抬屁股就出了堂屋。

已是初夏，太陽越來燃燒得越猛烈。綠葉茂盛的枝頭，已經偶然能聽見一、兩聲響亮的蟬鳴。

3、

在這個多事之秋，吊莊最爲轟動的事件，恐怕就數袁莽魁分家另灶這一樁。吊莊近兩千多口男女，乍聞此訊驚得個個撂了手中的海碗：要是連袁莽魁這樣德高望重、治家有方的大族都免不了終有一散，以後誰家還敢指望兒孫繞膝、安享晚景的美夢？既而人們得知分家的原因是爲了診治老莽魁久迷不醒的頑疾，村人們立即分爲幾個陣營：有的笑話袁家一堆半老男人，竟會眞信了那江湖游士棗胡老漢的鬼話；有的咒罵保英一夥是以此爲託，借機將老邁患病的親爹遺棄不顧；有的則說分家於各人都有好處，是聰明的舉措……由此引發的爭吵幾乎蔓延到了吊莊的每一個角落，甚至有幾家爲別人這點無聊的雞毛蒜皮之事而傷了和氣，反目爲仇。

其實老袁家分家的過程十分順利，不像往日別的人家那樣，爲爭房基、田地、糧食等而鬧得婆姨喊、娃娃哭，雞犬不寧，惹來看熱鬧的人擠得如同看臘月十五的社火。保英眾兄弟甚至根本沒有請吊莊那些德高望重的老者來家和事，三、五天就將家分了個停當。除將莽魁老兩口所住的堂屋在院中砌牆隔開外，幾個兄弟自盤鍋灶，糧食平均分開，其餘一切保持原樣。老爹老娘的一日三餐由各家輪流派送，每月的使錢也是各家均攤。眾兄弟吃了最後一頓由莽魁婆姨做的油潑扯麵後，就客客氣氣地散夥了。

老袁家這次分家之所以如此順利，連一點牙齒碰嘴唇的齟齬都沒有，原因就是保英在經過深思熟慮後決定：這次分家只是爲治療老父親頑疾而採取的臨時舉措。像老袁家這樣一個家底殷實、人丁興旺的大戶，萬萬是不該分夥另食，否則會被人家在後面戳脊梁骨羞辱先人的。如果要說有什麼摩擦，那就是在五斤的撫養問題上稍有波折：保文、保武和保德只同意沒有結婚的保才跟著父母過活，而主張仍將一降生就禍亂不止的五斤再尋個人家送走。這點小小的爭執最終也未能升級爲衝突，老大保英自願白白撫養幼小的七弟。別的兄弟們雖說顯得短屈無光，但嘴上卻什麼話都說不出來。

說來奇怪，就在袁家大院中一堵高高的磚牆砌起來沒有幾天，一直迷睡的老莽魁竟漸漸清醒了過來。到即將開鐮收麥的日子，他已經能在婆姨的攙扶下到村莊四周轉悠。但不幸的是，老莽魁遭此變故，竟變得與過去剛武火暴的他判若兩人。他已無法恢復說話，喉嚨裡總是如同卡了濃痰一樣含混不清。再者，老莽魁似乎徹徹底底地忘掉了過去的一切，甚至連村人和自己的兒子婆姨們都認不出來了。他在婆姨的攙扶下緩緩在村口踱步，過去那雙目光灼人的眼睛，此刻如燃盡的油燈一般暗淡無神。他涎水鼻涕吊了長長兩串，望著村口的大樹或遠處的牲口，偶然發出幾聲烏鴉般「呱呱」短促而不知是何含義的叫聲。

「唉，逞強好勝一世，誰料想晚年竟落下這麼個癡相。真把個老英雄委屈死了。」

「莽魁老哥，你兒孫成群，贏人扎了。做甚鬧下心病，竟成了個這！來來來，咱蹲到村口上遊壺揪方，不操一分錢的心了。」

「老嫂子，叫你一幫兒子頓頓端肉上酒，再甭為人家細省了。」

……

吊莊村口有一個古磚塔，磚塔旁有一個老牌樓。這兩樣舊物件遺於何年何代，村人皆已不得而知。雖說經歷了多少年的風侵雨蝕，磚塔和牌樓已彩漆班駁、殘敗破舊，但比之吊莊四下皆是的那種自上而下由黃泥坯壘成的房屋和院落，這兩個古舊物件仍然顯得鶴立雞群、身世不凡。冬天裡，吊莊的老人們整日坐在牌樓下，一邊曬太陽，一邊脫下棉襖咬死衣縫裡吃得油胖的蝨子。夏日裡，則成群聚在古塔旁的老皂莢樹下納涼。老人們在濃厚的蔭涼中整日遊壺揪方，打牌下棋，見莽魁被屋裡人扶著出來，便都圍過來七嘴八舌說個不休。老莽魁從一群老漢當中漠然地穿過，竟如同一個可憐的病兒一樣毫無反應。莽魁婆姨「老哥」、「老弟」地左右謝忱著，一時心中卻羞愧難當，如同做下了什麼見不得人的事情一樣，急匆匆地牽著男人的手回袁家大院去了。

老袁家這座土宅除規模比一般莊戶人家闊大一些外，布局和風格倒無甚特別之處。一道築有廟宇般門亭的黑漆木門，進去是照壁、前後門房和長長一排順椽偏廈。前後門房之前栽有泡桐、沙棗和土槐，長方形的正院卻光禿禿的沒有遮掩。夏日的太陽光流金般從天空垂直瀉下，濺起一片刺目的黃光。

莽魁婆姨攙扶著男人剛從新砌的那道磚牆的月亮門中走進來，卻聽見一陣嘶啞的哭聲。抬頭看時，原來是老六保才正在整治五斤。五斤身穿短衫短褲，背對保才面牆而蹲，他懷裡那頭黃狼崽正嗚咽著咀嚼什麼東西。保才一面拉扯五斤的胳膊，一面氣得直用手掌在五斤長著嫩毛的頭頂上拍扇。

「保才你日你媽呢！」莽魁婆姨見狀，氣得放開男人，過來就給了保才一個耳光，「娃才四歲，你就整治來整治去的。你長得能娶媳婦生娃了，動手打他不怕人家拿尻蛋子笑話你嗎!?」

「你看看，你看看他幹的好事！」保才挨了一耳光，臉上卻並無疼痛之感。他手裡捏著一堆廢紙，在老母眼前邊晃邊喊。

「有甚了不得的事？誰家這麼大的娃還不惹點是非？你偏得跟你親兄弟動了眞格。」

「可這是我的暑假作業呀！」保才氣得眼睛瞪得如同要吃老鼠的貓眼，「你說他撕掉一張擦屎尻子也罷，疊個飛機火箭也罷。可媽你看，他個狗日的偏要把三本作業全部撕爛，拿去給這個狼崽鋪窩。我沒有了暑假作業，開了學給老師咋說呀？」

莽魁婆姨見狀也知道五斤闖下了大禍。她從保才手中將那團爛紙接過一看，果然都已經破爛髒污得不成樣子。她瞅了瞅臉上青筋突起的保才，口氣明顯蔫鬆下來：「才娃，這紙片能不能再拼到一起，媽給你拿針縫串起來，行不？」

「能行個屁！你看那狼崽把多少都嚼吃了。這狼崽不吃饃不吃麵，可就偏偏要吃我的作業本呢，看它長大非把人都吃了不可。」說完，保才氣得眼淚都滾出來了，又在背蹲著的五斤的屁股上踢了一腳。那五斤也不轉身，只是殺豬般發出又一陣尖叫。

「保才你是媽的乖娃，你回屋去，媽到時給你想辦法。你弟弟太小不懂事，你饒過他吧。」莽魁婆姨撫摩著保才的頭，好言哄勸，保才方氣咻咻地回屋去了。婆姨把懷抱黃狼的五斤抱起來，剛給他擦了眼淚，又心疼又生氣地正想給這個還懵懂無知的小兒說些什麼，卻忽然聽到身後響起一陣奇怪的「嗚嗚」聲。婆姨驚詫地回頭看時，映入眼簾的，竟然是令人不堪的一幕：老莽魁不知何時脫去了粗布黑褲，精赤著屁股正朝自己走來。他襠間那物兒十分恐怖地直挺著，像根發紫的胡蘿蔔。莽魁雙眼冒著亮光，嘴裡「嗚哩嗚嚕」發出含混不清的話語。一串粘稠的液體從他嘴角邊流出來，長長地吊在了胸前。

「天啊，這死鬼！」

婆姨見狀，立即感到頭皮發麻，嘴裡下意識地發出一聲驚恐的尖叫。她飛快地將五斤放在地上，疾步上前提起男人的褲子就往上套。可莽魁卻一把摟住了婆姨的脖子，生拉硬扯地就往她的身上撲。婆姨又羞又恨地偷眼四看，只見整個土院空蕩寂靜，只有水一樣的陽光滿庭院神祕地流蕩。婆姨的手被莽魁縛住，怎麼也無法將男人的褲子提到腰間。令她驚奇不安的是，這個連散步都一走三搖的病老漢，此刻何以有如此強悍的蠻力，使自己如同老鷹爪下的小雞一樣無可奈何。婆姨一邊拚命努力，一邊低聲下氣地哀求道：

「莽魁我求你了，我求你了。咱都七十的人了，兒孫滿堂，要叫小輩們撞見，我們還怎麼活人，兩張老臉變得連尻蛋子都不如了。莽魁你快穿上褲子，我求你了。」

病老漢莽魁如同犯了羊羔瘋一樣嘴唇間白沫如注，鼻孔嘶嘶噴著粗氣，死死地把這個已經到了風燭殘年、渾身瘦骨如柴的女人往懷裡拉扯不止。他雙手有力且充滿不容含糊的意志，準確無誤地直撕婆姨的胸衣。老婆姨羞愧難當，她自知以自己的體力根本無法抗爭這個男人在動情時刻的那種剽悍和蠻勇。婆姨情急之中機靈一動，脫身從莽魁懷裡掙脫出來，低聲道：「你個死鬼！想要也得避人回屋呀。在大院裡睡沒睡處，趴沒趴處，你想當公豬呀？」說罷顛著一雙小腳跑進了那間光線昏暗的堂屋。

婆姨進屋的第一件事，就是先將那根給炕眼裡捅柴火的炕耙拿起來，渾身緊張地站到了門後。她心想：今日死老漢要是敢這麼光天化日地造孽，就只好將他打昏在地。她甚至覺得，當初要是不分家另灶，讓男人就那麼半死不活地永遠躺在炕上，倒是件讓人能心靜塌實的事。婆姨聽見莽魁沉重的腳步聲和那咕噥不清的話語，渾身緊張得都出了汗。她心想，今天恐怕得有一件天翻地覆的大事在老袁家發生了。她正想著，堂屋門「咣啷」一聲被踹開，老莽魁精赤下身、步履蹣跚地走了進來。婆姨怕被無意撞進來的兒孫看著尷尬，立即順手將屋門牢牢關死。她手握炕耙轉過身來，剛欲厲聲呵斥這個讓她一輩子都不得省心的男人，卻見莽魁一邁進這間光線昏暗、四處漂浮著黴味及莽魁口液那股奇臭味道的屋子，立即像喝醉了酒的人一樣，步子變得踉蹌不穩起來。他遲鈍地四處看了看，隨後精赤雙股，吃力地爬上炕去倒頭睡下。片刻功夫後，滿炕立即結滿了那種沉甸甸的鼾聲。

莽魁婆姨高懸的一顆心總算落進肚裡，她只覺得心慌發悶，嗓子冒煙，胳膊像被抽了筋一樣軟得抬不起來，手裡的炕耙也「咣啷」一聲掉在了地上。婆姨「唉」地長歎一口氣，心裡空落落地順勢坐在了炕沿上。她回頭看看莽魁，見他腿襠間剛才那只撲棱欲飛的鳥兒，此刻已軟溜耷拉地蔫去，心中泛上一股難以言清的慌失。她拿一塊枕巾給老漢蓋了，自己則丟了魂一般出門來到院子。

已近正午。陽光愈發變得膨脹粗大，灼熱火辣。泡桐上棲滿了蟬兒，急迫的蟬噪越是嘹亮，反倒讓人覺得這個院落越是靜寂。堂屋前一片濃重的蔭涼下，五斤正背衝婆姨坐在那裡。此刻他早已停止啼哭，正獨自乖巧安靜地搗鼓著手裡的什麼。

「這孩子可真是有些怪，怎麼總是對那些嚇人的蠍虎蟲兒迷成這樣！」婆姨心中這麼想著，走過去查看。沒料到五斤手裡玩弄的不是什麼蠍子土鱉蟲，而是自己開襠褲裡的小雞雞。令莽魁婆姨大吃一驚的是，五斤剛剛一個四、五歲的小兒，那話兒竟能如此粗挺。更爲森人的是，那齜著一嘴獠牙的狼崽，正伸出長長的舌頭，津津有味地噙著它吮吸不停，就如同噙著母狼香甜的乳頭。

「啊，天神，造孽呀！」

莽魁婆姨又是一聲尖利的嘶叫，然後飛起一腳。那條狼崽立即「吱」地一聲尖叫，被踢得落荒而逃，直衝大門口去了。「你你你！你這個不爭氣的東西！你長大了多少女子婆姨得遭天大的罪。」婆姨氣得嘴臉烏青，難以控制自己的情緒，抬手就扇了五斤一個耳光。隨著五斤那仍奶聲奶氣的哭聲響起，他那粉嘟嘟的小臉上已經起了一片紅印。莽魁婆姨又心疼又後悔地將他摟在懷裡，母子兩人一起傷心地在夏日的院落裡齊聲慟哭了起來。

夏天的熱浪席捲著土院的每一處角落，那種灼人肌膚的風中似乎夾帶著催人亢奮的神粉，使莽魁婆姨感到世間萬物都在引動人的騷情，都在孕育各種各樣未知的事件和突變。前院堂屋門口的那棵泡桐枝幹粗大，莖葉茂密。雖然沒有鳥鳴，也沒有一聲蟬噪，但莽魁婆姨透過朦朧淚眼，卻從那團遮天蔽日的濃綠之中，看到一絲絲陰森森的涼氣，正如同條條細蛇一樣朝這個院子的各處遊移。

該是歇晌的時候了，街上漸漸響起稠密而沉重的腳步聲。莽魁婆姨遂擦乾自己和小七子眼角的淚水，止住哭聲。就在這時，袁家樓門「咣」地一陣亮響，保雄、保德弟兄兩人一起說著閒話走進來，隨後進了各自的屋門。隨後又是幾個媳婦和到田間去送水端茶的他們的兒女，剛才靜寂的院子裡頓時變得嘈雜和充滿生氣。莽魁婆姨依舊坐在桐樹的蔭涼下。那道青磚新牆擋住了自己的視線，使她無法看到這些由自己和男人共同創造的鮮活的生命以及他們的子女。她也不想去看，她就喜歡這麼悄悄地傾聽院子裡每一個細微的響動。這種感覺常常使這個老女人渾身迷醉，就如同自己是在吹熄了油燈的土炕上，屏住呼吸，聽莽魁一邊粗重地喘息，一邊急猴般地脫去衣服的聲音。

「媽，七弟睡著了，我抱他回房裡去。您老也休息休息，等會兒我讓水娥給你和爹把午飯端來就是了。」

莽魁婆姨冷不防倒被嚇了一跳，扭過臉來看時，是大兒子保英不知什麼時候走進了這間小院。他渾身上下只穿了一條短褲，光裸的上身濕漉漉全是汗水。這汗水在強烈的光線下反射著一團柔和朦朧的散光，使這個半老男人身上的肌肉更顯出一種猙獰的力感。

莽魁婆姨忽然發現了什麼似地說道：「保英，你右腰上甚時長了恁大的一顆黑痣？」

「我自小就有，這二年不知咋的，竟慢慢長開了。嘿嘿，家裡的日子油水旺，連顏痣都跟著長哩。」

「我還以爲光你爹身上有這個痣哩。」

莽魁婆姨說完，才自覺漏嘴，臉上不由一陣尷尬。她岔開話題問道：

「你記差了，今日派飯還輪不到你和水娥。」

「嗨，我是老大，再說是給自己的爹媽端飯，多端幾天又有甚？」

「還是我保英是個大孝子。」

娘倆正說著沒鹽少醋的閒話，那邊大院裡卻突兀地響起了一片吵罵聲。緊接著便是一陣驚天動地的撕打之聲，頓時磚牆那邊男人罵、女人哭、孩子鬧、雞犬叫，亂得像炸了窩一樣。保英和老母都吃了一驚，忙從那眼牆門中出來看時，卻是老五保德與他那個肥臀豐胸的媳婦銀珍在院子裡扭打成一團。保德上身精赤，右手舉著一只布鞋，正沒頭沒腦地朝著媳婦的頭上亂抽。那銀珍披頭散髮，一件粉紅的的確良薄衫已掙脫了幾個扣子，裡面一雙白皙渾圓的豐乳幾乎要從衣縫裡飛出來。她那碩大的臀部使勁撅著，一根紅色的布褲帶露在外面，格外刺眼。這時保雄、保武和他們的媳婦都已聞訊出來，趕緊男的拉保德，女的勸銀珍，費了一番牛勁才把兩口子架開。保德平素寡言，此時只是用一雙牛眼瞪著婆姨。那銀珍則連哭帶叫，哭得氣絕聲嘶，幾個妯娌架都架不起來。

「你能把X蒙在臉上了，不打捶是嫌不熱鬧嗎？要是牛勁沒處使，就趁著這陣子太陽到地裡割麥去。」

保英走過來數落了兩句，卻被自己的婆姨水娥捅了一下腰眼。水娥低聲說：「分家了，你再甭拿老大的樣。」一句話說得保英噎在了那裡。他只好說了幾句不鹹不淡的調解話，把他們各自都勸回去了。看著院子裡安靜下來，保英復回到老母親這廂來抱五斤。他見老母親正憂心忡忡地站在月亮門下，就故作輕鬆地安慰道：

「媽，沒事咧。你甭操心，還沒有生娃的小倆口嘛，哪裡有不打捶淘氣的？大概又是什麼話說得輕了重了。媽你甭操心。」

「唉。」

「媽你回屋去睡一會兒，你把心放得展展的。」

「恐怕他倆打架不是爲說話輕重的事吧，唉，這個家呀……」

看著母親唉聲歎氣地回堂屋去了，保英這才抱了五斤從牆門中來到大院。正在這時，一聲門響，老三保文從自己屋裡出來，陰沉著臉就朝頭門走去。保英剛想說：「老三，保德打架，你當哥的都不知道出來勸勸？」但他想起水娥剛才的話，便嚥下一口唾沫，任臉色陰沉的保文與自己擦肩而過。

保英回到屋子裡不久，頭門口又傳來一堆崽娃們的哭鬧，大概是自家的孩子又和偷偷扒著門縫看熱鬧的其他孩子打起來了。

保英歎了口氣，卻懶得出門。

4、

在北方這片極度貧瘠的高原地帶，吊莊兩千多名莊稼把勢一年到頭，最發怵當然也最容易喜悅或沮喪的季節，當數夏天裡的麥收時節。這段日子裡，無論是土路、塄坎、平場還是田野，你所看到的村人都滿臉淌著黑髒的臭汗，或精赤脊背，或穿一件汗鹼如花的衫子，嗓子嘶啞，滿嘴噴著那種讓人噁心欲嘔的上火的臭氣。站在高高的原頂上四面望去，只見到處都是一個個彎腰撅臀、掄鐮揮刀的村人，伏在無邊無垠的金色麥浪之中。他們像一隻隻瘋狂的餓蟲，正把一張金黃的大餅噬咬出一個個缺口和孔洞。

這天晚上歇工回來，保英到家後忽然感到肚子一陣陣發緊，便草草喝了一碗菜粥後上炕睡下。連日的乏累，使他很快就沉沉地進入了夢鄉。半夜清楚一夢，看見七弟五斤在自己眼皮底下，竟像吹氣球一般變得越來越大，轉眼間就成了一個渾身肌肉瓷實的青年。他上下不著一絲，腿根處那物兒竟如一條腿一般粗壯碩大。保英驚問：五斤你這是怎麼了？那青年忽然發出一陣陰沉的冷笑道：你不用問，朝那邊看看就知道了。保英驚詫地順著他手指的方向看去，無意中瞥見那隻黃獸也頃刻間變得健壯無比，正呰著一嘴獠牙在吃地上一堆血糊糊的東西。保英不看不打緊，一細瞧頓時渾身冒出一層虛汗：那堆帶血的東西並非鳥雀貓鼠，而是一個個男人的襠間之物！保英大驚失色地低頭看時，自己襠間果然被剜下一個大洞，那裡空蕩無物。再一看，老父莽魁和幾個弟弟，竟也全精赤著身子站在四周，臉肉抽搐著，痛苦不堪地捂著流血的傷口……

保英「啊」地一聲驚叫，猛地坐起身子，才發現屋子四周一團漆黑，原來是自己做的一個惡夢。婆姨水娥被他的驚叫嚇醒，忙起身將燈撥亮，問道：

「怎麼了？你魘住了？」

「沒有，我肚子有點疼。」

「那趕緊燒些紙灰，用水化了喝下去。明天還要割麥哩。」

「你睡你睡，我怕是躥稀了，到豬圈去屙一泡就停當。」

保英說完，便披了滿是汗腥味的褂子，出了偏廈，朝後院走去。此時不知是幾更時分，整個大院一片漆黑。天上佈滿星星，一眨一眨的如同神祕的眼睛。保英模模糊糊辨得出那道灰濛濛的水泥房沿臺，就小心翼翼地順著它朝後院走去。

保英剛拐過這一排長長的偏廈房，走入後院豬圈前的一片棗樹林子，忽然從一棵樹後猛地撲出一個人影，一下子就抱住了他。這是一個十分豐腴的女人的身子，保英十分清晰地感到了貼住自己的兩陀溫熱的美肉，還有從女人嘴裡噴到自己脖子上的兩股熱辣辣的氣息。

「誰!?」保英驚得大聲吆喝起來，同時他感到渾身肌肉顫抖不止，要發生什麼大事的預感讓他腦袋裡「嗡」地一下，猶如炸了窩的黃蜂。

那女人驚愣在那裡，隨即保英感到那個溫熱的肉身閃電般敏捷地離開了自己。女人支吾了一下，隨即鎮靜下來，大大方方地說：

「是大哥呀，我是銀珍！我……我……我起夜時被圈裡的豬拱了一口，嚇得趕緊跑出來。看你過來，錯以爲是我男人出來照應我哩。」

「總是毛手毛腳的，叫外人撞見了成什麼體統！」保英一聽放下心來，他故意黑了臉數落了幾句，「以後起夜，叫保德陪你出來就是了。」

「知道咧，我這就回屋去。」

「你這麼大嗓門是要把全家都吵醒呀？現在是夏忙，睡不好覺是要誤了割麥的。」

保英看著銀珍嘴上答應著回到自己屋裡，「咯吱」一聲關緊了屋門，這才搖搖頭摸黑進了豬圈，找塊乾淨的地方蹲下去屙屎。保英腦子裡還想著剛才那個怪夢，那血哩呼啦的場面讓他一顆疲憊的心感到一陣陣驚悸：日怪了，怎麼會做下這麼個惡夢。我活了大半輩子還沒有夢見過那玩意兒，莫非這夢托著什麼事？他蹲在地上一面心緒煩亂地琢磨，一面用力屙屎。沒料到自己非但沒有拉稀，反倒一蹶乾糞把肛門憋得生疼也屙不下來。保英白白使了半天勁，除了憋出一腦門的汗珠子外，地上什麼收穫也沒有。他屙出一肚子悶氣，索性又提上褲子，嘟嘟囔囔地出了豬圈。

保英剛穿過那片棗林，無意中卻看見保文的房子裡還亮著燈光。

「這個大馬虎！自從婆姨死了以後變得越來越粗心，大概又是點著油燈睡去了。唉。」保英歎口氣，剛想走過去叫保文吹了燈，以免引發火災。沒想到就在這時，那燈光卻如同深諳人性一樣立即熄滅了，那邊頓時陷入了無邊無際的黑暗之中。

「眞是日鬼成精了，大半夜三更的，還不睡覺搗鼓甚哩。」保英這麼想著，復回自己的炕上躺下。他緊閉眼睛，可剛才那個夢中的畫面卻仍舊十分清楚地漂浮在腦子中：那成堆的血淋淋的陽物，猙獰的犬齒，老父親和眾兄弟痛苦變形的臉，五斤那根粗大得令人心驚的陽具，都一遍一遍地在眼前晃蕩……他翻了好幾次身，努力使自己不去想夢中的事，可卻依舊睡不著。窗外院子中的任何一絲動靜，都清晰無誤地進入了他的聽覺：順著牆縫在慢慢爬動的蠍子，窗臺上跳來跳去的蟋蟀，樓板上爲食物追逐打鬥的成群的耗子……保英甚至能聽見後院豬圈中母豬們香甜的打鼾聲。

「咦，日怪了！剛才寶德婆姨說豬拱了她，我在圈裡蹲了恁長時間，咋見母豬和豬崽們都睡得正香？莫非連豬都同性相斥，異性相吸，要不它咋不拱我的屁股呢？」

保英這麼想著，又想到了剛才保文房中那團昏黃的油燈光。他心中掠過一絲疑惑，可這感覺剛一冒頭，立即就被他理性的大腦粗暴地壓制了下去。保英努力不去想這麼多亂七八糟的事，可一會兒又不由自主地想起了銀珍剛才抵住自己時，那兩團豐乳在胸前留下的美妙感覺。這種感覺剛一上來，保英在暗中一邊猛掐自己大腿，一邊惡狠狠地罵了自己幾聲「老不正經」。可是越這樣，那貼過銀珍乳房的胸口卻更是火辣辣地燙了起來。他甚至看到了那對誘人的白饃充滿彈性地吊在自己面前，就如同從藤蔓上優雅地吊到自己嘴邊的一顆又脆又嫩的香瓜。

「驢日他媽，這個夏天裡人都中邪了！」保英氣得一邊咕咕噥噥地咒罵，一邊乾脆把衣服穿好，出門摸了把磨得鋒利的鐮刀，深更半夜到地裡割麥子去了。

「拉稀拉得恁勤，明天還能下地嗎？」水娥迷糊中擔心地咕噥了一聲，翻身又沉沉地睡去了。

5、

整個夏天裡，老莽魁一直處在半清醒、半迷醉的狀態中。自從上次他來院子中脫去褲子丟人敗興後，婆姨怕他在吊莊村人面前出同樣的大醜，便再也沒有攙他出過袁家大門一步，而只是在他神志稍微明事時，扶著他在院子裡來回走上幾圈。

莽魁婆姨自打生了五斤後，由於實在太懼怕自己與男人所共有的驚人的生殖能力，早已背著莽魁獨自去了一趟距吊莊二十餘里的六甲鎮，毅然讓馮郎中爲自己做了絕育術。從此，她那顆已顯衰老遲鈍的心變得坦然無畏起來。可自從夏收中期開始，莽魁婆姨又一次陷入了可怕的劫難：每過個三五天，她就會於半睡半醒之間被莽魁那粗壯的身子死死地壓住，然後在他瘋狂有力的動作中一次又一次跌入天旋地轉的眩暈，以至於所有細節皆成爲迷糊莫知的事情。第二天清晨，臉色憔悴的婆姨每每回想昨夜的事，總疑惑那只是一場奇異的夢。可當她去豬圈解溲時，一摸著自己紅腫疼痛的下身，就堅信無疑地知道那不是夢，而是在夜間眞眞切切發生過的事。莽魁婆姨回到堂屋中，見病男人依舊那麼半癡半醒地躺在炕上，心中疑惑不已：這死老漢眞成個神魔了，白天弱得連路都走不動，到夜裡竟能勇猛得如同重回了如狼似虎的壯年。婆姨想起上次老呱呱爲自己接生五斤時，曾羨慕地歎道：「莽魁可眞是神力之人啊，老姐姐有福，攤上了難得的好男人。」不禁老臉燙如火炭，心下暗自慶幸找馮郎中做了絕育術。

「要不然，我再懷上老八、老九，人家看見死老漢的孬樣，指不定會說些什麼難聽的話呢。」婆姨想。

夏收已經結束，最酷熱、最能剝人三層皮的季節終於過去了。瓦藍的晴空中仍無一絲雲彩，那顆猛烈燃燒著的太陽依舊讓人不敢直目去望。但空間裡那曾四處瀰漫的催人亢奮的神粉已漸漸消失，使人心中漸漸有了一絲踏實下來的感覺。

但保英心中的浮躁卻一點也沒有減少，反倒好像那種魔粉全部被他呑進了肚子裡一般，一天比一天變得心緒煩亂，惶惶不可終日。他是被心中一個祕密折磨著。這祕密雖說只是自己捕風捉影的一種猜測，但這種猜測卻總是令他心頭不時一陣寒顫。他無法想像萬一此事被證實，自己會做出什麼樣的反應，這個過去和睦安順的家庭將會走向一個怎樣的命運。儘管保英好幾次都忍不住想自己探察個究竟，但對那可怕後果所懷有的巨大畏懼，卻讓他一次又一次望而怯步，而代之以一聲蒼涼沉重的歎息。

這祕密就是保英懷疑三弟保文和五弟保德的婆姨銀珍之間，保持著某種見不得人的羞恥關係。

這種猜測源於一個個不斷重複的夢。自從上次那個特殊而可怕的夢開始，保英幾乎是每隔三五天做一個場景和情節都相同的夢：自己渾身穿著襤褸得不足蔽體的衣服，獨自沿一條十分荒涼的河床向上攀行。每當走到一個似乎很熟悉的地方時，天就會突然徹徹底底地黑下來。正當他雙眼一團漆黑，什麼也看不見的時候，忽然會亮起一扇窗戶。透過窗戶望去，每次都能見到一男一女的剪影清晰地印在窗上。那對男女像蛇一樣糾纏在一起，正粗魯地行著床第之事……保英仔細看時，那對男女竟是保文和保德的婆姨銀珍！保英剛欲大叫起來，卻見那窗燈光頓時熄滅，隨後乾涸的河床忽然沖來一股洶湧的大水。那溫暖的大水將他漂浮起來，迷迷糊糊地送向遠方……

這個夢是如此的千篇一律，因而使保英在每一個白天都歷歷在目。起初他根本不信這與門風清正、綱常有節的老袁家的現實有任何關聯，只是一個虛無的夢幻而已。但重複的次數多了，他自己卻開始有意無意地注意保文和銀珍的眉眼舉止。令保英心病與日俱重的是，他們兩人的眉眼行蹤越來越讓他頓生疑竇：好幾次保英起夜時，都碰見身材惹眼的銀珍正輕手輕腳地回到自己的房間，而回來後躺下不久，又會聽到保文在院子中清晰的咳嗽聲；保文總是在天暮黑時到村後的原上去散步，而這個時候在家中碰巧就看不見銀珍那嫩得一掐一把水的豐腴的身影……

四十過五的保英沉浸在種種無法證實的猜測之中，痛苦、恐懼而又充滿類似獵人悄悄接近猛獸時的亢奮和緊張。收麥時節由於整日疲於奔命，反倒沖淡了他心中這萬蟻噬肝般的灼痛。可忙季過去，保英一日一日覺得自己正被這種疑慮逼得幾欲發瘋。

「保英，你這個夏天是怎麼了，變得這樣黑瘦黑瘦？」莽魁婆姨每每看到長子垂著那顆沉甸甸的腦袋心事忡忡地滿院來回亂走，就禁不住心疼地問。

「媽，沒甚事。我是滿院看五斤那條狼狗踩的腳窩呢。」

「回去歇歇吧。你怎麼變得跟你七弟一樣貪耍了。」

「媽，我爹呢？他老人家病好些了沒？」

「你爹還是老樣子，你甭操心了。人過七十，過一天算一天了。」

「媽，你這一說我倒是想起來了。八月十二是我爹七十二歲大壽，你看今年分家了咱該咋辦？」

「唉，分家另灶的，你爹又是這個樣子，不辦也就不辦了。」

「不成不成，這可千萬使不得！吊莊說起老袁家和我爹莽魁，誰不高眼另待？我爹的壽要是不辦，我們一群做兒的出去，把尻子當臉給人看呀？」

「到時候再議吧。保英，看你黑瘦的，回去歇著吧，別費勁看狼狗的腳窩了。」

保英和老母親說完話，又到後院那片棗林裡去，俯身在地細察半日，仍沒有發現任何有關保文和銀珍作孽遺留的痕跡。令保英感到驚訝的是，他感到自己的內心其實是盼望能找到證實自己那種猜測的證據，儘管他對那種證實充滿恐懼。

就在保英滿腹失落地從後院棗樹林出來時，卻聽大門一響，一個小腳女人咋咋呼呼地進了院子。保英看時，原來是吊莊大仙婆呱呱。這呱呱不但接生、捻弄宅基，還保媒拉纖，是遠近聞名的人物。老袁家七個兒子當中，就有四個是老呱呱親手接生的。

「咦，是呱呱婆呀，甚事把您老仙人給驚動了？」保英見狀忙迎上去問。

「保英，你媽呢？我想給你媽說點事。」

「我媽在前院哩，不過我爹有病在堂屋睡覺，我去叫我媽和你到我屋裡說話罷。」

「行麼，你叫去。」

保英忙不迭地到被磚牆隔起來的前院將母親請了出來。兩人一同走到保英一家住的那間屋子時，卻見五斤養的那條狼狗正齜牙咧嘴地衝著呱呱狂吠。那老呱呱早已嚇得連滾帶爬地上了炕，神色慌張地大喊：「五斤，趕緊把狗喚住，你還是婆接生的呢。」而小五斤卻站在炕下黃狼狗的身後，一句話都不說，兩隻又黑又亮的眼睛直衝著老呱呱眨來眨去。

「這娃被寵慣壞了。」莽魁婆姨進屋用小腳將狗踢開，坐上炕去和呱呱說話。而呱呱卻嚇得哆嗦成一團，急呼緩叫地讓保英將門插緊，這才敢和莽魁婆姨說話。

「這狗一臉凶相，我看是條精怪。」呱呱餘驚未消地說。

「老姐姐今日來，有甚吩咐？」莽魁婆姨問。

「這狗臉確有凶相，我一看心就跳得快從嘴裡蹦出來了。」

「老姐姐是不是給我家保文說媳婦來了？」莽魁婆姨一看呱呱手中那個布袋，心中便對她的來意明白了七八成。她忙吩咐水娥給客人烙油饃，又讓保英取來了莽魁那桿一胳膊長的水菸槍，點起油燈讓呱呱靠在被角上過癮。老呱呱臉色蒼白，噙著菸槍猛吸一陣，直到嗆得大咳起來，臉上的神情這才慢慢恢復了一些平靜。

「嗨，這狗凶相……」

「老姐姐甭害怕，那狗長得蠻凶，可性格卻很溫和乖順。甭說傷人，連生肉都不咬一口的。老姐姐你別賣關子了，你是來給我家老三說親的嗎？」

「大妹子，還眞叫你猜著了。」呱呱仍心有餘悸地朝窗外望了望，這才將手中那個繡著水紅石榴、登枝喜鵲和一些紅花綠葉的絲包打開，取出一張相片、一雙新納的鞋底和一塊刺繡手帕。莽魁婆姨先伸手將那雙鞋底接了，放在眼前翻來覆去地細細端詳，隨即失聲叫起好來：

「哎呀天神，誰家女子竟有這樣乖巧的手。你看看這針腳，這樣式，咱當了一輩子女人，都沒有修到這一步。」

「老妹子，你甭忙著叫。你看看這女子娃的模樣，咱姐妹再慢慢嘮，仔細說。」

呱呱神色得意起來，又顯出往日那種故弄玄虛和神神道道的本相。莽魁婆姨將那張小小的黑白照片接過來一看，果眞是吊莊方圓數十里打著燈籠都難找的美人。婆姨看得愛不釋手，心裡卻慢慢起了一絲狐疑。

「呱呱老姐，這女子生得一副仙人坯子，又能做得一手好活，咋會看得上我家保文？咱姐妹不說見外的話，保文也是你給剪的臍帶，是勤快是奸懶你也有數。再說他是死了婆姨的人，人家一個清白的姑娘家，心中能不存下點疙瘩啥的？」

「那還得說是你和莽魁福大造化深哩。人家早就知道老袁家在吊莊族長勢大，人丁興旺，還是這女子她媽親自託我來提說的這樁親事呢。一會兒把保文喚來看看相片，要是中意，隔日就安排背見罷。」

老姐兒倆正說著話，水娥端上一個紅漆木盤，上面盛著一疊金黃焦脆的油饃、一碟麻油小蔥和兩小碗拌湯。老呱呱稍做推讓，就盤起小腳坐在炕中央和莽魁婆姨吃喝起來。剛抹了油嘴，保英已經將保文叫進了屋來。莽魁婆姨喜滋滋地將那鞋底遞上去道：

「老三，你看看，你看看，這是你呱呱婆給你說下的婆姨！你冷娃吃火鍋，美紮實了。」

保文上身穿一件油漬麻花的背心，胳膊、脖子和大部分的胸背都露在外面。與吊莊其他男人不同的是，一個酷夏過來，別人一個個曬得如黑漆塗身，獨保文依舊皮嫩肉白，刺目得像是女人的身子。保文把母親的手推開，說了句「鞋底能算是婆姨嗎？」，卻逕自從炕臺上取了那張相片，放在眼窩跟前細瞧慢瞅起來。

「嘻嘻，保文是要女人的肉哩，他哪裡稀罕納鞋繡花的手藝。你看保文白嫩的，他不知蹭了多少女人的皮肉。保文你說，婆把你的心思摸得透不透？」呱呱坐在炕上一邊「呼嚕呼嚕」地吸水菸，一邊和保文說著鄉間粗野的笑話。

「他肉確實白嫩，你看看今年夏天他割的那點麥子，就知道他皮肉為什麼會這般白嫩了！」保英見呱呱這麼說，心裡那份煩躁又被激了上來，忍不住在旁邊嘟噥了一句。

「呱呱婆，這女子是老堡人吧？」保文沒有理會老大的挖苦，看著相片滿臉卻露出十分驚詫的神色來。

「對對對，就是老堡的。怎麼，你認得這女子？」呱呱疑惑地問。

「不認得，不認得！」保文把頭搖得像撥浪鼓，「這女子在老堡一帶名氣很大。過去去六甲鎮和茶鎮趕集，人家指給咱吊莊的人看過。」

「啥名氣大？是人長得俊俏還是手能活兒絕？咦，我老是走鄉串鎮的，咋就不知道。」

保文卻不說話支吾起來，順手將相片放回了炕臺。莽魁婆姨見狀，眼睛立即吊了起來：「怎麼？這麼好的一門親事，人家主動託媒上門，你倒要彈嫌了不成？你說你說，你到底應呀不應，你再不應以後就別指望家裡了。」

「媽你知道個甚！你就別立在一旁亂敲邊鼓了。呱呱婆，這女子不是我保文能娶的人。這媒雖沒有說成，但謝禮我還是會給你備好的。讓你費心了呱呱婆。」

「嗨，保文你是怕自己配不上她咋的？你不用怕，袁家是咱吊莊第一大戶，甭說她女子娃臉蛋長得好，仙女娶回來咱腰板也是直直的。保文你怕甚哩，這有甚可怕的嘛，哎哎，你甭走呀，你先甭走嘛。」

呱呱這麼說著，那保文卻早已倔頭鼓腦地扭身出屋去了。外面一片眩目的金光立即包裹了他，使他那身白肉顯得更加刺眼。呱呱臉上無光，心中的火氣忍不住就像洞穴中的蛇一樣躥了出來：「掄屁眼甩胯骨的，是做給我臉上看嗎？我好心倒成了驢肝肺了。」她這麼嘟囔著，一雙雞爪般的瘦手將相片、鞋底和手帕一股腦復又裝回袋裡，挪身就要下炕走人。這邊莽魁婆姨見呱呱眞動了氣，嚇得好話說了一籮筐。那老呱呱仍是勸不住，硬鼓著下了炕，連再抽一袋水菸都不肯了。

「保英你給我喝住那條狗，我走咧，我再也不拿熱臉蹭人家的冷尻子了。」呱呱站在門口，想起剛才那兩道凶凶的狗眼，一雙小裹腳卻嚇得邁不動道。保英說：「婆你別怕，那狗還小，不會下口咬人。」一邊說一邊和母親一左一右地陪她出來，不斷地賠著不是。那呱呱婆板著鐵青的瘦臉，一言不發，顫著三寸金蓮頭也不回一下地走了。

「媽，你看保文，得罪誰不好，偏要把老呱呱給得罪下。媽，你說說，婆姨死去都多年了，他再這麼晃蕩，家裡會給他惹出禍害來的。媽你去說說他，他要仙女呀還是娶公主呀，老堡這女子這麼款合，他還有甚挑挑揀揀、彈三嫌四的？分家了，我的話人家聽不進去。」

莽魁婆姨嘴上「噢噢」地應承著，卻又想起什麼似地岔開了話題：「五斤額上燙的燎泡，不知怎麼這幾天又發了，黃膿不停地淌。怕是得想個偏方呢。」說罷就穿過新磚隔牆的門洞，到保文獨住的那間屋子說事去了。

推門進去，卻見保文正用一桿筆在糊牆的報紙上寫著什麼，待細看時，原來牆上寫了長長的一排「正」字。莽魁婆姨問：

「保文你這是弄的甚精怪。你劃下這麼多槓槓，是記工分呢還是選鄉長記票呢？看你怪的。」

保文沒料到老母親會突然到自己的房間裡來，倒嚇了一跳。他將手中的筆慌失地撂了，口裡說：「亂畫著耍的。媽你不說一聲就進來，把我嚇了一大跳。」莽魁婆姨在炕沿上坐下。她環顧一下這間屋子，只見炕上炕下，到處亂堆著衣服、鞋襪、盆盆罐罐和糅成一團的廢紙，光席上一床被子沒疊，炕下一盆洗腳水未倒，屋子裡到處飄蕩著一股濃烈的怪味道。莽魁婆姨知道，這種猶如走進了蘑菇地窖般的味道是從什麼東西上發出來的。

「看把我兒悽惶的！」她憂愁地歎了口氣，眼睛卻死死地把保文盯住了，「三兒，今天呱呱給你提親，你吞吞吐吐的，老堡那女子到底咋了？你願不願意都罷，你給媽說說你的心思。」

「呸！不知那老妖婆是眞不知情，還是故意給咱家臉上抹屎。我寧願娶一頭老母驢，都不要老堡那破爛貨。把她老呱呱倒還理長的！」

「那女子到底咋了？」

「她沒嫁人就偷著到六甲鎮打了兩回胎了。你到六甲鎮去問問，誰沒有見過馮郎中宅院後面的野地裡那兩個已長成了人形的血肉糊糊？」

「嗨！」莽魁婆姨聽罷把嘴一撇，「我當什麼大不得的事呢！現在年輕人浪得蜂蝶一樣，這能算上個甚。就算是放了兩個蔫屁。再說你也不是頭婚了。她手能納鞋繡花，身能抓兒養女不就行了，看把你眼高的！」

「她跟誰睡過我都不彈嫌。可你知道她那是跟誰作的孽？哼，跟她親爹！就是在茶鎮街口賣釀皮的那個瘸腿老漢。」

「啊！」莽魁婆姨聽得頭皮發麻，她簡直不敢相信自己的耳朵。

「一想就把人噁心死了，呸呸！」保文滿臉厭惡地往地上吐著痰，嘴裡咕噥道，「誰跟誰有那事都沒個啥，可跟自己的親娘老子造孽，那還能算是個長著一張臉的人嗎？！」

「把呱呱那個老賣X的！」莽魁婆姨一股惡氣直沖腦門，「咱老袁家是叫化小戶？她也敢給我兒託說這樣的貨色，把她個老賣X的！保文多虧你是個有血性的男人，你要不說把這門親事定下，媽的老臉就讓人戳成碎片片了。我兒不急，媽一定給你找人託說個好婆姨。」

「媽你操心我爹就是了，我的事甭掛記。」

「把呱呱個老賣X的！」

莽魁婆姨又狠狠地罵了一句，這才屁股離開炕沿，從保文這間光線昏暗的屋子往外走。她忍不住又朝那堵糊著報紙的牆上望了望，忽然覺得那一溜歪歪斜斜的「正」字於一派幽暗之中發著神祕的螢光。她想說：「你別再畫那些怪乎乎的字了。一樣的事重複多了，就會有了精怪，惹出樣樣禍害來的。」可她想起了自己幾十年來在晚間做過的事，終於未能將這句話說出口，若有所失地走到院子裡去了。

適值正午，一簇簇粗大的、充滿質感的光線自上而下，將整個吊莊完全編織在一團金黃之中。一切似乎都凝滯不動了，就像在沉睡中被惡夢魘住的一個垂死的人。莽魁婆姨孤零零地站在院當中。此時除保英、保雄和保武家的幾個孩子在大門外嬉鬧的聲音遙遠地傳來以外，滿院都是一片輝煌的蟬噪。

「把呱呱那個老賣X的！虧她想得出。」莽魁婆姨沒著沒落地又罵了一句。

6、

那次保英端茶時，不小心在五斤右額上燙起了一片燎泡後，那傷口時好時壞，竟成了一個頑疾。看似痊癒的時候，右額上只有淡淡一塊紅印。但一旦重犯，則會又長出一片黃豆大的燎泡。燎泡個個透明晶瑩，閃著一層神祕的光芒。發展到後期，則像一個個擠碎的魚肝油藥丸一樣破裂蔫癟，流出一股腥臭難聞的膿水。

夏收忙季，太陽特別火毒。可能由於乾燥的原因，五斤的燙傷如同被曬乾了一樣一直未犯。但最近太陽光稍微溫吞了一點，那片奇怪的燙傷卻又一次發作了起來。這次比以往幾次更加厲害。令人心悸的燎泡幾乎一直蔓延到了五斤那粉嫩的右臉蛋上，使他整個右眼都被包圍其中。燎泡個個閃爍著亮光，使他的右眼反倒像患了瞎病一樣灰暗無神。

這一日，保英和母親商量後，決定利用上六甲鎮爲父親置辦壽宴用物的機會，帶五斤到馮郎中的診所去診治一番，免得落下疤痕，以後難娶到漂亮的媳婦。早飯吃過醋糟粉就包穀粥，保英在屋裡抽了一鍋旱菸，正準備拿著褡褳出門，十歲的女兒淨花卻忽然跑進來抱住他的腿，滿臉驚慌地哭喊道：

「爹，爹，你看我七叔！他那麼小就學會了整人。」

「雖是你叔，卻虛歲到六。你比他高了一頭，他能整了你？！」保英替淨花抹了眼淚，「他咋整你來？你給我說，我去罵他給你出氣。爹一會兒去六甲鎮，回來時給你買紅頭繩，不哭了，不哭了。」

「他……他喚狗咬我的……，反正他壞得頭頂生瘡腳底流膿呢。嗚嗚嗚……」淨花在她爹的哄勸下，又聽說有紅頭繩，最後便哼哼唧唧地抹著眼淚鼻涕出去玩了。保英拿了錢和褡褳，出門來尋五斤，沒料到前院後院轉了個溜夠還是不見人影。

「這孩子！平日都是蹲在牆角草堆逗蟲玩蛇，今天這是跑哪裡去了？」保英心裡嘀咕著，嘴裡大聲喊著五斤的名字出了門。沒想到腳剛邁出門檻，就猛地聽見村口一片哭鬧聲。遠遠看去，那裡圍了不少老漢媳婦和亂跑的崽娃，鬧哄哄地一看就知道是出了什麼事。

保英過去看時，竟看見五斤正抱著一個鐵絲籠子在拚命地哭。那鐵絲籠子正被吊莊村人鱉旦拽著，裡面關著的，正是那隻五斤不知從何處揀來的狗不狗、狼不狼的黃獸。鱉旦是個二十出頭的小夥，一使勁，竟連死死抱著籠子的五斤一起提拎了起來。

「鱉旦！」保英見狀怒從心起，大聲喊道，「賊日你媽！你老生生一個大男人欺負一個五、六歲的崽娃，就不怕丟人害眼麼？」上前一把扯開了他那隻提籠子的手，鱉旦一個踉蹌差點摔倒在地。

「誰欺負誰？你讓鄰里鄉親的說說，我動你家五斤一根指頭了？這麼小的孩子就作孽，要不看他是個崽娃，我早把他連同這狗一起塞進澇池淹死了。」那鱉旦本是吊莊出了名的一盞不省油的燈，立即粗脖子脹臉，對著保英吹鬍子瞪眼起來。眼看一場打鬥勢頭難免，婆姨女子們嚇得尖叫著四散逃開。這時吊莊德高望重的土醫三省爺從人群中走出來，指著保英厲聲喝道：

「保英狗日的！你傻熊還張狂呢，你過來看看，你們家小七子闖下啥禍了。」

見儀態高古的三省爺鐵青了瘦臉，保英心裡慌失起來，也不敢再和鱉旦叫板，嘴裡一邊嚷著：「怎麼了？到底是怎麼了？」一邊忙到三省爺這邊來看。這一看不打緊，立愣將他唬得腦袋「嗡」地一下大了起來：這邊被人群圍著的是鱉旦四歲的兒子牛牛。牛牛正被一個老婆姨抱在懷裡，只見他雙股精赤，襠裡的小雞雞被什麼東西咬得血哩呼嚕，以致都分不清到底傷到了什麼程度。那老婆姨正一邊小心翼翼地給他擦著血，一邊心疼得直掉眼淚。保英一看架勢，就知道是被黃獸咬的。他預感到一場大禍正飛速地降臨到了老袁家人的頭上。

「五斤那麼小點年紀，竟學會了吆狗咬人。自小看大，這熊以後準是個禍害。」

「牛牛蹲在那裡屙屎，人家屙得好好的，誰也沒有招惹，你吆狗咬人家的襠做甚？」

「那狗也是個怪物，放著牛牛剛屙的屎不吃，偏偏要咬人家的雞雞。」

……

人群裡起了一片罵聲。保英嚇得臉色慘白，他忙走到三省爺跟前輕聲問：「三省爺，牛牛傷得要緊麼？」三省道：「傷在此處，性命雖無憂，卻可能斷了人家的根脈。你說能不要緊嗎？」保英已顧不得臉面，忙過去眉眼堆笑地給鱉旦說：

「鱉旦兄弟，哥錯怪你了。哥莽撞了，你別往心裡去。」

「可這事咋弄？把我娃咬成了這樣，你說咋弄？」

「鱉旦兄弟，我七弟還是個吃屎都不知道香臭的孩子。他既已闖下了大禍，我們當大人的自然要負責到底。咱甚話先別說，趕緊抱上牛牛到六甲鎮找馮郎中，千萬不敢把娃耽擱下。」

「那先叫我淹死這條狗，解解胸口這股惡氣。」

「能成能成！留著也是個禍害。你淹你的，我把五斤喝開。」

保英說完，就黑了臉喝斥五斤躲開，並威脅說如若不然就連你一同沉到澇池。不料五斤卻根本就聽不進去，依舊死死地抱住籠子，聲嘶力竭地大哭不止，任保英好說歹勸都無濟於事。

「孽種啊！」被氣得六神出竅的保英見狀惡從心起，掄手就給了五斤一個結結實實的耳光。這一巴掌正扇在他右額那片燎泡上，只聽得「劈劈啪啪」一陣脆響，五斤額上那片燎泡像玻璃球一樣炸開，頓時一大股膿水泉湧而出，糊了他半張小臉和那雙亮得讓人心顫的眼睛。這一掌打去，五斤幼小的身子只是抖動了一下，隨即又牢牢地抓住那只鐵籠，只是哭聲比剛才更淒厲，更讓人心中感到不忍。

「唉，天爺！我拿這不爭氣的冤家怎麼辦？」保英見狀又心疼又著急，仰天長歎一聲，自己的淚水卻忍不住噙滿了眼眶。

「算咧算咧，看把娃打的！」

「娃小哩，又不是知事達理的年紀。」

圍觀的村人見狀，都有些看不下去，紛紛上前勸說保英。倔頭傲腦的鰲旦見五斤被打成這副慘相，也蔫了剛才那理直氣壯的勁頭，終於鬆開了那隻提籠的手，說道：

「保英哥，別打娃了。主要是這條狗太惡，走走走，咱趕緊去六甲鎮要緊。」

「那等我回來再整治這頭畜生。」保英此時唯一擔心的就是怕耽誤了牛牛的傷情。他見鰲旦不再堅持將已被他裝進籠子的黃獸沉入澇池，便急得早已忘了今天要辦的事，也顧不得仍趴在籠上和黃獸一起嗚咽的五斤，自己慌忙將牛牛娃抱了，和鰲旦急火火就朝六甲鎮疾步跑去。

六甲鎮位於吊莊以西二十餘里處，是一座四面被土原環繞的山鎮。相傳這裡古代是一個極小的山村，村裡有一名手藝超眾的接生婆。她不但可以使難產的變順產，而且能指腹說變，將男換女，將女更男。此婆子名震方圓百里，因而每天都有大肚子的孕婦前來求藥問卜，多則上百，少則幾十。每日山村及四周的土路上，到處都是臃腫肥胖、身懷六甲的婆姨。漸漸地，賣豆腐腦、釀皮子、托托饃、羊肉泡等吃食的小攤主們來了，賣針頭線腦、綢緞布匹、鐵器農具、古董棺材的商販們也來了。這山村越來越熱鬧，漸漸竟發展成了一個鎮子。人們懷念初始的景象，便將它取名爲六甲鎮。

馮郎中是六甲鎮眼下無人不曉的名醫。相傳他出於世家，有不少祖傳的偏方祕丹，有著能將死醫活的了得本事，簡直就是華佗再世、扁鵲復生。馮郎中的宅子在六甲鎮關口北面，是一座青磚紅瓦、四面皆樹的院子。那黑漆朱邊的鐵皮大門外，高懸一幟旗幡，上寫鎏金大字：神醫馮。這裡保英和鱉旦都來過多次，輕車熟路地就摸到了。

二人進去時，偌大一個院子空蕩蕩的，並無一個病客的影子。那馮郎中身穿短袖綢褂，手搖蒲扇在院中一棵大樹下納涼。見二人抱了一個崽娃進來，微微欠了欠身子說：

「是保英啊。你爹好嗎？咦，怎麼這娃的命根讓狗咬了，這就是你媽上次來說起的那個老七嗎？」

「要是我家老七，我就不會這麼急火攻心了。」保英急頭慌腦地將牛牛雙腿岔開抱到馮郎中跟前，「馮先生，人家鱉旦就這一個兒子，您老人家無論如何也得保住娃的命根，否則我們袁家在吊莊就叫人羞辱先人了。」

馮郎中斜著眼看了看，並沒有從半躺著的布椅上起身。他伸手捏了捏牛牛的兩個卵蛋，半天沒有說話。

「打緊不？」鱉旦在一旁緊張地問。

「這可難說。」馮郎中抽回手去，微微閉起雙目，捋著頷下一縷雪白的鬍子道，「此乃命數，並非體疾。這外傷不醫可自癒，但以後的事，只能看這孩子造化的大小了。」說罷，老漢喚過一名身穿白色長褂的青年人，囑他替牛牛清洗傷口後略略敷了些白色藥粉，就讓他們回轉了。

一路上鱉旦不停嘴地罵馮郎中，說他是一個日弄人的騙子，小小一點外傷，明說了算，非故意弄得玄玄乎乎的。但保英心裡卻一點也不輕鬆，他似乎聽出了郎中的話外之音。但保英不敢給鱉旦挑明，只是抱著牛牛娃低頭悶走。回到吊莊時已是黃昏。保英將鱉旦請到家裡吃了飯，飯後又給了五十塊錢，說是拿去給牛牛買些補品。鱉旦假意推辭幾下，將錢收起，高高興興地帶著牛牛回家去了。保英這才想起，今日要採辦壽宴用品和給五斤看病的事全被攪亂，一樣也沒能辦成。想起上午的事，他趕緊出了屋子，直奔老父老母住的堂屋去了。

「媽，媽，五斤呢？」他一進門就急急地問。

「你個忘魂鬼！他不是讓你帶著去六甲鎮了嗎？」莽魁婆姨正在炕上將丈夫扶靠在被子上，艱難地給他餵著煎攪團。見保英進來，驚詫地問。

「你一天都沒有見著他？」保英一聽頭又大了一圈。

「沒有哇，咋咧？」

「沒事，你餵我爹吃飯吧。我去找找。」

保英說完，拔腿就出了院子，朝村西頭跑去。此時天已麻黑，整個吊莊村裡村外的土道上已看不到一個人影。一幢幢土坯泥房靜臥在暮色中，如一頭頭充滿陰謀的野獸。烏鴉早已歸巢，只有幾隻迷失了家園的野鷹，仍無聲地在村口那棵枯死多年的皂莢樹上空孤獨地盤旋。

「五斤！五斤！」

保英發瘋了一樣在村口的澇池邊、草垛旁、麥秸裡、樹洞中一邊喚，一邊來回奔跑。他感覺自己的心跳越來越快。一種神祕的直覺告訴他，這個聖嬰般降生到人世的七弟，是自己生命裡一個不可缺少的關聯。如果沒有了這個關聯，就失缺了注定要將自己帶向宿命的嚮導。在這個黃昏，保英心中這種感覺尤其強烈。他滿頭草屑、鳥糞和骯髒的汗水，可卻渾然不覺，只是著魔般在暮色的田野中拚命地奔跑。

最終，保英在村後那座廢棄已久的瓦窯中找到了五斤。他安然地睡在破窯中的一堆乾柴上，懷裡緊緊地抱著那隻黃獸。保英劃著火柴看時，五斤早已進入了香甜的夢鄉，而那只黃獸正伸著長長的舌頭，溫柔地舔著他右額上被保英打爛的那片燎泡。保英從草垛上把五斤抱進懷裡。他淚流滿面，用自己的臉緊緊地貼著弟弟那嫩軟溫熱的右腮，終於忍不住嗚咽起來。

吊莊村後的這座廢瓦窯，一直傳說在鬧鬼，晚間很少有人到這裡來。保英懷抱五斤和黃獸離開的時候，棲息在一棵孤樹上的幾隻貓頭鷹，忽然開始發出陰陽怪氣的笑聲。

保英想到今天這樁倒楣的禍事，想到被黃獸咬傷的牛牛娃的小雞雞，忽然又回憶起了那個血淋淋的夢境。

保英禁不住渾身一冷，打了個尿顫。

7、

古稀之人老莽魁自從與幾個兒子分家另灶後，癱病稍微有了些好轉。開始時婆姨偶爾還攙扶著他到吊莊村口、田野塄坎或油坊附近閒轉，可自從哪次忽然犯了魔怔，光天化日之下在院子裡脫褲子以後，婆姨擔心再犯，便一次也不敢領他出門，而只是每日扶著他或看著他在自家院子裡來來回回遛彎兒。老莽魁仍不能言語，嘴裡總是流出一串腥臭的黏液，滴滴答答吊得老長。他總是接連不斷地發出含混的咕噥聲，似乎在沒完沒了地喃喃自語著什麼。莽魁平時目光似睜似閉，暗淡無神，但偶然看到院子裡一件什麼東西或事情時，卻會立即從雙眼中放射出那種銳利無比的亮光，像在瞬間加足了電壓的燈泡。

莽魁婆姨毫無抱怨地照顧著男人和幼子五斤。她那顆蒼老的心裡有一種模糊的預感：這個在過去幾十年中一向風平浪靜的家，隨著這個幼兒的誕生，會變得如同暴風雨中的一葉孤舟，從此搖搖欲墜。婆姨每當看見五斤那稚嫩的背影獨自默默地蹲在僻背的牆角時，她儘管知道這個古怪的孩子有逗蟲弄蛇的癖好，卻還是覺得他是在交談著什麼，與一個不顯形卻讓人感到無處不在的神祕之人用無聲的語言在交談著什麼。婆姨甚至都能猜到，他們交談的內容全是老袁家的祕密，是那些她能感覺到卻無法弄清楚的祕密。每當這個時候，莽魁婆姨總是驚得心跳不止，兩手發涼。她野聲粗氣地吆喝著五斤的名字，把他從那些陰暗的角落拉到陽光正盛的院子中央。

天氣漸漸變得涼快起來，盛夏像個脾氣暴躁的老人般漸漸走遠。太陽越來越高，這使人們感覺到載浮著生靈萬物的土地，正緩緩地朝一個完全黑暗、寒冷無比的地方墜去。萬木依然枝葉茂密，但它們已經不像盛夏時節那樣被曬得如同被貓之鼠般紋絲不動。空氣中已漸漸起了縷縷輕風，油綠的葉子開始輕快地跳起舞來，發出一片悅耳的嘩嘩聲。莽魁婆姨經常長時間地傾聽著這種聲音，心裡急切地盼望著炎熱徹底過去，清涼早日來臨。她心中有一個十分固執的想法：自己家裡今年所發生的一樁接一樁的倒楣事，只有在清冷的季節裡才會有所緩解。

八月十二是莽魁的壽誕之日。到七月中旬的時候，老莽魁半癡半迷的病竟好轉了許多。他不但漸漸可以自己下炕去後院屙屎撒尿，有時甚至能手執掃帚或鐵鍬，動作遲緩地掃院或剷除地上一灘一灘的雞屎。他口中滴答不斷的腥臭的口水也越來越少，口齒漸漸變得清晰起來。

「怪不得你爹說話總是咕咕嚕嚕的聽不真，原來是給痰水堵的。你看你看，這下可好了。」莽魁婆姨一臉喜色地四處宣揚，她那雙小腳為此而變得靈便和充滿活力。

保英在與母親商量後決定，今年不但要繼續給老爹辦壽，而且要大辦特辦，規模水準超過往年。一來為了沖沖今年的晦氣，二來也借機向外族人表明，老袁家的兒子們分家另灶並非是樹倒猢猻散，而是為了老爹的病情而採取的臨時之措，老袁家從根上仍是家大業大、人丁興旺的。從八月初五開始，保英就整日端坐在堂屋中，按照自己所列的單子不斷分派任務：誰到六甲鎮去買活豬活羊，誰到菜園中去拔蔥挖蒜，誰到茶鎮去買菸沽酒，誰到枸良去置辦帖子和壽帽，誰負責雇人盤灶，誰安排挪用桌椅瓢盆，誰到親戚友人家去下帖……萬般諸事，真是千頭萬緒。保英挺直腰板，坐在堂屋那把過去老爹常坐的太師椅上，神色莊重地和老母親商量大事，有條不紊地指派著這個大家族的二十幾口男女老少。保英幾次也曾試圖與已經恢復得和健康老人看上去相差無幾的老爹就壽宴的事商量商量，但老莽魁從堂屋中走出走進，卻對這一派繁忙和熱鬧視而不見。他一語不發，那顆巨大的頭顱沉甸甸地低垂下去，過去粗壯堅挺的脖子像被誰抽了筋一樣，顯得軟弱無力。

「爹，你說咱光請族人呀還是捎帶上吊莊大戶和和事老人？」

「瘋騾子上了北山畔。」

「爹你老說這沒因沒果的事做甚？給你辦壽，你得給我當兒的拿個主意呀。」

「鬼拿著牽繩叫門哩。」

「爹，你看你！你把人急得要屙到炕上呀！」保英聽著老莽魁沒頭沒腦的話，一臉的哭笑不得。

「算咧保英，你就別讓你爹說話了。他三個月沒說話，都變得顛三倒四了。」莽魁婆姨見狀，便岔開了父子倆牛頭不對馬嘴的對話。

此時五斤牽了那頭黃獸從大院過來，站在堂屋門口往裡面瞧。那頭黃獸已經長得有一抱來長，越來越像個狼種了。站在堂屋中的莽魁看見五斤，剛才還渾濁迷茫的眼睛一下子放出一道亮光，腳下不太便當地趔趄著就往外走去。

「瓦窯上新住了一個人，孤清得很，我到瓦窯陪他去呀。」五斤說。

「我也要相跟著你耍去呀。」那古稀之人立即變得和眉順眼，像纏著大人要去趕集的崽娃一樣滿臉的討好和諂媚。

「我騎騾子你騎牛，騾子不聽你的話。」五斤望著莽魁笑起來。那笑容天真可愛，全然沒有一絲的頑劣和做作，但保英卻總覺得與五斤的年齡不符，讓他感到陌生而遙遠。

莽魁和五斤一道出大門去了。那條已有了兇悍之相的黃獸陰沉沉地跟在五斤的身後，不時發出兩聲令人膽寒的嘯聲。

「我爹……我心裡眞有點害怕了。」保英望著那一老一少步履蹣跚的背影，喃喃自語。

「人常說老小老小，人老了精神就模糊了，和不懂事的崽娃一樣。你看看你爹和五斤，兩個最近倒好得形影不離了。」莽魁婆姨一邊說，一邊呵呵地笑出聲來。

「媽，你說他們沒事吧，一老一小的咋老是去莊後的瓦窯上去耍？人都說那裡鬧鬼哩。」

「鬼是人心裡的影子，大白天的能有個甚鬼。一個大男人，看把你心小的。」婆姨和大兒閒說了一會兒，又把壽宴上一些事項做了安排，時間很快便到了晌午飯時。莽魁婆姨下了炕道：「保英，這幾天把你操心的！你回去歇歇乏，我到瓦窯上去喚他爺倆回來吃飯。咦，保英，你右額上是怎麼了？五斤的燙傷好不容易剛好，你那裡怎麼好像又不對了。」

「沒事的，媽，沒事的。」保英滿腹心事地應付著，就回自己的房間去了。

這是一間西偏廈房。陽光從窗戶中照不進來，屋子裡顯得十分幽暗。保英從牆上摘下一面老鏡子，察看自己的右額時，果然看見那裡不知何時長出了一片燎泡。它們和五斤的那種燙傷完全一樣，如一顆顆珠子般閃著可怕的亮光。其實保英這裡起病已經有一段日子了。自打那次他一掌打破五斤的燙傷後，那條黃獸舔食了那些湧流出來的粘黃的膿水，五斤的怪傷倒不治自癒，不久就完完全全地消失了，甚至連一點疤痕都沒有留下。但幾乎就是在同時，保英的右眉處卻無緣無故地長起了一片紅痱子。開始時奇癢難忍，隨著後來越長越大，便漸漸變得沒有什麼不適的感覺了。保英因此也沒有在意，以為不久便會自癒。今天他在鏡子裡看見這片可怕的亮光，卻著實吃了一驚。

「日怪了，這燙傷也成傳染病了？」保英嘀咕道，「就算傳染，我也是用手打的五斤，怎麼不偏不斜，倒傳染到右額顱上去了呢！」

保英百思不得其解，那片神祕的亮光讓他心裡隱隱約約害怕起來。他忽然想起過去別人告訴自己的一個偏方，便連忙出門跑到村口的澇池旁，逮了幾隻癩蛤蟆，將其背上的白汁擠出來，用手塗在了那片燎泡上。

「只要我每天都抹癩蛤蟆的毒汁，燎泡肯定會下去的。要不給爹過壽時讓客人看見，人家就噁心得連飯都吃不下去了。」這樣想著，保英那慌失不安的心才有了幾分安慰。

離八月十二日袁家給老當家過大壽的日子已經越來越近。請帖已下，諸事停當。吊莊兩千多口人都知道袁家不但要大操大辦，而且還要連著三個晚上包皮影戲。整個村子四處歡欣鼓舞，男女老少都掐指算著日子，等著那天的到來。那些接了帖子的旁族頭人和德高望重的和事老人們，更是一臉的喜色，美滋滋地想像著袁家宴桌上那些肥鴨瘦豬、魚肉美酒。整個吊莊被這件事弄得亢奮不已，如同逢年過節一般熱鬧。

八月八日開始，已經慢慢康復的老莽魁，竟又添下了一個奇怪的新病。從那天早上吃完銀珍端來的一碗糊辣湯開始，老莽魁開始不停地放屁。那屁就如同被食物噎著的人打嗝一樣頻繁，且個個叮咚脆響，奇臭難忍。開始時婆姨以爲是兒媳銀珍在糊辣湯裡加了太多的白蘿蔔，心想過一會兒就能過去。她當時臉上尷尬，加上滿堂屋已經充滿那種令人窒息的氣味，便皺著眉頭打發老漢到外面的野地裡去轉悠轉悠。沒想到正午時分，袁家大門口卻傳來一陣哄笑聲。莽魁婆姨出去看時，見自己的男人正站在門亭當中，身後仍一個接一個落下一片響屁。村子裡的小崽娃們圍了一圈，足有二十來個。他們滿臉嬉笑之色，一邊不斷地用小手扇著鼻孔，一邊齊聲喊道：

老漢莽魁愛放屁，
一屁打到義大利。
那裡國王正看戲，
聞到臭屁生了氣。
……

莽魁婆姨見狀，老臉頓時羞得恨不能鑽進褲襠。這個平日裡性情溫和的女人，第一次眼睛裡冒出一團凶光，尖利地大叫一聲，順手操起一根竹竿，一邊向那群崽娃撲去一邊罵道：「賊把你媽日得跳牆哩！這麼小就學會了揭人的臉皮，長大還不出息下一群土匪！五斤，放狗咬，咬死這群小土匪。」那群崽娃一哄散了，跑到遠處又像唱歌一樣齊聲喊起了那首不知哪個缺德鬼編排的順口溜來。而五斤和那條兇悍的黃獸並沒有出現，他們不知又躲到什麼僻背的角落裡去了。

莽魁婆姨一把將神色無辜的男人拉進頭門，「咣」地一聲將門關上，眼淚卻嘩嘩地流了下來。「我到底做下了什麼孽，老天爺這樣整治我！嗚嗚，與其這樣讓人恥笑，還不如讓我早點死了的好。嗚——嗚嗚。」

大院裡空蕩蕩的沒有一個人，大概上集的上集，去鎮的去鎮，都全力以赴地忙活莽魁老父的壽辰慶賀之事了。

莽魁老漢新落下的怪病，可以說費盡了老袁家一家老小的所有心思。吃觀音土、喝毛灰水、捶背掐穴、撓癢癢肉，給腰裡緊勒布袋，甚至給尻門塞上棉團，一切偏方正招都試遍了，卻都不見一丁點效果。保英五兄弟和老母親強忍著滿屋子令人噁心欲嘔的臭氣，一遍又一遍地為莽魁治病，到凌晨兩點時仍無起色方才散去。老袁家從八月八日夜起，幾乎全家人白天吃不下飯，夜裡睡不著覺。老莽魁那令人噁心又羞愧的不潔之聲，整夜像鼓聲一樣迴蕩在這座院子裡，使他的兒子和他們的婆姨們皆羞愧難言地悶頭而坐，連說一句話的情緒都沒有。

八月十日夜，莽魁婆姨憂心忡忡地在保英的屋裡召集家庭會議。除了仍在學校的保才和孫子孫女們，其餘幾個兒子和他們的婆姨全員參加。大家各自找處地方，或蹲或坐，皆將腦袋垂於兩腿之間，彼此尷尬，不知道能說些什麼。從堂屋中傳來的聲音和滿院子濃烈的臭氣，使幾個兒媳皺眉斜目，一臉掩飾不住的厭惡神情。

莽魁婆姨還沒說話，眼淚先淌了一臉。她哀傷地說：「你們都是孝子！可咱家不知做了甚孽，老天偏偏要作對。現在你爹成了這樣，院裡院外能臭死人。後天這個壽還咋做呀？」他停頓了一下，又說，「我昨晚已思量定了，這壽辰咱怕是做不成了。」

「事情都到了這一步，帖子下了，鍋灶盤了，演戲的風聲也放出去了，不做咋收場嗎？唉！」保英歎口氣，又把頭埋進了腿當中。

「帖子下了咱退，風放出去了咱收。你爹這副樣子做壽，丟人現眼怕比這要甚得多哩。你聞這滿院的味道，客人不噁心得把飯吐出來才怪。我思量定了，這次咱眞的分了家，各人過各人的日子。保才還沒有結婚，要是指望不上我和你爹，你們幾個當哥的，日後就多操點心。」說到傷心處，莽魁婆姨忍不住哽咽起來。

「媽！」蹴在地上的幾個兒子都流下了眼淚。

「你們甭操心咧。」老母說，「我昨日已偷空將咱家莊後那間老窯拾掇出來了，今晚就把你爹安排過去住。若這搔人臉皮的病能好，再說接回來的話。要好不了，他……他恐怕就得在那眼窯裡下世了。」

保英、保雄和保德都慟哭起來。他們過去抱住老母的腿，淚流滿面地說：「媽，咱不！咱就這麼一塊兒苦死算了。」莽魁婆姨卻甩開他們的手，仰天長歎著出門去了。

保文一直沒有說話。見母親已散，他也隨後一步邁進了外面濃厚的夜色之中。

八月十二日前一天，老袁家宣布取消了莽魁的壽事。吊莊人苦苦盼望來的只是一場失望。憤怒的村人、甚至袁家的親戚友人不知詳情，紛紛起了一片罵聲。他們說老袁家狗日的做人太心瞎，說眞分家就分家，讓人幫了那麼些忙，竟白白地受騙了。

這件事讓老袁家過去的威望一掃而盡，如同一幢年久失修的老樓，「轟隆」一聲坍塌下去，就只剩下一堆瓦礫了。

秋天已經來臨。開始變黃的葉子紛紛揚揚地飄落下來，鋪滿了吊莊的村前屋後。寂廖的天空中開始有了那些從深山中飛來的身形古怪的大鳥，一邊盤旋一邊發出一陣陣饑餓的叫聲。

8、

深秋季節裡，就在吊莊幾乎所有人對袁莽魁一家罵聲不絕、指指戳戳的時候，鰲旦卻成了袁保英形影不離的好朋友。吊莊那些威望高遠、說一不二的頭面人物，曾多次給過個別想乘機與袁家結下苦難交情的村人以嚴懲，這次他們卻犯了怵：鰲旦可以說是吊莊的頭一號混世魔王。他祖輩上出過好幾個背槍蒙面的土匪，他所繼承的那些心黑手狠卻俠肝義膽的天性，使想從此孤立老袁家的那些人，不但不敢照舊給鰲旦一點懲罰，相反對老袁家的態度都變得寬容和溫和起來。

鰲旦究竟是如何與保英成為莫逆之交的，連鰲旦本人都有些說不清楚。那次五斤參養的黃獸咬傷了他兒子牛牛的命根，保英誠懇認錯並抱著牛牛去六甲鎮看病，事後又是請客賠禮，又是給了幾十元的營養費，這固然使鰲旦覺得保英仗義，但要說鰲旦是因為這點小恩小惠而覺得保英有恩於己，那卻著著實實是小看了鰲旦。鰲旦不是個缺錢的人，祖上傳下來的那些古董金銀，雖說來路不正，但卻讓他們的後裔鰲旦從生下來就注定一世不必為生計所拖累。鰲旦和保英之間，是一種宿命般的奇特友誼，該來臨的時候就來臨了，似乎並不需要什麼理由或契機。性格異常暴烈的鰲旦很看重這份友誼，他一改過去豪放粗獷、不管不顧的秉性，以一種少有的耐心和謹慎，小心翼翼地維護著兩人之間的關係。

深秋季節裡，成群的野兔從麟遊山中下到了平原。它們白天躲在樹洞、地穴和一切可以藏身的地方閉目養神，晚上則傾巢出動，成群結夥地竄到野地裡搜尋秋天遺落的玉米和豆子。有的甚至逕直潛入各處糧倉，瘋狂地偷食主人儲藏好的糧食。這個季節裡，田間的活路已經就緒，是農閒的舒坦日子。吊莊的村人們或三五成群地蹲在村前的古塔旁，或相邀了坐上誰家已經開始燒熱的土炕，遊壺、揪方、下棋、抹牌，自在地消磨時光。那些嗜酒的人則整天聚吃聚喝，長醉不醒。

鰲旦生性好賭，但他性格粗放，不屑於村人遊壺時三角五毛的賭注，而村人們只是以此消磨時光，再說也沒有閒錢和鰲旦玩十塊起步、上不封頂的大賭，所以每當鰲旦走過來，正遊壺的村人們立即轟地散夥，頭也不回地各自回家。鰲旦掃興，回家坐在炕沿上抽起了悶菸。他忽然想起一樣東西，立即興奮地爬上閣樓，從一堆落滿灰塵的雜物中翻出了兩桿土槍。這是祖上留下來的家當，鰲旦並不知道它們曾經派過什麼用場，到底是用來打狐獵兔的，還是用來殺人放火的。

「鰲旦你做甚呀？」婆姨見丈夫用油布開始擦那兩桿多年不動的老槍，立即警惕地走過來，「你又和誰結下仇了？你在外面打捶不算還要打槍呀，你殺了人我和牛牛咋活人嗎？」

鱉旦的婆姨叫改改。與相貌粗醜的鱉旦相比，她可眞算是一朵插在了牛糞上的嫩花。改改生得鴨蛋臉、細脖項、柳葉眉、杏仁眼，豐胸翹臀，腰肢細得鱉旦一把就能握住。當初改改嫁給鱉旦，既不是因爲鱉旦暴力相逼，也並非改改的爹娘貪圖鱉旦家境殷實。村人將他們的親事傳得邪乎並充滿了色情意味：改改一日跟著媒婆去外鄉背看一個大戶人家的後生，半道在吊莊遇上了正在村前一棵大樹下撒尿的鱉旦。改改只瞥了一眼，竟掙脫了媒婆的手，一溜煙跑回家去了。不久改改就尋死覓活，不顧家人的極力反對，義無反顧地嫁到吊莊，做了單身男人鱉旦的婆姨。爲此，她至今都與娘家不和。

「嘿嘿，看你說的！我好端端地殺人做甚？我閒得磨牙，到地裡轉著打野兔去呀。」鱉旦望著眼睛瞪得老大的婆姨，在她那肥腴的屁股上順勢擰了一把。

「打兔就打兔，你取兩桿槍作甚？肯定是成群結夥地跟人打仗去呀。」

「一個人打兔就像一個人睡覺一樣，有個球意思！我是想叫上保英一起散心去呀。」

改改一聽保英的名字立即來了氣。她上前一把把鱉旦正在擦的那桿槍奪下來，嗓子尖細地嚷了起來：

「整天保英保英的，我一聽就煩。他兄弟喚狗把咱牛牛的小雞雞咬傷了，說不準以後會留下甚遺禍哩。你倒把他拜成了乾爹一樣，不是請來喝酒吃肉，就是替人跑前忙後，倒像是咱家欠了他的一般。」

「你甭把屁放得拿把抓了！」鱉旦心裡煩躁起來，瞪圓了一雙牛眼道，「整天牛牛娃雞巴長雞巴短的，傷點皮能有個甚。我小時候雞巴上讓人拿火槍打進了一個鐵砂子，不照樣長得又黑又粗的。要不是這相，你咋會死呀活呀地非跟了我。」

「你當爹的別說輕省話，牛牛過去睡覺起來，尿總是把雞雞憋得挺起來。可自打傷了以後，就再也沒見挺起過了。」

「日你媽！四、五歲一個崽娃，那東西就整天挺著，是日天呀還是日地呀！躲向一邊，甭再惹我心煩了。」罵完，鱉旦黑了臉，將兩桿土槍往肩上一扛，甩手便出了門，逕直朝保英家去了。

「吱扭」一聲推開門後，鱉旦一眼瞥見，五斤正和保英的女兒淨花頭挨頭地蹴在桐樹下看著什麼。那已長得高大威猛的黃獸衝著鱉旦狂吠起來。鱉旦並不害怕，他知道上次黃獸闖禍之後，保英見沒法從五斤手裡把黃獸要去淹死或勒死，就偷偷將牠的一嘴獸牙拔光了。五斤畢竟年幼，睡醒後哭鬧了一場也就過去了。鱉旦撥開黃獸的頭，走過去探頭看淨花和五斤在看什麼稀罕物件，沒想到五斤卻立即將地上的東西一把抓起，放進了自己的口袋裡。那十歲的淨花隨即也很快站起了身子，神色顯得慌失失的。

「淨花，你七叔給你看甚哩？」鱉旦問。

「蟲蟲兒，沒有啥的。」淨花臉上閃著一層害羞的紅暈說。

「你爹呢？」

「我爹剛才跟保文叔打了一架，正在屋裡生悶氣哩。」

「咦，好好的爲甚打架？」

「我不知道。」淨花剛剛這麼說了一句，站在一邊的五斤臉上卻綻出那種既天真又十分成熟的笑容，他用嫩稚的聲音說：「我知道。」

「你崽娃知道個屁。」

鰵旦笑著在五斤的額顱上輕輕地彈了一下，背著槍就進了保英一家住的那間西偏廈。進屋一看，果然見保英正坐在炕沿，一邊「呼嚕呼嚕」地猛抽水菸鍋，一邊唉聲歎氣地捶打著自己的頭。

「保英哥，爲甚事和保文淘氣了？」鰵旦問。

「你要是不好開口，我哪天給保文說說。」鰵旦見保英不言語，又說。

「親兄親弟的，生的甚氣！走走走，保英哥，咱到地裡轉著打兔去，轉轉心裡就舒坦了。晚上回來咱烤兔肉，喝燒酒，我家裡藏著一瓶二十年的西鳳哩。」

保英眼睛無神地看看鰵旦，又瞅了瞅他遞過來的那桿烏黑發亮的土槍，眼淚卻不由得流了下來。鰵旦是個最反感看到男人流淚的人，但不知爲何這次心裡卻產生了一種十分不忍的感覺。他感到可能發生了什麼不同尋常的大事，嚇得再也不敢嬉笑著說話了。

「我眞想拿了這槍殺人！我殺不了別人，難道還殺不了自己嗎!?」保英用袖子把眼淚擦了，怔怔地看了會兒那黑洞洞的槍口，冷不丁狠狠地冒出了這麼一句。

「跟保文嗎？」鱉旦小心翼翼地問，「不會吧，到底出了甚事？要是跟別人，兄弟鱉旦替你出這口惡氣。」

「算咧算咧。唉，說不成，不說咧。走走，咱打兔去。」

保英煩躁地嘟囔了一句，就和鱉旦一人手提一桿土槍出門而來。走到頭門那棵桐數下時，鱉旦看見淨花和五斤又頭挨頭蹲在那裡，一邊逗弄著什麼，一邊發出嘿嘿嘿快樂的笑聲。

「五斤這娃眞有意思。不知道他在逗甚哩？」鱉旦說。

「誰跟他誰變得神神怪怪。前一陣我爹跟他形影不離，這陣子我丫頭又整天和他粘在一起，回來就變得像換了個人似的。唉，過去人說這娃生時就有些怪，我看是眞的哩。」

保英這麼說完，就朝著兩人粗聲吆喝起來：「淨花，你個死女子。那麼大的人了，不知道去給你媽幫幫手，整天跟著你七叔一個崽娃逗蟲蟲。」說得淨花緊張地站起來，躡手躡腳地回西偏廈房中去了。

整個下午保英和鱉旦都滿野地轉著打兔。他們先從村後的原上開始，瓦窯、油坊、磨房、老墳、黃腸溝、棗林一路趟過來。見到洞穴或溝坎，就先用手抓一把沙土撒過去，若有野兔被驚跑起來，兩人就同時用槍瞄準。整個下午保英都鐵青著臉一語不發。鱉旦知道他的脾性，也不去搭理招惹他。他們像心懷鬼胎的兩個賊，默不作聲地端著槍在黃土裡大踏步地趟路。

日怪的是，兩人下午滿世界轉悠了足有四個小時，竟連一個野兔的影子也沒有見著。天擦黑的時候，兩個人來到了莊西的老墳裡。這裡是吊莊的公墓。在四周栽滿柏樹的一片空場上，密密匝匝地陳列著數百個墳堆子。這時天已經暮黑，墳地四周的柏樹黑黢黢的，如同一個個身形巨大的魔鬼。長在墳堆之間的齊腰高的蒿草，在秋風中發出森人的唰唰聲。柏樹冠中棲息著幾隻貓頭鷹，正高一聲、低一聲地發出令人聽上去想哭的淒號。

「沒準今天唯一的希望就在老墳裡了。」鱉旦有些沮喪地說。

「日他媽！打不下個野兔，打個人也行。」保英還是一副氣咻咻的架勢。

「看你，嗨，看你說的這話！」

兩人寡言淡語地說著，就一邊朝亂墳堆子裡撒土，一邊端著槍趟了過去。「沙沙沙」，隨著鱉旦不停到把土坷拉撒過去，保英在暮色中兩眼已經盯得發麻。在影影綽綽的蒿草叢中，他忽然看到一隻野兔「噌」地躍到了一個墳堆上。

「看，快打！」

保英興奮地大叫一聲，立即端起手中的土槍，瞄準野兔就扣動了扳機。「不好，那是個人！」鱉旦眼疾手快，幾乎是下意識地伸手去抬保英的槍口。就在他剛觸及槍管的時候，只聽得「轟」的一聲巨響，一股閃電般的火光從槍口噴出，將遠處的柏樹枝葉打落了一地。

鱉旦驚魂未定，那邊已有一個人憤怒地吼叫著跑了過來。等到了跟前一看，竟然是保英的三弟保文。

「好哇，好一個我的親哥！你居然把心黑到這種地步了。」保文見放槍的是大哥保英，火氣立即比剛才盛了百倍。他撕開自己的衣服，將胸膛露出來，「來來來，你不用放暗槍，你往這裡打，今天把我打死算了。」

「你……你你你，」保英驚得說話都磕巴了起來，「恁黑的天，你跑到這裡做甚哩？」

「你管我哩！我在墳堆裡屙屎呢，我在蒿草中逮鬼呢。分家另灶了，你以為你是誰呀。」

鱉旦見狀，趕緊上前幫保文把衣服穿好，勸說道：「我和你哥打兔呢，黑麻咕嚕的，把你冒出來的頭當成野兔了。你親哥再和你慪氣，咋會狠到拿槍打你？你這傻熊！」

「你是外人不知道，他心比蠍子毒蛇還狠呢。老大，你打，你拿槍打死我心裡清淨，我知道你為甚事。」

「這熊貨！話越說越離譜了。回去回去，別叫外人看著笑話你們老袁家了。」

鱉旦一個勁地勸說又躥又跳的保文。保文見大哥並不分辯，只是癡目愣怔地立著，眼淚便噙滿了眼眶，他說一聲「你既然把事做到這一步，也就怪不得我了」。說完便撒開腿從他們身邊跑開，轉眼間就消失在了越來越厚重的夜色中。

「你們兄弟到底爲甚事嗎？」鱉旦問。

「你眞的是想殺了保文呀？」他又問。

保英仍怔怔地呆立著，好像不明白眼前究竟發生了什麼事一樣。他手中那桿土槍仍朝前舉著，槍口還在冒著縷縷白煙。鱉旦一連問了好幾遍，見保英都沒有反應，心中不覺慌失起來。他上前扳著保英的肩膀，連搖帶晃地問：「保英哥，你到底是咋咧？你就這麼瓷勾勾地立著，等狼來把你吃了呀？」

沒料到這一搖不打緊，那保英忽然像一頭發了瘋的野獸一樣，在空曠的野外發出一聲森人的哀號：「啊——！」然後就直挺挺地躺倒在了地上。

鱉旦心裡明白，老袁家必定發生了什麼對保英來說極其可怕的事，雖然他想不透那究竟會是什麼事。鱉旦不用伸手去探試保英的鼻孔，因爲他知道這只是一時血氣攻心所致，一會兒自然會慢慢緩過來的。

「你狗日的上次替我抱娃，這回算是把債收回去了。」鱉旦苦笑一聲，然後將兩隻槍背在身後，將沉得像頭死豬一樣的保英抱在懷裡，吃力地朝吊莊走去。

天幾乎已經完全黑了下來，沉沉的暮色像從四面升起的潮水，將田野、樹木、村莊、山巒和一切的一切淹沒其中。而各種在夜間出沒的東西，便如同魚蝦一般，在這黑色而冰冷的水中開始游動。保英和鷟旦轉了整整一個下午，都沒有碰上一隻野兔。而此刻，鷟旦一邊抱著保英吃力地在黃土中行走，一邊看著成群結夥的野兔不知從何處蜂擁而出，在自己四周極近的地方蹦來跳去。鷟旦甚至可以從那些那寶石般紅而發亮的眼睛中，看到它們對倒吊在自己肩後的那兩桿土槍嘲笑的神情。

「日你媽的兔精！這次權且饒過你。」鷟旦氣惱地罵了一句，繼續踏著暮色朝吊莊去了。

身後那片亂墳崗中，貓頭鷹的叫聲越發顯得淒厲。

9、

這天，老五保德的婆姨銀珍下午收工回來，剛要忙著給同樣收工回來的男人拾掇晚飯，卻發現灶臺間的一籠麥草已經燒光了。她喚來保德，讓他去莊西自家的柴場，扯些麥草或拾些玉米芯子回來。保德是個老實得一腳踢不出個屁來的蔫人，二話沒說背起背簍，垂著頭就出去了。銀珍剛要洗了手和麵，卻聽得外面叫了兩聲：「五弟！五弟！五弟在嗎？」隨後保文就賊一樣閃身進了廚房。銀珍驚得盆裡洗手的水灑了一地，她低聲驚叫起來：「三哥！你尋死哩。叫人撞見咱還活人呀不活？」說著話就滿臉驚恐之色地直往後躲。那保文並不像往日任何時候得空時那樣心急火燎，而是黑著臉低聲道：「半夜你來！」銀珍急得快哭起來：「今天離日子還有三天哩，咱說好了的。」保文說：「我讓你來你就來，我有事給你說。」說罷也不等銀珍回話，立即又返身出了保德家的廚房。

銀珍見保文出去，靠在灶臺上半天還喘不過氣來。在吊莊一帶，只有小叔與嫂子可以沒大沒小地說話逗笑，而大伯子與弟媳之間，連正眼看一下都是要讓人戳脊梁骨的。「這死鬼！他可真敢！要是讓家裡誰撞見，這往後的日子就甭指望安生了。」銀珍的心砰砰跳著，越想越感到後怕，不覺暗暗地罵起保文來。正在這時，男人保德背了滿滿一背簍麥草走進屋來。他見婆姨瓷勾勾地斜靠在灶臺旁，麵還沒和，洗手的水盆倒把地潑了個精濕，就一邊倒柴一邊說：

「你這是咋？癡眉呆目地是在等嫖客嗎？！」

「我……我這不是在等麥草嘛。」

「等麥草就等麥草，你把水倒在地上做甚？日你媽是和泥砌墳呀？」

「剛才麵櫃裡一隻老鼠，驚著我了。」

「看把你惜樣的！人面前瘋瘋張張，一隻沒球大的老鼠倒把你給驚著了。」

保德性蔫不大說話，犯起混來卻牛勁十足。再說銀珍心裡有事，也不敢再言喘，就趕緊點灶生火，和麵揪片，麻麻利利地做了一盆哨子麻食。端到廈房裡兩人吃畢，保德把嘴一抹，也不說話，從菸盒裡裝了一袋旱菸渣子，邊捲邊往外走去。

「外頭的……」銀珍見狀忙喊。

「甚事？」

「你又成宿成宿到別人屋裡遊壺去呀？」

「遊壺咋了？忙活一天，我出去耍耍都不成？」

「不……不是，我這幾日老是不太舒服，你晚上甭去了行不行？」

「我知道你咋整治整治才能舒坦。你這個騷情的母牛！還是把心裡的邪火壓壓吧，要不總有一天你會燒死在這上面。」保德根本連身都不轉，老牛哞哞地吆喝了銀珍幾句，踏著沉重的步子依舊出門赴牌局去了。

吃罷飯刷鍋洗碗、封麵罩案地收拾停當，銀珍這才從廚房出來。天已昏黑，她剛走到院當中，卻碰見二哥保雄及二嫂撐撐正領著一雙兒女，又說又笑地從裡面出來。撐撐叫道：「銀珍，今晚老堡莊有皮影戲哩，你不去瞧？」銀珍說了句「我不去」，眼眶卻濕了。幸虧天色已暮，撐撐一家並沒有在意，繼續說說笑笑地出門去了。銀珍轉回自己的房內，眼淚便像開了閘的水一樣，肆意地從臉上一股一股地流下來。她燈也不開，衣服也不脫，上炕去蒙頭蓋臉就睡下了。

外面似乎起風了。銀珍聽見淨花、五斤、保武家的小梅等幾個崽娃在院子中一會兒走過來，一會兒走過去，一群亂嘴不知唧唧喳喳地在討論著什麼。

吊莊那些常年設遊壺攤子的人家，已經開始燒炕了，可自己身子下卻一團冰涼。「保德屁股坐著熱炕，心全在花花牌上，哪裡還有一點我呢。」銀珍睡不著，一邊流淚一邊想，「我上次特意給他燒了熱炕，可他還是一宿沒歸。他哪裡是把我當他女人，簡直是當了窯姐了。」想著想著想出了一肚子氣，眼淚反倒沒有了。「保文晚上又叫我呢，要說有心，還得算是保文。」慢慢地，銀珍覺得自己的腦子裡全是一些叫人眼熱心跳的畫面，底下便忍不住流出一些熱乎乎的東西來。「日你媽的，你怕果眞是個窯姐的命！咋說來就來，想忍都忍不住呢？」銀珍痛苦地咒罵自己，可那股邪火卻越竄越高，讓她全身如萬蟻噬心一般煎熬難受。

老五保德家的她，是去年臘月才娶進袁家大門的。銀珍還清清楚楚地記得那天洞房花燭夜的事。起轎之前，娘曾在她耳邊說了一堆悄悄話，無非是傳授她在新婚之夜該如何如何的事。當時她滿臉羞紅，直說：「娘，我知道，我知道。」結果娘把瘦臉一拉：「你這嘴不加封的東西！到了婆家這樣說，人家不把你休回家門才怪。」其實這話冤枉了銀珍，當時她的的確確是個清白的女兒身。銀珍之所以不像別的山鄉姑娘那樣，對男歡女愛的事到上了婚床仍一無所知，是因爲她在家中起夜時，無意間看到了新婚中的哥嫂貪婪狂猛的情景。銀珍覺得從那天夜裡起，自己一下子就熟成了一只脹鼓鼓的桃子。新婚那天來鬧洞房的人可眞多呀！十五、六個小夥一組接一組地進來耍弄她，一直換了七、八批。鄉間新房鬧得現在想起來都叫銀珍心驚肉跳。除了被按著親嘴、點菸、說風月話的傳統項目外，那些半大兒娃中有些已是娶了婆姨的，他們會趁機吹熄油燈，用手來摸新人的胸乳或更敏感的地方……那夜，當鬧房的人們終於被莽魁婆姨連哄帶勸地送走後，保德和銀珍剛一關上門，早已經被撩撥得渾身幾欲脹裂的銀珍犯了一個致命的錯誤，那就是將娘教她如何要強做害羞狀，要推推擋擋之類的訓導全部忘在了腦後。她像一隻饑餓的母狼一樣撲向自己的男人，一副無羞無恥、欲火中燒的樣子。保德是在銀珍的誘導下完成有生以來的第一次床笫之歡的。但到後來銀珍才知道，那一次對保德來說根本無歡樂可言。他是在極度反感和懷疑之中匆忙完成那一過程的，而且那種反感給他們以後的生活投下了永遠都難以消除的陰影。

窗外的風聲越來越大。剛才透過糊窗戶紙還可隱約看到的亮白，已經完全被沉沉的黑色所代替。銀珍知道夜已經很深了。她強迫自己努力入眠，不去想那邊廂房中的保文。可思緒不聽她的操縱，而是像一棵長瘋了的野藤一樣隨意地向上攀升。銀珍渾身焦躁，她感到身下已濕了一大片。當再次隱隱約約聽到保文在自己的房間裡咳嗽時，欲望之火燒得她一刻都無法再忍耐。她飛速地翻身下炕，像個可憐的賊一樣躡手躡腳地出了房門，在伸手不見五指的一團漆黑中摸進了三哥保文的房間。

保文的屋子永遠這樣亮著燈。銀珍進去時，保文正躺在被子上目光癡呆地望著天花板。看見銀珍進來，他剛想說話，嘴卻被撲上來的一團香甜濕軟的東西堵住。保文同時感到一雙冰涼得像蛇一樣的手逕直伸進自己的褲間，瘋狂地抓住了那隻還在安睡中的鳥兒。

「噢……嗚……我有話給你說……」

「噢噢……嗚……，等完了再說。」

保文渾身那魔鬼般的欲望，最終又被銀珍打開匣子放了出來。他像隻兇殘的野獸一樣把銀珍壓於自己的掌股之下，一句話也不說，只是長時間瘋狂地動作起來。此刻他心中充滿的不是那種憐香惜玉的似水柔情，而是蓄意摧毀什麼般失去理智的報復……

「啊，天神！」儘管用被子捂著口，銀珍終於發出了她多少日子以來一直渴望的那種美暢全身的尖叫。

「銀珍……」二人剛剛起身，保文就臉色陰鬱地開了口。

「三哥你有甚話？你有甚話你就說。」從那條充滿誘惑的河中剛剛游出來的銀珍，歡暢稍縱即逝，內疚和負罪的感覺像更巨大的潮水一樣鋪天蓋地而來，完完全全地將她淹沒在裡面，使她神情恍惚，心驚肉顫。

「銀珍，咱倆的事，大哥怕是察覺了。」

「啊!?」銀珍驚叫一聲，隨即知道自己失態，趕緊把聲音放低下來，「怎麼會呢？大哥他怎麼會呢？連保德都一點風聲也不曉。」

「大哥有一天不知是詐我還是真看見了，拐彎抹角地給我講了一通綱常倫理的話。話難入耳，我和他差點幹起架來。偏巧那天黃昏咱倆在墳地中完事後，我看你走遠後剛蹲下屙屎，大哥竟朝我打了一兔槍——銀珍，你說他能不知道麼？」

「大哥咱是得提防著點。他像個幽魂一樣，不睡覺老是在院子裡轉悠，我夜裡總能聽見他躡手躡腳的腳步聲。」銀珍一聽，立即也嚇得五迷三道，臉上變顏變色起來。

「他殺我的心都有了，那說明他肯定是知道了。大哥最恨亂了綱常的人，他眞的會痛下殺手的。」保文臉色慘白烏青，甚至忘了穿內褲，就那麼精赤著雙股坐在那裡。

「那咋辦嗎？」

「你說你說。」

「我一個婆姨家的，能有個甚主意。保文你趕緊說，我一會兒得回去了。要是讓保德知道，咱們連今晚都活不過去了。」

保文沉默著，並不回答銀珍的話。他們兩人的影子被投射到窗戶上，顯出黑乎乎的兩個暗團。過了好久，保文才往地上吐了口痰，忽然又一把抱住了銀珍道：

「銀珍，你眞的和我相好麼？」

「眞的相好！」銀珍點點頭，「你的意思是，咱們乾脆私奔到外地去？」

「私奔幹什麼？我們都是只會在土坷拉裡刨食的農民，離開了這片地，只有餓死的份兒。我有一個主意，是爲了咱倆好，可只怕你嫌委屈，不肯同意。」

「我不怕委屈，三哥你只管說來。」

「你……你……」

「你說三哥，你做甚這樣吞吞吐吐的？時間不早了，你說完我還要回去給你保德兄弟把被窩焐熱呢。」

保文還未開口卻先灑下一片淚水。他緊緊地摟著銀珍，把目光從她的注視中避開，喃喃地說：「銀珍，我是真心和你相好。呱呱給我說了那麼漂亮的一個婆姨，我爲你都推了。」銀珍說：「我知道三哥，有話你明說。」保文這才把頭轉過來，目光瓷勾勾地盯著銀珍道：「你只有找個機會把大哥拉到你的炕上一回，咱們才能安安生生地相守一輩子。」

「啊！」銀珍聽罷差點又驚叫出聲來。

「我這可是爲咱好呢。銀珍，咱倆要在一搭，除了這招，就只能是我殺了大哥，或叫大哥殺了我。銀珍你掂摸掂摸。」

「銀珍，咱都是這樣的身子了，咱怕甚？再說大哥和我是親兄弟，這有個啥嘛銀珍。」

銀珍像當頭挨了一棒一般，腦子裡一下子全亂了套。她雙目癡然地望著保文，像根木頭一樣一動不動。保文眼睛又濕潤起來，他像個尋找溫暖的崽娃一樣，無助地將頭埋進了銀珍的胸中。銀珍的乳房被保文的鬍渣擒蹭著，她立即又被一個無形的魔鬼拖入了那條充滿誘惑的欲望之河，渾身上下如同觸了電一般陣陣痙攣起來。

「啊——啊——」銀珍微閉雙目，嘴裡不由得發出一陣短促的呻吟。

「銀珍，要不今晚咱一搭喝了毒藥去死吧。」

「不，啊！我不想死，我要活，我要。」

「不敢不敢，銀珍，夜深了，大哥一會兒又該在院子裡轉圈了。銀珍，你忍住。」

保文偎在銀珍的乳房上，他看著那兩座山峰在自己的親吻和撫摩中上升到極限的時候，卻一下把銀珍從懷中推開來，迅速地穿上了褲子。

銀珍被「大哥」這塊巨石一下子砸昏在那條欲望之河中。她感到千百條兇猛的毒蛇和螞蟻爬遍了自己的每一寸肌膚，正瘋狂地噬咬自己、撕裂自己。而那個永遠目光銳利如炬的大哥，正冷冰冰地站在離自己不遠的地方，發出一陣陣無情的冷笑。

「三哥……即使我願意，大哥這樣的人，他咋能做下這等亂了倫常的事？」銀珍終於咬了咬牙問道。

「眞的你願意？親親，你眞的願意了麼？」保文聽罷喜得眼睛一亮，又一把摟住了這個熟得怎麼吃都吃不煩的桃子。

「我眞的願意，只要咱倆能守在一起。」

「有你這話，哥的心眞是喜歡死了。」

「要是大哥根本不入套呢？」銀珍又問。

「男人長了那物件，哪能有眞不願意的。你別操心，到時候聽我安排就是了。」保文得意地笑起來，把頭埋下去又親了親那對豐乳，然後迅速給銀珍把衣服整理好。銀珍依依不捨地又過來吃了保文嘴唇一口，這才心事忡忡地偷偷回自己的西偏廈去了。

這邊房子裡保文取出筆來，又在一個沒有寫全的「正」字上加了一横，然後「噗」地一聲吹熄油燈，滿足地進入了沉沉夢鄉。

此時，夜正深。在一片作響的風聲中，院子裡偶爾只能聽到一、兩聲黃獸那低沉的嗚咽。

10、

老莽魁八月初十患下放屁不止的怪病，使他本來已經籌備停當的七十二歲大壽被迫取消，這自然惹來了吊莊人的一片罵聲。這次變故也促使老袁家真正分家，房基、院段、農具、家畜、糧食、飼料等，一一按人頭劃歸了各家。莽魁婆姨將莊後土崖下過去的一孔舊窯洞收拾乾淨，把患了這種狗嫌雞厭的怪病的莽魁移到那裡去住。一日三餐婆姨按時送去，別的時間則把窯門鎖緊，讓莽魁只能躺在炕上睡覺。起初婆姨多有不忍，本想自己晚上陪男人在那孤墳般的破窯中過夜。但送飯時滿窯洞裡飄散的那股讓人窒息的惡臭，使她最終痛苦地放棄了這一努力。她只是一日三頓按時按點給老漢端飯送茶，其餘時間再也不敢染足那裡了。半癡半醒的莽魁老漢剛入住時，還能抓住那扇窯門說：「我要和五斤騎馬呢，快放我出去。」之類沒頭沒腦的話，到後來婆姨再進窯洞時，他每次都面朝窯壁，盤腿坐在炕上，目光死勾勾的十分嚇人。只是他那頻繁放屁的怪病毫不見效，在距離窯洞的十幾步之外，就能聽到那令人尷尬噁心的一片不潔的響聲。

婆姨在隔離了莽魁老漢不久，把老袁家這座院子的角角落落都用點燃的艾草薰了一遍。自己的兒孫們都說那股腐屍般的味道消失了，可她卻時刻能聞到那氣味仍幽微地飄散在大院的每一處。老女人幾乎瘋狂，她每日在自己的堂屋中燃燒艾草和各種各樣的薰香，使得屋子裡青煙繚繞，像著了火一樣。幾個兒子和他們的婆姨們常常換著花樣給老母親送來好吃喝，看到她像個被香火青煙包裹的老佛，就苦苦勸她不要整日待在家中，應該到街上去找老姐妹們說說閒話，曬曬太陽，別這樣把身子悶出病來。但莽魁婆姨依舊我行我素，根本聽不進晚輩們的勸說。慢慢地，兒子兒媳、孫子孫女們到堂屋來的次數就越來越少了。

莽魁婆姨越來越寡言，但她的心事卻像開春時節田野中的麥苗一樣失控地瘋長起來。她那顆衰老的心猶如陷入了一張蛛網的飛蛾，任憑怎樣衝撞掙扎，結果卻是越纏越緊。「難道眞是碰上狐精了!?」老女人在縷縷青煙中苦思冥想。她的眼睛被薰得眯成了一道細縫。「這狗日的狐精！我七十好幾的老婆子了，皮蔫肉癟的，你做甚非得和我作孽？你是要搔爛了我這張老臉才肯甘休嗎！」莽魁婆姨這麼想著，似乎能看見一條毛色雪白、渾身散發著陣陣騷腥氣味的公狐狸，拖著長長的尾巴，於夜間悄悄潛入自己的堂屋內，搖身變成一個肌肉強健的男人，滿臉淫笑、赤身裸體地摸到自己的炕上。「唉！」莽魁婆姨蒼涼地歎息一聲，隨後只能在案板上擺了許多辟邪用的花花綠綠、模樣猙獰的泥鬼。

這樁羞於啓齒的事，發生在她將放屁蟲莽魁送到舊窯中之後的第四個晚上，準確地講應該是第五日的早上。那天凌晨雞叫頭遍時，老女人睡醒過來，湧上腦際的第一件事就是昨天晚上的恍惚一夢：正當自己似睡非睡、似醒又非醒之際，一個男人灼熱的呼氣突然噴在她的臉上，隨即唇口便被死死地堵住，一個犍牛般蠻壯的身子撲上來，將自己乾癟瘦小的軀體死死壓伏在炕席上，隨著下身一陣陣乾裂的撞擊，一種瀕臨死亡般的感覺立即淹沒了她，隨後便昏死了過去……莽魁婆姨這麼回味著，心中又氣又笑：「上輩子我八成是個守庵的尼姑，要不咋會攤上這麼個不要命的男人。莽魁大抵上輩子不是和尚，就是個受盡了委屈的太監。」她這麼想著，就坐起身去看炕的另一頭。隨著她迷濛的目光剛掃到那塊空蕩蕩的炕面，莽魁婆姨這才想起老漢早已經住進了舊窯一事，她如同觸了電一般下意識地發出一聲極尖利、極恐怖的叫聲：「啊——啊！」

這是八月十四日凌晨吊莊響起的第一聲，隨後各家各院中男人女人的咳嗽聲、吐痰放屁聲、屙屎撒尿聲才漸漸此起彼伏，匯成了一曲讓人極親切又極厭倦的生活的韻律，迴蕩在這個秋天的清冷靜寂之中。

被這聲異常的尖叫驚醒的保英、水娥、保武等人先後神色緊張地湧進堂屋探看究竟，卻見母親目光愣怔地坐在炕頭，屋裡一切如初，並無一絲異樣。

「媽，咋咧？出甚事了？」

「媽，毛賊進了院子了？」

「媽，你甭怕，我們一夥人呢。」

「你倒是說句話呀。」

……

莽魁婆姨卻依舊那麼癡呆呆地坐著，一雙黏滿風乾了的眼屎的老眼中沒有任何神情。這使得保雄那個經常拿捏不住輕重的婆姨撐撐甚至說：「媽怕是睜著眼睛下世了。保雄你用手試試媽還有氣沒？」這話使她挨了保雄一個清脆的耳光，便嚇得悄然沒了聲音。這耳光的脆響使莽魁婆姨從癡目愣怔中醒過神來。她緩緩地轉過頭，瞅著這一群不知何時湧到自己炕前的兒子兒媳們，昏花的老眼中充滿吃驚和陌生。

「媽，你咋咧？你身子骨沒事吧？」保英問。

「我咋咧？」老婆姨疑惑不解地翕動著失去血色的薄嘴唇。

「媽你剛才嚇人地尖叫了一聲，把我嚇得不輕。是你這屋進賊了嗎？」

莽魁婆姨終於想起了剛才似夢非夢的一幕。她勉強地笑了笑說；「沒事沒事，我只是魘住了。沒甚，你們回去各忙各的吧，娃娃們還要上學呢。」保英弟兄幾個和婆姨們又殷勤孝順地問了些事，說了一籮筐安慰的話，然後陸續散開，各回各的房間去了。保英最後留下來還想說點什麼，莽魁婆姨疲倦地擺擺手，讓他也五眉六眼、懵懂不解地出去了。

婆姨點亮燈，揭開了蓋著下身的被子。她閉上眼睛，眞希望夜裡那可怕的記憶只是一場夢而已。可莽魁婆姨清楚，這不過是自己一相情願的期盼，因爲她的下身到現在仍撕裂般地腫痛著。「不知道我上輩子做下甚虧人的事了，老了還活得這麼不省心。」她悲哀地想著，還是把眼睛睜了開來：果然不出所料，在自己身下那塊土煙色的蒙氈布上，有一灘已經被烘乾的污跡和幾根彎曲的毛髮。

「我日你媽了狐精！」莽魁婆姨幾乎是歇斯底里地望著被煙薰得烏黑的天花板罵了一聲，眼角隨即流下兩股渾濁的老淚來。她細細回想著過去發生在許許多多夜晚裡的事，便知道以前對老莽魁私下的抱怨多半是冤枉了他。今日要不是莽魁患了怪病不能回家來住，自己依舊不會有所察覺呢！「日他媽我不知被狐精纏了多長時間了。」她自言自語。仔細比較自己男人在炕上做事的風格，她禁不住打了一個冷顫：莫非在懷上五斤之前就已經被纏上了？不可能，絕對不可能！莽魁婆姨越想渾身越冷。她六神無主地下了炕，做好飯送到莽魁住的舊窯。她見莽魁依舊像個面壁的和尚一樣呆坐著，一股眼淚嘩地就衝開眼皮奔湧而出。她忽然像發瘋了一樣撲過去，對著這個幾十年來連白眼都沒有丟過的男人抬起手臂，一面兇猛地扇著耳光，一面哭罵道：

「你硬強了一輩子你倒是挺住呀，你虧了你先人了，氣弱得連個狐精都鎮不住，睡在旁邊叫人把你婆姨弄了。」

「你日了你先人了，你說話呀。」

「嗚嗚——嗚，我活得黃土已埋到脖子，倒成了個老騷臉了。」

莽魁那碩大而沉重的頭顱低垂著，被婆姨左右開弓的手打得東晃一下，西擺一下，如同掛在藤蔓上的一顆冬瓜般隨風搖晃。他雙眼漠然，臉上沒有任何表情，既不知道說話，也不知道將這個被自己壓服於掌股之下幾十年的女人推開。婆姨就這麼邊打邊哭，到後來她渾身的勁終於使光用盡，卻又抱住莽魁的大腦袋，傷心而無助地長久低泣起來。

已是中秋時節，那顆在夏天裡狂虐萬物的太陽，此刻已變得如同老人的眼神一般暗淡。天空越來越高，瓦藍瓦藍的如同新洗過一樣。一朵朵雪白的雲奇形怪狀地墜在不高的頭頂，似乎是要讓那些長途飛行的鳥兒們歇腳。這個季節天空中的鳥兒著實比夏天裡多起來。每年這個時節都會從遠處山中飛來成群成群體態碩大、眼神陰險的巨鳥，老謀深算地在天上穩健地盤旋。它們的叫聲從空中跌落下來，像一陣陣冰涼的雹子一樣砸在人們的耳朵上。

中午時分，莽魁婆姨回到了堂屋。她稍微拾掇了一下，從炕頭的木匣中取出一卷髒兮兮的鈔票揣進懷裡，給任何人也沒有言語一聲，就離開吊莊沿土路向北邊而去了。她渾身散發著一股濃烈的艾草的氣味，一雙自小就纏裹得如三寸金蓮的小腳，在土路上揚起一陣陣黃塵，像腳下不斷開出的花朵。

莽魁婆姨走離吊莊還不足一里路，卻聽見自己的身後似乎一直跟著一個什麼人。她轉過身去看時，竟是七兒五斤不知從何時起就悄悄地跟在自己屁股後面。他粉嫩的小臉上淌著一股股骯髒的汗水，那雙讓人感到渾身被洞穿的明亮的眼睛一眨一閃，嘴裡卻一句話都不說。那頭被拔去了獠牙、已經長得高大兇猛的黃獸，不離左右地跟在他的身邊，像個默契的朋友般同樣不出一聲。

「五斤，你這是做甚？趕緊回家去。」婆姨轉身撫摩著他柔軟的頭髮，心裡泛上一縷說不清楚的酸楚。

「你是媽的乖娃！你回去，媽有急事出門呢。」她又說。

「我想跟了你去呀！」五斤說。

「你走不動，路遠哩。媽都走不動我娃咋能走動呀，乖娃引著狗快回轉。」

「我不怕遠，我騎著騾子哩。」五斤臉上沒有任何疲倦的神色，甚至說話時又露出他那種既天真又叫人覺著充滿詭異的笑容來。

「你這娃滿嘴瘋話，真把媽氣死了。趕緊回，要不媽氣得打你了。」

這邊莽魁婆姨正和五斤僵持不下，旁邊野地裡被打兔人踩出的一條小道上卻走過來一人，老遠就高聲嚷起來：「老妹子，太陽正紅紅地高照在頭頂，你不吃晌午飯都不叫我吃呀嗎？哈哈哈，你和你娃倒打開捶了。」

莽魁婆姨抬頭看時，見那人瘦高的身材上頂著一顆小得出奇的腦袋，身披亂七八糟的麻袋片片，光著兩腳，手執長杖，細瞅竟是棗胡老漢。他跳舞一般手舞足蹈地從黃土中走來，揚起陣陣塵霧，倒像是駕了雲彩一般。

「棗胡老哥，怎麼竟是你？！」莽魁婆姨驚詫得一雙癟嘴大張開來。

「是我咋咧？我一年四季都遊轉在地裡，見著我有甚可怪？我在野地裡碰上你這個小腳妹子，才覺怪哩。哈哈哈。」棗胡老漢旋風般已經到了跟前。

「老哥你說巧也不巧，我就是要到駒良尋你去呀。」

「到駒良尋我？我雲遊如野鶴孤雁，哪裡有個行蹤。你走那麼長的路，到駒良尋不著我咋辦？」

「那我就住下來等，非等到老哥回來不可。」

「你要問事何必非我不可，你們吊莊不是有老呱呱嗎？」

「老哥你有所不知呀……」，說著莽魁婆姨的眼圈又紅起來。她撩起衣襟擦了擦，趕緊又恢復到一臉的笑意，「走走，既然碰上老哥，也就省得我小腳老婆受罪了。快請去家，我讓媳婦給你擀三指寬的油潑哨子扯麵。走走，咱走。」

「老妹子，我是給你耍笑哩。上次我到你家連口茶水都沒喝，這回咋就能跟了你去吃麵。我不去了，有甚事你說。」

「看你怪的！吃點老妹子的飯就能把你毒害了咋的？先不說你是我娃的救命恩人，就憑和莽魁的老交情，走到門口，怕也該不請都得進來吃口飯吧。看把你棗胡老哥怪的！」

莽魁婆姨上前就拉住了棗胡老漢的手。棗胡老漢的手冰涼冰涼，就像沒有一絲活氣的死人手，且瘦骨嶙峋，硬如柴草，這倒把莽魁婆姨嚇得觸電一般鬆了開來。

「老妹子甭見外。我已經十來年不吃一口五穀了，現在連茶水都不喝。老妹子可能不信，我吃上一碗不放毒的飯，都會要了老命的。」棗胡老漢看見婆姨吃驚的模樣，又嘿嘿嘿朗聲笑了起來。

「你不吃五穀你吃甚？你總不能吸風吧？」

「除了冬天野地裡的積雪，我別的啥也不吃。」

莽魁婆姨不用再問，她早已相信了此人的神奇。她說了句「怪不得你手冰得像死人」，遂不再堅持請他到家裡用飯。她想起自己一肚子堵心的事，正了臉色，憂心忡忡地問：「你莽魁兄弟患上放屁不停的髒病倒也罷了，畢竟已七老八十，活幾天算幾天了。可偏偏我……我又遇上了這事，死了都覺得不乾不淨。唉，棗胡老哥，這半年一樁事接一樁事，宅基都撚弄過好幾回了，咋還是個老樣子，你說我袁家老根上到底哪裡錯了鉚竅了？」

「莽魁的病你甭太急火。人心裡有事就得說話，有些話窩著說不出，就得化成濁屁排了。不然氣沖六竅，他的命就休了。」

「他那搔人臉皮的病我都無所謂了，可……老哥我不顧老臉給你明說了吧。堂屋裡有了狐精，夜裡纏著我造孽呢。嗚嗚——你說日他媽我咋是個這命。」

「命就是命。三十年前我和莽魁打賭，他自誇多子多福，我說他命相犯忌，忌在無節。他不服，當時還拿白眼仁瞪我哩。你袁家老說我是救命恩人救命恩人的，也許這個恩人我並不該做呢。」棗胡老漢拳頭大小的腦袋上那雙眼睛眯成了一條縫，下頷上一縷雪白的山羊鬍子閃著動人的亮光。

「老哥你甭說那些不結果子的話了。我現在遇到了狐精，到底該咋辦，你給我拿個主意呀。」

棗胡老漢張嘴欲說什麼，一直和五斤默不作聲地站在一旁的黃獸，卻上前咬住披在老漢身上的麻袋片片，嘴裡「嗚嗚咽咽」地發出一陣怪叫。棗胡老漢拿手中的竹竿一邊敲那黃獸的頭，一邊呵呵地笑著道：「人不說話叫你狗說話呀嗎？」

莽魁婆姨正急，上前踢了那獸一腳，滿臉虔誠地問：

「老哥你說話，這狐精咋治？」

「萬劫有因，萬因須果。老妹子，我一個遊轉的閒人，怕只能說點遠在前面的事，卻無力改變些什麼啊。」

說罷，老漢道一聲「我還有事在身，老妹子你回罷」，不等莽魁婆姨再說什麼，旋即將那竹竿子往地上一點，移動步子，腳下踩起一團黃塵，頭也不回地朝斜岔地裡獨自而去了。那黃獸撒歡般地追著咬了幾口，又嗚咽著回到了五斤身邊。

這天傍晚，莽魁婆姨將保英叫進堂屋說道：「天越來越冷了，保英你給我這門裝上門扇吧。」保英道：「我過幾天去買棉簾。村裡老人的門都是牆洞，有誰裝門扇？咱裝了叫人進來笑話呢。說你七十、八十了，倒小心得像十七、十八。」婆姨嘴唇動了一下，卻沒有再說出話來。

「把他媽叫猴日了！」沉默良久，莽魁婆姨莫名其妙地突然罵了一聲，倒把保英嚇了一大跳。

11、

日子在各種各樣的情緒中滑走，留下一個個或歡娛、或淒婉、或明朗、或晦澀的故事，讓人不斷回味，又不斷遺忘。太陽從這一方土地的上空升起來，又落下去，把許許多多的友愛、仇恨、美好、醜惡暴露在白天的光明裡，又隱匿在夜晚的黑暗中。一代又一代的人在這裡降生、成長和悄然死亡，只有土地永恆、太陽永恆和人們曾爲血肉復又化做輕煙的靈魂永恆。

日子就這麼一天天地過去。

來年初，就在吊莊村人們剛從新年和元宵節吃肉喝酒、點燈放炮、走親串友和敲鑼打鼓、耍猴看戲的熱鬧之中清醒過來沒幾天的時候，村裡卻出了一件在喜慶的正月裡誰都覺得喪氣和不祥的事：老袁家五兒子保德，這個二十有四、體壯如牛的青年男人，卻於正月十八悄悄地死去了。

保德之死，是十八日凌晨被人發現的。前天夜裡悄然落下一場罕見的大雪，到第二天早上已是鋪天蓋地的一片銀白。屋頂、院落、井臺、道路、田野四處銀裝素裹，使這片本來貧瘠和荒涼的土地顯出少有的乾淨和美麗。這天早上，鰲旦被從窗戶紙中映進來的冷而亮的雪光照醒。他用拇指捅破窗戶紙往外一看，立即大驚小怪地歡呼起來：「雪！日怪了滿地恁厚的雪。」還在炕頭酣睡的婆姨改改見鰲旦精赤著屁股伏在窗戶上，忍不住「噗嗤」笑出聲來，她道：「下雪了就下雪了，這有甚值得大驚小怪的。瞧你那麼大條漢子，卻像個崽娃一樣亂跳亂叫，那才叫日怪了呢。」

鰲旦根本沒有心思和婆姨嬉鬧，他嘴裡仍興奮地哼著：「雪花呀嘛落了一庭院，婆姨呀嘛在炕上摸肉蛋」之類不知從何處聽下的野調子，一面急頭慌腦地穿了衣褲，抱上那兩桿土槍，懷裡揣起一瓶燒酒就往外走。改改在炕上大聲囑託了句「雪大小心溝溝坎坎的滑倒」。見早已經沒了人影，翻過身來又摟著兒子懶睡起來。

鰲旦到老袁家去叫保英，保英還在睡覺。鰲旦站在窗戶跟角粗聲野氣地叫道：

「保英哥，保英哥！這麼好的日子你倒能睡得穩當？」

「有啥好日子嘛。」保英在屋子裡仍一副惺忪未醒的樣子。

「雪厚得能埋住膝蓋了。這日子打兔就跟揀死兔一樣。咱一道去打兔呀。」

保英知道鰲旦是個死磨硬纏的人，輕易甭想打發走。此刻天才麻亮，他怕鰲旦沒完沒了的咋呼驚擾了全家人的睡眠，嘴裡就嘟囔道：「你甭再言喘，我這就來。」隨即穿好衣服出了門來，接過鱉旦遞上的一桿土槍，兩人到村後的原上、瓦窯上一帶轉著打兔去了。

此時天還沒有完全亮起來，但大雪強烈的反光已使到處一派白亮。站在原上，透過清冷的空氣望去，平日裡褐黃乾燥、坑窪不平的這片地，看上去晶瑩剔透、平坦無垠，美得如同身披雪色貂皮大衣的貴婦。遠遠近近除偶然可以看見的一、兩個同樣早起打兔的外鄉人，一切的一切，都還連同這白雪一起沉睡在這個正月的清晨裡。

鱉旦果然沒有說錯，在這個大雪覆地的時候打兔，眞是件易如反掌的事。那些平日裡鬼如精靈的紅眼灰兔，在這樣的時節別說狡兔三窟，就是有十窟百窟也都無濟於事。牠們那三瓣梅花狀的爪子，覓食時在雪地上留下了清晰的腳印。只須沿著這些腳印找下去，便可準確無誤地找到牠們匿身的麥草堆、磚縫和各種各樣的洞穴。先用樹枝把牠們捅得炸窩驚逃，厚褥般的積雪使這些可憐的傢伙們如困水中，怎麼也難以發揮平素疾跑如飛的特長，變得蠢笨而艱難。「砰！」「砰！」鱉旦和保英手中的土槍頻頻在冷冽的寒風中炸響，純白的雪地上留下了一灘又一灘的鮮血。那些已經在整個秋天裡吃得肥胖滾圓的灰兔們，悲哀地倒在了對手的槍口之下，牠們紅寶石一般的眼睛，像熄滅的燈一樣漸漸失去了亮光。

不到吃三鍋水菸的功夫，保英和鱉旦腰後的皮帶上已各掛了三、四隻滴著鮮血的兔子。他們二人興奮得滿臉放光，儘管握槍的兩手早已凍得紅腫起來，卻絲毫都沒有覺察。鱉旦從懷裡掏出那瓶燒酒，兩人都抿了幾口。鱉旦說：

「怎麼樣?保英哥，是回轉呢還是再接著打?」

「這麼便當的好事一年能趕上幾回，回去做甚。走，咱到老墳裡轉著打去。那裡樹多草深，肯定藏下了不少。」

「嘻嘻，難得你今天這麼好的興致。」

鰵旦說了一句，把酒瓶擰緊蓋子復又揣入懷中。兩人端著槍，又從吊莊的原上踩著厚厚的積雪朝老墳一帶走去。

這時的墳場與平日相比更增添了幾分肅穆。四周的柏樹和松樹都戴了厚厚的雪冠，像一群披麻戴孝的唁客。一個連著一個的密密麻麻的墳堆子，被積雪掩蓋了它們原有的清晰的界限，變成起伏平緩的一片雪塬。沒有鳥鳴，沒有人跡，一股蒼涼的氣息籠罩著這片距吊莊遙遠的土地。

保英和鰵旦端槍踩入了這片吊莊祖先安息的地方。鰵旦笑著說：「各位爺伯姨嬸，下這麼大的雪，也該醒來看看光景了。」保英道：「你甭胡說！」兩人便從墳與墳之間的凹陷處尋找著兔的腳印，卻一直通到了一座老墳的石碑前。

「啊，保英！」鰵旦的眼光剛往上抬了抬，立即失聲驚叫起來，「你看，你趕緊過來看呀。」那叫聲聽上去異常驚慌和恐懼，根本就不像是從這個天不怕地不畏的渾人嘴裡發出來的。

保英聞聲急忙提了槍跑過來。他順著鰲旦的手指望過去，也一下子驚得目瞪口呆：在這座老墳的石碑前，呈磕頭狀跪伏著一個人。他的全身全頭都已被大雪完全覆蓋，成了一尊十分臃腫的雪雕。一隻肥大的灰兔正藏匿在他身下的空間裡，此刻見有人過來，立即驚慌地躥出來，吃力地踩著厚厚的雪褥逃向遠方一排楊樹林去了。

保英和鰲旦看著灰兔逃遠，誰也沒有想起舉槍。

保英一眼就認出了這是自家的祖墳。一種異常恐怖和不祥的預感立即像潮水般洶湧而來，淹沒了他的所有思維，使這個堂堂七尺的漢子一時如同受驚的小動物一樣，渾身顫抖地呆立在那裡。

「這人肯定死了。」鰲旦說。

這句話像一塊石頭一樣砸醒了癡傻的保英，「這是誰？啊，這是誰呀？」他嘴裡發出一串急促而可怕的聲音，瘋了一樣就朝那石碑處衝去。鰲旦在後面一面喊：「你甭急，不會是咱吊莊的人。」一面趕緊跟隨了過去。此刻保英的腦子裡嗡嗡地響著，根本聽不見任何聲音。他在齊膝深的雪中踉踉蹌蹌地撲過去，一把就扳過了那人的頭。那人在被他扳動的一瞬間，凍僵了的身子立即如同一尊石雕一樣咚地栽入了雪地中。

「啊，保德！天爺啊，是保德。」

保英抱住了那顆冰涼的頭顱，猛地發出一聲極淒厲的長嚎，隨即像忽然醒悟到什麼一樣，發瘋般撕開自己的棉襖，露出只穿了一件襯衫的胸膛，拉過保德那落滿寒雪的身子就往懷中塞。他一行眼淚順臉流下來，表情極其驚恐地喃喃自語道：「保德沒死，保德是凍僵了。保德沒死，保德你可不敢死呀。」

跟著保英跑過來的鰲旦，見那人果然是老袁家那個性格內向、寡言少語的老五，一下子也驚得呆在了那裡，不斷地說：「怎麼會呢？怎麼會呢？」當看到保英魔怔般將保德往自己裸露的懷裡拉時，鰲旦一下子清醒了過來。他撂了土槍，過去抱住保英，一邊拚命扳開他拉死人的手，一邊趕緊爲他扣衣服上的扣子。

「保英哥，別這樣。保德死了，你這樣他也活不過來了。別這樣啊。」

「不，他沒有死，他沒有死呀。」保英使勁抓住保德的手，從屍體上竟抓下一塊皮來。

「保英你聽話，人死了，這樣糟蹋自己有什麼用？保英哥，聽話，保英。」平素最看不得男人落淚的鰲旦，只覺得鼻子發酸，聲音變得越來越哽咽。

「保德！保德！哥叫你哩保德，你給哥說你沒有事。你狗日的說話呀，啊！你倒是張口呀。」保英似哭非哭、似笑非笑的聲音，像狼嗥一樣傳向很遠的雪原。

「保英！」鰲旦使勁地拉著保英的手，卻怎麼也無法將他和死人拉扯開來。他噙著淚水，「啪」地甩了保英一個重重的耳光。保英被打了一個趔趄，這才從夢魘般的狀態中清醒了過來。他怔怔地望了一眼滿臉淚水的鰲旦，又低頭看了看仍保持著那種跪姿的五弟，終於明白這並非夢境，而是無情的現實，眼淚隨即順著他的兩腮無聲地流淌下來。

早飯時辰，保英和鰲且扔掉早晨打下的八、九隻兔子，抬著他們用野火烘得變軟的保德的屍首，回到了袁家那座規模宏大的土院。隨後，在吊莊及鄰近村子那仍隱約可聞的零星炮聲、鑼鼓聲及設宴待客的酒令聲中，從這個大院中發出了與喜慶正月氣氛極不協調的一家老小掏心挖肺的慟哭。

這日是農曆正月十八。

關於袁家老五袁保德的死因，在這以後很長的日子裡，一直成了吊莊男女老少茶餘飯後不斷爭論的話題。在不算長的時間裡，老袁家所發生的一樁接一樁的不幸和怪事，使這些本性善良的村人們漸漸淡忘了那次做壽風波的不快，變得對老袁家充滿同情起來。這個時節有關保德之死的細節越傳越奇：有說保德是因爲久婚無子，覺得愧對列祖列宗而在墳前服毒自盡的；有說表面沉默寡言、老實本分的老五其實與嫂子有姦，被晚輩撞見而無臉見人，於是跑到墳上去尋了短見的；更有的說是保德在別人家耍完花花牌回來，撞上了夜遊的惡鬼，而被誘到墳地並往嘴裡填土塞死的……種種猜測和傳言似乎各有出處且皆有人可佐證，於是爲正宗清源而糾紛不斷。一段時間裡，吊莊爲此事引起的爭吵打鬥日有發生，完全沒有了正月裡那種歡樂喜慶的氣氛。

保德被殮入了一口白茬棺木中。按吊莊的風俗，青喪是不能用那種雕花嵌鏡、描金塗彩的黑漆壽棺的。莽魁婆姨哭得死去活來。她幾乎整日整日不吃不喝，躺在炕上以淚洗面。第三日，保英叫保文和放寒假在家的保才將那口白棺從柳村拉來時，莽魁婆姨哭鬧得拉都拉不住。她的眼睛似乎已認不得人，指著保英就大罵：「日你媽我讓你給我兒用我的壽棺，你拉這口白色棺材來做甚？你要敢給我兒用白棺，你把我也裝進壽棺中埋了。」罵得保英只是傷心地一股一股淌眼淚。

保英一夜之間像老了十歲。他成天一言不發地在院子中指派全家忙活五弟的喪事，除了無窮無盡的悲哀和沮喪外，一種強烈的戒心隨那天在雪地裡發現保德的屍體起，也深深地植根於他的內心。保英如同一隻滿懷陰謀的老狼，目光沉沉地將每一個人收入自己的視野。但他知道，最讓自己感到刺目的並非前來幫雜或說安慰話的外人，而是三弟保文和死人保德撇下的那個豐乳肥臀的婆姨銀珍！但他觀察良久，卻失望地發現保文和銀珍並沒有流露出他預料中的那種神氣和眉眼。保德屍首抬回去的那天，他想像銀珍定會抱著屍體發出誇張的嚎嚎大哭，以顯示她的大悲和對男人的堅貞。沒料到銀珍在確認保德的確已經變成一具永遠也不可能活轉回來的冰冷的屍體時，她竟沒有出一聲，而是把臉背過去，獨自淌下一股一股的眼淚。等哭得死去活來的莽魁婆姨打發保才去村中請老婆子們來給保德淨面入斂時，那銀珍這才「哇」地放出哭腔來說道：「媽，你甭……甭叫才娃……請……請人了，我給他換老衣。天神啊，讓我……給我的男人換衣服，我只能給他換這一次了。媽！」說罷她早已經腳下發軟，徹徹底底地暈倒在了保德的屍體旁邊。

那的確是誰都不會懷疑的眞實深切的哀痛，但保英的心裡竟隱隱約約感到一絲失望。他把目光再投向三弟保文，複雜的心裡有一種模糊而又執著的預感：一定是家裡的某個人，直接或間接地害死了保德，害死了這個袁家七兄弟中最孝順、最勤勞又最恪守倫理的弟弟。從見到保德屍體的那日起，保英就發了毒誓：不管在以後多麼漫長的日子裡，他都要找出這個兇手並給他以嚴懲！但保文的眉眼舉止再次使老狼般在院中徘徊嗅尋的保英陷入了一團迷茫：保文也並沒有顯出他想像中的那種誇張的悲痛和勤快來協從弟弟的喪事。他依舊是那麼一副懶散的樣子，眼睛裡看不到一點活兒。母親或大哥撥他他就動，沒人指撥就神情憂鬱地呆坐在井臺旁或房沿臺上，悶悶地抽菸。保英好幾次看見他一面流淚，一面用拳頭使勁地捶打著腳下乾硬的凍土。這種懶散在喪親的日子裡，本該是會引起全家責罵的一種漠視親情的態度，可此刻在保英的眼裡，它卻變成了一種無辜的坦然。保文那份悲傷也是眞切的，眞切得令人根本無法懷疑。這種情形讓保英萬分失望，就如同老狼在朦朧暮色中物色到一隻肥美的獵物，待伺機撲到跟前時才發現，這獵物原來不過是一塊白色的石頭。

正月二十二日晚上，莽魁婆姨把全家老小召集到堂屋中來。接二連三的打擊，使這個已近古稀之年的老女人如遭了霜凍的蔫茄子。她高坐於炕沿之上，眼神蒼涼地環視了一圈垂頭蹴在炕底下的晚輩，沒說話先滾下幾顆老淚來。

「保英問過神巫了，定在正月二十七埋人。這個家雖說散夥了，可他畢竟是你們的親兄弟，各家攤些糧食、蔬菜和油呀肉呀的……把他打發了。」莽魁婆姨聲音越來越哽咽，「可憐銀珍福薄，趕上了這麼個短命的男人，把我娃憋屈了……我昨晚思量了一夜，你年輕，等守滿三七，就再尋個人家走吧……走吧。」

「你跟我爹商量過了？」保英黑著臉蹴在炕角的燈影裡問。他右額上那片燎泡最近又犯起來，在昏暗搖擺的燈光下閃射著一層可怕的亮光。

「你爹？以後再甭提你爹了，就全當沒有他。讓他安安然然地在那眼窯裡老到下世吧。唉。」

還沒等保英再說話，一直蹴在水娥、撑撑、秋彥等一群婆姨女子中間的銀珍卻「哇」地失聲大哭起來。她披頭散髮地站起來，哽哽咽咽地道：「我……我不走，我哪兒都不走了，我……一輩子都守在袁家裡，除非你們都不要我了。」說罷大慟，手捂著臉跑出堂屋去了。莽魁婆姨流著淚連喊幾聲「銀珍！銀珍！」，也沒有能把她喊住。

「我哥虎虎威威一個人，沒病沒災的，咋說死就死了？外面傳閒話哩，閒話傳得像下雹子一樣，砸得人不敢往明面上走。」老六保才放寒假在家，他斜靠在那口土漆木櫃邊，脖子上的青筋一道道炸起來，滿臉狐疑地問。

「是呀，五弟到底是甚事想不開了，大過年的卻走了短路？」

「過十五時他還興頭很盛地到別人家遊壺呢，好好地十八卻就死了。日他媽咱這個家怕眞是叫鬼給纏住了。」

……

保英一言不發。他蹲在炕角那塊燈光照不到的陰影裡，一邊聽著兄弟婆姨們疑惑又沮喪的議論，眼睛卻一直死勾勾地盯著蹲在門口、垂頭不語的三弟保文。

「保文你說說，」保英終於陰沉沉地開了口，「保文你聽到村裡人議論什麼了沒有？」

「我……我聽說了一點。」

「你聽說什麼了？」

「是三省爺本家兄弟有省給我說的。」保文抬頭望了望大哥保英。見他的臉在燈光下蒼白異常，讓人疑心他的身體裡血管枯竭，連一滴血都擠不出來。

「有省說十七日邀保德到他家喝酒。保德平時喝一瓶燒酒都不醉的人，喝了三兩西風卻醉了。有省說保德不停地說噁心啊噁心，還以爲他要吐。可保德不吐，保德說做老袁家的人噁心。有省笑著罵他，說你狗日的眞醉了。保德說我沒醉，我昨夜裡撞上鬼了。有省知道他眞醉了，便攙了他回咱家。走到門口保德不進門，說他要到土堆上屙屎。有省囑咐他屙完就回家，然後獨自走開了。」

「五弟怕眞是喝多了凍死的。」保雄說。

「可在家門口也就罷了，咋會凍死在離吊莊大老遠的老墳裡呢？」

「是呀，怕眞是叫鬼附身了。」

保英不動聲色地聽完保文的話，眼前立即又浮現出自己在那個至今都弄不清是眞是夢的恍惚中看到的一幕：保文和豐乳肥臀的保德婆姨親親膩膩地在燈前說話親嘴，他們的影子投射到窗戶紙上，像一對黑色的魔鬼。

「保文，正月十六晚上你做甚來著？」保英冷冷地問了一句。正議論紛紛的全家人立即戛然止住了他們的聲音，驚恐地望著像個黑獸一樣蹲踞在陰影中的老大。

「十六日夜裡我做甚哩!?」保文「呼」地站起來。他臉色由蒼白變得烏青，脖子上的血管像浮在水面上的青蛙卵一樣清晰可見。他眼裡噙著淚水，歇斯底里地叫道：「有話你明說！我十六日夜正殺我的親兄弟呢！看把你心瞎的，我早就知道你眼黑我，你要眼黑我，我就死給你看。」說罷保文竟哭天搶地地一面嚎叫，一面將自己的腦袋「咚咚」地往牆上撞去。保雄、保武等見狀，立即撲過去死死將他抱住，硬拉死扯地把他架到隔壁屋裡哄勸去了。

莽魁婆姨萬萬沒有想到，一檔子事還沒弄利索，卻又出下這麼一檔，當下氣得拿了手裡的掃炕笤帚一邊抽保英的頭，一邊尖聲哭罵起來：「保英你日你媽哩！家裡死一個還不夠，你要叫你兄弟全都死光了呀!?嗚……嗚嗚。」

媾疫

「哥，你再甭說捕風捉影的話了。十六日下午我和保文哥在全錄家打麻將，一直打到十七日早飯時才回來的，你少冤枉人。」保才老牛嗡嗡地嘟囔了一句，甩手出門去了。

保英蹲在那團光影中，任母親邊哭邊抽打自己的頭，連躲都不躲一下。他聽見隔壁保文尋死覓活的哭鬧聲，心裡一團糟亂，便又猛地往肺裡吸了幾口嗆人的旱菸。

12、

正月二十七是個大晴天。開春以後，太陽立愣暖和了許多。正月十七夜裡所下的那場鋪天蓋地的大雪開始消融，房簷上扯淋雨般滴滴答答落著融化的雪水。田野中那層厚厚的雪褥越來越薄，漸漸消解成了白雲般互不連接的一簇一朵。土路上已看不到一點積雪，雪水把入冬以後所積攢的那層塵土盡情地和成了黃泥，到處一片稀爛。村人們不得不像在秋天淫雨季節那樣，腳上綁了泥蹄，艱難地在街上來回走動。

這日吃罷早飯時分，在吊莊一幫小夥的齊聲吶喊中，盛殮了保德的那口白茬棺材被四根粗大的木槓抬起，在清冽的冷風中出了袁家大院。吊莊埋葬亡人的規矩繁多，若要是壽喪，老人屍首會被安頓在特設的靈床上，然後是親戚弔唁，孝子哭棺，吹手嗩吶，流水大宴，甚至皮影戲、放電影地排場一番，可以說熱鬧得如同又過了一次新年。而保德是青喪且無子無女，自然也就沒有了壽喪的那股真喜假悲的熱鬧氣氛。那口沒有上漆卻顯得更加沉重的棺材，在一溜人漠然的注視中被抬出了吊莊。棺材後跟著幾個沒有穿孝衫的死者的兄弟親人。

他們一聲聲眞切無助的哀泣，在這個雪消霜化、清冷無比的日子裡，顯得格外淒涼。

保德無子無女，燒紙盆沒有人頂在頭上，只好置於棺材的頂端。披頭散髮、淚流滿面的銀珍雙手哆嗦地不斷添著黃紙。火舌舔著她的手指，她也毫無知覺。當送喪隊伍行進到吊莊村前那位於澇池旁的十字路口時，一個粗壯的杠夫一把將那個燒紙的瓦盆撥到地下，「砰」地一聲摔碎在一片泥濘中，隨即銀珍便發出了又一陣撕心裂肺的嚎哭。

青喪沒有資格埋進吊莊的公墳。二十四歲的袁保德在祖墳前的石碑前神祕地死去，此時卻被一口白茬棺材殮著，埋入了和那片公墳遙遙相對的黃腸溝的亂墳崗。

一縷細細的青煙從新墳旁的紙灰中飄搖而上，像保德那無所依存的孤寂的靈魂。

13、

開春了。雖然氣候依舊料峭，樹木依舊光禿枯黃，田野上依舊看不到一點綠色。但流蕩在空氣中的那絲暖融融的春意，卻已經隨處可感。吊莊村前那口大澇池中的薄冰已完全化去，被封閉了整整一個冬天的池水顯露出來，清亮晶瑩得如同一塊液體寶玉。

二月份的時候，吊莊又在村北的打麥場邊劃定了十來家宅地，其中就有袁家老二袁保雄的一座小院子。平素性格開朗、極喜說笑逗嘴的保雄，自保德去逝後，突然像變了個人一般失去了笑聲。他將自己在舊院中的那間西偏廈房留給了尚在豆會念中學的老六保才，第一個在土地剛開始解凍的時候就動工造房，像逃避什麼可怕的災難一般，於三月份就搬到尚未完全乾燥的新居中去住了。臨搬家那天，保雄一家四口來到老母親的堂屋坐定。保雄不看母親的眼睛也不說話。他只是低著頭一口一口地吸菸，吸著吸著眼淚就模糊了雙眼。

「老二呀，遷新居是件喜事，應該高興。你甭哭了，媽知道你的孝心，媽有空了到你的新家去住。」莽魁婆姨薄唇翕動，形同枯木。自從兒子保德死後，這個老女人除一日三頓給住在舊窯中的男人送飯端水外，幾乎一步都不肯邁出這間堂屋。正月裡那場沒日沒夜的慟哭，使她本來就已昏花的眼睛害上了嚴重的眼病，看什麼都是一團模糊。從此她不再燃燒艾草和薰香。堂屋裡沒有了過去那霧氣騰騰的青煙，也沒有了那股濃烈而奇怪的香味。但此刻這份安靜和敞亮，在保雄眼裡引起的不是輕鬆，而是一縷更讓人辛酸的淒涼。他甚至對那時自己最聞不慣的怪味充滿了懷戀。

「媽，我……」

「我娃你甭再說了，你啥都甭說。這世上沒有不散的宴席。」

「媽你多保重身子骨。」保雄本來還想說點什麼，後襟卻被婆姨撐撐扯了一把，便把到嘴邊的話嚥了回去。他起身拉了女兒永紅和兒子永軍，一家四口跪倒在母親的炕前，一齊磕了三個響頭。

正在這時，堂屋外黃獸叫了起來。保雄起身看時，卻是大哥保英抱著已經虛齡七歲的五斤，從門外走了進來。那隻已經長得高大猛健的黃獸，撒著歡兒相跟在他們身後。

「哥！」保雄紅著眼睛說。

「搬走了？」保英把五斤放在老母親的炕上，轉過身說道，「唉，別哭哭啼啼的！又不是搬到星星月亮上去，媽就在咱吊莊，想了就回來看看。」

保雄點點頭，轉身打發撐撐帶著一兒一女先走，自己卻留了下來。他裝滿一鍋旱菸先遞給大哥，自己重新坐回了炕沿上。已經越來越懂事的五斤從炕柱上殷勤地拿過老莽魁的水菸槍遞了過來，保雄笑了笑推開，又重重地垂下了頭。

「保雄你是不是有什麼話要說？」莽魁婆姨見狀問道，「保雄，你哥又不是外人，有甚話你就說。」

「保雄你放心不下媽，這我知道。你就把心放寬展吧，媽有我們伺候呢。」保英說。

「媽，哥……」保雄頓了頓，終於開口道，「有件事我知道不該我插嘴，但還是想說。」

「你說你說，有甚不能說的。」

「保德歿了，就讓保文娶了銀珍過日子吧。三七早早就過了，銀珍就是死守著不讓另說婆家。她怕是真捨不下這個家，怪可憐見的。」

「屁話！」保英一聽就把眼睛瞪得老圓，「我說保雄呀保雄，你活得一把年紀，倒越來越掂不來輕重了。保文娶了銀珍？虧你說得出。咱這裡有弟弟續弦寡嫂的，哪兒見過大伯子娶了守寡的弟媳，那還有沒有個倫理綱常了？你看看你！媽，你聽保雄說的這叫甚話！」

「唉！」莽魁婆姨歎息了一聲，沒有說話。

「哥，我今天得說說你了。你總是那麼固執，大伯娶弟媳的事咋沒見過？咱吊莊武賢娶的不是他弟媳？這有個甚！你看著三弟沒婆姨，銀珍守著寡，就這麼悽悽惶惶過一輩子？在一個鍋裡攪了這麼多年勺把了，讓保文娶了銀珍，保德在陰間倒安心了。」
「你是不是受保文的託付來說的？」保英頓時滿臉狐疑之色。
「向老天爺發誓保文沒有說，我只是聽撐撐說……」
「撐撐說什麼？」保英還不等保雄把話說完，就立即黑唬了臉，「保準是銀珍說這意思了。從她過門我就覺得她不是個好貨，一副騷情樣！保德到現在都不知道是咋死的。她狗日的作下的孽，有清算的那一天哩。」
「去球去球！我不跟你說了。」保雄失去了耐心，變得煩躁起來。
「你說你說，撐撐到底說甚了？」保英死死地盯著保雄的嘴唇，像嗅到獵物氣息的狐狸一樣，在某個神祕的洞口興奮又不安。
「啥都沒有說，你少問我！你就這麼活人吧，你把自己弄成個獨活蟲就知足了。」
平日裡脾性開朗隨和的保雄第一次變得如此暴怒。他「噌」地從炕沿上跳下來，從保英手裡奪過自己的菸鍋，轉身就往外走。保英嘴裡嚷道：「你停住，把話說白了再走。」伸手就去抓他的衣服，保雄卻連看都不看地將手一甩，一頭撞起棉布門簾往外去了。
保雄這一甩手，正好打在保英右額上那片黃亮黃亮的大燎泡上。隨著水泡「劈劈啪啪」地炸開，一股黃水立即像上次自己打五斤時那樣流了出來。已經長大變得懂事的五斤嚇得尖叫起來，隨後又殷勤地想上前來用手抹去大哥臉上的黃膿。保英怕再次傳染給他，忙伸手將他擋開了。

「媽，你看這保雄，老牛嗡聲的！我是爲咱家的名譽著想呢，他倒……」

「你話甭再說得那麼多了。」莽魁婆姨有點疲倦地打斷保英的話，臉上的表情既煩躁又有些心疼。她從炕板上的棉花包中撕扯了些棉絮遞給保英，「你寬寬展展地過你的日子。弟兄們都大了，再管七管八人家就該厭煩了。你愣著做甚，快接住棉花把臉上的膿擦了呀。你看這膿流的，像人唾了你一臉。」

「媽，你說保雄放的叫甚屁？保文能娶銀珍嗎？他們……他們……唉，你看保雄還有臉提武賢。武賢那貨，叫村裡人把他先人羞得在墳裡跳舞哩。」

「你把臉上的膿水擦乾淨了。」莽魁婆姨說。

「媽，你放句話。咱能叫保文娶銀珍嗎？」保英一面機械地擦著右額右臉上的膿，一面緊張地死死盯著母親。

「我說呀，」莽魁婆姨無奈地看了看長子那死纏硬磨的樣子，終於開口說，「保英，給你說句心裡話，要是今天保武不提這個茬，我還想找你商量商量這個事呢。保英，你不要太執拗了，讓文兒娶了銀珍，是件再也合適不過的事啊。」

「媽，媽！你說胡話哩？銀珍可是管保文叫大伯子的呀。」

「他倆成了親，媽就少了一樁心病。」

「媽！……」

「這事你甭管了。再過一段時間，等銀珍的情緒好轉一些，我就把這事給他兩個挑明。不過咱想得再熱鬧也沒有用，還不知道他兩個願不願意呢。」

保英望著母親，額顱上急出了一層細汗。他的嘴唇顫抖了好幾下，但老母親那憔悴得已經失了人形的面容，最終讓他還是保持了緘默。保英順著那口土漆老木櫃溜下去蹲在地上，摸出菸鍋和菸袋。他裝好一鍋菸叼在嘴上，手卻哆嗦得怎麼也擲不著火鐮。倒是五斤機靈地從炕洞中引燃了一根麥草，送到他嘴邊點燃了菸鍋。

「媽，你過完年到現在心裡一直煎熬，孤苦伶仃的讓我們當兒的看著心裡難受。這一年多五斤一直跟我睡。我已給他說好，從今天開始讓他來陪你。」

「唉，沒事的，他跟你跟慣了，還是讓他和你睡吧。」

「媽，你甭推讓了。我屋裡淨花也大了，也開始對她七叔有彈嫌了。」

莽魁婆姨聽罷，便也沒有再說什麼。其實，自從那天清早她感到自己被狐精作弄了以後，早就想將五斤接過來和自己同睡。五斤雖然還是個崽娃，可那條與他形影不離的黃獸，還難道連個狐精都震懾不住了嗎？可想著保英對五斤的那份心疼勁兒，她只好強忍著那股強烈的渴望。好在自那次以後，家中的事一樁連一樁，一茬接一茬，那狐精似乎還有點人味，整個冬天裡再也沒有露過一面。

時已三月，楊樹、柳樹已綻出了層層新綠。吊莊北面喬山山坡上，一大片杏花正在開放，遠遠看去像一塊粉紅色的錦繡。天氣徹底地暖和起來，在整個冬天裡一直高吊遠空、漠然地注視著這片黃土地的太陽，此刻也越來越熱情地向地面墜來。初冬時節從喬山深處飛來的那些奇形怪狀的巨鳥，在漫長的冬天裡飽餐了凍死的野兔、田鼠和病亡的家畜的屍體，此刻已開始成群結夥地向山中的老巢飛去。相反，那些紅嘴綠毛的山雀子、麻野鵲、喜鵲等鳥兒，卻在枝頭上漸漸地多了起來。它們清脆婉轉的歌唱，使清新而溫暖的氣氛癢酥酥地撩撥著人們的心扉。

就在田野裡的野貓和吊莊農戶所養的家貓開始追咬尖叫，鬧春的聲音徹夜不絕的時候，五斤豢養的那隻黃獸第一次單獨長時間地離開了牠形影相隨的小主人。那是五斤開始隨老母親住在堂屋後不久的一天下午，五斤當時正和侄女靜花在吊莊村後一座廢瓦窯上，從磚縫中捉來各種各樣的蟲子玩耍。從中午開始就顯得魂不守舍的黃獸，忽然伸長了脖子，像狼一般「嗚嗚」地嘶叫起來。五斤吃驚地看了黃獸一眼，剛說了句：「花花你做什麼？」沒料到黃獸竟對主人毫不理睬，而是轉過身去，箭一般向北邊的野地裡竄去了。黃獸四蹄奔騰，揚起一團黃塵，很快就消失在遠處一排密密的楊樹林裡。

「花花這是怎麼了？」五斤莫名其妙。

「那是條公狗，你怎麼叫牠花花呀？倒像個女的名字。」淨花手裡捏著一條放屁蟲，好奇地問她的七叔。

「我不知道牠是公狗，咦，你咋知道牠是公的？」

「牠長著那東西哩。就是你經常讓我看的你的那東西。好幾次我看見牠長長地伸出來了。」

「你流氓！以後不許說這樣的話了。」

五斤說了淨花一句，見把這個在他心目中一直是大姐姐的女孩說得羞紅了臉，心中又有些不忍起來。他乖巧地上前拉起淨花的手道：「你甭生我的氣，我帶你到油坊裡捉蚰蜒去，那個大磨盤底下有許多長腿蚰蜒呢。」兩人遂忘了那頭不離形影的黃獸，到油坊裡玩耍去了。

晚飯時分五斤回到家裡，才發現黃獸並沒有回來。五斤院出院進地尋了幾圈沒有找著，這才慌了神。他嘴裡叫著「花花！花花！」，獨自跑到莊前村後去找。轉到天黑卻還是沒有黃獸的影，這才無可奈何地抹著眼淚回到家來。保英見狀又幫他到瓦窯、油坊等處轉尋了一陣，還是不見蹤影。回來對五斤好說歹說哄勸半天，才安頓他勉強吃下一碗蕎麥麵睡下。

沒料到一家人睡到三更時分，卻聽見大門口有利爪抓門的聲音，還伴著一陣低沉的嗚咽。保英睡覺輕淺，出去打開頭門一看，竟是黃獸回來了。牠身上帶著一股濃濃的騷腥，走起路來顯得興奮而疲憊。保英憤怒地踢了牠一腳，又迷迷糊糊地回屋中睡去了。

沒想到從這次以後，那黃獸竟像患了魔症一樣變得不可捉摸。牠每日都是前半晌跟著五斤及一群吊莊的崽娃們滿世界瘋跑，可到了後半晌，就會忽然瞅個機會從五斤身邊跑開，飛速竄向一個神祕的地方，然後晚上再抓開緊閉的大門，重新回到袁家土院。保英、莽魁婆姨等睡眠輕淺的家人被折騰得夜夜睡不踏實，卻一點也搞不懂，這隻自從來到這個大院起就帶著神祕色彩的畜生究竟是哪根神經出了毛病。

這時節鬧春的貓群已到了最瘋狂、最肆無忌憚的階段。那些毛色暗雜、眼睛發綠的野貓，竟然與白色、黑色、虎皮紋色等等吊莊人家飼養的家貓相互勾搭在一起。瘋狂的貓群整夜整夜糾纏不休，成群結夥地在屋簷、房頂、院落，甚至臥室的窗臺上追逐嬉鬧。牠們無恥的淫樂聲如同嬰兒的哭啼一般，響徹吊莊村裡村外的每一處角落。

「這畜生怕是也鬧春哩！」莽魁婆姨想起夜裡那刺耳的貓叫聲，忽然明白了什麼似地說，「這畜生長大了，肯定是去樹林裡追母狗了。」

「媽，你說的甚笑話！現在四月份還不到，狗這個季節咋會尋著配種嘛。」保英一雙眼睛熬得通紅，他右額上那片燎泡又慢慢地長大起來。

「那咋是狗？你看那身胚，怎麼看怎麼像條從深山中出來的野獸。」

「媽，牠鬧得人心慌慌、夜不成眠的，你給五斤說說，咱把牠殺來吃肉算咧。五斤越長越懂事了，他會聽你的話的。」

「別說五斤不同意，就連我都捨不得殺哩。養這麼長時間了，是個鬼都養出感情了。保英，你明天上午到老堡去請馮劁匠來劁了這畜生。沒有了騷根，它一準就安生了。」

第二天，保英果眞就去老堡請了馮劁匠來。這馮劁匠是方圓百里有名的高手，豬羊騾馬、大活小活全是一刀去根，乾淨利索。馮劁匠沒有料到，老袁家這條狗竟差點毀了自己半世英名。起先那黃獸東奔西突，怎麼也壓服不住。等保英找了幾個精壯小夥好不容易將畜生制伏了，馮劁匠一刀拉開皮後卻犯了傻：他劁鞭一生，長短粗細、各樣各色什麼鞭沒有見過？這回卻著實讓他開了眼界。馮劁匠幾乎費了整整一個上午的時間，才將黃獸的狗鞭摘割乾淨。拿在手中一量，彎彎曲曲像根藤條一般竟有一臂之長。保英剛要用鍬鏟了那物去埋，卻正趕上在外面玩得一臉髒汗的五斤回來。

「大哥，這是啥玩意呀？」他好奇地問。

保英不敢實告劁了他的黃獸，隨口就說是抽的一條牛筋。五斤好奇，便嚷著要拿了去耍。保英想著此刻院裡劁狗的現場還未收拾清爽，便任他用手捏了去。保英說：「七弟，這牛筋上盡是髒血，你拿到澇池裡用水洗洗再耍。」五斤高興地答應一聲，飛快地朝著澇池的方向跑去了。

那黃獸自從被劁了以後，果然與以前相比安生了許多。牠又恢復了過去的那種習性，再也不去野樹林裡胡亂廝混，而是天天伴隨在五斤的左右，甚至比以前還顯得親昵。莽魁婆姨和保英他們看在眼裡，心裡踏實了許多。

「三月三，馬脫鞍。」天氣到三月底的時候，已暖和得讓人渾身感到微微燥熱。已經虛歲喊七的五斤已經換上了開襠褲，露著他的小雞雞整天四處帶狗瘋玩。那根獸鞭被他用水洗過後，竟然柔韌無比且晶瑩透亮，簡直像件寶物。五斤整天帶在身邊，愛不釋手。保英看著噁心，說了幾次讓他扔掉，可他就是不聽。保英也只好聽之任之了。

樹葉已經越來越繁密茂盛，明亮的太陽光從樹縫中透射下來，灑下一片班駁的光影。

14、

自從保德神祕地死去以後，老三保文已經有整整兩個月沒有和銀珍約會了。他經常把窗戶紙捅一個破洞，整日癡然地趴在屋內，等候著銀珍在院子裡偶然進出的身影。有時兩人在院中相逢，保文瞅瞅四下無人，想對銀珍說幾句什麼，卻總見這個眉眼間曾對自己流蕩過千恩萬愛的水嫩女人，眼睛裡閃過一絲奇怪難解的神色，逃避般地從自己身邊匆匆走開了。這眼神讓保文陷入了深深的煩躁之中。他整夜整夜地失眠，苦苦回味這眼神所傳達的意思，是負疚、驚慌、後悔，還是怨恨、悲傷、自憐？保文不得而知。於是他只能輾轉反側，只能整夜一邊聽野貓夜賊般在房頂上追逐尖叫的聲音，一邊痛苦地摳著身下磨得油光發亮的葦皮蓆子。

三月底的一天晚上，保文一直熬到半夜三更，仍被渾身萬蟻噬心般的欲望之火熬煎得難以入睡。他感到自己脹得快要炸裂，腦袋中蜂鳴般嗡嗡作響。保文使勁地掐著自己大腿根上的肉，惡狠狠地咒罵自己：「你狗日的作孽呢！你狗日的離開女人就活不成了。」保文腦袋裡失控般地懸浮著銀珍的影子，飄飛著她那雙稍微解開一個鈕釦就會從裡面「噗嚕嚕」驚飛出來的一對肥美的鳥兒，還有她那像蒙上了一層霧氣般迷朦的眼睛、那豐潤的唇、那玉藕般白淨的臂膀、那渾圓而充滿誘惑的美臀、那……，保文感到自己正在不可避免地走向瘋狂。縱使他將大腿上掐得一片鮮血淋淋，也難以將這條已經蜿蜒出洞的黑色的大蛇重新趕回洞穴。房頂上自家那隻雪白的雌貓招來了一群棲在村外林子中的野雄貓，正在瓦片上兵走匪過般地嘶咬和角逐。保文能想像得出白貓在一旁觀戰的眼神，他覺得那肯定是類似銀珍投向自己的眼神，漠然而又捉摸不定。

「我日了你！」保文痛苦地拚命捶打自己的腦袋。

外面不知是幾更時分，夜色正潮水般淹沒著一切。院子裡沒有一絲聲音，這使保文恍惚間覺得全家人在一瞬間都已經莫名其妙地死去。他們各自的屍體正蜷縮在土炕上，像春雪一樣在這濃濃的夜色中正無聲地化掉。但有一個人沒有死，那個渾身一碰觸就會像毒蛇一樣扭動不止的水嫩女人沒有死。她此刻正盤踞在那張散發著陣陣膻腥之氣的土炕上，充滿誘惑地等待著獵物到來，落入自己早已經張開的血盆大嘴中。

保文終於像那些被魔鬼牽引著的夢遊者一樣悄悄地下了炕。他渾身血液逆竄，卻異常冷靜自如地在夜色中摸到了對面銀珍那間西偏廈的門前。保文輕輕地推了推門，見裡面死死地上了門子。在這萬籟俱寂的沉沉夜色中，保文清清楚楚地聽到了屋子裡銀珍那熟悉的粗喘之聲。

「銀珍，是我。」保文壓低嗓子叫了一聲。他此刻想起前半夜野貓那亢奮的尖叫，真後悔還不如藉著那片喧鬧早點來敲這扇木門。現在院子裡寂靜得如同死亡一般，自家那隻白色的雌貓正疲倦地臥在銀珍外面的窗臺上，安靜地望著自己。保文又一次在夜色中看到了貓眼中嘲諷的神情。

「銀珍！」

「銀珍你開門，求你了銀珍。」

「我有話跟你說哩。」

保文痛苦地將聲音壓低到了極限，一遍一遍地對著門縫說。他的眼淚順著眼角滾落下來，掉在自己赤裸的腳背上，冰涼冰涼。保文幾乎要放棄了這種令人悲傷的努力，可在這靜夜中，銀珍那越來越粗重的喘息清楚無誤地傳進他的耳膜。這聲音像一把毛茸茸的刷子在他渾身輕輕拂過，保文頓時感到稍微冷卻一點的血液又在周身沸騰起來，咆哮起來。

「銀珍，你救救我，銀珍。」

「銀珍，你心咋真的這樣狠。」

……

「銀珍……唉，你狗日的殺了我吧。」

就在保文由哀求變爲悲傷，再由悲傷轉爲憤怒，最終實在難以堅持這場無望的努力，準備轉身走開的時候，不料那門卻無聲地打開，一隻發燙的手立即將保文扯進了那間暖烘烘地散發著撩人氣息的屋內。保文還沒有來得及反應，就於一派昏暗中看到一團巨大的白色猛撲上來，緊緊地摟住了自己的脖子。銀珍身上一絲不掛，她粗喘不止地像雨點一樣狂吻著保文的唇、脖頸和臉頰，保文感到一團熱淚灑滿了自己的皮膚。被欲望折磨得幾乎發瘋的兩人甚至忘記了插門，就勢倒在炕沿上，瘋狂地扭成了一團。銀珍早已如同從溫水中鑽出來的一條鯰魚，渾身沾滿滑潤的體液。她在保文急迫得有些粗暴的壓伏下，發出一陣陣浮浪的呻吟。

「我日死你。」保文報復般地低聲罵了一句，就開始猴急猴急地脫自己的衣褲。銀珍扭動肉體，嘴裡喃喃道：「來，你來！看你有多大的本事。」可就在這時，窗戶紙卻「嘶啦」傳來一道撕裂聲，如同有一隻手從外面伸過來抓破了它。「啊！」銀珍發出一聲短促的尖叫，立即猛地推開保文壓著自己的身體，一骨碌翻身坐了起來。保文感到她剛才還滾燙的身子，一下子就變得冰涼起來。

「看把你嚇的。是貓，咱家的白貓。」保文急得火燒火燎，一邊說一邊又去按銀珍圓滑白皙的肩頭。

「不，不是貓。」銀珍的聲音充滿恐懼。

「是貓！我剛才在外面，看見白貓臥在你的窗臺上。銀珍，你快，你要急死我了。」

「不是貓，是保德！」銀珍說完，渾身嚇得竟然哆嗦起來。

這話像一道無形的利劍從周身的黑暗中呼嘯而過。保文看得見那條剛才還兇猛地噴吐著紅色信子、渾身扭動不止的黑色大蛇，被這把利劍一下子攔腰斬斷，蔫軟地癱臥在了地上。保文立即蔫鬆下來。他感到渾身剛才所結出的一層汗珠瞬間變得冰冷，像深秋裡落滿全身的雨滴。保文怔怔地站了一會兒，彎下腰把掉到腳面的褲子提起來繫好。炕上的銀珍也默默地扯過一條被單裹了身子，像尊雕塑般呆在那裡。她一言不發，沉靜得如同剛剛恍出夢境的十八歲的姑娘。

保文在她身旁的炕沿上搭半拉屁股坐了，心情沮喪地掏出一根紙菸點燃吸起來。他吸得很猛，那火紅的菸頭在黑暗中一閃一閃，像一隻垂死的眼睛。

「保文……」銀珍說。

「保文，我最近老是疑神疑鬼的，總覺得保德的孤魂老是回來看我呢。」銀珍說。

「保文，你甭生氣了。你要想做就做吧。」那銀珍復又緩緩將那床被單從身上掀掉，借著極微弱的一線天光，保文模模糊糊看見銀珍雪白豐腴的身子反射著一層冷光，就如同一個用晶瑩透亮的冰塊雕成的人一樣。保文的熱情被完完全全地扔進了谷底。他苦笑一下，將被單重新蓋在了銀珍的身上。

「銀珍，我不行了，我要不了你了。」

「三哥……」

「銀珍，你心裡是不是有甚話要給我說哩？」

「保文……」銀珍還是欲言又止。

「銀珍，我知道你心裡有話。你說，你說嘛。」

「……也許是我的疑心重了。保文，我把女人身子都給了你，我說啥你都甭生氣……，保文，我一直只想問問你，保德是咋死的，你眞的知道呀不？你甭瞞我，你知道就說你知道。」

「什麼!?」保文一聽如同當頭挨了一悶棍，「銀珍你說的甚話？咱大哥疑心重，以爲我和你有姦，讓保德撞見把他氣死了。你倒意思是我殺了保德？我和你再有情有意，保德也是我親兄弟呀，我能……唉，日他媽快把我氣瘋了。」

「保文你甭急。我知道你愛我愛得發瘋，連老堡那麼水靈的女子都回絕了。你眞的不是因愛我而設計害了保德？」

「你……你說我幹沒幹!?」黑暗中保文覺得自己簡直要氣得六魂出竅了。他眼睛裡噴著火，死勾勾地盯著在一團昏黑中難辨表情的銀珍。

「保文哥，不知道爲甚，我總覺得保德的死跟咱倆的事有關……」，銀珍頓了頓，低聲抽泣起來，「這麼些日子裡，我總是眼皮跳得厲害。一到夜裡右眼皮就跳，左眼跳財，右眼跳災哩。保文你也知道我是個要男人沒夠的女人，我夜夜都憋得腿根上流水呢，可我不敢找你。我總覺得保德那一雙死魚一樣的眼睛在看著我。嗚——嗚嗚，保文，你要是沒害他，他咋會這樣看著我？」

說著說著，銀珍的眼淚就紛落而下。她用被單撩起來捂了臉，乾脆傷心地嗚咽著哭出聲來。保文坐在一邊。心中被激起的憤怒和委屈，使他差一點撲上炕去將銀珍使勁地捶打一頓。他感到自己像是被人強行摁在地上，劈頭蓋腦地澆了滿臉滿嘴的屎尿一樣難受和充滿屈辱。而這些潑屎的人卻皆爲自己的親人，這更讓他絕望和不知如何應對。保文聽著銀珍的哭泣，看著她在昏黑中一抽一抽的肩頭，感到自己的心如同被剜出來掛在了寒冬的樹梢上一樣，渾身冰涼冰涼。他想說什麼卻說不出來，而是默默地把銀珍披著被單的身子攬過來使勁抱了一會兒，就一句話也沒有說地從這間偏廈屋中出去了。

「保文，保文，你還沒有說清楚呢。」銀珍壓低聲音在後面不停地叫著，但保文沒有聽見，他只聽見了自己眼淚嘩嘩嘩的流淌聲。

這時天似乎已經快亮了，半夜那濃濃的黑暗如同被稀釋了一般變成深灰。天上的星星雖仍可依稀辨出，但它們隱在越來越明的天幕上，已是弱光微微。叫頭遍的雞已經開始在禽舍中醒過來。牠們噗嚕嚕地拍打著翅膀，準備發出新的一天裡第一聲嘹亮而亢奮的啼鳴。

日子一天天變得熱起來。四、五月間是吊莊一年中最美麗的時節。北面遙遠的喬山的輪廓變得越來越清晰，彷彿一下子拉近了許多。村莊四周的所有樹木都已新綠嫩鮮，枝葉蔥蘢。田野中到處都是拔節的麥苗和金黃金黃的油菜花。在藍天白雲的襯托下，滿眼的景色真如同畫一般讓人陶醉。

農曆四月十八，六甲鎮迎來了新年伊始的第一個隆重熱鬧的鄉集。方圓幾十里的人們，這一日都像過年一樣興奮。他們到那人山人海的鎮街上去吃油麵、羊血粉湯、葫蘆頭、甑糕和各種各樣自打新年後就再也沒有嚐過的饞人零吃，去買賣豬羊牲口、農具家當和添置半年的常用之物，去看秧歌、耍社火和一場連著一場的全摺子大戲。這一天，通往六甲鎮的條條大道小路上，都螞蟻搬家般地走著滿臉喜悅的村人們。

這天吃罷早飯，莽魁婆姨去那孔舊窯洞給患病的丈夫送完吃喝回來，見保英、水娥和他們的女兒淨花在往架子車上鋪麥草和被褥，心裡明白這是準備拉著自己去六甲鎮趕集。莽魁婆姨忙攔住他們，說道：「你們各自去罷，我七老八十的人了，牙軟得甚都嚼不動，看見人擠人心裡潑煩，就不去了。」保英和水娥都費力勸了半天，見老母親執意不肯，就只好安排妥當中午的飯食，帶著五斤、淨花等一幫子崽娃們去了。

莽魁婆姨到堂屋的炕上迷糊了一小覺醒來，正想去後院給母雞拌些麩子，卻見銀珍正彎著腰在禽舍前拌食呢。從後身望去，她肥滾滾的屁股緊緊地兜在薄褲裡，像兩個盛滿了水的皮袋子一樣顫晃。

「看把我娃悽惶的！這般年青，沒男人的日子怎麼熬啊。」莽魁婆姨心裡歎著，就顛著小腳顫巍巍地走到銀珍身後，在她肉乎乎的肩頭疼愛地撫摩了一下，問道：

「我娃，今天是四月十八呢，你咋不去六甲鎮上遊玩遊玩？媽給你錢，你去散散心，吃點零嘴啥的。看把你勤快的。」

「媽，我不去。村裡的婆姨們早上喊我去，我推辭了。媽，你咋沒去呀？」

「媽老了，媽還有幾天活頭？看把我娃可憐的。媽知道你心裡難受，見不慣熱鬧。唉，娃啊，事情過去就過去了，你還年輕，要往遠處看。」

「媽，我知道。」

「……保德五七早都過了。媽知道你是個守貞的女人。可你這麼苦呵呵的，做娘的心裡能不難受嗎？」

「媽，我進了袁家的門，就活是袁家人，死是袁家鬼。我不會離開你和我爹的。」

銀珍拌完雞食倒進槽中，就和婆婆一同在井臺旁一根鋸倒的棗樹上坐下，一邊暖暖和和地曬著太陽，一邊說閒話。莽魁婆姨心裡有事，說著說著就又談到了銀珍嫁人的事上。銀珍岔開了沒幾句，見婆婆還是心不在焉，便問：

「媽，是誰託你給我說媒是嗎？媽，你不要你這個苦命的媳婦了？」說著眼圈就紅了。

「不是不是，我娃多心了。」莽魁婆姨見狀，心中更是喜歡起銀珍來。她拉過銀珍的手，說道：「有件事媽想了很久了，說出來你合計合計，看能行不能行？咱家保文論輩分是你的大伯子，但這幾年世道變得開通了，也再沒人提這個茬。我尋摸著你和保文續了親，咱一來能親親己己地一起過日子，二來我娃沒丈夫的有了男人，沒婆姨的也就有了女人了。銀珍，你說呢？」

沒料到銀珍的臉色卻陡然變了。她從樹墩上站起身就走，嘴裡嘟嘟囔囔道：「媽你看看你！這說的叫甚話？還嫌咱老袁家沒讓吊莊人的風言風語笑話夠嗎？」莽魁婆姨叫也叫不住，看著她那豐腴的身子穿過滿院燦爛的陽光，逕直走到大門外去了。

莽魁婆姨一下子怔在了那裡，心裡沒著沒落地不知道該做點什麼。

15、

五斤跟著保英、水娥、淨花一夥人到六甲鎮去趕集。保英拉著架子車把一群崽娃載了，一路說說笑笑，順著兩邊栽滿鑽天楊的土路朝西而去。五斤是滿車女子中唯一的一個兒娃，自然顯得比誰都瘋張。他在架子車上一會兒坐下，一會兒站起，滿嘴調皮話。他手中拿著那條已經磨得閃著亮光的狗鞭，時而揚起來把保英當駕轅馬吆喝，時而又直往淨花等女子的脖子上套，說是給她們做的項圈。保英知道那是什麼物件，心裡噁心，就叱責了五斤幾句。挨罵的五斤蔫了精神，愣愣地坐在車幫上不再言語。那條或狗或狼的黃獸緊攆著架子車跑，熱得舌頭吐出老長。黃獸望著五斤手中那根閃光的鞭子，狡黠的狗眼中一片灰暗。

離六甲鎮還老遠，就聽見鬧市上的一片嗡動之聲，像浩蕩無邊的蜂群正在那裡飛舞一樣。從野狐溝那道窪地中爬上坡，就可以看見六甲鎮那些青灰色的磚樓、古塔、煙囪和高低錯落的一排排房屋。從四面八方湧向這裡的人們，幾乎已經塞滿了六甲鎮的每一條街巷。遠遠地看不眞人群的穿梭，而只是黑壓壓一個整體在緩緩地移動，就如同正在一大塊苫布上拚命舔食蜜糖的一大群螞蟻。通往六甲鎮的數條小道上也正行走著來來往往的行人和驢車，如同一個巨型蜘蛛許多彎曲的爪子。

五斤挨了保英的叱責，心裡彆彆扭扭地不高興了一路。當架子車匯入那股人流的時候，他卻早已忘記了剛才的不快。他眼花撩亂地盯著街道兩旁熱氣騰騰的油糕攤子、羊肉鋪子和各種各樣誘人饞蟲的好吃貨，眞恨不得跑過去挨家挨戶地逐一吃個痛快。保英把架子車拉到鎮西一個熟人家寄存了，這才帶崽娃們到鎮街上遊玩。「你們都甭急，跟我先到豬市上買了豬崽，回過頭再給你們買零食。街上人多，大家手拉住手甭鬆開，小心走丟了。」說完回過頭看時，卻早已經沒有了五斤和黃獸的影子。保英朝四周大聲喊了幾句：「五斤！五斤！」，讓水娥把幾個女娃攬住別動，自己又四下跑著尋了一圈，沒見著個人影，這才折身回來。

「唉，這娃傻得厲害。這麼大丟倒是丟不了，但兜裡沒錢，人家誰能把油糕白讓你吃？」他惋惜地嘟囔了一聲，這才和水娥一道領著剩下的女娃們遊轉去了。

五斤在人群中看見了一個熟人的影子，那是鱉旦的兒子牛牛。牛牛當時正站在一個賣煎粉的攤子前，手裡捏著錢排隊買粉。牛牛自打鱉旦和保英成了好朋友後，一直和五斤廝混在一起，玩得十分投機。五斤當下就忘了保英，獨自跑到牛牛跟前去了。等再回頭找時，保英、水娥一夥卻已經被摩肩接踵的人群隔得不見了蹤影，只剩下黃獸還忠實地跟在自己的身後。

「不管他們，咱倆一道耍罷。我也尋不見我爹我媽了。」牛牛碰見五斤，自然也是高興得不行。

「可我哥還沒有給我逛街的錢呢。」五斤說。

「我有我有。」牛牛說了一句，再掏錢時卻發現連再添一碗煎粉的五毛錢都沒有了。賣煎粉的老婆姨見狀，收下了那僅有的三毛錢，給五斤也盛了一碗。兩人坐在小矮凳上胡嚕幾下就吃完了。這才牽了手，帶著黃獸滿街揀最好玩的地方亂跑亂逛起來。

「看人家鎮上的人多美！想吃啥就有啥。」牛牛貪婪地望著沿街兩旁一家挨一家的小吃鋪子和糖果零吃攤子，羨慕得口角上涎水「吸溜吸溜」地不住往下流。

「住在鎮上人家也不會白給你吃，得有錢才行。」五斤沮喪地說。

「那咱以後掙了錢再住到鎮上來。」牛牛說。

「就是哩。」

兩個崽娃一邊說著話，一邊在熙熙攘攘、摩肩接踵的人群中亂竄。那些冒著騰騰熱氣、散發著陣陣誘人香味的零嘴吃食，使他們的肚子中不時發出一串「咕咕咕」的聲音。五斤摸遍了自己的幾個衣兜，竟連平時在野地裡挖到的那種古幣都沒有一枚，這使他萬分沮喪。兩人就這麼漫無目的地走，哪裡熱鬧就往哪裡湊。逛到六甲鎮北關時，那邊傳來一陣嘈鬧喧天的鑼鼓聲和人們的哄笑。

「走，快去看，快去看，是耍猴的。」牛牛喊了一句，兩人帶著黃獸就從大人密密麻麻的腿縫中七繞八拐地鑽出來，朝著鑼鼓響起的地方跑去了。

北關一座青磚大院前的空場上，果然來了個耍猴的。此時場子已經被趕集的人裡三層、外三層地圍住。五斤和牛牛怎麼也擠不進去。兩人能聽見耍猴人洪亮的大嗓門和人群中爆發出來的一陣陣哄笑，卻連圈子裡一個猴影也看不見。兩個崽娃急得一圈一圈在人牆外轉悠，恨不得能生出一雙翅膀來。

「看把你兩個崽娃！看不到耍猴你倆倒急得跟猴似的。哈哈哈。」

五斤和牛牛回頭看時，青磚大院那扇黑漆朱邊的大鐵門打開，一個老漢正走出門來。老漢生得鶴髮童顏，儀態高古，就像是年畫上的仙人。他剛笑哈哈地說完，眼睛卻緊盯著五斤的手，臉上立即顯出十分驚詫的表情來。他上前來緩緩蹲下身，右手小心翼翼地執了五斤手中那條磨得發光透亮的狗鞭，端詳半天才開口問道：

「兒娃，這是甚物？你從哪裡得來的？」

「是牛筋。我大哥要鏟了去埋，我要來去澇池裡清洗乾淨，後來就越磨越亮了。」

五斤見那老漢神態不凡，站在那裡老老實實地回答。那牛牛卻耐不住潑煩，扯了五斤的手直嚷：「那邊有堵廢牆，趕緊，咱爬到牆上就能看見耍猴了。」沒料到老漢卻扯住了牛牛的衣衫：「這不是吊莊鱉旦家的牛牛嗎？哦，我知道了。這就是咬你卵蛋的黃獸，那你就是五斤了，袁莽魁的七兒子對不對？」

「對啊，可你是誰？」五斤疑惑地問。

老漢並不答話，而是哈哈哈又發出一串十分爽朗開心的笑聲。他把兩個崽娃的光頭攬住，道：「你倆甭急，我叫人從家裡抬個架子出來，讓你們站上去看。不過五斤，你能把這根狗鞭賣給我嗎？你說多少錢我就給你多少錢。」

五斤聽見老漢的話吃了一驚：這麼個破爛物件竟然能賣錢？這傻老漢怕是有病哩。他這麼想著，就半信半疑地說：「眞話？那你給我五塊錢，行嗎？」沒想到老漢說話間已經掏出錢來，道：「我給你十塊錢，你兩個好好到街上放開肚子吃去。」

五斤和牛牛看著老漢手上的錢，簡直恍若做夢，不敢相信這是眞的。此時，耍猴人大概已經開始了猴子拉車、雙猴鑽火圈之類精彩的表演，引得人群中不時傳來哄笑和拍手的聲音。牛牛和五斤看見這張十元大鈔，早就忘了看耍猴的事。此刻他們腦子裡浮現的全是饞人口水的零吃：串兒糖、油糕、拐棗、麻油豆腐腦、釀皮子……五斤生怕老漢變卦，幾乎是一把搶過了那張錢，順手就將那根狗鞭遞了過去。可就在老漢伸手來接的當兒，一直臥在一旁熱得直吐舌頭的黃獸，卻嘴裡嗚嗚了一聲，敏捷地一躍而起，躥上前來一口將那根鞭叼了，掉頭就朝回吊莊的方向跑去。

「花花，花花，回來！」五斤急得跺著腳大聲吆喝，卻見那黃獸理都不理地只顧狂奔而去。五斤將錢萬分遺憾地塞回老漢手裡，口裡道：「我去奪來再賣給你。」說罷拉了牛牛就要去追黃獸。那老漢卻伸手將他兩人攔住，深深地歎口氣道：「唉，甭攆了，甭攆了，就算是攆上了怕也白搭。天造萬物皆有所歸，那寶物怕生來就不是用來入藥替人療病的。罷了罷了，這錢我也不要回，你倆拿去花吧。」說罷老漢滿臉癡迷之色地就要轉身走回那座青磚大院。不料想五斤卻把錢往他懷裡一塞，說了句「我白拿你錢不成叫化子了？」，然後牽起牛牛的手，飛快地朝著黃獸剛才跑的方向追去了。

「怕是要出下甚禍事呢。」那儀態高古的老漢仰首感歎一聲，隨後進了院子。那扇沉重的黑漆鐵門「咣啷」一聲緊緊閉上，把院前空場上耍猴攤上的陣陣哄笑齊刷刷地隔離了開來。

五斤和牛牛眼看著到嘴邊的吃喝享用就這麼飛走了，心中的沮喪比剛才更勝了一籌。他們倆跑得一臉髒汗，翻過野狐溝才趕上了黃獸。黃獸此刻正爬臥在一叢臭蒿子旁的土堆上，呼呼粗喘，舌頭吐得像蟒蛇的信子，那根狗鞭卻不知了去向。五斤在氣頭上，過去照著畜生的屁股就狠狠踢了幾腳，黃獸吱吱尖叫起來卻並不跑開，而是用一雙狡黠的眼睛瞅著自己的小主人。

「你把我的牛筋呢？」五斤揪著黃獸的耳朵把牠扯起來，在牠臥過的地方四處搜尋。

「怕是叫牠給吃了。」牛牛也跟著踢開幾塊土坷拉，「那東西是牛筋，是牛身上的肉。黃獸餓瘋了，保準把它嚼爛嚥進肚子裡了。」

這麼一說，兩個崽娃都沒了精神。五斤不解氣，又把黃獸踢了幾腳，嘴裡狠狠地罵道：「驢日的！你要不叼走鞭子，咱能買多少好吃貨？日你媽你吃的不是牛筋，是羊肉泡饃，是麻糖和油糕呢。看我回去把你狗日的殺了吃肉。」罵完了，兩人回頭朝六甲鎮的方向望了望，見集市正鬧，黑壓壓的村人仍在那條條街巷上蠕動，知道時間尚早。牛牛還未盡興，叫五斤一道再回集市上去遊逛，五斤心裡卻灰塌塌地沒了興致。他說：「牛牛，咱到古陽的磚廠耍去。」牛牛說：「我要到鎮上去看耍猴。」五斤說：「要麼咱回吊莊，去村後的廢瓦窯裡逮蛇。」可牛牛還是堅持要回鎮上去看耍猴。五斤便不再言喘，扭頭就朝回吊莊的土路上走了。黃獸站在那裡瞅了瞅牛牛，搖起尾巴飛快地追著五斤的屁股去了。

牛牛站在那裡，望望五斤頭都不回一下的背影，又看看遠處鬧聲喧天的六甲鎮，最後還是重返集市，去耍猴攤子上看熱鬧去了。

五斤不理黃獸，只是悶頭往前走，一面走一面踢著路面上的碎石子和土坷拉。暖融融的陽光從頭頂照射下來，讓僅穿著一件粗布單衫的他，渾身都熱得出了一層細汗。五斤抬頭看看天空，見那顆太陽正在空曠無雲的藍天中隨自己的走動而孤獨地穿行，就好像是自己用手中一根看不見的細線牽著的一個大火球。黃獸不出聲地跟在後面，偶然看到田野的洞穴中有黃鼠狼立眉豎目地探了身子出來，它也只是不出聲地猛撲過去，把它們斷咬得血肉模糊。

五斤走到吊莊村後的廢瓦窯上，見整個村莊似乎空無一人，四處靜悄悄地沒有一絲聲息。他在窯頂的那堆碎磚塊中挖了些灰土鱉、柳葉蟲和地老虎，卻見牠們都成雙成對地疊伏在一起。五斤模模糊糊地知道牠們在幹什麼，心中噁心，就扔了去餵黃獸。那黃獸卻不吃，只是興奮地衝著蟲子們又叫喚又蹦跳。五斤走了好幾里土路，來廢瓦窯上玩又掃了興致，便無聊地在窯旁塄坎上的一堆麥草上躺下來歇氣。太陽光溫暖地從頭頂照射下來，像一雙溫熱而柔軟的手輕輕地撫摩著他的身體。五斤通體疲倦而舒坦，漸漸地便進入了沉沉夢鄉……

睡夢中五斤又看見了那條神奇的鞭子，它很快地在青草中遊移，五斤怎麼也抓不住。五斤以為有誰在用看不見的細線牽著它跑。待好不容易抓到手時，卻發現它變成了一條深紅色的長蛇。這條蛇不但不像他過去常抓的那些綠蛇、青蛇或花蛇那樣渾身冰涼，反而溫熱甚至有些滾燙。火蛇先是溫柔地纏繞著五斤的脖子，最後竟不小心鑽進了他的襠裡，把五斤的小雞雞纏了起來。起初它柔軟而多情，最後卻越纏越緊。五斤用手死活都撕扯不開，只覺得下身越來越脹，越來越疼，眼看就要爆炸了……

五斤尖叫一聲醒來時，卻發現自己的褲子不知何時被褪到了膝下，那黃獸正伸著細長滾湯的紅舌頭，在自己的雞雞上亂舔。牠剛才咬死黃鼠狼的污血和一些不知是什麼的黏稠的東西骯髒地滴了五斤兩腿。五斤更爲驚訝的是，自己的雞雞不知何時已經如同凌晨時憋了尿一樣，變得硬而粗壯起來。五斤噁心地尖叫一聲，一腳把黃獸踢了個趔趄。他扯來些麥草把腿根和襠間擦乾淨，這才提好褲子站起來。

黃獸好像被踢傷了前腿，牠驚懼地趴臥在地，一雙眼睛委屈地直直看著五斤的臉色。五斤來回走了兩步，覺得整個腹部和大腿都有一股癢酥酥的感覺。這種感覺不知爲何讓他想起了小時候，自己趴在娘胸上吃奶時身體裡那種微微的癢酥。

五斤走過去抱住黃獸的頭，用手摸著牠那緞子般光滑的皮毛，用自己的衣袖把黃獸眼角的淚水擦了，嗔怪地說：「花花，是我錯怪你了。但我現在長大了，你再舔它叫人看見就會說我是流氓。花花，以後再甭舔它了。」黃獸趴在那裡嗚咽起來，像是在說一些讓人莫解的話語。

大概是正午了，太陽光線一下子變得粗大而稠密。吊莊村子周圍平坦坦望不到邊的田野，置於這種強光的照射之下，顯出一種神祕的靜謐。陽光垂直而充滿質感，五斤似乎看見大片大片的麥苗被它壓伏得貼在了地面。這種感覺使他心裡忽然害怕起來，忙喚了黃獸朝家裡走去。

路過老莽魁住的那孔舊窯的時候，五斤趴在門縫往裡邊瞧了一眼。只見莽魁依舊那麼身體僵直地面壁而坐，嘴裡在咕咕噥噥地念叨著什麼。他那不停放屁的毛病仍無一絲好轉，在一片令人尷尬的響動中，濃濃的臭氣從門縫中強烈地飄溢而出。

五斤掩了鼻子，像個陌生人一樣地走開了。

16、

六月初菜籽收進倉裡以後，南山石碑一帶的油匠和麥客便一同下山，蜂擁到吊莊一帶這片北方相對寬裕一些的地方來尋找活路。麥客腋下都挾了四、五把飛快的鐮刀，油匠則揹著一捆捆被油浸透了的粗麻繩。他們像一群群蝗蟲，沿著塵土飛揚的道路南下北上，一路上粗聲野氣地談論著女人和錢財。這時田野裡的麥子已經是金黃的一片，開鐮收割的忙季就要到來了。

吊莊的麥子比鄰村稍晚了幾天，而油坊卻早早地張羅開了。十五、六個石碑的榨油把勢被吊莊人雇請住下，開始在莊東那座已棄置了整整一年的油坊中盤灶架繩，立樁包圈。成袋成袋的菜油籽被堆在油坊院內的空場上，散發著一陣陣清香。

「能下豬圈當劁匠，不到油坊當油郎。」這是吊莊一帶多年來流傳的一句話。在這三伏盛夏，低矮逼仄的油坊中那口蒸爐日夜火焰熊熊，磨盤飛轉，一根大樑被拉起、放下，放下、又拉起，令人心驚膽顫。整個作坊四處都是濃厚得三尺之內看不清對面的白汽。炎熱和潮氣使那些能下得苦力的石碑油匠們身上一件衣服也穿不住。他們赤身裸體，頭髮剃得精光，用一塊蘸了涼水的毛巾往襠間一綁，整天不閑地在這蒸籠般的空間裡大汗淋漓地勞作。他們滿身油污，偶而出來屙屎撒尿，讓人老遠就能聞到一股發膩的油腥味。這些油匠幾乎一水是尚未婚娶的青年小夥，都是欲火正盛的年齡，油坊那烏煙瘴氣之中，便整日是他們一邊幹活、一邊沒完沒了地談論女人的粗野之聲。

天熱得已經讓人喘氣都有些費力了。村裡村外的樹葉間到處是刺耳的蟬鳴。這一日吃罷早飯後，莽魁婆姨正在後院的豬圈中爲母豬拌食，院子裡保文卻「媽！媽！」地叫起來。莽魁婆姨在前襟上擦了手出來，見保文手裡竟提著紮得緊緊的一床薄被，身後還挎著一個布褡褳。莽魁婆姨心裡一怔，忙問：「三伏六夏的，你拿了被褥幹什麼？」保文臉色很難看，他沒有回答老母親的問話，而是說：「媽，咱去堂屋，我有話給你說哩。」這話又讓莽魁婆姨的心中咯噔了一下。

母子倆到堂屋中坐下。保文從懷裡掏出一疊揉得髒爛的票子放在那口土漆老櫃上，沉默了半天才說道：

「媽，這是我這幾年攢下的幾個錢。數兒不多，您拿上。遇事的時候使喚，就算您三兒在身邊了。」

「保文，你到哪裡去呀？你是不是嫌媽把你和銀珍的事沒有撮合成，負氣要到外面浪逛去呀！傻娃啊，這事急不得，只能慢慢來。」

「媽您甭說了！銀珍就是要想跟我我都不會同意。我上次給您說了，叫您甭再開口提這不結果子的話了。」

「那你是甚事燒包得要離家出走呢？！」莽魁婆姨動了氣，流著眼淚罵起來，「把我這不死的老妖精，活這麼長做甚呀！看看我娃死的死，走的走，我還不如早閉上眼睛清淨呢。唉，把我這栽在世上的老妖精呀。」

「媽，你……你甭氣急！我不是要出家，我是到咱莊上油坊裡去學榨油呀。」

「學榨油？」莽魁婆姨根本不相信地望著保文，「你哄騙誰都哄騙不了你媽！這麼長時間了，你整天一句話不說地出出進進，是心裡有事哩。我娃啊，你到底有啥事不能給媽明說？」

「唉。」保文長長地歎了一口氣，他摸出一根紙菸點上，把櫃子上的那卷錢壓在旱菸盒底下，「媽，我眞的是閑得心慌，想去學學榨油。一來能學門手藝，二來也能掙幾個錢。媽，我不騙你。我要是出遠門，身上一分錢不帶行嗎？」

「油坊就在莊南，門口到炕邊那麼近的路，你爲啥還要拿鋪蓋？你是哄媽哩，唉，我娃再也不想管他老媽了。」莽魁婆姨越說心中越悲傷，眼淚紡線一樣地淌了下來。

「媽，我住在油坊裡圖個熱鬧。天天能回來看您，您別傷心，您老人家千萬別往心裡去呀。」這麼說著說著，保文的眼圈卻也紅了。

「你去吧，那你去吧。你們都是大人了，媽也管不動了。你走你的，你也用不著每天回來看我這個不死的老妖精了。」

保文瓷頭愣腦地呆坐著。他左右打量著這間堂屋，把牆上先人的畫像和牌位、那張老櫃和老椅子、八仙桌及角角落落的陳設都細細地看了一遍。他目光一團迷茫，白淨得像書生一樣的臉上腮肌一張一弛，心中似乎充滿了難言的祕密。老母親仍坐在炕沿上唉聲歎氣地流淚。保文張了張嘴，卻沒有說出話來。他默默地站起來提了那捲舖蓋，一頭就衝出堂屋的門而去了。

到了這日下午，莽魁婆姨心裡總是沒著沒落地像丟了魂一般。她支使五斤去油坊看看三哥保文是不是在那裡，五斤正在門道裡和牛牛玩一種叫「丟靶子」的遊戲，扭頭裂脖地根本不聽老母的吩咐。莽魁婆姨訕訕地又去差老四保武。保武勤快，跑了一趟回來，說三哥是在和那夥石碑下來的油匠在一起幹活呢，她一顆怦怦亂跳的心才漸漸安穩下來。

保文確實是去了吊莊油坊。他是於前一天找到在油坊管事的武賢說起這件事的。武賢當時一聽就瞪圓了眼睛：「保文，你瘋了還是傻了？你圖的甚？這裡一天累死累活，掙的錢還不如在吊莊幫人割麥多。你看看咱村有誰來？除了我照看著別讓外鄉人偷了東西，青一色是南山石碑的油匠。你來不光受罪，他們還彈嫌你分了他們的飯食。保文你怕是腦子真有病了。」保文說：「錢我不在乎，我只是想學門手藝。」武賢笑道：「啥手藝不好學，偏選這個！瞧你白瘦的樣子，進來還不叫那幫南山狼當女人給弄了。」保文眼裡閃爍著一團可怕的光芒，他說：「這你就甭管了，你到底是同意還是不同意？」這神情倒把武賢給嚇住了。他滿臉疑惑不解地說：「我有啥不同意的？你是咱鄉里鄉親的，你眞要來，我還要封你當頭兒管事哩。」保文臉色陰沉地丟了一支菸給武賢，連一聲謝謝都沒說就走開了。

保文是當天下午就進油坊幹活的。他不像南山油匠那樣脫得精光溜赤，而是穿著短褲和背心。武賢把他介紹完就走了，此刻整個油坊裡就剩下了他和那一群幾乎渾身不掛一線的南山客。一個臉上生滿賴瘡的莽漢走過來道：「你穿那麼多衣服做甚，是沒有長著男人的傢伙嗎？」一語剛落，那群眼光裡明顯帶著排斥神色的傢伙一齊放肆地大笑起來。保文在一團濛濛蒸汽中環顧四周，他兩腮的肌肉有力地繃成幾道肉稜，眼光中噴射著陰險的亮光。

「你看甚哩？怎麼，還想動手呀？別看這是在你們吊莊，老子走南闖北的，怕過甚！」那莽漢挺著囊嘟嘟一身肥膘，一臉輕蔑的樣子。另外一夥南山客見狀，齊聲給莽漢叫起好來。

「開始榨油吧。」保文終於說，「我雖然是工頭，但什麼都不懂，還望各位教我一把。這位老哥，你說我是先從哪一道工序開始學起？」

那莽漢見如此擠兌，這個吊莊的本地漢子連響屁都不敢放一個，甚至還滿臉堆笑地稱自己爲大哥，心道：瞧你那細皮嫩肉的樣子，跟個婆姨似的，看我晚上不治死了你。想到此，他臉上也勉強露出了些笑容道：「你就跟著老肉去蹲鍋吧。老肉，領著他去蹲鍋，下午到黑要出三十個活兒呢。」那邊騰騰的白色蒸汽中應聲出來一個人，約二十三、四的年齡，卻生得皮厚肉糙，渾身閃著一層黑亮的油光。他過來嘻嘻哈哈地摸了一把保文的臉蛋，猥褻地說：「禿哥，這貨要是個婆姨，你怕就不捨得讓我領去蹲鍋了吧？哈哈哈。」眾南山客也隨即哄堂大笑起來。

蹲鍋是榨油諸道工序中最累人的活兒。由一人蹲蹴在爐膛前不停地塞麥草續火，另一人則把十幾笸菜籽一邊架在大鐵鍋上熱蒸，一邊用兩柄大木錘反復打磨，直至黑色的菜籽顆粒全部化爲黏軟的漿汁。老肉大咧咧地給保文教了教使木錘的要領，自己就跳下灶坑去，扔過來一句話：「念你長了個婆姨身子，別叫火熏黑了嫩肉，你就在上頭敲錘吧。」保文知道燒火要比敲錘輕鬆許多，但他並不言語，兩手各執了一柄大木錘，摔開膀子就幹了起來。南山客在一團濛濛白汽中斜眼看著這個來搶他們飯碗的此地虎，心道：就你一個瘦弱白淨的女人樣，也敢來吃這碗飯？你狗日的這幾下看著夠勁，若能堅持半個時辰，就算你老先人把德積下了。但漸漸地他們就失去了耐心，因爲一個時辰過去了，保文還是如初般地掄著木錘。兩個時辰過去了，他依然毫無懈怠乏力的感覺。

「這狗日的是個蠻子！」南山客們失望地罵了一聲，開始各自忙活自己手邊的活路。

老肉也斜眼瞅著站在大鍋架板上的保文。他看見套在保文嫩生生皮肉上的那件背心和短褲早已經被汗水浸得濕透。隨著他每一次掄錘，就有一陣雨滴般的汗水落下灶膛。「我讓你狗日的逞能。」老肉惡狠狠地罵了一聲，便扯了白長的新麥草拚命往爐膛中塞去。火焰立即從膛口像蛇一樣往外竄得老高，幾乎就要舔著了保文的腳板。不一會兒，老肉見保文果眞跳下架板朝外走去，立即嘿嘿嘿地獰笑了起來：「脫衣服都不敢當著男人的面，你是長著女人的騷X了嗎！看把你怪的。」保文陰沉著臉並不回嘴。片刻工夫之後，重新從外面回來的保文讓眾南山客都大吃了一驚：他不但沒有脫去背心短褲，反而又加穿了長褲和長袖布衫。他一語不發地跳上架板，手中那兩柄木錘立即又「咚咚咚」地發出了沉悶而有力的敲打聲。

「這狗日的呈的甚精怪？」

「嘻嘻，眞是日怪透頂。」

「他怕是腦殼有啥毛病吧？」

南山客驚得都停住了手中的活，狐疑滿腹地議論起來。那個叫「禿哥」的莽漢忍不住走上前去，一把就去扯保文的褲子：「我看這狗日的怕是婆姨扮的呢！兄弟們，來扒了他的褲子，看他長的到底是條子還是餅子。」眾南山客興奮得發出「嗷」的一陣狂叫，十五、六個赤身裸體的影子從四周的白霧中就朝這邊擁來。就在這時，只聽得一聲吆喝，武賢從外面走了進來。

「賊日你媽！我看你狗日的是活得潑煩了。我吊莊兩千來號人，一人彈你狗日的一指頭，就能把你碾成肉醬。膽子大的，竟然欺侮到保文頭上了。」武賢一邊罵，一邊從架椿上操起一根棍子，劈頭朝著禿哥就打。那莽漢並不驚慌，而是伸手將棍子的另一頭抓住，陪著笑臉對武賢說：

「武賢老哥哎，我們不能欺負你們吊莊人，可你們也不該欺負我們吧。你問問大夥，我們為甚扒他的褲子？是他給人家老肉的臉上撒尿呢。老肉你給武賢哥說說，是呀不是？」

「就是就是。你看這陣子我臉上還有他的尿水呢。」老肉在一旁立即做出一副義憤填膺的樣子來。

「我們是出門在外的苦命人，他做甚要這樣搔我們的臉皮？我們來給吊莊榨油，又不是來榨吊莊人的血水，他做甚要把事做得這樣毒？」禿哥話說得硬邦邦的，可手還是從保文的褲帶上鬆了開來。

武賢眼睛裡流露出迷惑的神情。他望望四周一圈南山客，又抬頭看了看站在鍋架上的保文。

「保文，你不會吧？保文你個死鱉，倒是說句話呀！你沒有給老肉臉上撒尿對吧？你說你沒有，我到吊莊把人喊來，活埋了這群狗日的南山佬。」武賢仰著臉給保文說道。

「保文你說話呀！」武賢說。

「保文你日你媽故意來給吊莊丟臉來了？你熊人倒是放個屁呀。」武賢幾乎吼了起來。

「啥事不好都賴到我頭上吧。」保文神情漠然地說了一句，就似乎什麼事情也沒有發生一樣，轉過身掄起木錘，又「咚咚咚」地打磨起來。

「武賢老哥你看，我們沒有說瞎話吧。」禿哥得意地說。

「就是哩，就是哩。」眾南山油匠嘴裡一邊嘟囔著，一邊四下分散，各操各的營生去了。「掄錘掄錘，你日你媽就知道掄錘。」武賢衝保文日娘叫老地罵了一句，轉身對禿哥一夥嚷道，「都忙去，趕在十七日之前不把頭茬油給我榨出來，你們狗日的甭想從我這裡領走一分錢。」說罷鐵青著臉從這噪聲轟響、白霧瀰漫的油坊中低頭出去了。

保文從這一天開始，總共在油坊中和這群南山客待了整整八天時間。據武賢後來四處給人講，在這八天裡，保文簡直丟盡了吊莊男人的臉面。那些粗鄙放浪、秉性頑劣的南山石碑鎮的油匠們，像圍攻戲耍落入狼群中一隻肥美白淨的綿羊一樣，尋找各種機會羞辱和戲弄保文。油匠們每夜都扯了涼席在油坊院子的露天過夜，只有保文一人裹著被子默不作聲地睡在那間客房裡。從第一天開始，他幾乎每天都加穿一件衣服，以至於到最後竟穿起了棉襖棉褲在蒸籠般的油坊裡幹活。他做遍了蹲鍋、起槓、紮陀、吊渣和出油的每一道工序。他像個啞巴般不說一句話，甚至對於那些粗魯的南山客的嘲笑和羞辱，也像個受氣的小媳婦面對自己暴烈的男人一樣逆來順受，怯懦得讓吊莊的大小男人們後來都羞於將這段故事說給外姓之人。

在沉默了數天之後，保文開口說話是在四月十七日下午。當時那幫赤背光股的南山油匠和他一起榨出了第一撥清油。在大樑「吱扭吱扭」的迴響中，保文看見清亮的新油從槽眼中歡快地流進那尊老甕時，終於開口說了一句話：「終於到頭了。」禿哥、老肉等油匠們正忙得不可開交，當時誰也沒有注意這個在蒸汽熏人的油坊裡身穿棉衣棉褲的怪人這句不經意的咕噥。

保文失蹤於何時，誰也說不清具體的時間。四月十八日清晨，赤身睡在油坊院子裡的十幾個南山油匠，幾乎都做了一個相同的夢。他們在夢中找到了一條澎湃的油河，滿河奔騰的新油正載著他們向前漂流。油面上浮滿了花花綠綠的票子……清晨的涼風把這夥貪婪而刁頑的漢子們過早地凍醒了。他們發現剛才的夢變成了現實：那口盛有數百斤新油的老甕不知何時翻倒了，昨天剛剛出磨的那些清亮金黃的液汁已經流滿了院子，流滿了他們身下的席子和褥子。滿院那細粉般的塵土被新油浸泡著，發出一陣陣令人作嘔的腥味。

在這之後，這些油匠和隨後趕來的吊莊的村人們才發現，老袁家的三兒子袁保文，徹徹底底地失蹤了。

17、

夏天到來了。隨著太陽越墜越低、越燃越熾，這塊土地上的一切似乎都猛烈地燃燒起來：大地滾燙烙腳，樹叢深處蟬兒在瘋狂鳴叫，澇池裡池水熱得將魚兒、青蛙煮得死屍漂起一層。但這一切都不值得害怕，眞正令人難以忍受的，是自己胸腔中那顆熟悉的心臟也燃燒般狂躁起來。一種摧毀的力量在每個人的情緒中飛快地孳生，一日比一日變得強大和難以駕御。

莽魁婆姨在這個夏天裡充滿了可怕的預感。保文去油坊後，她派保武去證實了保文並沒有騙她，心緒才略略平靜下來。但那種預感卻像棲在枯枝上的蒼鷹一般，一動不動地盤踞在自己的心中，任何驚擾都不會輕易使它飛走。「唉，把我這個老不死的妖精，活著等罪受哩。」她經常這樣自言自語地歎息。保英是個孝子，常在晚飯後到堂屋來陪老母親說說閒話。他驚訝地發現，年逾古稀的老母在這個夏天裡變得極其敏感而好動。她嘴裡的話滔滔不絕，身子根本就坐不住，總像是在等待什麼人一般六神無主地來回走動。

四月十八日保文從油坊失蹤的消息傳開，吊莊被這件突然的意外攪了個天翻地覆。人們議論紛紛，猜測保文出走的原因、去向甚至他出走時誰也不得而知的那些細節。保英腦子裡一片嘈亂地從油坊回來。他對這個兄弟一直心存懷疑和討厭。他的出走並沒有在保英心中引起什麼驚懼和傷悲，令他難以容忍的是油坊院中幾百斤新油將泥土澆出的那股腥味，是吊莊男女老少憤然而起的那片罵聲。「保文你個熊人，把咱的先人算是虧完了。」他一邊往回走，一邊在心裡沮喪地罵道。

保英回到袁家土院時，老母親正在偌大一個院子中顫著一雙小腳來回走動。保英說：「媽，這大熱天的，你也不怕中暑。你到堂屋中來，我有事跟你說哩。」遂攙扶著已瘦得如一把乾柴一樣的老母去堂屋中坐了。保英知道母親在這個夏天裡反常的情緒，他一邊猶豫著是否要將保文的事告訴她，一邊掏出菸鍋裝了旱菸吸起來。

「是保文出事了？死在油坊了還是跑了？」莽魁婆姨一雙蒼涼的老眼默默地看著保英，臉上卻表現出一種少有的平靜。

「媽！」蹲在炕底下的保英倒吃驚得睜圓了眼睛，「媽！誰嘴恁快，已經告訴你了？你看看咱們這個家，老是一檔子事接一檔子事。」

「保文到底是死了還是跑了？」莽魁婆姨盯著保英的眼睛，那平靜之中甚至帶著一絲漠然。

「他能死？他哪裡是個有骨氣去死的男人！他個熊人把新榨的幾百斤油全糟蹋了，村人又直戳咱先人的脊梁呢。」說著說著保英驚訝起來，「咦，媽你不知道這事呀？那你咋知道保文跑了？保文去油坊前是不是給您說甚了？」

「唉，這是早晚的事。」莽魁婆姨哀歎一聲，沒有再問任何一句話。她的臉上甚至表現出一種釋然的神情，彷彿一件一直讓人揪心的事情終於有了結局一般。莽魁婆姨沒有流淚，她那雙眼角黏滿風乾眼屎的小眼睛，像夏天裡被徹底曬乾的湖底。保英仍蹲在地上喋喋不休地說著話，嫌保文這個孽種污損了老袁家在吊莊清白的名聲。莽魁婆姨不聽也不打斷他，而是自己從炕沿下到地上，默不作聲地走出去了。

「我媽今年是怎麼了？怕是真老了。」保英吃驚地望著老母親的背影，迷惑不解地在堂屋中咕噥了一聲。

保文失蹤的事過了沒多久，莽魁婆姨果然又等來了夏天剛剛開始時，自己就隱約擔心的另一件事：在一個炎熱的夜晚，那個久違的狐狸精又一次在她這個風燭殘年的老女人身上作了孽。所有的一切都跟從前一樣恍惚若夢，只是在這個夏天裡，她更真切地感到了那狐精身上一層膩滑的汗珠子……第二天清晨，老女人從沉沉昏睡中清醒過來，她絕望地摸了摸自己紅腫疼痛的下身，眼睛裡卻再也沒了一滴淚水。此刻五斤正在自己的身旁熟睡，那條碩健無比的黃獸也正趴臥在老八仙桌的底下，眼睛半睡半醒地望著自己。

「把你這個殺來吃肉的東西！」莽魁婆姨終於找到了發洩的對象，她跳下炕去，抓起炕耙朝著黃獸頭上一邊沒命地亂打，一邊尖聲叫罵，「糜子穀子的白餵你這頭畜生了，日你媽連個狐精都鎮不住，我養你做甚呀？」

那黃獸還在半睡半醒之中，頭上突然像遭了雹子一樣地挨了幾下，睜開眼睛一看是袁家的老主人，委屈地吱吱尖叫著逃出了堂屋。莽魁婆姨自小纏了裹腳，顫巍巍地追了幾步見攆不上，便氣得將炕耙從牆門中朝黃獸砸去。沒料到隔壁門洞處有人「哎呀」了一聲，緊接著就看見保英捂著額頭從圓門中閃出身來。

「媽，你咋了？大清早的打狗做甚？是狗把油罈子撞翻了，還是在堂屋裡撒尿了？」保英一面說，一面過來攙扶氣得臉色蠟黃的老母，「媽，您老人家甭生這種閒氣了。要打狗給五斤說或叫我來打。您腳小，跌絆了可不是事。」

「唉……」莽魁婆姨無言以對。她不知道這件丟人敗興的事能說給誰，只能空落落地歎息一聲，把話嚼碎了嚥進肚裡。

「媽，黃獸整下啥錯了？」保英仍關切地問。

「沒甚大事。保英，媽把狗沒打著倒打到你了。來，媽看看。」莽魁婆姨岔開了話題。她扳開保英捂臉的手，卻發現自己扔出的炕耙竟不偏不斜地砸在了兒子的右額上，將那片燎泡打得流下了一灘膿水。

「我兒，你得去六甲鎮找馮郎中瞧瞧了。看這燎泡大的！都這麼長時間了，總是一犯再犯的，怕是有啥根子上的病呢。」莽魁婆姨憂心忡忡地說。

「不會有甚大事的，媽你把心放寬展，以後有啥事都甭再動氣了。」保英一邊寬慰著母親，一邊扶著她回了堂屋。兩人進門，卻見正酣睡的五斤無意間蹬掉了蓋肚子的薄毯，襠裡那物兒直棱棱地豎在那裡，十分的刺目。保英和母親都吃驚不小：這碎娃才七、八歲，那物兒咋就長成這樣了？莽魁婆姨拉過毯子重新給他蓋好，嘴裡尷尬地說：「看把娃叫尿憋成啥了。」保英想起這孩子從小就有不少古裡古怪的癖好，心中掠過一絲說不清楚的驚悸。他和老母親訕訕地在炕沿上坐了，乾湯寡水地說著閒話。

「媽，我七弟大了，以後睡覺叫他穿上褲子罷。」

「這娃火大燥熱，睡前還穿著的，夢裡自己就熱得脫了。娃大了，早上起來穿褲子還躲我呢。」

「最近割麥忙得我都管不上，五斤都在做甚哩？還是引著黃獸逗蟲弄蛇地瘋跑？我問過淨花，淨花說她七爸不跟她們女子娃耍了，整天和牛牛在一起神出鬼沒的，不知道在搗騰些什麼磚頭夯鍋哩。」

莽魁婆姨被昨天夜裡的事攪得心煩意亂，沒有心思說這些寡鹽少醋的瑣事，便沉默著不接保英的話茬，而是拍拍五斤的臉蛋將他喚醒道：「五斤，五斤，起來尿泡尿再睡，去把尿尿了。」

五斤卻一骨碌爬起來，快速地穿起褲子，往地上看了一下說道：「花花呢？我出去耍去呀，我引了花花去找牛牛娃耍去呀。」說著跳下炕來穿上鞋就往外跑。保英一把將他的胳膊拽住了，老聲老氣地問道：「五斤，你老是這樣早出晚歸的，在和牛牛做甚哩？」

「沒做甚，就是在廢瓦窯上耍嘛。」

「耍甚？」

「沒耍甚，就是乾坐著曬太陽。」

保英「哼」了一聲：「你長得快成半大小夥了，該到懂事的年齡了，卻整天還是這樣惹貓逗狗地瘋玩。告訴你，那黃獸等我忙完夏收就殺來吃肉。過了夏你就要上學，總不能和狗一道坐在學堂裡吧？」那五斤聽見這話卻急了，眼珠子瞪圓了嚷道：「誰要敢殺了花花，我就把他殺了。」話音剛落，五斤嘴上卻「啪」地挨了莽魁婆姨一個耳光：「把你慣得沒有個五形了，敢這樣跟你大哥說話！養那個沒用的畜生盡白糟蹋糧食，管你同意不同意，忙完夏天就把牠殺了。」五斤見老母親臉色鐵青，沒敢再說一句話，而是淌著眼淚轉身跑開了。

「媽，你看你，我說他兩句就行了，你打他做甚！雖說該上學了，可畢竟還是個碎娃嘛。」保英見狀又心疼起來，心裡直後悔自己不該多此一舉。

保英和老母坐著說了幾句話，見天色已經大亮起來，就連忙低頭出了堂屋，挾了鐮刀出門去割麥子。經過大院時，他看見守寡的弟媳銀珍剛從後院的豬圈中出來，蓬亂著頭髮正在繫褲帶，心中不知何故竟掠過一絲酸溜溜的感覺來。

五斤挨了老母親一個耳光，難免憋了一肚子怨氣。他在院中撒過一泡熱尿後，四處尋了一陣黃獸都沒有見著，心裡害怕起來，以爲大哥保英在夜裡已經將牠偷著殺了。他瘋了一般跑出袁家大院，在吊莊村口拚命大喊「花花！花花！」，卻看見黃獸從老遠處撒著歡兒朝自己奔來。「花花！我的好花花！」五斤低頭將黃獸的脖子抱住。他看見黃獸眼中充滿悲傷和委屈的神情，自己的鼻頭不覺又酸了起來。

這時天剛剛放亮，早晨的空氣中瀰漫著一縷清涼的腥香。放眼望去，田野中四處都是金黃色的麥浪。早起的村人們已經挾鐮出門，像咬噬油餅的蟲子一樣，在麥田中割出一個又一個窟窿來。五斤情緒灰暗，蔫塌塌地去鱉旦家想找牛牛玩耍，剛要進門卻被牛牛他媽改改攔在了院中。改改一臉的不高興，她說：「你又來了，又來了！你這麼早是催命嗎？你這麼點碎熊，咋就給我牛牛教那些壞呢，你們袁家人都是這副德行嗎？」一下子罵得五斤怔在了那裡。

這時恰巧鱉旦出來，他見狀叱罵了自己婆姨幾句，就朝屋裡喊：「牛牛，牛牛！你五斤爸喚你去耍哩。」沒料到五斤卻眼睛裡噙滿了淚水，小臉憋得通紅地罵了句：「日你媽的，我還不稀罕和他耍哩。」說罷竟轉過身去，飛快地跑出了鱉旦家。那條黃獸在院子中怔怔地立了片刻，也箭一般竄出門去了。

五斤在廢瓦窯上一個人悶頭悶腦地待了整整一個上午。他先是搬開磚縫捉了一些柳葉蟲，獨自放在掌中玩耍。他想起上次看見柳葉蟲成雙成對、首尾相接地疊在一起的情景，忽然想出了一個十分有趣的點子。他將柳葉蟲放在地上，用一道土圍子圈好，又到磚縫中捉了幾隻大個的土鱉蟲來。五斤將土鱉按在柳葉蟲的背上，想看看牠們疊在一起的樣子。他甚至強行將牠們的尾部接在一起。可五斤剛一鬆手，卻見土鱉一口叼了細長的柳葉蟲，三五下就撕成碎片吞進了腹中。五斤試了幾次，結果都是如此。他掃了興，站起來將土圍子中的蟲子全部狠狠地踩成了肉水，然後百無聊賴地躺在塄坎旁的一堆麥草上，悶悶地想自己的心事。

清晨空氣中那縷清涼的氣息此刻早已蕩然無存。太陽在空中燃燒得正熾，流金似火的陽光將土地蒸曬出一股濃烈的土腥氣，彷彿這塊巨大的平原正在像雪一樣融化。五斤的身上燥熱無比，可心中卻一團陰涼。他就這麼在太陽下曬著，怎麼也不想回到袁家堂屋那鋪著涼席的土炕上去。黃獸在滾燙的土中趴臥不住，又不肯離開主人獨自跑到不遠處的大榆樹下去納涼，只好一圈又一圈地圍在五斤的身旁亂走。牠血紅的舌頭長長地吐出來，不時在五斤的身上嗅來聞去。

「你活不長了，人家眼黑你，要殺你哩。」五斤望著黃獸，眼睛就變得濕潤起來。他想像著大哥保英殺黃獸的情形：他肯定會把黃獸用繩子吊在後院那棵大椿樹上，然後再拿大木棒猛擊牠的頭，待打昏過去再用刀割斷脖子，開膛破肚……五斤想像著黃獸那淒婉的哀號和殺場上滿地的狗血狗毛，心裡不禁打了個冷顫。黃獸此刻仍不知疲倦或滿腹心事地圍著五斤轉圈，那溫熱的狗舌仍嗅著他的臉、頸、雙手和腿腳。

「你活不長了。」五斤的眼淚終於流了下來，「放你逃你肯定不走，即便逃了也會被人拿火槍打死吃肉。唉，你活不長了，花花，人家要殺你哩。」五斤淚流滿面地抱住了黃獸的頭，用嘴就去親吻牠毛茸茸的狗臉。黃獸嘴裡發出一陣低沉的嗚咽聲，把頭在五斤的小腹上貼了，舌頭仍那樣蹭來蹭去。「花花，你與其讓人那樣殘忍地殺掉，還不如讓我要了你的命哩。花花，你要恨我就恨吧，我是爲了你好。」五斤主意已決，站起來領了黃獸就想走。黃獸卻叼住了他的衣襟，嗚咽著不願鬆口。五斤重新坐下來抱住狗頭道：「你有啥話呢？你生就不會說話的命，有話人也聽不懂。」他摩挲著黃獸光滑如緞的皮毛，忽然明白了，「你是想含著它嗎？你從小沒爹沒媽的，你是把它當你媽的乳頭哩。」

五斤聲音哽咽地說著，便伸手脫下了自己的褲子。黃獸果然一下子噙住了那物兒，像吃住了乳頭一樣。五斤覺得一股酥麻的感覺在腿根四周瀰漫開來，癢得如同有千百隻螞蟻在爬，那物兒也就漸漸地變得粗大起來。五斤抱著黃獸的頭，任牠舔玩。直到後來變得疼痛起來時，他推開狗頭，卻發現那物兒已被獸牙咬了一圈紅印，隱隱約約似乎有瘀血滲出來。

「看把花花懂事的，牠知道這是最後一回了。」五斤這麼說著，忍不住眼淚又流了下來。他站起來提起褲子，心事沉重地引了黃獸就走。黃獸也不再叼他的衣襟，乖乖地跟在他的屁股後面。

五斤把黃獸帶到吊莊村前，在古塔旁的那個大澇池邊停了下來。「黃獸你喝水！我不騙你，我是要淹死你。」五斤說。他想起了當初鱉旦要用鐵框將黃獸淹死在澇池的事，忽然覺得這池清水就是黃獸命中注定的歸宿。黃獸抬起頭來望望五斤，五斤便和黃獸一起流下淚來。黃獸伸出頭去喝水，五斤在牠身後站了很久，終於猛地摁住牠的頭，直到把牠活活地嗆死在澇池中。

此時已是正午，蟬兒在樹叢深處叫得正歡。

黃昏時分五斤回到家時，莽魁婆姨正要和保英出去找他。保英還沒說話，卻見五斤走過來說：「用不著你再操心殺我的花花了。」五斤的眼神中帶著一種奇怪的目光，讓保英和莽魁婆姨都吃了一驚。莽魁婆姨說：「大人嚇你哩。你甭急，不會殺你的黃獸的。我娃快回去吃飯。」

「不用你們操心，我把牠淹死了。」五斤說。

「你胡說哩。」莽魁婆姨說。

「不信你們到門口看去。」

五斤說完，再也不看保英和母親，逕直朝堂屋裡去了。莽魁婆姨和保英望著五斤雖幼小單薄卻如大人般沉重的背影，疑惑地相互看了一眼，然後一齊朝大門口跑去。

那隻至今仍弄不清是狗是狼的黃獸，果然已經死了。牠那碩大沉重的屍體，此刻正濕漉漉地擺在頭門後面陰暗的門道裡。

18、

七月間，吊莊這個僻遠的鄉村忽然一改往日那種與世無涉的寧靜，熱鬧的事情開始一樁接著一樁。先是一夥穿得古模怪樣的人在吊莊的古塔旁安營紮寨，搭起了一片帆布帳篷。他們不知來自什麼遙遠的地方，無論口音、長相還是服飾舉止，都讓世世代代生活在這片土地上的吊莊人目瞪口呆。這些人據說是來這裡挖恐龍蛋化石的。他們背著各種各樣的儀器，成群結夥地專揀不長莊稼的瓦渣坑、石礫場和荒坡野溝，在那裡挖出一個個半人深的土洞。吊莊人心裡大奇，整天像看西洋景一樣相跟著轉看。那些人倒也心慈面善，不厭其煩地回答吊莊人千奇百怪的各種問題。他們說恐龍是很久以前的一種動物，而且這一帶以前並不是土原，而是一片汪洋大海。吊莊的年輕人慢慢都聽懂了，可是那些老漢們卻背地裡罵了起來：

「盡放狗屁！這裡老早住的就是吊莊的先人，哪裡會是什麼恐龍。」

「就是哩。日他媽說咱吊莊過去到處是水，那水到哪裡去了？咱吊莊人倒不如他狗日的外姓人瞭解吊莊了？」

……

那夥人在吊莊住了不到十天，扔下一地坑坑洞洞，什麼也沒有挖著就走了。這更讓吊莊那些老漢們得意非凡，整日鬍子翹得老高。挖恐龍蛋的人走了沒幾天，又來了一幫號稱辦造紙廠的外地人。他們說吊莊產的麥稈又白又長，能造出光得像玻璃一樣的好紙。後來又來了教氣功武術的、唱戲的、製藥造丹的、做鞋的、磨麵的……林林總總，不一而足。這些人一撥接著一撥，弄得吊莊倒一時像個熱鬧的鎮子，整日人影不斷，熙熙攘攘。吊莊德高望重的老人們開始憂心忡忡起來。他們聚在一起唉聲歎氣地說：「眞是日怪了！他們是問哪裡的風水先生了，還是外地人都多得站不下了？怎麼都一窩蜂地跑到咱吊莊來。」

到七月底，各路外姓之人在吵吵鬧鬧了一陣之後，卻都紛紛撤兵退馬，到別的地方去了。吊莊與往日相比，只多了兩處熱鬧的地方：一處是戲班，另一處是藥房。這是在這場熱鬧之後唯一在吊莊紮下根來的兩撥人馬。這戲班的一夥二十來個男女都是鄰縣武井鎮人，在一個名叫楊思德的四十多歲男人領頭下，白天咿咿呀呀地練嗓排唱，晚上則到周邊的六甲鎮、茶鎮、南陽、召公、張村、老堡一帶去搭臺唱戲。他們唱的多是些折子戲，盡是從《三滴血》、《屠夫狀元》、《火焰駒》、《三娘教子》等一些本戲上選來的。而辦藥房的一撥人來自喬山的深山老林之中。他們總共就五、六個人，像是一個家族的成員。掌櫃是個七十來歲的老漢，名叫智遠，聽上去倒像個和尚的法號。老智遠率四、五個徒兒砌爐架灶，將他們隔三岔五就去喬山採回來的各種草藥，烘烤晾曬，研末搓球，製成各味丸藥。他們開了一家鋪面，既賣藥，也常常到各地去巡遊看病。戲班班主楊思德本欲和智遠老漢合夥買下吊莊村前一塊地壘牆蓋房，無奈智遠老漢說自己配藥需要清靜，兩家談不攏，便在吊莊各買了一塊無法種田的閑地。一家在莊東，一家在莊西，各自出錢請吊莊的木匠瓦工、青年壯漢搭手蓋房，成落了兩座風格與吊莊普通人家並無二致的院子。

自從這兩班人馬落腳下來，吊莊便變得如逢年過節一般熱鬧起來。莊東的戲班整日鑼鼓胡琴、咿咿呀呀；莊西的藥房風箱吧嗒、鐵杵叮噹。前來邀戲請唱、求醫買藥的外鄉人見天一撥接一撥往吊莊跑，熱鬧得跟集鎮一樣。吊莊的執事老漢們開始時滿腹怨憤，倒是戲班和藥房兩夥人都眉眼有色，隔三岔五地給吊莊免費演上一臺折子戲，或村裡有個什麼頭疼腦熱的病人時就免費摸脈送藥，竟漸漸讓村人們都喜悅了起來。他們甚至憂心忡忡地想，假如有一天這夥招人喜歡的外地人要離開此地，那吊莊寡鹽少醋的日子還有個球過頭。

吊莊裡最迷上戲班的人，是祖上土匪出身的鰲旦。鰲旦過去並不愛看身穿莽花銀紋戲袍、臉上塗得黑白青紫的老戲，就連逢集遇會時六甲鎮上演的本戲，他都從來不趕去瞧熱鬧。可不知爲何竟迷上了這個戲班子，隔日見三地就往那個院子裡跑。

「那狗日的不是看戲，是看人哩。」村人們一看到戲班裡那群瞅人滴眉溜眼、走路一扭三擺的女戲子，差不多一齊對鰲旦起了罵聲。可是他們知道那貨的狗熊脾性，背地裡罵過了，逢著面卻直誇鰲旦長了雅興，怕日後要有大出息哩。

其實村人們千眞萬確地冤枉了鰲旦。鰲旦迷上戲班子，並非是衝著那十幾個二十來歲、長得狐媚妖冶的女戲子，而是衝著那個長著滿臉絡腮鬍子的班主楊思德。

和楊思德的相識也並非鰲旦眼賤，主動求到人家門上去套攏關係，而完全是出於偶然。戲班子蓋好院房不久的一天晚上，鰲旦約了保英正坐在自己家中喝酒，戲班班主楊思德卻一面怪腔怪調地喊著「鰲旦！鰲旦！」，一面彎腰走進了偏廈。

「你不是戲班的嗎？你找我做甚？」鰲旦當時已經喝得臉上有了顏色，老聲老氣地問。

「我想來借你的槍哩。我聽吊莊人說你手上有槍，能不能借給我使上一陣子？」

「現在都啥時間了，你借槍做甚呀？是要殺人呀還是想劫道呀？我不能借給你，過兩天我還要和……和我保英哥進山去打野狐呢。」

這時鰲旦的兒子牛牛和他媽改改正坐在一旁的炕上。那改改是個念過幾天書的人，正在給牛牛教一些諸如「爹媽」、「豬狗」、「吃喝」之類的簡單字詞。絡腮鬍子朝炕上看了一眼，卻怔得忘了回答這邊飯桌上鰲旦的問話，而是驚喜地叫了起來：「哎呀，這是誰家的碎娃婆姨？」

「嗨，你這人怪氣的！你借槍就說借槍，你問碎娃婆姨做甚？你是要借我的兒子婆姨嗎？把你膽子大的！」這邊鰲旦一聽，火氣借著酒勁立即就翻了上來。

「哎，老哥，看你說的！那我不成了個土匪種了？我是說這碎娃和婆姨身段俏，臉盤亮，實實在在的好啊。」

絡腮鬍子爽朗地哈哈大笑起來。他轉身在鰲旦和保英旁邊的一張椅子上坐下，不用別人承讓就自己拿起筷子，夾起盤裡一塊醬豬肝就放進了嘴裡。

「咦，把你贏人的，倒坐下來吃開敞席了。」鰲旦見狀吃了一驚。

沒料到楊思德從懷中摸出一瓶酒來，「咚」地往桌上一放，說道：「老哥，虧不著你的。這是一瓶存了八年十載的滿太高燒，咱今晚把它都喝乾了。」

鰲旦剛才嘴上雖然說著彈嫌話，其實當時就喜歡上了楊思德豪放爽快的性格。此刻他與保英一瓶酒剛剛見底，卻還沒有盡興。見楊戲頭又掏出一瓶好酒，自然高興得嘿嘿嘿樂出了聲來。保英酒量不行，推說頭疼要走。鰲旦哪裡肯依，強按著坐了，三個人又說著閒話開始喝那瓶滿太高燒。那楊思德一邊喝酒，卻一邊不住眼地瞅炕上的改改和牛牛。鰲旦酒意上了頭，此刻已是五眉六眼，什麼都看不眞切了。

「戲……戲頭！你叫個甚名字來著？」鰲旦醉眼朦朧地問。

「楊思德！楊——思——德！」

「你咋叫了這麼個怪名字？羊死得羊死得的，一隻破羊，死得了就叫牠死去……嗨，你……你借我的槍……借我的槍做甚呀？」

「戲班在莊外，又養著一群招蜂惹蝶的女子娃。我得有桿槍守著，要不來了壞人咋辦呀？」

「嘿，你……你夠日的……把外人防住了，誰……誰防你呀？那麼多的……嫩狼……倒叫你一個老羊……給吃遍了……哈，我醉了……」

「老哥，你……」

「你是老哥，我比你小……該叫小弟。」

「老弟，你娃和婆姨眞是天生唱戲的料啊。」

「你狗日……的，剛才這盅酒……還沒喝哩。喝酒喝酒。」

……

這天晚上，保英自打楊戲頭進屋後，幾乎就沒有說一句話。到後來三人將那瓶滿太高燒喝光後，鱉旦和保英都醉成一灘爛泥了，那楊戲頭卻一點醉意都沒有。倒是他在鱉旦婆姨的指點下，將吐得滿地污穢的保英背回了位於莊西的袁家大院。

從那天開始，楊戲頭便隔三岔五地來找鱉旦喝酒。漸漸地又說這樣容易影響到媳婦睡覺，乾脆拉了他去戲班大院裡玩耍喝酒。開始時鱉旦還總是想拉上保英一塊兒去，不料保英天生對戲子就沒有好感，常常推脫了不去。鱉旦百勸不濟，便總是神差鬼使地自己去戲班喝酒。到後來不知怎麼竟成了癮，三、兩天不去就感到心裡慌失得厲害。

這天下午，楊戲頭將戲班裡的鑼鼓銅鑔、三弦二胡及服裝道具雇一輛大馬車拉了，說是雞冠嶺莊上一家人歿了老太爺，應邀前去辦喪唱戲，然後領著花花綠綠一班男女戲子揚揚暢暢地走了。當天下午鰲旦到老丈人家去送種子，並不知曉這檔子事。晚上他又提了花生豬肉去找楊戲頭，卻見戲班大門緊鎖。一打問，這才知道戲班要在雞冠嶺唱三天大戲。鰲旦歎了口氣，掉頭便奔了莊西，找保英喝酒去了。

保英見絡腮鬍子沒有同來，便接住鰲旦在自己的偏廈房裡坐了，取來一瓶胡酒，兩人一邊吃喝，一邊說些沒邊沒沿的閒話。水娥聞不得那沖天的酒氣，便引了淨花，兩人到隔牆銀珍的屋子裡和那個可憐的寡婦說話去了。

「保英哥，過去咱喝這胡酒，總覺得勁大得受不住，這會兒咋味淡得跟漚水似的？現在日怪了，我除了去楊戲頭那裡喝他的酒，別的啥酒喝著也沒有味道了。」鰲旦說。

「鰲旦，咱兄弟倆是無話不說的好朋友嗎？」保英聞言，在昏暗的燈影裡沉下臉問。

「那還用說嗎？咱倆若不是好朋友，世上就沒有好朋友了。保英哥，你愣頭愣腦地做甚說出這麼句話來？」

「若當我是朋友，我說的話你就多少聽點。你沒拿鏡子照照，你的臉色近來灰塌塌的像被鬼吸了血。你天天晚上往戲班跑，就算你不要婆姨和牛牛，你連自己的小命都不要了嗎？」

「我酒是喝得過了些。可楊戲頭的酒怪了，幾天不喝就渾身軟綿綿的，連吃飯的心思都沒有了。」

「你是到戲班裡喝酒去了嗎？村人暗地裡在戳你的脊梁骨哩。那些女戲子一個個狐狸精的騷樣，是在吸你的血、吃你的肉啊。」

「保英哥，連你都不相信我了？我是那號把尻子亮出來當臉的人嗎？我……說著我都嫌噁心，我咋會去和女戲子鬼混嘛！保英哥，做甚連你都把我鰵旦看扁了？」

保英見鰵旦眉眼間眞正起了急，便沒有再往下說什麼。他給鰵旦又斟了滿滿一盅酒，布了些菜在他的盤子裡，道：「鰵旦，我把你當自己的親兄弟，就是佩服你重倫重理的一副男人樣子。你要聽哥的話，就甭再鑽戲班的院子了。」鰵旦還想辯解，但他清楚保英和別人不一樣，是誠心爲自己好，便只是點了點頭，又和保英碰杯喝起酒來。

「保英哥，楊戲頭三番五次地說牛牛是個學戲的坯子，想收進戲班呢。你說，叫牛牛學戲好不好？要學，咱把牛牛和五斤一道送去。」

「沒的事做了，學那下三濫的戲子做甚？牛牛娃聰聰明明的，你不叫他去念書是耽誤娃的前程啊。」

「那楊戲頭說牛牛身坯好，學戲會有大出息，說得我都亂了心思了。倒是我婆姨和你一樣，死說活說不讓牛牛去學戲。」

兩人一邊說話一邊喝酒。保英見鰲旦在大口灌酒的同時，還猛地往肺裡吸著旱菸，心裡不禁嘀咕開來：這傢伙最近是怎麼了，莫非有甚心事？這時一瓶胡酒已被兩人喝下去大半，保英的腦袋已漸漸變得暈乎了起來。他剛說：「鰲旦，咱把酒收起，抽菸喝茶，甭把你喝醉了。」鰲旦卻用手抓起瓶頸，把保英的手推開道：「保英哥，你臉已經紅得跟關公似的了，你怕是眞要醉了。這酒比漚水還淡，我還連一點感覺都沒有呢。」說罷竟將所剩的小半瓶酒，仰脖「咕咚咚」全部灌進了肚子裡。

保英紅著臉，吃驚地看著鰲旦，只見昏暗的燈光下，他的臉白刷刷的像個飄忽的鬼，只有那一雙眼睛仍閃爍著灼人的亮光。

19、

一個讓人心緒躁動的夏天慢慢地過去，天氣漸漸變得涼爽起來。太陽越升越高，像一顆不慎斷了線的氣球。夏天裡楊樹、柳樹、榆樹、槐樹、桃樹、杏樹和吊莊四周那些叫不上名字的彎曲猙獰的怪樹的葉子，都被太陽曬得冒出一層綠油。而此時那種亮綠色的油汁已經褪去，所有的樹葉都變得暗淡無光。整個夏天裡狂鳴不止的蟬兒，此刻正沉默地隱伏在越來越老糙堅硬的樹皮上。它們曾銳利無比的尖喙蔫軟無力地垂在胸前，神情灰暗得如同喪失了男人鸞威的老者或痿人。樹叢深處偶而也可傳來一兩聲不屈者最後的歌唱，卻也是斷斷續續、噤不成聲。

涼意卻使煩躁得如同患了臆症的人類感到寧靜、感到安慰。而對於守了這麼長時間活寡的年青婆姨銀珍而言，這份涼意尤其彌足珍貴。當她終於穿上了一件夾衫的時候，她竟如同一個受盡委屈的孩子見到了分散多年的親人一樣，趴在她那間廈房的炕上，痛痛快快地哭了一場。

已經過去的這個夏天，對今年剛好整二十歲的銀珍來說，簡直是一個漫長而可怕的噩夢。保德的撒手而去，使她所遭受的沉重打擊，其實並不在於使她一個弱女子挑起了全部的勞作和艱辛，也不在於使她在村人面前成了一個被人指指戳戳的「剋夫鬼」。眞正的打擊是她那顆被網起來的脆弱的心。這是一張由內疚、愧悔、懷疑、擔心、懼怕和內心難以忍受的煎熬織成的網，而她像一隻可憐的蛾蟲一樣，被緊緊地束縛在其中，怎麼掙扎也難以掙脫出去。銀珍有時候想，其實這張網不過是一道可以輕易邁過的門檻，她只要順從了婆婆和保文的話，就能從那陰森潮濕的洞穴中脫身出來，重新回到外面明媚而溫暖的陽光之中。但銀珍不管怎麼努力卻也做不到。她知道有一雙眼睛無時無刻不在死勾勾地盯著自己，充滿幽怨和憤怒。銀珍知道那是她死去的丈夫保德的眼睛。在自己那間光線一向昏弱的西廈房，在廚房，在後院，在井臺，甚至在陽光正盛的田野裡，她都可以清楚地感受到那雙眼睛射來的陰冷之氣。

保德剛剛去逝的時候，身體豐腴、欲望如火的銀珍被這意外的打擊猝然擊倒了。她整日如同身處惡夢，在恍惚中爲丈夫換衣入殮、守靈、哭棺、搶墳……等到保德入土一個月之後，那場惡夢的影子才漸漸遠去。銀珍覺得自己如同一隻冬眠初醒的動物一樣，各種細膩的感覺都在悄悄地恢復和膨脹，而再強烈不過的感覺，便是來自身體的那種萬蟻噬心般的欲望。銀珍的晚飯越來越簡單，她總是三口五口扒完之後，就匆匆回到屋中緊插了房門，飛快地將衣服脫光鑽進被窩。銀珍嗅著自己身體上發出的那種糖蘿蔔般甜絲絲的味道，立即就會將最近一段時間來的那份傷心、愧疚和全身的疲勞完全忘光。她靜靜地躺在夜色中，聽著周身血液越來越湍急的流動聲。她如同在一條乾涸的河溝中聽見上游傳來洪水巨大的咆哮聲一樣，全身驚恐而又無奈地知道，自己將不可避免地又要再一次被這大潮所吞沒。她那豐滿顫動的胸像冰峰一般開始不可遏止地上升，雙腿間那片草地失控地變成了雨後積水的沼澤。銀珍喘著粗氣呻吟起來，她忘情地喊道：「保文快來，快來救我。」但她知道這種吶喊還要持續很久，只能等家人把保德青喪的哀痛漸漸忘卻以後才能變成現實。銀珍被萬蟻噬骨的痛苦折磨著。她不由自主地用食指、茄子、棒槌、擀麵杖甚至掏爐子用的鐵撚子來驅趕這纏身的魔鬼，直到自己大汗淋漓、一身輕鬆地跌落到欲望的谷底。這種日子大概持續了十來天的時間，她感到自己正從喪夫的悲痛中漸漸解脫出來，春光明媚的好日子正向她招手。但之後的一天裡，她卻被徹徹底底地縛進了那張她終生都難以掙脫出來的大網之中。

三月初的一天晚上，銀珍吃罷晚飯後，很快又像往常一樣回到屋中脫衣上炕。這時，院子中全家人還在走來走去地做著事情，五斤、淨花、小梅、小燕等一夥孩子還在前院堂屋中和奶奶鬧著要什麼東西。銀珍仔細地辨聽了一會兒，似乎聽見保文到後院中撒尿去了。「保文你等著，再過些日子我們就可以在一起了。」銀珍想著過去和保文曾共同度過的那些時光，渾身慢慢又像鯰魚一樣滑膩起來。她在被窩中輕輕地引導和安慰著那對越來越高、越來越脹的乳房，感到那股溫暖的熱浪正一步步如期朝自己走來……

可就是在這個時候，卻有一件東西一下子打在了她的腦門上。「啊！」銀珍驚叫一聲，那片即將把自己浸泡進去的溫暖的池塘立即消失得無影無蹤，她渾身頓時結滿一層冰涼的汗珠。銀珍坐起來點燃油燈查看時，原來是放在頭頂吊櫃上的一把掃炕笤帚落下來砸在了她的頭上。銀珍長出一口氣，將燈吹熄後復又赤著身子鑽進被窩。她嘗試著想睡去或重新探試著找回那個溫暖的池塘，可不知怎麼搞的，思緒卻老是停留在額頭那片並不厲害的灼痛之上。

「好端端的，屋中沒風又沒人，那笤帚怎麼就自己落下來了呢？」

「咦，日怪了！落下來就落下來，怎麼就偏偏砸著了我的頭呢？」

「砸著我就砸著我，爲甚偏偏就是這個節骨眼上呢？」

……

銀珍無法控制住自己信馬由韁的思維，想著想著，她忽然渾身「的的的」地打起顫來：她忽然想起了保德，想起了那個她正在漸漸淡忘的自己死去的男人！他就愛在自己最忘情、最欲火難耐的時候拿起掃炕笤帚，輕輕地在她的額頭上敲一下說：「看把你這個水性揚花的風騷女人！」

這一夜銀珍失眠了。她用被子緊緊地裹著自己顫抖不止的身體，在黑暗中整整驚恐地呆坐了一夜。也就是從那天夜裡起，她感受到了那雙無時無刻不在死勾勾地盯著自己的陰沉沉的眼睛。

此後不久的一天夜裡，銀珍前半夜一直在煩躁不安地聽房頂上野貓那撩心撥肺的鬧春聲。她已經不敢再像過去那樣脫光衣服，而總是和衣而臥，一次又一次徒勞地壓抑著這不爭氣的身體裡那熊熊燃燒的欲望之火。她感到肉體一次又一次地膨脹、萎縮，再膨脹、再萎縮，無休無止地在折磨著自己。到後半夜，當聽到保文躡手躡腳地溜過來輕敲自己房門的時候，銀珍暗自「啊」地驚叫一聲，用嘴死死地咬住了被角。保文一遍遍地哀求著要她開門。銀珍一邊粗聲喘息，一邊眼淚嘩嘩嘩湧流不止。最後，那魔鬼般的欲望最終還是徹底摧毀了她，她心裡道：「保德，你別看我。求求你走吧，你成全了我和保文吧。」手已經飛快地將全身衣服脫了個精光。她跳下炕急速打開房門，一把將保文拽進了屋裡。

然而這一夜卻無可避免地又失敗了，而這失敗使保文和銀珍同時把一場沒有做完的美夢，絕望而徹底地放棄了。四月十八日，當保文從吊莊油坊失蹤的消息傳到銀珍的耳朵時，她什麼話也沒有說。收工後她回到自己的偏廈屋中，連晚飯都沒有吃，伏在被子上整整哭了一個晚上。她心裡傷心無比，卻不知道自己究竟在爲什麼而哭泣。

整個夏天裡，銀珍再也沒有脫過一次衣服。她整天像個男人一樣在地裡拚命地割麥、打捆、碾場，總是很晚很晚才回到自己的房中睡覺。她甚至都不敢脫衣清洗滿身硬甲般的汗垢，而是嚴嚴實實地將自己那天生就如水般多情的身子緊緊地包裹著睡覺。她的房子裡越來越濃地飄起一股汗酸味。滿身起了又褪、褪了又起的大面積的痱子讓她渾身癢痛難忍。但即便在這樣的情形下，她胸上那雙豐乳仍每日騷動不安。銀珍一旦稍微分神，它們就會高高地聳升起來，將整個身體誘向那魔鬼之河。但可憐的銀珍知道，即便自己的手都不能去安撫它們、平靜它們，因為那雙可怕的眼睛正緊緊地盯著自己，發出一陣陣讓人渾身透冷的寒光。

一個夏天過來，銀珍發現自己的胸乳越來越肥大高聳，就如同它們裡面正孕育了一對嬰兒一般。起初銀珍並沒有在意，她以為這只是心中欲火積鬱所致。但漸漸地她卻開始害怕起來。她發現這一雙寶貝的確正在用一種難以覺察的速度在長大，無論是白天還是夜間。到夏天即將結束的時候，一雙乳房已經肥胖得使自己過去的衣服都已繫不上鈕釦，她幾乎每過半月就得縫改一次衣服。莽魁婆姨似乎看出了兒媳的變化，曾試探性地詢問過一半回，但都被銀珍慌亂地掩飾過去了。整個夏天裡銀珍都是在恐懼的重壓下度過的。七月分，就在吊莊熱鬧非凡，外村人探寶挖蛋、造紙製藥等一撥撥人馬兵走匪過般的那個季節，銀珍實在難忍內心的巨大恐慌，獨自偷偷摸摸地去較遠的茶鎮問了一次巫婆。那個乾瘦枯癟的老女人聽完銀珍的敘述後，神色冷漠地說：

「此症無藥可醫，挨到天涼，它自然就不會再長了。」

「可明年夏天天還會再熱起來，它會不會再長？」銀珍忐忑不安地問。

「那得看你的命數了。」

「你說說，我命路咋樣了才能使它徹底停下？」

「恐怕得等你生了崽娃。」

「啊!?」銀珍當時驚得眼球差點鼓出來。她看見保德那雙眼睛正瓷勾勾地盯著自己，「可我是個守節的寡婦啊。我不再嫁人了，我不再嫁人咋能生娃？」

乾瘦的巫婆卻乾笑兩聲，用一種類似發自洞穴般的聲音說道：「說生娃並不一定非要把娃生下來，有生崽娃的命數就行了。」

銀珍欲問其詳，巫婆卻不再說話。銀珍心有所動，便也不再多嘴。她掏出兩塊錢給了巫婆，巫婆卻死活不接：「你是個命苦的婆姨，我不收苦命人的卦錢。」

從茶鎮回來，銀珍就像變了個人一樣。她總是喃喃自語道：「日他媽的天咋還這麼熱，啥時節才能涼下來呀。」莽魁婆姨好幾次迷惑不解地問：「娃啊，你看你熱的！你熱就少穿一點，你做甚非要穿得恁厚？」那銀珍卻總是說出讓莽魁婆姨愈加不解的話：「媽，我不是身上熱，是心裡熱。」莽魁婆姨反問道：「心裡熱天涼了有甚用？冰天雪地裡人心也會躁熱不誤。娃啊，你心裡怕是裝著甚事哩？」銀珍卻不答，而總是慌失地去幹別的事情了。

炎熱的夏天終於過去，無限的涼意正像黃昏時分的夜色一樣，從四面八方瀰漫而來。當銀珍終於穿上了夾衫的時候，她如同從致命的危險中挺過來的孩子一樣，趴在自己偏廈屋中的炕上，痛痛快快地大哭了一場。

「明年？日他媽明年愛怎樣就這樣，我顧不得那麼多了。」哭著哭著，銀珍忽然猛跳起來，掄著炕耙在空空如也的屋子裡一面追打，一面歇斯底里地大聲嘶叫。

窗戶外面莽魁婆姨聽見動靜，從糊窗紙的破洞中往裡看了片刻，喃喃地說了一句：「女人的命咋都這般苦呀！」然後流著淚蔫塌塌地走開了。

20、

與莊東那座整日鑼鼓喧天、哼歌吊嗓的戲班院子相比，與其遙遙相對的位於莊西的藥房鋪子，雖說也是磨研軋碾之聲不絕於耳，但那扇黑漆大門終日緊緊關閉，一股濃濃的藥草味籠罩在這座院子四周，加上智遠老者和他的徒弟們很少拋頭露面，因而顯出一副令人感到神祕肅穆的氣氛。這夥來自喬山深山老林的郝姓之人，秉承了祖輩離世索居的遺風，幽居於深牆內宮，研造神丹妙丸和起死回生的醫術。郝智遠在大院面向吊莊的北牆上開了一家鋪面，由一個眉清目秀、形如道童的兒娃坐守，負責售藥賣丹及預約出診時間諸事。鋪面櫃檯後擺了一長溜藥櫃，密密麻麻的藥屜上無非寫著「黃耆」、「白朮」、「黨參」、「枸杞」、「柴胡」之類的藥名。只是字皆用小楷寫成，形體飄逸雅致，一看就知出自智遠老漢之手。藥房的青磚大院除了這個鋪面外，南牆的大門終日緊緊關閉，東西兩牆均無旁門，因而無一處可以窺見大院內部的半點景致，倒像是一個完全與外界隔絕的城堡。智遠老漢從不在院內接診病人，方圓四周所有患疾之人，均須與鋪面裡的小童預約後，再由智遠親自去病人府上問診。偶然遇有病情急迫、痛苦難熬的急患，鶴髮童顏的智遠老漢也是從藥櫃後面繞出來，在鋪面內爲病人診療開藥。在緊急情況下匆匆出來的智遠老漢，總是雙袖挽在肘部，兩手皆沾滿麵粉一樣的白末。對這座大院一直充滿好奇猜測之心的吊莊村人，見此情景，心中好像明白了什麼似地嘟囔道：「智遠老漢也太把一夥徒弟寵得紮實了。這麼大一把年紀，竟然自己揉麵做飯！」

經管鋪面的小夥計名叫郝自默，十五、六歲的樣子，長相清秀，倒像個女子一般。他跟智遠老漢手下的其他人一樣，寡言少語，目光沉靜。顧客上門，問什麼他答什麼，要什麼他拿什麼，絕無六甲鎮、茶鎮一帶藥鋪裡的小夥計那種眉眼六變、冷熱有別的架勢。吊莊人剛開始都不理解，他們說：「智遠老漢咋叫這麼個蔫熊當夥計，不言不喘，沒有眼色，跟個死鱉似的。」但慢慢地卻習慣了他這種沉默和安定，倒覺得鎮上那些小夥計乍乍呼呼地令人生厭了。人們越來越喜歡這個長相聰慧又隨和老實的兒娃。他們經常有事無事就到鋪面上去閒站一會，或給他送些時令菜蔬和地裡的野產，或逗著他說些趣話。後來家有嬌女的一些村人開始想入非非，託媒婆呱呱到智遠老漢那裡去提親，要與郝家結親聯姻。那老呱呱一聽卻笑罵起來：「你老驢是逗著我老婆子耍哩。那個院子誰人進去過？要等我能和智遠老漢說上話，你家女兒怕是要等白頭了。」

到郝家藥房鋪面常去的人，郝自默大都漸漸熟悉起來。他們多是些閒來無事的老漢婆姨，要不就是患病者或買藥人。自默神色平靜地回答他們的提問，心思卻總是在後院那間只有師傅智遠一人能進的小屋裡。智遠成晌成晌地待在裡面，出來時赤露的兩臂便黏滿了白色、黑色、褐色或其他顏色的粉末子。自默心裡常常暗自琢磨師傅在黑屋中的古怪行徑，神思飄移，目光空洞。吊莊前來逗他的老漢、婆姨們自然如虛妄的影子一樣，過後曾說過的話全然不記。但近來卻有一個常客分了自默夥計的心神，使他越來越感到好奇和充滿猜測。

這個人不是閒遊漫轉的老漢，不是說東道西的婆姨，更不是那些臉色蠟黃、氣若遊絲的患者，而是一個不足十歲的本村兒娃。

那兒娃以前不知來過幾回，自默倒沒有注意過。有一次鋪面上來了一位中年漢子，不知何故被人咬掉了半個鼻頭。儘管他已經在家裡敷了觀音土、頭髮灰之類的東西，但傷口仍是血流不止。那人來時毛頭血臉的樣子把郝自默嚇了一跳。他急匆匆跑到後院去喊師傅，卻被別的師兄弟告知師傅一早出門，去喬山老林中採藥去了。自默復出，只好自己試著用毛臘和膏藥之類的東西給傷者止血，甚至不惜動用了郝家祖傳的「通神結霜丹」。那天也許該當老郝家醫名蒙辱，郝自默忙了個四腳朝天，患者的傷口卻依舊血如泉湧，一切手段都無濟於事。正當小夥計窘急得白臉上細汗直流的時候，那個兒娃從旁邊看熱鬧的人群中走了出來。他說：「我能把血止住。」自默正急，用手將他擋了：「你一個碎娃，以爲是堵水呢？哪兒遠去哪兒玩，別給我添亂了。」不料那兒娃卻從容不迫地從兜裡掏出一團泥狀的東西，小心翼翼地朝那漢子的鼻子上貼了。那團泥巴漸漸由黃變紅，再看那傷口時，果眞立愣不再流血了。自默見狀，趕緊往傷口上塗藥上粉，這才順順當當地包紮起來。待郝自默把傷者打發走後，再轉過身來想找那兒娃說話時，人群裡卻早已經沒有他的影子了。

此後，那兒娃便老是到藥房鋪子裡來。他不說話，趴在櫃檯上不住地瞅藥櫃那排密密麻麻的小抽屜。他的眼睛射出一道奇特的亮光，嘴裡總在喃喃自語般地說著什麼。自默驚詫，湊過來問話時，那兒娃卻一句不答，轉過身就飛快地跑開了。起初郝自默以爲只是小孩好奇，並沒有放在心上。但這種情形反復了多次之後，郝記藥鋪裡這個整日神思遊移、悶想心事的清秀夥計，一顆好奇心卻被引蛇出洞，他心中甚至莫名其妙地泛上一絲惶恐和不安。

這一日天下淋雨，整個吊莊四周水汽濛濛。淫雨將田野裡、街道中和土路上的粉塵徹底泡透，到處都是齊腳脖深的稀泥黃湯。吊莊陷入這片沼澤之中，除了偶爾有穿了泥蹄的人影在街頭晃過，家家戶戶都是大門緊閉，人們在悶睡、抽菸或做些明晴之日無暇去做的事情。甚至莊東的戲班大院內也是一派安靜，斷了往日那不絕於耳的鼓樂之聲和男女戲子風浪刺耳的調笑。這一日注定不會有人光顧郝記藥鋪。師傅智遠還從喬山採藥未歸。四、五個夥計無事可做，都灰塌塌地坐在房檐下，呆望著從瓦楞上線一樣垂下來的雨水，像一群雪天裡聚在井房中的蔫雞。郝自默說他去開藥鋪，大徒弟卻黑了臉：「你是暮氣上臉了還是傻蟲鑽心了，這麼泥滑的雨天誰會來買藥？沒病也跌出病來了。」自默不說話，卻還是出去把藥房鋪面打開了。他心中有一個預感，覺得那個至今仍不知道姓甚名誰的兒娃還會來。近日以來，郝自默覺得自己如同得了病一樣，一天不看到那雙閃著奇異亮光的眼睛，心裡就慌失得如同丟了什麼。

就在郝自默「吱扭」一聲打開那扇笨重的黑漆木門時，他一下子驚得呆在了那裡：門口果然立著那個兒娃！他沒有打傘也沒有披蓑衣，滿頭滿身早已經被淋雨澆得精濕。他褲腳高挽，赤腳站在黃泥湯中，正趴在門縫中朝裡面觀望。自默打開門顯然讓兒娃吃了一驚，他略一愣神，轉過身就要跑開。眼疾手快的自默卻一把抓住了他：「碎娃，碎娃！你甭跑，你到藥鋪裡面來。」不由分說將他拽進了店門。自默取一塊乾布給兒娃把頭上臉上脖子裡的雨水擦了，將他按坐在一張木凳上。他覺得自己今日要再讓他這麼跑掉，自己就會被那種強烈的好奇和莫名的驚慌不安折磨得一刻都難以安寧。

「碎娃你甭跑，咱倆坐下說說閒話。看把你讓雨澆的，你甭怕，多拿乾布擦擦。」

兒娃望望門外正急如瓢潑的大雨和滿地稀泥，又轉過頭來看看郝自默這個外姓之人，最終還是接過乾布來擦自己滿手的雨水和黃泥。自默望著他骯髒的臉上的一雙童眸，覺得在那道醒目的亮光之中，竟充滿飽經滄桑的老人一樣的憂鬱和蒼涼。

「碎娃，你叫個甚名?是誰的兒子?」

「我是袁保英的七弟。」

「噢，那你就是五斤了？」郝自默一聽，忍不住失聲驚叫起來。來吊莊不久，關於五斤出生時那道神祕的紅光、左右兩鄰又死犍牛又瘋騍子的種種傳聞，被人們像掘墓翻屍一般又抖落出來，使戲班子和郝記藥房兩班外姓之人幾乎無人不曉。郝自默當時心中就「咯噔」一下，心道：「這娃果然不是凡相，怕眞天生是個怪才。」這麼想著，他又記起了上次五斤用黃泥療傷的異事，便問道：

「五斤，上次你給那人傷口上敷的是甚？藥麩子還是耙耙饃？」

「是尿泥。」

「什麼？果眞是你用尿水和的黃泥？」郝自默一聽，驚得把手中正擺弄的藥等子「咣」地掉在了地上。

「就是尿泥！」五斤見他一臉不信，倒認起眞來，「不過那不是用我尿和的，而是用花花的尿和成的。」

「花花？是你保英哥的女兒淨花嗎？」

「不是，是我養的黃獸。牠死了，我把牠摁在澇池裡淹死了。」五斤想起黃獸，說著說著眼圈就紅了起來。他拿袖子去擦淚水，沒料到那袖子上滿是黃泥，倒糊了兩眼。

郝自默從來沒有聽說過如此離奇的事。他震驚地看著五斤，一時竟無法判斷自己到底該不該相信他所說的話。

「你聽，黃獸現在還在澇池旁邊叫喚哩。我原本想著要把牠養到老，可卻把牠按在澇池裡淹死了。嗚嗚，可憐的黃獸。」五斤說著說著哭出聲來，兩行眼淚流下來，把糊了眼的黃泥沖出兩條白道。

郝自默驚恐地側耳細聽，店外只有一片輝煌的落雨聲，除此之外便是死亡一般的寂靜，哪裡有什麼黃獸的嗚咽？他心想：這兒娃怕眞是那種閻王爺帳前的靈童了。郝自默過去常聽老人講，有一種孩子是閻王爺帳前的靈童轉世而來的，降生後不但能看見遊蕩的死人的靈魂，也能看見千禽百獸死後四處活動的影子，聽到牠們淒慘的叫聲。老人們都說，這種兒娃只有長到一定年齡，天目才會被塵世蒙蔽，慢慢變得與常人無異。但他們一降生就帶著製造災難的神祕使命，注定會成爲這個世界的一顆災星。郝自默對此話原來並不太信，但有一次他跟師傅出診時，在一戶人家的門口碰到一個五、六歲的小女孩。那孩子正跳靶兒玩，卻忽然驚恐地拉住一旁的爺爺叫了起來：「你看你看，咱家屋頂上一個穿紅襖的媳婦正在走哩。」當時正是中午，太陽亮亮堂堂地照著一切。自默隨那女娃的爺爺回頭去看，只見青色的瓦片上流蕩著一層金色的反光，哪裡有什麼人影？當時那女娃的爺爺正數落道：「碎女家家的，盡滿嘴跑牙。」原本沒有回頭的智遠師傅卻返身回來，對那老漢道：「老人家，我有一話，中聽就聽，不中聽全當我老漢也滿嘴跑牙。快回家用水澆滅一切明火，包括正在做飯的灶膛之火，否則會有火災之患啊。」那莊稼老漢一臉狐疑，拍拍屁股卻引著孫女遊轉去了。智遠師傅輕歎一聲，卻沒有再贅一言。師徒二人走出村莊，還沒有拐過南壕的塄坎，身後那莊上卻喊聲四起，一派慌亂。兩人回頭去看，果然一道黑煙直沖上天，而其方位就是剛才那家。自默驚奇，詢問師傅何以得知。智遠老漢卻一臉高古莫測的神情，低了頭只是走路，一句話也不說。從那次起，郝自默就對閻王爺靈童轉世布災的說法深信不疑了。

「五斤，狗既然已死，哪裡來的狗尿和泥？你怕是在瞞哄我哩。」自默說。

「我老早就和好的狗尿泥，不信你看。」

五斤把眼睛拿乾布擦了，果然從褲兜裡掏出一團泥來。自默接來看時，正是上次用過的那塊，上面還紅殷殷地沾著污血。

「五金，髒成甚了你還揣著？你就這一塊狗尿泥，得是？」自默問。

五斤一語不發，卻起身走到藥鋪外面的淋雨中，伸手將那塊尿泥讓雨水澆透了，然後用力一捏，等一股紅水流過，復過來遞給了郝自默。自默驚訝萬狀地接過來一看，剛才乾澀骯髒的硬塊，果真變成了一團黏泥。除了一股濃濃的野獸的騷腥氣味外，這團黏泥與吊莊隨時隨地都可用來砌磚蓋房的黏泥相比，更光滑柔韌，竟能像麵筋一樣彈縮自如。郝自默還想細看，卻被五斤一把搶去，復又揣回兜中。

「五斤，我問你，你天天跑來看著我的藥匣做甚？你碎娃一個，又認不得字，狗看星星能知道個稀稠？」

「我沒有認字，我聞味道哩。」

「藥味嗆人燎嗓的，你聞它做甚？」

「我不拿我鼻子聞，我拿著狗尿泥聞哩。」

「你這碎娃說話咋怪裡怪氣的！」

兩人正說話間，店門外一陣稀哩吧唧的腳步聲，隨後一個人踅身進了鋪子。郝自默看時，竟是師傅郝智遠。老漢披蓑戴笠，腳下一雙四腿泥蹄，背上一個煙色褡褳，袋口露出一束黃生生的纓子和一些圓形扁形的綠葉子。智遠老漢剛進店鋪，一股清香立即濃濃地飄來，蓋過了滿屋混雜的藥草味道。

「呀，師傅！」郝自默驚訝地叫了一聲，上前接過智遠的斗笠和蓑衣，「師傅，您咋趕這麼大的雨天下山，不怕路滑有個閃失？」

鶴髮童顏的老智遠卻不理會徒兒的問候，而是一眼就看見了坐在屋中的五斤。智遠在五斤四周來回踅摸著看了一遭，鼻子翕動著，像是在嗅什麼氣味。末了那老漢對五斤說：「乖娃你回，乖娃我藥鋪要關門了。天下恁大的雨，你屋人該惦記著你回去哩。」

五斤亮眼瞅著智遠，手在褲兜裡緊握著那團狗尿泥，一句話沒有，仍端端正正地坐在那裡。

「這碎娃就是五斤！師傅，這娃日怪得很，竟能拿塊狗尿泥給人治病。」

自默剛殷勤地這麼說了一句，臉頰上卻「啪」地挨了重重的一個耳光。平素慈眉善目的智遠老漢鐵青了瘦臉，只是即便在氣頭上，他也仍和平日一樣，很少說一句話。郝自默怔怔地站著，臉上一陣火燒火燎的疼，心裡卻叨咕不清這一巴掌究竟是爲了什麼。

「五斤是個乖娃，回家去罷，我店要關門了。」智遠老漢立在距五斤遠遠的地方，努力平靜著臉色給他說話。

五斤看了看自默被扇得起了一片紅掌印的臉，愣神片刻，轉身就衝到外面仍在不知疲倦地落下的淋雨中去了。他精赤的雙腳濺起一片泥漿，甩得滿身滿背都是。

「師傅，我……」郝自默囁嚅著，滿臉委屈和狐疑。

「我一直惟恐避之不及，你倒心熱地招進了店裡。從明天起，你到後廚燒水刷鍋，甭再用手動一下藥丹。」

老智遠說完，「咣噹」一聲將藥鋪的門關上，甩了手就繞過一排藥櫃，進到後院去了。眉清目秀的郝自默怔怔地站在那裡，他知道自己怕是永遠都不可能進入師傅那間神祕的小屋去了，頓時兩行淚水滾落而下。

藥鋪外面的雨聲響得正猛。

21、

快入冬了，吊莊又到了一年裡最閒散也最容易惹是生非的日子。

往年這個時候，成群的村人們不是去走親訪友、趕集跟會，就是聚在一起遊壺揪方、喝酒吃肉。而今年吊莊裡有了那撥外姓人的戲班子，更是多了消遣解悶的把戲。只要楊戲頭沒有出村去給人家婚喪壽祀搭臺助興，村人們便夜夜邀了他們，在莊前那道古牌樓下唱戲喝酒。入夜很久，那陣陣哄笑嬉鬧之聲仍此起彼伏、不絕於耳。村子裡一夥青壯年男人早就看膩了當地婆姨的粗相憨態，一個個眼睛裡噴出兩道火蛇，貪婪地舔著那些女戲子狐媚的嘴臉和腰身。無奈戲頭楊思德成天挎著鱉旦的那桿土槍廝守在一旁，他們只能收起賊心，乾嚥一口唾沫，晚上回家吊起驢臉和自己的婆姨嘔氣。

土曆十月的時候，跟往年一樣，成群的灰毛野兔又下了喬山。那種身形怪異的巨鳥，也和貓頭鷹、愣猴鳥、蒼鷹們一道從不知多遠的深林中飛臨，開始在吊莊這片土地上空盤旋，發出蒼勁刺耳的叫聲。天氣越來越冷，一大團一大團厚重的冬雲，像用細線吊著一樣懸在低矮的空中，紋絲不動。那顆太陽早已溫呑無力，沒有了一絲暖意。它在夏天裡威猛得如同箭鏃一樣的金芒早已射盡，只剩下了灰濛濛的一層淡光。

入冬以來，鰲旦的婆姨改改總感到右眼皮急跳不已。左眼跳財，右眼跳災。改改知道，注定有什麼可怕的災難正悄悄地向這個家庭襲來。鰲旦自從和戲班班主楊思德交了朋友以來，他越來越頻繁地往戲班大院裡鑽。村上已經有各種各樣的流言蜚語傳進改改的耳朵，說鰲旦日夜不分地和一群狐狸精變的女戲子輪流睡覺。改改瞭解自己的男人，她知道鰲旦雖粗莽蠻暴，卻是個最忌恨淫亂無倫的漢子。但擺在改改面前的事實卻是：鰲旦的臉色越來越難看，過去方方正正的一張大臉，漸漸變得雙眼塌陷、色如黃蠟。改改一次又一次流著眼淚，柔聲細語地勸鰲旦不要再去戲班喝酒，要喝就在自家屋裡請了保英來喝。不料鰲旦卻把臉一繃罵了起來：「我去戲班你彈嫌，我把楊戲頭邀到家來你也彈嫌，媽日的你把我當兒子管哩。」改改想說：「你看楊戲頭瞅人那眼神，他是在打我的主意哩。」可改改卻不敢說出口，她知道這句話只能招來鰲旦對自己的猜忌甚至一頓毒打。鰲旦常說：「母狗不翹尾，公狗咋敢上!?」改改一說哪個男人在打自己的主意，改改就成了翹尾巴的一條母狗。

十月初七早上醒來，改改見鰲旦還在醉夢之中。他昨夜又到戲班大院去喝酒。戲班在莊前唱完戲通常已是午夜，那楊戲頭總是等戲完幕落才支起桌子和他喝酒，根本不知幾點才散夥回的家。改改歎一口氣，攏了頭正要去廚房準備早上的吃喝。誰知剛一出門，卻撞見一個老漢正從大門中進來。只見那老漢頭不頂冠，白髮銀髯，身穿一件薄薄的煙色夾袍，走路輕移鶴步，飄然如仙人忽至。改改停住腳看時，卻是莊西藥房的智遠師傅。改改過去在莊前村後見過幾面，是認得的。

「哎呀，是智遠老仙師！一大早您老來我這座破牆爛院，莫不是有甚急火的事？」改改慌失地取一把椅子讓老漢在屋簷下坐了，趕緊進裡屋將鰲旦喚醒。待鰲旦迷迷糊糊地穿了衣服出來，兩人一同請老漢進屋敘話。智遠卻擺擺手說：「外面空氣新淨，就在院子裡談事。」

「智遠師傅，你看我男人這臉色越來越灰白黯淡，怕是患了甚病哩。我這幾日還想去請您，沒料到您卻上門來了。」改改看著鰲旦的臉色，忍不住憂心忡忡地說道。她話音剛落，背上卻遭鰲旦拍了一把：「把你驢嘴長的！做甚老說我有病我有病的，你是盼著我早死，你好再跟個野男人嗎？」嚇得改改閉了嘴不敢再言聲。

「我不是來出診的。」智遠老漢用手一捋雪白的鬍子，「我郝家醫術只療天成之疾，不治人為之患。我今天來，是想同你們商量一件事。前日我遇保英家五斤與一碎娃在莊前戲耍，一問知是你家牛牛，便趕尋來了。」

「牛牛怎麼了？他惹下甚禍了嗎？」鰲旦以為兒子沖犯了郝家藥房的什麼規矩，心裡煩躁起來，回頭又衝改改喝唬，「我說叫他到戲班學戲，媽日的你老是不准去。你看光叫人操心咧。」

「哈哈哈。」智遠笑著擺擺手，「鱉旦你甭急，牛牛並沒有招惹任何是非。只是我自己覺得這孩子天性清淨、眉目純善，心下喜歡，遂欲收他爲徒，帶到我院中去教授醫方和造丹之術。不知你們願意不願意？」

「眞是日怪了！我這小兒有甚特別之處，倒成了一朵人前花？楊戲頭第一眼就看上讓他學戲，你又來挑著他去學醫。」鱉旦聽完便沒了興致，又張著大嘴打起哈欠來。改改在一旁聽著男人和智遠老漢說話，不敢插嘴，心裡卻活泛起來：那狗日的楊戲頭口說讓我娃學戲，其實是借機往我屋跑哩。莫不如讓娃跟了老漢學醫，倒斷了他狗日的花花腸子。她慌失地跑進裡屋叫醒兒子牛牛，帶他出來對鱉旦道：「娃他爹，咱讓娃自己說，是想學戲還是想學醫。娃要學戲就學戲，要學醫今日就拜下智遠做師傅。娃他爹你說呢？」

還不等鱉旦開口，智遠老漢卻俯身過來伸手摸了一下牛牛的襠，手指輕輕地撚轉一圈，放了手說道：「甭叫娃說，這得你們大人拿主意。不急不急，你們想清楚了，再來給我一個回話。」老漢說完，就站起身來，用手掌撫撫還懵懂未醒的牛牛，邁著方步飄然出院門而去了。

「鱉旦，你看這老漢的神情，咱娃襠裡怕是有事哩。上次五斤的黃獸把娃的雞雞咬了，再憋尿也沒有硬起來過。你看鱉旦。」

「你又來了！想把人潑煩死呀？」鰲旦被攪了瞌睡，心裡有氣，粗聲野氣地嚷了起來，「把他個陰陽怪氣的老蔫驢！這回我倒主意定了，就讓牛牛去學戲。十頭牛都把我拉不回轉了。」改改見他又犯了狗熊脾氣，灰了精神轉身去廚房弄飯。

鰲旦趄身回屋又鑽進了被窩。剛朦朧有了點睡意，卻聽見保英大聲叫著：「鰲旦，鰲旦在屋不？」說話間已經進了屋子。鰲旦忙起身讓保英坐下，取了菸盒和菸鍋讓他吃菸。廚房裡正撒節糊的改改聞聲出來問候了，復又回廚房去忙。

「保英哥，你一大早尋我，是有甚要緊事嗎？」鰲旦近來老是聽保英對自己的數落，一見面就渾身彆彆扭扭地不自在。

「鰲旦，你還把楊戲頭那狗日的往家裡招？你熊是招賊哩。我是把你當自家親兄弟待承的人，我的話你就不能聽上半點？」

「楊戲頭做甚了就是個賊？」

「你說你說，你屋最近丟甚東西了沒有？你仔細想想。」保英在炕沿上坐下，裝上一鍋旱菸吸了起來。繚繞的青色煙霧籠罩著他，看上去像供在廟裡的一尊佛。

「丟東西？……沒有丟甚東西呀。」

「我說你是把大頭背在身後當褡褳哩。我昨日到柳村去串親戚，那村上有個柳賴頭，吃菸耍錢，嫖娼淫妓，是個出了名的惡棍。我到柳村時，正巧楊戲頭跟他在一棵槐樹下蹴著說話，我親眼見他拿了一樣古董跟柳賴頭換大菸哩。你道那古董是甚？就是你傻熊的傳家寶物金座玉佛啊！那狗日的看我過來還掖又藏的，但被我一眼就認了出來。」

鱉旦聽著，臉上卻並無一絲驚詫的表情。他緊張地朝門口望望，示意保英小點聲說話。他道：「保英哥，那不是人家楊戲頭偷的，是我拿去換了他的滿太高燒。你甭喧嚷，當心讓我婆姨聽見，又該雞一嘴鴨一嘴地鬧個沒完了。」

保英聽罷大吃一驚：「拿玉佛換酒喝了？！你熊人越活越萎縮了，甚值錢的酒，你那件古董還不換得堆成山了？把你個傻形上了臉的東西！唉。」

「楊戲頭往滿太高燒裡加了金貴的補藥，喝了眞提神哩。保英哥，你眞的沒有見識過那補藥，喝罷美得人直在半空中飄飛哩。」

「你知道那是甚？那是鴉片粉！人家誘騙你上了癮，你傻熊倒感激得叫爺哩。你到外莊去打聽打聽，楊戲頭是啥貨？是見了女人就往肉裡鑽的蟲蟲子。你不聽哥的話，你受罪的日子還在後面呢。」

鱉旦低頭不語。保英的話輕飄飄地在他的一雙耳朵間穿進穿出，像蒼蠅嗡嗡嗡的叫喚一樣讓他煩躁不安。可不知爲什麼，他總是對這個與自己並無任何族親關係的人，有著一種近乎父親般的敬畏，使他無法像對待別的村人那樣，動輒粗聲野氣地叫罵起來。鱉旦正如熱鍋上的螞蟻一樣坐臥不寧，這時改改正好端了木盤進來。他趕緊岔開話題，道：「保英哥，吃飯吃飯。」保英卻一臉鐵青地磕了菸灰，從懷裡掏出一個白布包來，往炕桌上一放，老聲老氣地道：「鱉旦！你我兄弟一場，我也算把責任盡到了。你以後要再到戲班你就去，我連一句招你眼黑的話都不說了。」說罷起身就往外走。改改慌失地連喊幾聲都喊不住，就追在屁股後面送他出了院門。

屋裡鱉旦疑惑地把那個白布包打開一看，立即大吃了一驚：布包裡包著的，正是自己祖上傳下來的那尊金座玉佛！

吃罷早飯時辰不大，清晨時還明晴的天空竟不覺間佈滿了灰濛濛的厚雲，不到一鍋菸的時間便開始飄起了雪花。這雪先是粉末狀的小粒子，慢慢就成了鵝毛般的大片，杈揚一般從天而降。沒有多大工夫，方圓幾十里的大地便是一片銀白。這是今年入冬以來的第一場落雪。吊莊一夥碎娃歡喜得鑽不住屋裡的熱炕，著了魔一般在村前莊後四處奔跑嬉鬧。他們堆雪人、打雪仗，個個滿頭滿身的白雪，倒像是披麻戴孝一般。

自從保英走開，鱉旦就像犯了病。改改送完人回來，見他怔怔地呆坐著，盤裡的節糊和油饃都涼得沒了熱氣，他卻還一口未動。改改喊他吃飯，他不吃也不吱聲，後來竟蒙了頭在炕上睡下，一覺就到了下午。改改害怕起來。她將家裡剩下的那桿土槍找出來，擦得烏黑鋥亮，上前搖了他醒來，說：「鱉旦！鱉旦！雪白刷刷地下了一地。你扛了槍去坡原上打兔，遊轉著散散心去。」

鰲旦坐起來朝窗外看了一眼，卻在自己頭上狠狠地打了兩拳，復又倒下去要睡。改改看見男人那雙塌陷的眼窩裡一片濕潤，以爲是自己傷了他的心，嚇得蔫聲細氣地說道：「鰲旦你甭潑煩，你要想去戲班喝酒你就去喝，你要叫牛牛去學戲就去學，我再不敢嘮叨了。你起來遊轉遊轉，甭再悶睡了。你這樣，我心裡害怕得直發冷哩，鰲旦。」

鰲旦抬頭盯著改改的眼睛，慢慢地自己卻淌下長長兩股眼淚。他把女人抱住，嘴裡喃喃地說：「鴉片吃不得啊。我爹說過，能去當土匪都不能當菸鬼，吃大菸能使男失綱常女失節啊。看我娃我老婆可憐的！改改，我再也不去喝楊戲頭的酒了。」說完夫妻兩抱頭哭了一陣，鰲旦這才起身下了炕。他在院子裡站定，讓那鋪天蓋地而下的白雪落了自己一身一頭。改改隱約知道喝酒裡面的事。她從窗戶中看著像個樹根一樣立在雪地裡的男人，想了想，終沒有去拿蓑衣給他披上，也沒有去喚他進屋。

天擦黑的時候，大門外忽然響起了一陣碎娃破死亡命的哭喊聲。改改心驚肉顫地出去看時，竟是牛牛哭著從外面跑了進來，身後還跟著一群滿身落雪的碎娃。牛牛用手捂著右眼，哭聲中充滿驚恐和慌亂。改改看見一股殷紅的鮮血正從牛牛臉上、手指縫中流出來，當時就驚得一屁股滑坐在地上。她瘋了般地喊道：「鰲旦！鰲旦！你個死人快來啊，娃眼睛被扎瞎了。」鰲旦如從噩夢中恍然驚醒一般跑了過來。兩人急急慌慌地把娃抱進裡屋，見牛牛的右眼珠子竟被什麼東西剜了出來，只剩下一根細細的青筋連著，血裡糊拉地吊在臉蛋上。

「娃啊……老天！」改改見狀，嚇得早已是六魂出竅，話中拖著尖長的哭腔道，「鱉旦，你趕緊去請智遠老漢，你趕緊啊。」同樣嚇得慌了神的鱉旦剛要出去，圍了一圈看熱鬧的碎娃們卻喊起來：「老漢來了！郝老漢來了。」改改抬頭看時，郝智遠果然已撥開碎娃們進了屋子。在這樣的大雪天裡，他依舊只穿著那件薄薄的夾袍，精神矍鑠，沒有絲毫怯冷的縮手畏腳。

郝智遠問了問周圍的碎娃，才知道了事情的由來：牛牛一夥下午正在野地裡追著打雪仗，卻碰到一條餓瘋的野狗老遠齜著牙朝他們攆來。碎娃們嚇壞了，慌失地拔腳朝著吊莊就跑。眼看都甩離那條瘋狗跑到莊前的澇池了，牛牛卻被雪滑得摔了一跤，眼睛不偏不斜竟正撞在一根牛橛上，一下子就戳成了這樣！那瘋狗見牛牛摔倒了，不知是因爲已經到了莊前，還是別的什麼原因，也不再追攆，而是掉頭從雪野中跑掉了。

「像是那條黃獸，五斤養的那條黃獸。」碎娃們說。

「別冤枉人，不可能是我家黃獸，黃獸早叫我七爸淹死了。」保英的女兒淨花也擠在碎娃堆中，一聽就臉紅脖漲地急著分辯。改改一聽「黃獸」的名字，心裡卻悠地掠過一絲震顫。她想起了那年牛牛屙屎時，黃獸撲上來不吃屎卻咬了牛牛小雞雞的情形，想起那畜生卻每逢五斤屙完後把屁股一撅，就乖乖地替他舔乾淨的情形，一種神祕的聯想使她心頭立即籠罩上一層令人驚懼的陰影。她喃喃自語道：「日他媽我家到底做了甚孽，叫我娃受這麼大的罪呢。」說著眼淚就一股一股地淌了下來。

智遠老漢替牛牛止了血，牛牛也變得安靜了下來。老漢一面細心地摘除了那顆已被剜斷的眼球一邊說：「人的命天注定。有的人房都塌了，卻偏偏有一根房梁撐在頭頂保住了性命，而有的人睡在窯裡，上面落下一把土打在胸口上卻嚥了氣。福之禍所依，禍兮福所致。這娃瞎了一隻眼睛，倒不見得就是壞事。」

鱉旦和改改以爲老漢說的是慰帖話，卻也沒有在意。智遠老漢將牛牛的傷口敷藥包好。鱉旦正要將那顆血糊糊的眼珠子拿去埋掉，老漢卻伸手擋住，用布包好裝進了自己的口袋。他擦了手上的血跡，對鱉旦道：「娃的眼傷很深，依我看最好到我院裡住上一陣，等好轉了再說。你們看看能成？」鱉旦和改改心裡擔憂，正求之不得，忙說：「多虧智遠師傅，那就給您老添累了。」說完就要抱了牛牛去送。智遠老漢攔住道：「我那院裡一派藥氣，外人是進不得的。」說完自己抱起牛牛，告辭出門去了。牛牛娃也許是哭乏瞌睡了，倒像睡在親人懷裡一樣，任那仙人般的老漢抱著，踏雪飄然而去。

送走智遠，改改攆散了聚在屋前院內的一夥碎娃，回到廈房後趴在炕上又哭了一場。鱉旦過來抱住她的頭，默默地聽任她大放悲聲。哭著哭著改改就睡著了，朦朦朧朧之中她似乎聽見鱉旦不住「唉唉」地歎氣，後來又用拳頭砸自己的腦袋。改改以爲他心裡難過，有氣無力地說了聲：「咱睡，咱不吃飯了。日他媽的睡著了什麼都不用去想了。」便獨自側過身去……

後半夜改改被凍醒，卻發現炕上並沒有男人的影子。她失神地坐起來，摸摸炕上一片冰冷。出門看時，不知已是半夜幾時，那場大雪此刻下得正猛，一片銀白的是世界裡除了落雪的刷刷聲外，寂靜得連雞架上母雞的咕咕聲都聽得一清二楚。

「日你媽你往死裡喝去！」改改絕望地尖嚷了一聲，一下子跌坐在雪已落了半尺厚的房沿臺上。

22、

土曆十月二十一日，吊莊四周從初七到初十所下的那場罕見的大雪仍沒有化完。房頂、牆頭、田野、塄坎上到處還殘留著一塊塊乾硬的積雪。俗話說：下雪不冷消雪冷。在這晴明的化雪的日子裡，空氣中雖無一絲風，但戶外的任何一處空間都生冷刺骨，使人呼出一道道煙一樣的白汽。莊前的澇池裡凍實了冰凌。碎娃們皆袖了雙手，穿著棉窩窩鞋在上面溜滑。他們個個臉蛋凍得紫紅，嘴唇一片烏青。

這天後晌，鱉旦從自家土院中出來，袖起手站在澇池旁看碎娃們在冰面上耍鬧。他頭髮凌亂，臉上白蠟蠟地沒有一絲血色。牛牛還在莊西郝智遠老漢的大院裡療傷。他和改改曾去探看過幾次，卻都被告知郝老漢將牛牛引到喬山深林中去了，要過一陣子才能回轉。郝家藥鋪裡那個眉清目秀的郝自默已經有好長時間沒有出來了。照看鋪面的換了人，是一個足有三十多歲的男人。他也寡言少語，但神色清傲，莊上的老漢婆姨誰也不敢上前和他搭話逗笑，這令他們更加懷念起那個長相有幾分女氣的郝自默來。鱉旦在澇池岸邊蹴了一會兒，渾身又酸又疼、又癢又痲地難受起來。「我得去找狗日的楊戲頭！」他蹴著想。鰲旦摸了摸自己空蕩蕩的衣兜，忍了忍沒有站起身。「我戒了，這回我真的戒了，我再也不去找他狗日的了！」他想。鰲旦掏出菸鍋裝好菸絲點燃，可不管怎樣猛吸，嘴裡的味道卻越來越寡淡，渾身那剝皮抽筋般的煎熬反倒越來越強烈了。鰲旦蹴了半晌，低頭看時，面前的雪地上已磕了厚厚一層菸灰，吐了滿滿一地黑痰。「日他媽誰叫我不聽保英的話呢，誰叫我不聽婆姨的話呢！」鰲旦痛苦不堪地蹴在地上想。他感到自己的肉裡鑽滿了蟲子，就像那種吃木頭的白蟻一樣。

天慢慢黑了下來，澇池冰凌上嬉鬧的碎娃們漸漸散夥回家了。鰲旦站起身朝莊子裡走了兩步，卻又悠地轉過身，瘋了一般搖搖晃晃地朝莊東戲班大院裡跑去了。

滿臉絡腮鬍子的楊戲頭正和幾個女戲子坐在熱炕上說笑。對面房間裡一些男女戲子像是在和什麼人談生意，錢多錢少地吵鬧著扯不清楚。楊戲頭看見鰲旦臉色刷白地跑進屋來，立即堆著笑臉叫了起來：「嗨，老弟來了！今晚又帶甚寶貝來了？是吃呀喝呀，還是吸呀噏呀？來來來，先坐上熱炕。」幾個穿著紅襖綠褲的粉臉女子也轉過頭來，浪聲浪氣地笑著和鰲旦說話。

「老哥……你知道我家裡那點古董玩器都倒騰給你了……今晚你先賒我一口，明日我再想法子。」

「嘿，明日你還能想出個甚法子？對不住了老弟，哥我手邊沒有那東西了。你婆姨老在背地裡罵我誘你，你趕緊回去吧。」

「老哥，給我一口……我……我把土槍當給你了。」

「哈哈哈，瞧你這記性！兩桿土槍你上次就當掉了，早已經屬於我了。」

鱉旦已經是萬箭穿心了。他站立不穩，刷白的臉上盡是虛汗。楊戲頭看在眼裡，使個眼色，立即有兩個女戲子下了炕，軟聲嬌氣地攙住鱉旦，把他拉到熱炕上挨著楊戲頭坐下。楊戲頭拍拍他的肩，朗聲笑道：「你到了這一步，哥看著也不忍。哥今晚幫你一忙，那你日後能幫哥的忙嗎？」鱉旦看著他掏出拇指大小一疙瘩黑屎一樣的東西，眼睛裡立即放出一線亮光。他的腦袋裡嗡嗡嗡地鳴叫著，什麼也顧不得細想，忙不迭地說：「我把命搭給你都成。老哥給我，趕緊給我，再遲我就沒命了。」那楊戲頭卻嘿嘿地笑了幾聲把那坨黑屎收起，不急不忙地說：

「咱得把話挑明了。你要願意咱就幹，你不願意咱就散，誰也不要勉強。」

「老哥你叫我當土匪殺人都行，你趕緊，趕緊把東西給我。」

「咱好端端地殺人做甚？你甭急，聽哥給你說。咱這戲班靠唱戲能掙幾個錢？哥給你說實話，這夥女子夜裡賣哩。表面上天一黑在村前搭臺唱戲，其實是在引人招客哩。」

「啊！」鱉旦聽懂了戲頭的話。他吃驚地看了看身邊幾個滴眉溜眼的女戲子，噁心得身上直起雞皮疙瘩。

「你甭急，聽我說完。我們在外面闖蕩了這麼多年，吊莊卻是初來乍到，人生地不熟。你要是同意，就到四鄉八鄉給咱網絡那些財東。我們也像郝老漢一樣出診哩，誰球上不舒服了我們就派了姐兒去他家裡，一夾一擦，保管爽快利索。哈哈哈……」說罷楊戲頭和一炕的粉臉女子一齊浪聲淫笑起來。一個女戲子竟乘機從被下伸過手來，意味深長地在鱉旦的襠裡捏了一把。

鱉旦癡目迷眼地愣愣坐了一會，忽然高聲叫罵了起來：「把你一夥驢日的騷男浪女！叫我堂堂的鱉旦拉皮條？瞎了你們的狗眼了！看我拿把刀剁了你們。」他暴怒地從炕上跳下來，操起頂門的木桿就要來打。滿臉媚相淫態的女戲子們嚇得尖叫起來，紛紛抱頭縮腳地往楊戲頭身後直躲。楊戲頭卻不驚不慌地道：「鱉旦，你這是做甚？你不幹就不幹，這是做甚！」

「我還以爲你心善，拿槍是護著女戲子哩，沒想到你狗日的原來是個老鴇。」鱉旦掄起手中的木桿，臉上青筋暴漲地朝戲頭打來。不料那木桿在他手中卻似有千斤，壓得他虛弱的身子晃了幾晃，幾乎癱坐在地上。

「不給錢就護著女娃，給錢就護著嫖客。鱉旦，你的槍還真派了大用，比打野兔掙錢快多了。嘿嘿嘿。」楊戲頭笑著把那蛋黑屎又掏出來，在空中拋來丟去地玩弄。他說：「鱉旦，我就佩服你是個最講倫常的鐵骨硬漢。你回你回，今晚只當我沒說，咱以後還是好朋友，常到一起來喝酒。」說完逕自將一左一右兩個女子摟了，臉貼了臉淫樂戲耍，不再理會鰲旦。鰲旦跌跌撞撞地跑出屋來。他看見對面屋中正有幾個本地模樣的男人提了褲子從門中出來，一臉滿足又疲憊之態。

鰲旦跑出戲班大院，踉踉蹌蹌地朝家裡走去。寒冷的夜風呼嘯而過，他感到立即吹透了自己的身體。鰲旦說：我就是死都不去做那種噁心事。肉體卻說：吃菸吃菸，我要吃菸！鰲旦說：吃你媽的蛋！肉體說：吃菸吃菸，趕緊吃菸！……鰲旦鐵了心在黑暗中朝前走去，但自己的雙腿雙腳、自己的頭腦和思維卻越來越不聽使喚。他感到自己的魂兒飄搖著向天空升去，冬夜的雪地上只剩下了一堆像太歲一樣沒有經絡、沒有骨骼的白色肉體……鰲旦自己都不清楚，最後他是怎樣發瘋般地又返身跑回戲班大院的。

剛才那間屋子裡，仍坐著滿臉堆笑的楊戲頭和幾個妖豔的青年女子，所不同的是炕沿上多了一個五十多歲的老男人。那人一身本地衣著，胖頭上青光光地沒有一根頭髮，倒有幾個讓人看著就噁心欲嘔的癩瘡。他眼睛裡一團水亮，正把一疊錢整齊地碼放在楊戲頭旁邊的炕桌上。

「戲頭，趕緊給我。我同意，我願意幹。」鰲旦撲到炕前，渾身哆嗦著伸出了雙手。

「你回你回，我們正談事哩。」楊戲頭冷冷地說。

「我答應的事從不反悔，你趕緊給我。」

「……你果眞想好了？」

「眞的想好了，趕緊。」

「鱉旦你還眞是個聰明人，我的眼睛沒看錯。」楊戲頭寬厚地笑了起來。他掏出一個黑屎蛋子，說道：「只要你盡心給哥當幫手，這東西管夠，白白供你。」說罷就欲遞到鱉旦手上。就在這時，門外卻一聲尖叫，隨後改改一腳揣開門就衝了進來。她披頭散髮，狀如瘋子，進門後一把扯了鱉旦的手，淚流滿面地指著楊戲頭的鼻子嗷起來：「把你個千刀萬剮的雜種，你把我男人禍害成個甚了！日你媽我今天跟你拚了。」說罷操起木棍，就要朝炕上掄來。楊戲頭立愣變了臉色，他跳下炕一把將木棍奪下，厲聲道：「鱉旦，日你媽你滾！是我叫你來的嗎？趕緊引上你婆姨滾蛋。」

「趕緊給我。」鱉旦就如同沒有看見改改進來一樣，仍一臉癡相地向楊戲頭伸著雙手。

「快滾快滾，看著就眼煩。」楊戲頭怒目圓睜地說。

改改見狀，上前抱住鱉旦的頭，哀求道：「咱走咱走，這不是人來的地方。走啊，我求你了鱉旦。」說畢就要來拖自己的男人。沒料想鱉旦轉過那張顏色土灰、雙眼暗淡無光的臉來，揚手就給了婆姨一個嘴巴：「滾！人家叫你滾哩。你賴在這裡丟人敗興的做甚？」這一巴掌打得改改嘴角上流了血，半張臉都紅腫了起來。改改怔怔地望著自己的男人，像變成癡人一樣愣在了那裡。

「我同意幹的事，誰也管不了。戲頭，趕緊給我。」鰲旦說。

「別說拉皮條，就是吃屎喝尿我都同意。」鰲旦說。

楊戲頭復回熱炕上坐下。他上下打量了改改半天，嘴角忽然掠過一絲陰沉的冷笑。他又吊了一陣鰲旦的胃口，這才「哼」了一聲開口說道：

「眞的做甚都同意？讓你婆姨接了這個嫖客，免得你以後總讓她數落。這你也同意？」

「同意同意，你趕緊給我。」

「你眞的同意？這事想反悔可都沒門。」

「眞的同意。」

坐在炕沿上的那個禿瘡老男人，自打剛才改改一進門，就色眼裡噴出兩條火蛇，在改改的蜂腰肥臀和鼓脹鼓脹的胸口上舔食起來。此刻一聽此話，立即流著涎水，嘿嘿嘿地樂出聲來。這猙獰的笑聲像毒針一般刺醒了改改。她絕望地看了一眼鰲旦，尖叫一聲轉身就跑。楊戲頭見狀在禿瘡的腰裡捅了一把，禿瘡老漢立即搶步上前，一把就挾住了這只肥美獵物的腰肢。改改尖聲嘶叫，她一面不斷踢蹬著雙腿，一面絕望地看著自己的男人鰲旦。這倒使那滿頭禿瘡、粗壯野蠻的老男人興致更濃。他嘿嘿地樂著道：「我的勁能挾起一頭牛，別說你這個小婆姨了。」炕上幾個女戲子跟著淫笑起來。她們快活地跳下炕，領著那個如同叼著一隻肥羊的老狼般的禿瘡，到隔壁的房間去了。

「鰲旦，你不後悔？現在要後悔還來得及。」楊戲頭把鰲旦拉上炕來，讓他在炕桌的另一頭躺好，一邊取菸槍一邊給他點亮了菸燈。

「不後悔，不後悔。」鰲旦喃喃地說。

這個冬天裡晴朗的夜晚，就在鰲旦的婆姨改改被禿瘡男人有力的大手粗蠻地扒去衣褲，在幾個滿臉淫笑的女戲子捂嘴的捂嘴、按腳的按腳的鼎力相助下被殘忍強姦的這一個小時內，她的男人，她那個曾經看了一眼就與娘家親人決裂而捨身相嫁的男人，就躺在一牆之隔的熱炕上，一鍋接一鍋地吃著鴉片。

夜裡起了風，呼嘯著從房頂和樹稍間吹過，聽上去就如同有人在空曠的原野上悲傷地嗚咽。

23、

入冬以來，莽魁那已年近古稀的老婆姨患了病，整天哼哼唧唧地躺在熱炕上。她恐怕是犯了風濕一類的疾患，兩腿關節、腰胯和肩膀胳膊都終日疼痛難忍。莽魁婆姨心中卻十分安靜。她靜靜地躺在炕上想：但願這是我最後的日子了。要是能在年關之前下世，在這個寒冷乾燥的冬天裡被自己的兒孫們乾乾淨淨地埋入黃土，後人們就能安安穩穩地過一個好年了。保英一次又一次要去請郝智遠老漢或六甲鎮的馮郎中，都被她罵了回來：「保英你要真是個孝子，就讓我安靜地躺著，千萬甭去叫人來。我老得都快成精了，你讓我栽在世上呀？！你要不聽我的話，我就拿根繩子上吊了。」保英無奈，就悄悄地買了藥來，摻入麵水、節糊、攪團或湯麵中讓老母親吃下。不料老母很快卻覺察出來，便以絕食相威脅。保英沒了辦法，只得作罷。他讓水娥天天變換花樣，給母親弄可口的吃喝。自己每日下午都會扯來白長的麥草，把老母堂屋中的土炕燒得燙肉。「媽你吃得飽飽的，睡得款款的，媽你就熬過這個冬天了。」保英說。莽魁婆姨不再說話，閉起眼睛想自己死後的情形。有幾日她於中午迷糊起來，就大聲喊叫：「保英，快端茶來！客人來了滿滿一屋。」保英忙不迭地跑過來看時，卻見堂屋裡空無一人。」問老母，老母卻說：「黃獸撲著咬哩，人都嚇跑了。」保英把這怪事跟村裡的老人們一講，老人都說：「那是叫魂的小鬼來了，你看不到的。你媽怕是熬不過這個冬天了。」說得保英的眼窩立即濕了起來。村人見狀，嘖嘖誇道：「看把保英孝順的！你媽都快七十了，歿了都是白喜事，有甚可難過的。」

莽魁婆姨臥病在炕，開始時是保英和保武輪流給住在孤窯裡的老父親送飯。後來五斤卻懂事地接了這活，一日三趟地往舊窯中跑。「這娃越來越叫人擔心了。」保英經常望著五斤的背影這樣自語。似乎他越懂事，自己心中那份莫名的惶恐就增加一分。秋天時節，郝家藥鋪剛落腳不久，五斤總是飯後把碗筷一撂，說聲：「我去藥鋪了。」就跑出門去，到很晚很晚才回家來。這種情形一直持續到有一日智遠老漢來找保英，道：「保英，以後甭叫你家五斤往藥鋪裡跑了。」保英問：「這是爲甚？他給你惹禍添亂了？」那老漢卻不答，只說：「甭讓他再來了，算我老漢求你了。」保英臉上難堪，回去黑著臉喝唬了五斤一頓，從此五斤便再也沒有去過藥鋪了。

入冬以來，保英見這個不到十歲的兒娃除了去舊窯裡給老爹送飯，幾乎整日不邁出土院一步。他既不跟一夥同齡碎娃滿野地瘋跑著打雪仗、撇瓦片，也不跟家裡淨花、小梅、小燕等一群管自己叫「七爸」的女子娃們丟靶兒、踢毽子或抓石子。一送完飯回來，五斤總是躲進井臺旁邊那間低矮的柴房，一鑽就是整整一個上午或下午。開始時保英以爲他閒來無事，又犯了過去那種乖僻的嗜好，獨自蹲在柴房中逗蟲玩蛇。柴房中堆有麥草、玉米芯及秫秸，底部潮濕，常會聚集很多的放屁蟲、土鱉、蠍子、肉球和壁虎。保英想像著五斤在柴房中的樣子，心裡直後悔不該嚇唬他淹死了黃獸。

有一天，水娥做飯時柴不夠燒，就去柴房中扯麥草。麥草沒扯著，人卻嚇得尖叫著跑了出來：「保英，保英，七弟出事了！」保英聞訊跑進去看時，卻見數九寒冬的季節裡，五斤竟渾身只穿著一條短褲，死人一樣地躺在麥草堆上。他的手臂、肚皮、臉面上到處扎滿了黑壓壓的荊棘，有的地方甚至淌出血來。保英嚇得臉色煞白，剛要驚慌失措地去抱他時，五斤卻猛地坐了起來，神色平靜地拔去荊棘，從容地穿好了衣服。

「五斤，你這是做甚？差點沒把人嚇死。」保英又愕然又惱怒地問。

「……」

「你到底是咋咧，成天這麼陰陽怪氣的。」

「我練習扎針哩。」

「你碎熊胡日鬼哩！人家診所裡扎的啥針？明晃晃的銀針！你扎這些髒兮兮的刺，是尋著要自己的小命哩。」

「我不怕，我有藥哩。有我自己煉的仙藥。」

……

那天以後，保英竟尋個閑日叫木匠給柴房上安了一道門，掛把鐵鎖鎖了，免得這個行爲古怪的七弟再弄出什麼亂子來。保英把五斤叫到莽魁婆姨住的那間堂屋，苦口婆心地給他說：「你看看咱屋，爹成了那樣，媽成了這樣。你就不能安安生生的，別再讓大人把心吊在半空了？」五斤像大人一樣在炕角蹴了，悶著頭不說話，只是「哎」「哎」地應著大哥，弄得保英倒啞了口，不好意思再說什麼。

自打那次談話後，五斤果然再也不悶頭在家待著。家裡的大人們除一日三頓飯時和晚上能見著他外，其餘時間一概不知道他的行蹤和去向。但保英爲這一變化只高興了幾天，隨後卻更加擔憂起來。他囑咐女兒淨花一連幾天悄悄跟蹤五斤的行蹤。每到黃昏，淨花卻一臉倦色地回家來對保英說：「我七爸不和別的碎娃耍，整天一個人在廢瓦窯後面的土塄坎上轉悠哩。七爸走路快得像跑，把我掙得直喘氣哩。」

這句話足以讓保英想像出這樣一幅畫面：冬天的原野，蕭瑟荒涼。頭頂烏雲浮墜，太陽如熄。在一條土塄坎之上，一個不足十歲的兒娃低頭沉思，踱來踱去，形同一個孤獨的老者。保英想著他那大人般微駝的後背和一雙深深隱藏著什麼祕密的眼睛，心中的憂慮又加重了一層。

「唉，得儘快給這娃找個什麼執事或把他送到學堂裡去了。蔫驢踢死人啊，要不他非得招出什麼天塌地陷的禍害來不可。」保英自言自語地嘀咕道。

冬天是一年四季中最漫長的季節，漫長得讓人感到每一天都如同一年。土曆十一月到來之初，吊莊這塊土地上無論大人還是小孩的心就活泛了起來。他們想像著進入臘月以後熱鬧喜慶、準備新年的痛快日子，簡直覺得十一月的每一天都像坐牢，從早到晚不知道該怎麼打發。碎娃們在十月天還滿世界瘋跑著打雪仗、溜冰凌或劈啪作響地在街道、門樓和院子裡摔紙麵包，到了十一月卻蔫得提不起精神。他們在烘熱燙肉的炕上一直睡得實在無趣，這才懶洋洋地爬起來穿上衣裳，滿院滿屋地纏著大人要臘月裡的零花錢。有耐不得寂寞的兒娃用鏈條鎖或車輻條做成了火槍，已在四處放得「啪啪」聲零碎響起。

十一月末的時候，戲班和藥房兩撥外姓人都鎖門關窗，各自回老家過年去了。郝家藥房大院牆高門厚，估摸院內也無甚值得毛賊溜娃感興趣的東西，所以只用兩把大鎖將前門和後鋪鎖好，無牽無掛地回了喬山的深山老林。那戲班子可就不同了，本來院牆就單薄低矮，加上滿屋子花花綠綠的道具戲裝、鑼鼓樂器，所以楊戲頭一直放心不下，想尋個人住在院裡看守。他先是考慮到鱉旦，但一閃念就否決了：「那副菸鬼孬樣，人一撥拉就倒，還能守好院子？」可到了新年關口，誰家男人兒娃不是夜夜在家裡和親人團聚說話，願意睡在這寂寞無聊的院子裡為你看屋守財？十一月二十郝智遠老漢一夥就回了喬山，可到了二十五日楊戲頭仍脫身不得。白天夜裡都忙著唱戲和賣肉的女戲子們個個臉拉得長如叫驢，掄屁眼甩胯骨地給他做臉做色。挨到二十六日，袁家老六保才從豆會中學放了寒假。保才是個既倔又蔫的愣頭青，過去在莽魁還剛健時就扭頭裂頸地難以馴服，而現在老爹身患令人羞辱難堪的怪病住在孤窯，老母又病歪歪地躺在炕上等死。加上家裡還有那個曾惹得滿村閒話的寡婦嫂子銀珍，以及一大群麻雀一樣嘰嘰喳喳的碎女子娃，這使他這個一直在學堂中度過來的小夥子心生厭倦。但特別使他心冷的是，自己最喜歡的三哥保文已不知是生是死、現在何方。保才回家後聽說了戲班的事，夾了鋪蓋就往外走。保英見狀不冷不熱地說：「保才你都是快娶媳婦的人了，做事咋都不掂量個輕重。戲班是啥地方？是個暗娼窩，村裡人誰不知道？你住到那裡，你不怕人笑話，我還怕人笑話咱先人哩。」沒料到保才已不再只是一意孤行地走開，而是轉過臉喝唬起來：「整天怕人笑話老先人新先人的，日他媽先人管咱的甚了？管吃了還是管喝了，先人就知道安心在墳裡睡覺。」說罷臉對臉地站住，拿一雙牛眼瞪著大哥。保英氣得手都哆嗦起來。他看著保才那張青愣愣的瘦臉，真想像過去一樣給他幾個大耳光。但他想想躺在堂屋中的老母，看看這已經越來越濃烈的新年氣氛，終於忍著沒動。「你去你去，哪怕你睡到眞窯子裡去呢。」他疲倦地揚了揚手，就像在趕眼前的一隻蒼蠅。保才鼻子裡「哼」了一聲，果眞轉身拎著鋪蓋出去了。

楊戲頭給保才留了一桿黨旦家的土槍，囑咐他白天可以鎖好大門，願意做甚就去做甚，晚上到院前的門房中睡一宿就行。「靈醒點！甭叫賊娃子連你的腦袋都搬走了。」興高采烈的楊戲頭說，「保才，等我過完年回來，要沒出事，一天算你一塊的工錢。」隨後就和那幫年輕的男女戲子坐上一輛雇來的馬車，「吱吱扭扭」地朝南去了。保才見戲班院子裡滿當當一排房子，門房屋子也顯得又寬敞又整潔，心想這個寒假自己可算是尋了個清淨的去處，心下喜悅，就在院中扯了一籠又白有長的麥草，將門房中的炕燒熱起來。

剛開始住的幾個晚上，保才關門關得都很晚。看書寫字畢了，他都到大門外伸拳踢腿地活動幾下腰身筋骨，才回院關了門睡覺。但他每天晚上看書都看不安生，總是有一些人在天完全黑了以後到戲院中來。這些男人一律本地裝束，一看便知是附近村莊的。有天晚上來的幾個，甚至就是吊莊本村的。保才是個念書人，一看那些人滿臉奸相和噴著火蛇的眼睛，心裡嘀咕起來：「這戲班怕眞是個娼窩哩。」心中便噁心起來。從第三天起，他喚來七弟五斤給自己做伴。兩人早早就落門上鍤，燒好熱炕說話睡覺。

剛開始時，保才並沒有太注意這個讓他一直感到陌生的七弟。在他眼裡，五斤跟別人家的孩子沒有什麼兩樣，只是來陪自己消除心中那種獨自難以承受的感覺的。他總是想和五斤說會兒閒話再睡覺，但很快發現七弟幾乎不主動說一句話。你問一句他答一句，其餘時間都低垂著腦袋悶坐不語，心裡似乎裝滿了什麼心事。保才沒了興趣，就任他獨自枯坐，自己則在炕的另一頭撚亮油燈看書。直到看得困乏了，吩咐五斤也脫了衣服，兩人熄燈睡覺。

一夜，保才被尿憋醒，點亮燈時卻發現炕那頭被窩空蕩蕩的，竟不見了五斤。保才以爲他也尿急，到外頭起夜去了，便披了衣服走出門來。就在他剛一探頭的那一剎那，眼前的情景讓他不由自主地發出一聲尖叫：對面那排廂房的房沿臺上，正立著一個猙獰的厲鬼！只見他青面獠牙，渾身五顏六色的鱗片閃閃發光。此時估摸已是五更，院子裡雖然昏暗難辨，但借著微弱的天光，保才確確實實地看見了那個厲鬼。

保才從極度的驚恐中清醒過來。他飛身返回，從牆上摘下了楊戲頭留下的土槍，拉開槍栓就出了門。保才剛把槍舉起，那厲鬼卻開口叫著「六哥甭打槍，六哥，我是五斤」地跑了過來。及到跟前一看，果真是自己那個性格古怪的七弟。只見他頭戴滿是絨球的花冠，身穿寬大得一半拖在了地上的蟒袍，臉上被油彩描得紅一塊、紫一塊，白一道、黑一道，活脫脫像一個閻王殿裡剛剛跑出來的小鬼！保才見狀又氣又惱又可笑，他將土槍的栓下了，一把將他那頂戲帽扯下來扔了，嗷道：

「你這碎熊，大半夜日鬼弄怪地做甚？差一點讓我就一槍要了你的小命。」

「我唱戲哩。」五斤說。

「你日鬼哩！你還會唱戲？你唱你唱，唱一段讓我聽聽。」保才氣得眞想扇他一個耳光。

沒料到那五斤拖著五顏六色、描龍畫鳳的蟒袍，過去將那頂花冠拾起來重新戴好，竟眞的在院子裡唱起戲來。保才做夢也沒有想到，這個小人居然腰胯婀娜輕擺，手指曲若幽蘭，一招一式，還眞有那麼點舞臺上的派頭。五斤嗓子細嫩幼稚，保才細聽時，發現他唱的並非戲文，卻是不知誰瞎編的鄉歌野調：

能到茅坑呀麼蹲一晌，
不去戲班呀麼坐熱炕。
能聽嗥嗥呀麼狗咬仗，
不聽咿咿呀呀戲子唱。
……

保才一聽，倒消了氣，「噗嗤」一聲笑起來。他上前一邊利索地將五斤身上的蟒袍、玉帶和狀元花冠摘了，一邊說：「你碎熊倒眞是個學戲的坯子。不過咱給人家看屋守院，不敢亂動人家的戲服道具。你聽下了沒有？」五斤乖乖地應了，隨保才在牆角各美美撒過一泡熱尿，復回屋鑽被臥睡下。

第二天保才回家見了保英，也不管他一臉的彈嫌，開口道：「大哥，七弟是塊學戲的好料。開春後你給楊戲頭說說，讓他收了徒學藝去罷，以後沒準咱袁家還能出息下個人才。」保英「唉」地長歎一口氣：「保才，你熊就把這個家往完毀吧。你一個人睡在娼窩裡還嫌不夠，又來教你弟弟學壞。我管不下你，你愛咋整就咋整吧。」保才丟下一句話：「你不願說我說。我給他看了一冬的院，連這點事還求不動了!?」說罷轉身就從保英面前走開了。

從那天開始，保才晚上就有意給五斤講一些古詩名篇。那五斤果然聰明，聽過一遍，第二天竟能背誦了出來。保才大喜：「老袁家真是出人了！可惜沒供你念書。你要念了書，比六哥可是強多了。」更加悉心教他東西，有時也念些戲文給他。五斤再唱戲的時候，果然不再是鄉歌野調，越發正經得像個從科班裡出來的戲子一樣了。

但兄弟間這種親密無間的日子持續了沒有多久，保才卻徹徹底底地眼黑了五斤，進入臘月剛剛幾天，竟攆五斤回了家，晚上又獨自一人到戲班大院看書睡覺了。

起因是一件怪事，而這件事開始時保才並不知道與五斤有什麼關係。在一段時間裡，保才幾乎夜夜做夢，在夢中與各色風情萬種的女子婆姨做乃好事。保才已經成人，這種情形以前有過。前幾日倒不足爲怪，可後來他卻驚恐起來。那種怪夢一夜連著一夜，有時竟一夜數次，而次次都把短褲流得精濕。他感到自己明顯憔悴起來，慢慢竟懷疑這所宅子果然凶相，怕是眞有狐狸精之類的鬼魅纏上了自己。於是，保才一改自己夜裡沉沉死睡的習慣，靈醒淺睡，決心看清狐狸精的眞面目。令他萬萬沒有想到的是，這狐狸精竟然是自己的七弟五斤！

那天夜裡保才睡得靈醒。到後半夜，他剛恍惚有點倦意的時候，忽然覺得兩隻腳心處有濕潤而冰涼的東西貼了上去。緊接著，一隻熱乎乎的爪子開始在腳心處一下一下地輕輕拍擊。保才頓時感到一股麻酥酥的電流立即從腳心傳到了襠間，那話兒像受驚的野兔一樣，立即支棱了起來。保才躺著沒動，他渾身緊張得出了一層細汗。他想那狐魅妖孽必會化爲什麼放浪女子撲到自己身上來。「到那時……」他惡狠狠地想。腳上那左一下、右一下的輕拍慢打仍在繼續，保才似乎在黑暗中可以聽到那妖孽清晰的呼吸。他襠間的物兒越來越脹，一陣陣麻癢的電流傳遍全身，眼看就要一瀉千里了。

「我日你媽妖魅！」保才大叫一聲猛地坐起，果然看見腳那頭有個小小的人形。他撲過去一把抓住，不料黑暗中那人形竟「咯咯咯」地笑了起來，看時卻是五斤！

保才撚亮油燈，見自己腳心所貼的，原來是兩片用唾沫浸濕的草紙。那隻毛茸茸的爪子也並非狐掌，而是五斤戴了毛線手套的右手。保才氣得揚手就給了五斤一個耳光，吼罵道：

「你在哪裡竟學來這等邪門歪道？年齡不大，就整天搗鼓這方面的勾當，你說你長大能好得了！」

「我耍哩。」五斤挨了打，卻並不哭。他睜著一雙又大又亮的眼睛看著六哥，全然沒有犯了錯的小孩那種愧疚和不安。

「你說你是在哪裡學來的這套興淫之法？」保才氣得臉色刷白，擰住了五斤的耳朵問道。

「黃獸舔我的腳心時，我渾身舒服得紮實。你給我教了那麼多詩文，我是想讓你也舒服舒服哩。」五斤委屈地說。

保才聞言大驚：這狗日的害死人的法子，竟是五斤這麼點碎娃自己搗鼓出來的？！他鬆了手，怔怔地望著五斤，忽然覺得這個自從出生之日起，就使左鄰右舍不得安生、緊接著老袁家怪事不斷的孩子，身上閃著一層神祕的聖光，離自己遙遠得無法觸及。「不是大福即是大禍，不消幾年就能看到結果。」保才想著吊莊這片土地上的人們，喃喃地說道。

從第二天開始，保才就將五斤打發回家，讓他復又陪老母去堂屋睡覺，自己則獨自去戲班守院。那攪擾了他多日的怪夢果然徹底消失，夜夜睡得踏踏實實。

到臘月了。天氣並沒有什麼變化，太陽依舊灰暗無光，空中依舊掠過陣陣透骨的寒風，但新年的氣氛卻陡然濃烈了起來。到臘月中旬，六甲鎮、茶鎮、南陽、天度、召公等一些鎮街上天天逢集。在串連集鎮和村莊的各條土路上，見天都有滿臉喜色的人們在走動。他們提著豬肉、下水、菸酒、糖果，抱著鞭炮、門貼、對聯和各尊請來的天神、土地爺、灶王、馬王的紙像，一面嗑著瓜子花生，一面說著今年過節時幾日走姑、幾日看舅、幾日喝酒、幾日遊壺之類讓人神往已久的安排。

這年冬天，在冷寂的寒風中盤旋的那種巨鳥，似乎比往年多了幾倍。牠們老謀深算地扇動著一雙雙巨大的翅膀，在空中飛來飛去。太陽把牠們的影子投射到地面上，到處像有一口口的深井在移動。落光葉子的枯樹上也棲滿了牠們的同夥，用那雙黑白分明的大眼睛漠然地瞅著行路的人們。

「今年眞是日怪了。」與高采烈的村人們顧不上細看，只模糊地感慨一聲，心思又放到過年諸事上去了。

24、

吊莊幾乎所有人，在整個臘月裡都忙得焦頭爛額。惟有一個人閒散如常，甚至比平日還要閒得磨牙。這個人就是鱉旦。

初冬那個消雪的夜晚，當鱉旦在楊戲頭的熱炕上終於將自己瀕臨死亡的肉身用三顆黑色的莎土拯救過來時，隔壁房間裡，禿瘡也已滿足地從改改的身上滾了下來，騎上拴在院外槐樹上的那頭高腳騾子回家去了。高腳牲口縱蹄飛奔之前的那一聲嘶鳴，使鱉旦從一朵五彩繽紛的祥雲上跌落下來。他撇了莎槍到隔壁看時，兩個女戲子已經給昏死過去的改改穿好了衣裳。鱉旦發出一聲野獸般的哀號：「我不殺了狗日的，就算白活一世。」他衝進楊戲頭的屋子，上前就給了他兩個耳光，惡狠狠地揪住他的衣領問道：

「你說！那雜種是哪村的？」

「鱉旦，你甭胡來。你是親口同意了的。」

「狗日的你說，不說我連你一起殺了。」

「鱉旦，這有個甚？我的戲子我都當親女看承哩，不也天天接客？這有個甚！」

鱉旦不再說話，而是一把將楊戲頭從土炕上揪得栽了下來。菸土和憤怒使他恢復了過去的粗暴和剛烈，他嘴裡噴吐著絲絲白氣，粗聲叫罵著就朝楊戲頭拳打腳踢起來。喊叫聲驚動了院裡的七、八個男戲子。他們操起碗口粗細的木棒，吶喊著衝進了屋子。沒料到未等他們動手，楊戲頭卻擺著手厲聲將他們制止了。他在鱉旦暴雨般落下的老拳中依舊神色平靜如常。他不還手也不遮擋，而只是冷冷地說：「叫他狗日的打！有他想哭都來不及的時候哩。」

這句話說得鱉旦立愣住了手。他想起了一個多小時前那千萬隻鑽在自己肉裡的蟲子，想起了那欲死不能、欲活不得的可怕的痛苦，心裡明白過不了多久牠們又會如期而至。只有那種黑屎蛋蛋才能救自己的命，而那種黑屎蛋蛋就裝在正被自己打得毛頭血嘴的楊戲頭的衣袋裡。鱉旦怔怔地站了一會兒，又渾身哆嗦著喊了一聲「我殺了狗日的！」，然後卻一頭衝出門，跑到隔壁將依舊昏死的婆姨抱起來，跌跌撞撞地跑回了自己的家裡。

第二天改改醒了過來。她沒有像鱉旦想像的那樣尋死覓活或慟哭不止，她甚至連一滴眼淚都沒有流。改改睜著一雙木然的眼睛，回過頭看了一眼正趴在炕上一邊嚎嚎哭叫、一邊捶打自己腦袋的男人，一句話也沒有說就將頭又轉了過去。在隨後的四天時間裡，鱉旦天天給她煎荷包蛋、做哨子麵和燉雞湯，比伺候她生牛牛娃坐月子時還要精心。可改改不起炕也不吃不喝。她睜著一雙白朧朧的眼睛望著天花板，只是不停地從嘴裡往外吐著唾沫……

「改改……」

「改改，我不是人！你起來把我剁成肉蛋蛋，我心裡倒能好受些。」

「我要殺了狗日的禿瘡。」

鰲旦整日淚流滿面地一邊咒罵自己，一邊勸婆姨起來吃點東西。可做好的飯菜總是熱了再涼，涼了再熱，改改卻不吃一口，不喝一滴。鰲旦從婆姨的眼神中看到的是一片空白，一片不知道會被什麼情緒佔據的空白。但有一點鰲旦很清楚，那種或許是坍塌或許是跌落、或許是悲哀或許是絕望的情緒，很快就會佔據這片短暫的空白，很可能極輕易地摧毀這個家庭。

「我得趕緊殺了那狗日的禿瘡給她解氣。」鰲旦被巨大的恐懼所籠罩，幾乎連一刻的輕鬆都不曾有過。他已漸漸感到那不知躲藏在身體什麼地方的白蟻，又開始饑餓地鑽出洞穴，開始啃噬他的骨頭和肌肉。

「我得趕緊，我得趕緊殺了狗日的，再晚我連拿刀的力氣都沒有了。」他驚恐地想。

第四天是十月二十四。這天下午，鰲旦從一個男戲子那裡終於打聽到，那禿瘡男人不是別人，卻是在方圓百里名聲很大卻從未染足過吊莊的馬家堡的馬種匠。他以給牲口配種爲營生，年年發跡，家產萬貫。得知確切消息的這天晚上，鰲旦給改改做了一碗雞蛋麵端進屋中，百般哄勸她吃點東西。改改卻仍睜著那雙嚇人的眼睛躺著，彷彿死了一樣。鰲旦將碗放下，說了聲：「你等著！」轉身就出了屋子。他到廚房將一把剔骨尖刀揣好，從後院牆上翻出吊莊，在沉沉的夜色中朝南疾步跑去。夜風呼嘯而過，鰲旦卻感覺不到一絲寒冷。「狗日的白蟲子又出來了，我得趕緊。」他一面飛快地跑，一面心裡害怕地想，「我怕真得走替楊戲頭拉皮條的髒路了。」這樣一想，鰲旦的眼淚就在眼窩邊凍成了冰凌。

十月二十四日這天夜裡，也許是最能證明鰲旦是出自土匪世家的時光。從吊莊到馬家堡足有十多里土路，從往返、打探馬種匠的家、翻牆入室，到將獨在一屋的馬禿瘡刨腹挖心並割下襠間那萬惡之物，鰲旦趕回家裡時，他給改改做的那碗雞蛋麵還沒有涼透！

鰲旦雙手沾滿禿瘡男人令人噁心欲嘔的污血。他提著那串與馬種匠那肥胖高大的身材並不相稱的小肉球，幾乎是哭叫著撲進了改改的房間。「改改，我把狗日的殺了！你再也甭難過了，我連他狗日的球都給割了。」鰲旦那悲涼的哭腔沒有等他走到炕前就戛然而止。他望著收拾得乾乾淨淨的屋子和疊得棱角見方的被子，心「唰」地一下變得透涼透涼。

改改不見了！而炕沿上那碗雞蛋麵仍微微冒著熱氣。

「改改！我的婆姨。」鰲旦喃喃自語地說了一句，淚水終於第一次在這個從未爲兒女情長而悲戚過的男人臉上肆意滾落。他知道自己這個溫情似水的婆姨的脾性，他清楚自己根本用不著去尋找，他已經永遠都不會再擁有那個細腰豐臀、胸脯高聳而又溫順守貞、親夫疼子的花一樣的女人了。鱉旦在炕沿上坐下。他透過淚眼將手中那串骯髒的東西看了又看，心頭忽然湧上一股複雜難言卻又強烈至極的情緒，他猛地張開大嘴，將禿瘡的襠下之物連肉帶血囫圇塞了進去，然後瘋狂地咀嚼起來。鱉旦機械而瘋狂地嚼著，他聽見那兩顆卵子被他鋒利的牙齒咬穿時放水的聲音。他的嘴被這塊腥騷無比的臭肉堵塞著，喉嚨裡咕嚕不清地發出一串串喃喃聲：「這是我自己種下的一顆惡果啊！日他媽我這是自作自受啊。」被嚼成血糊糊一團的騷肉噁心得鱉旦一次次吐出來，但又被他揀起來狠命塞入嘴裡，直到最終徹底將它吞進了腹中。

這一夜，鱉旦在炕沿上一直坐到了天亮。

冬天裡的吊莊一派閒散。各種各樣的小道消息經常會被四處瘋傳，爲這新年前夕的閒散增添一些飯後茶餘的話題。十月底到十一月初，吊莊一帶被人們樂此不疲地掛在嘴邊的事，當屬發生在馬家堡的那樁兇殺案。有的說是馬種匠同時與三五個女子嬉戲，其中一個感到受了冷落，狠心割掉了他的騷根。其餘女子嚇得四下逃散，烈女索性將馬種匠刨腹剜心，捲了馬家的金銀細軟而逃；有的說是馬種匠頭上的賴瘡傳染了下身，請了位名醫來治。不料那醫生的女子曾受過馬種匠強行凌辱。故而醫生乘機殺人割球，報了這難泯之仇……說法雜多，情節各異，讓人無法辨別眞僞。但有一點卻是村人們所共識的，那就是馬種匠禍取於淫，死得活該。關於改改的事，村人們並無暇說及。倒是幾個平素和改改關係親密的婆姨日久不見，只是不解地嘟囔道：「哎，改改跟她爹媽說和了？去了娘家這麼久！你看把鱉旦閑的，見天不分早晚地往戲班裡鑽呢。」

鱉旦一夜之間如同變了個人。過去閃爍在他雙眼中的土匪家族那特有的兇悍豪邁之光，如熄滅的燈火一樣蕩然無存。他的目光黯淡而遊移，臉色越來越白臘臘地嚇人。十一月分，郝家藥房的老掌櫃郝智遠將牛牛送回到鱉旦家時，鱉旦正大白天蒙頭蓋被地在炕上大睡。那間往日總是清淨整潔的西偏廈裡一片狼籍，散發出一股難聞的味道。智遠老漢將鱉旦叫到院中，說道：「鱉旦，我把牛牛送回來了。等過了年，我再回來接娃，娃說好了要跟我學做藥哩。」鱉旦看看許久不見的兒子，見他的眼傷雖已痊癒，但右眼卻徹底成了一個沒有眼珠子的肉坑。鱉旦麻木的心顫抖了一下。過去那個溫暖安靜的家的影子又回到了自己的腦海中。他攬過兒子抱在懷裡，眼眶又濕潤了起來。

「鱉旦，牛牛這個年齡，吃飯一定要精心。最好少給他吃肉，素食修性，葷腥髒身啊。」智遠老漢看著牛牛，滿眼都是慈祥和愛憐。

「我媽呢?我想我媽。」牛牛搖著鱉旦的手。

「你媽……你媽到舅舅家去了。」

「爹，你嘴裡吃甚了？一股難聞的臭氣。」

「我，我……我啥也沒吃。」

鷟旦想起了那個夜晚，想起了那場噩夢般的經歷，忽然害怕地站起來，對正欲告辭的智遠老漢說道：「智遠師傅，您帶走牛牛吧，您帶著他到深山裡去過年。」

「鷟旦，這怕不妥吧？入我之門本該清絕一切塵緣，但我念他尚小，你們過年孤單，這才特意帶他下山來的。這也許是他最後一次以俗家弟子的身分過年了。」智遠撫摩著牛牛的頭，神氣肅穆地說。

「你帶他走吧。我求求你了。」鷟旦忽然淚流滿面地跪倒在智遠面前，「讓他忘了這個家吧，忘了他爹和他媽吧。」

智遠並不詫異。他將鷟旦扶起來，緩聲道：「如此也好。大苦出大福，大悲出大喜啊。了斷塵念，方可心性清純，成一世聖賢。牛牛，過來跪在你爹面前磕三個響頭，隨師傅回喬山去罷。」

「我不，我不！」牛牛哭鬧起來，「我要在我屋過年哩。」

「牛牛聽話，別辜負了你爹的一片苦心。」智遠師傅神色肅穆，字字威嚴震耳。牛牛見師傅變了臉色，心生畏懼，只得依言上前，就要給鷟旦跪下。鷟旦卻大放悲聲地扭頭跑進了屋子，「哐啷」一聲關了大門，在裡面拖著哭腔聲嘶力竭地喊：「牛牛，不要下跪，你千萬莫下跪！我承不起我兒的一跪啊，日他媽我算個啥爹呀！啊……」

智遠師傅卻執意讓牛牛面向房門跪下，「咚咚咚」連磕了三個響頭，然後牽起牛牛的手，一語不發地出門去了。牛牛卻不住地回頭。他眼睛中噙滿委屈的淚水，卻始終也沒有再看到父親的身影。

臘月終於到了。對於從土曆十一月開始就迫不及待的吊莊人來說，簡直如同麥客盼來了麥黃的日子一樣欣喜若狂。而對鱉旦而言，一切對他都毫無意義。他關心的只是身體裡那些可怕的白蟻究竟何時再會出現，他屆時能不能如期從楊戲頭那裡領到救命的黑屎蛋蛋。鱉旦已經記不清，自己到底是在改改失蹤後第幾天又開始去戲班大院的。他的腦子裡一團混亂，只有那神奇的黑屎蛋蛋能讓他變得清醒。而清醒又會把他帶入對往事的回憶。那種回憶則會張開血淋淋的大嘴，一片一片地吞噬自己的血肉和靈魂。

十一月二十六日，楊戲頭要回家去過年了，鱉旦又去找了他一趟。當時楊戲頭正指派著戲子們收拾東西，見鱉旦趔摸進院，便迎上來拍拍他的肩道：

「兄弟，前一陣子你幹得不錯，咱們的生意越來越紅火了。來，我後晌就走了，把這個接住。」說罷從懷中掏出四個小拇指大的黑屎蛋蛋遞了過來。

「你過了正月才回哩，這四丸藥能頂多長的事？你這不是要我的命嗎？」鱉旦接住東西往懷裡揣了，「你多給我些，來年我一定加油幹事。」

「不是老哥摳門，老哥身上實在沒貨了。不過你可去找柳村的柳賴頭，他跟前常年有貨。」

「有貨人能白給我？我把屋裡當得只剩下幾間空房了，哪裡還有錢跟柳賴頭買來吃嘛。」

「我給柳賴頭提說過你，他正好有事求你哩。你給他把事辦了，他給你的黑屎能讓你頂一年。」

鰲旦還要再說，那楊戲頭卻道：「老弟你走，我忙得跌跤哩，實在沒時間陪你。」說罷不再理會鰲旦，轉身又吆喝張三吶喊李四地忙活起來，滿院指派著一夥男女戲子們幹活。

這時正是上午，滿院落下一層雖不暖和卻也亮堂堂的陽光。鰲旦望著楊戲頭腳下那團黑黢黢的影子，覺得那是一口深不見底的老井。他沒有再說什麼，慢騰騰地從那滿是大呼小叫的人聲的青磚大院中走了出去。

「日他媽要過年了，人日他媽過這球年做甚！」鰲旦一邊往家裡走，一邊想著上次保英提起過的那個柳賴頭，心中竟泛上一絲恐懼的感覺。

25、

臘月二十一日，鰲旦終於去了柳村柳賴頭的家。

十一月底楊戲頭回家過年前給鰲旦的那四粒黑屎蛋蛋，他緊省慢細地享用，也只維持了六天時間，到臘月初鰲旦就斷了貨。他像一隻被困在籠子裡的黃鼠一樣，成天惶惶不可終日。有好幾次他已經走出吊莊三里多路，已經能看見柳村模糊的影子時又折了回來。「柳賴頭那狗日的可沾惹不得，他指不定會讓你幹什麼呢！」鰲旦蹴在院中抱著腦袋痛苦地想，「還是等楊戲頭回來再說，熬過正月沒準把狗日的菸癮倒能戒了。」鰲旦這麼想著，心中生出一股力量。他將大院門緊緊關上，胡亂整了些飯吃完，就蒙頭蓋被地躺在炕上睡覺。可是鰲旦睡不著。那些已經有好幾天沒有菸吃的蟲子都從洞穴中爬了出來，在他的肉裡密密麻麻地扭動著、噬咬著，就如同爬在糞池中那擠成一團的白蛆。鰲旦掀開被子，坐起身捲了一支旱菸，直到抽得嗓子都冒火了，可那些蟲子依然安生不下來。鰲旦乾脆抓了一把菸末子大口大口地嚼著往下嚥，直到吃得他肚子疼得直在地上打滾。「讓我死了吧！啊，天爺，讓我立時三刻死去吧。」他痛苦不堪地嚎叫著。可那萬蟲噬肉的煎熬很快就讓他忘記了腹痛，他感到自己一刻也不能再忍受，站起來打開院門，發瘋一樣朝著柳村的方向就跑。跑著跑著他又想起了柳賴頭，恐懼再一次使得他的腳步漸漸慢了下來。「要沾上他，你這輩子就別指望再活幾天了。不能，不能去！」鱉旦望著已近在咫尺的柳村，一面掐自己一面說。恐懼常常使他的那份煎熬得以暫時緩解，重新鼓起勇氣返回那座只剩下了他一個孤家寡人的冷清的小院。

臘月二十一日晚，鱉旦再也無法抵擋肉體內那份掏心挖肺般的痛苦，終於走進了柳村那個方圓百里都惡名遠揚的柳賴頭的家。

柳賴頭家在柳村莊北，是一座與村莊遠遠分開的獨家獨院。青磚牆、紅瓦房，牆高房闊。門口一對石獅子，門樓描金塗銀、繪草畫鳥，一看氣派就知是個非同尋常之戶。鱉旦到柳賴頭的家門口時，正碰見柳賴頭出來送客。那客人也生得魁梧兇悍，滿臉殺氣，估計與柳賴頭是同出一道之人。鱉旦待柳賴頭與客人話別完畢，這才趄摸著上前報了自己的姓名。柳賴頭聽完高聲笑了起來：「你果然有種！我料你最遲十日前就會來尋我，沒想你竟能挺了這麼多天。有種！來來來，進屋說話。」說罷領他走進大院，逕直進了門房一間堂屋。

鱉旦進屋看時，只見靠牆擺著八仙桌、太師椅，一排雕龍刻鳳的明櫃，所有木器皆用亮漆塗過，在燈下明晃晃地泛著一派富貴之氣。柳賴頭客氣地讓鱉旦落座後，喚人沏了熱茶，這才開口說道：

「鱉旦，楊思德待你如何？」

「不薄。」鱉旦猜不透他話中的意思，小心地答道。

「哈哈，你給他拉客掙錢，他才一天給你一顆黑蛋，你居然認爲不薄，眞是太不懂外面的行市了。」柳賴頭摸摸自己閃著油光的腦門，盯住鱉旦那雙焦躁不安的眼睛問，「你如果跟了我，幹不幹事，我都保證你每天兩顆黑蛋。你願意不願意？」

「你先說說讓我做甚事，我不知道我做得來做不來。」鱉旦一聽每天能保證兩顆黑屎，眼睛裡頓時冒出光來。

「嗨，我可不會像楊戲頭一樣讓你見天不得閒。有事辦事，沒事就歇著。而且我的事對你這條漢子來說，根本就算不上個事，輕鬆得很。」

「到底是甚事嗎？你挑明了說。」

「殺人。」

這回鱉旦倒沒有太吃驚。其實他早已估摸著柳賴頭找他就是要他幹土匪之類的營生，果然不出所料。鱉旦坐在柳賴頭身旁的太師椅上，沉默了半天都沒有吱聲。柳賴頭也不催他表態，而是一招手，隨即兩個妙齡女子挑簾而入，她們也就十五、六歲的樣子，皆穿著紅襖綠褲，模樣十分豔美。兩人嫋娜而來，在柳賴頭一左一右地站了，一個爲他捶背摩肩，另一個則俯身下來，給他掏起了耳屎。柳賴頭也不看鱉旦，獨自點了燈「咕嚕嚕、咕嚕嚕」地開始抽水菸。他一面痛快地咳嗽吐痰，一面哼哼唧唧地唱著諸如「玉米芯芯燒火旺，大姑娘上了我熱炕」之類的野調鄙詞。

鱉旦渾身已被肉裡的白蟲咬得一刻也不能忍耐，他暗想：殺人就殺人！殺人倒比拉皮條像一樁男人做的事體。再說這殺人的事，肯定是有一搭無一搭的勾當，他柳賴頭總不能見天叫我去殺人吧？他能把這一方地界上的人都殺光了，單留下他自己一個獨活蟲？想到這裡，鱉旦抬起頭問道：

「柳……柳東家，你果真不會瞞哄我，有事沒事一天都給我兩顆黑屎？」

「那還有假？我柳某人名字雖叫賴頭，可一點都不耍賴。別說這點子菸土了，你要是幹得漂亮，過不久也會有這樣俊俏的女子給你捶背掏耳屎的。哈哈哈。」柳賴頭說著話，神色曖昧地在女子的粉臉上拍了拍，兩個女子遂低眉順眼地退了下去。柳賴頭從身後那排明櫃下的抽屜裡取出一個盒子放在八仙桌上，復回太師椅上坐下。他瞄了一眼鱉旦，問道：「怎麼，想好了沒有？」

「殺人就殺人！」

「你幹就幹，不幹就不幹，全憑自願。」

「你甚時給我黑屎？殺人就殺人，殺人算個甚！」

「哈哈哈，有種！祖輩上不愧都是英雄。」柳賴頭見狀高興起來，將那盒子往鱉旦跟前一推：「這是十粒黑屎，是明天到初二你的報酬。初二你再來領。」

鱉旦將木盒打開，裡面果然整齊地碼放著十粒菸土，發出一股叫人渾身舒暢得飄飄欲仙的香氣。他把那盒子往懷裡一抱，喃喃地說：「這下好了，這下可好了。柳爺，你眞上太夠意思了。」

「這一段時間剛好有活兒哩。初二你再來時，要提上一顆人頭來。」柳賴頭臉色卻陰沉了下來。

「殺人！我殺我殺，柳爺你說提誰的頭？」

「袁保英！」

「啊！袁保英？！」

「對，就是你們吊莊袁莽魁的長子袁保英。」

鱉旦萬萬沒有想到，柳賴頭會讓他去殺保英，殺那個仗義忠厚、在他眼中敬若兄父的人。他原以爲柳賴頭要他殺的不是富翁就是仇家，而這兩者跟老袁家都風馬牛不相及啊。鱉旦驚出了一身的冷汗，他囁囁地問：

「柳爺，保英要錢沒錢，要女沒女的，殺他做甚？」

「我雇人本來一向只是讓幹什麼就幹什麼，絕不允許打問原因。但對你例外，因爲我知道你是個喜歡把事做在明處的漢子。前一陣子楊戲頭不知從哪裡給我淘得一隻金座玉佛，據說是罕世之寶。不料交貨那天無意被保英撞到。當天夜裡他竟尋到我家，說玉佛是他家傳代之寶，無意間散失江湖，提了滿滿一箱票子想要贖回。我過去與他爹莽魁因爭強好勝有過小怨，知道袁家人都十分看重臉面，便故意激他說：「你若眞心想要，也用不著花錢，只要有膽量和我打上一賭，我便將玉佛拱手相送，半個子兒都不取。」那保英問：「賭甚？」我說：「光著屁股在大街上跑一圈。」我原料定他死活不會同意，沒料到那熊人臉色難看地沉默了半天，竟同意了。第二天我們相約上了茶鎮，他果眞精赤著下身在鎮街上跑了一圈，引得人像看瘋子一樣追著看……」

「啊！」鰲旦聽得傻了眼，驚詫地失聲叫了起來。

「……他狗日的倒賺了。那時不像現在臘月，街上人並不算多。茶鎮離吊莊又遠，沒有什麼熟人碰見。他狗日的沒怎麼丟人，卻白白賺走了我的玉佛。我早就起心殺了這狗日的，但你們吊莊人多勢眾，我不想出岔子，所以最好選熟悉本莊情況的人下手爲妙。」

「不就是玉佛嗎，我給你把東西弄回來不就得了？犯不著殺人。」

「殺了狗日的給我解氣。」

「……」

「怎麼鰲旦，你原來是個軟蛋？你下不了手得是？看把你熊的！你想好，不幹就乖乖把菸土給我撂下走人。不過甭把風聲給我漏了。我手下有人，小心要了你的小命。」柳賴頭那堆滿橫肉的臉上變了顏色。他眼睛耷拉下來，兩片厚厚的嘴唇抿在一起，浮起一絲令人心驚的殺氣。

「你幹不幹？不幹就放下東西滾蛋。」

鱉旦怔怔地坐著，半天沒有言語。他想著保英為了給自己追回傳家之寶在茶鎮光屁股的屈辱，想起這幾年來他兩人之間那說不清緣由的友誼，腦子裡有一個聲音說：鱉旦你可以不是男人，但你連人都不是了嗎？趕緊扔下那盒菸土走開！可被那些可怕的蟲子已經咬得千瘡百孔的肉體卻叫了起來：吃菸吃菸，趕緊吃菸！鱉旦腦子裡被這兩種聲音充斥著，一片嗚金之聲。他呆呆地坐著，柳賴頭那兩片上下翕動的嘴唇在說什麼，他一句都沒有聽見……

臘月二十一日深夜，鱉旦最終還是懷裡揣著那盒菸土回到了吊莊。他從柳賴頭家告別的情景像夢一樣恍惚朦朧。在這個臘月的沉沉暗夜裡，他跌跌撞撞地走在寒冷的原野上，腦子裡漂浮的全是些破碎的畫面：正月初二自己提著保英的人頭去見柳賴頭，柳賴頭高興地獎勵了他滿滿一大箱黑屎蛋蛋。而正在這時，桌上保英那顆血淋淋的人頭卻張口叫起了自己的名字；自己並沒有按要求殺保英，柳賴頭派來了十餘個長相兇悍、殺氣騰騰的漢子，正一人手攥一把明晃晃的尖刀，獰笑著向自己走來。而回頭看時，身後卻是萬丈深淵，連一步退路都沒有……鱉旦一路恍惚，如同夢遊一般回到了自己那間黑燈瞎火的偏廈。他掏出菸土匣子，呆呆地在炕沿上坐了一陣，最後說了句「管他娘的哩！」，隨即瘋了一般爬上炕去，取菸槍點銅燈，一槍接一槍地過起菸癮來……

院外正是午夜，在這寒冷而靜寂的黑暗中，鰵旦那貪婪的嘬槍嘴的「別兒別兒」的聲音，連同他痛快的咳嗽，聽上去格外響亮刺耳。

26、

今年臘月對於袁保英而言，恐怕是最作難的一個月了。一年中出了一檔又一檔的事，五弟保德正月裡莫名其妙地死去，丟下了那個讓人看著揪心的寡婦銀珍；三弟保文離家出走，至今仍是不明死活；老母親病歪歪地躺在炕上，不吃藥不打針地盼著早死；還有那在孤窯中像死人般生活著的爹，那將近十歲仍古里古怪、讓人操心不盡的七弟五斤和動不動就扭頭歪脖的保才……「唉，心亂得麻纏。過完年就是保德的忌日，這年還咋過！」保英整天愁眉苦臉地歎氣。他早早叫淨花給銀珍遞話，讓她今年臘月甚都甭買，到這邊來湊個數就行了。然後又約來住在莊外新宅中的保雄和保武兩家，商量過年時怎樣給老人磕頭添壽、正月裡如何安排輪流去串老親戚一應事情。他指望不上保才和五斤，只能自己一趟趟往六甲鎮上跑，大籠小筐地買回過年用的菜蔬肉禽，和給碎娃們做新衣用的洋布針線。

眼看快到年關了，保英卻發現鱉旦幾乎天天都往袁家大院裡跑。他有時因剛過完菸癮而精神煥發，有時則面黃肌瘦、神情萎靡。但不論何時，他眼神中都帶著一絲明顯的憂鬱，這種神情保英過去在他臉上是很少看到的。鱉旦來後總是很少說話，只是長時間愣神地盯著保英。開始時保英總是丟下手中的活路，端茶遞菸地陪著他說話，漸漸次數多了，便一邊繼續忙手中的事，一邊有一句沒一句地和他閒扯。

臘月二十七日下午，保英正在後院中清洗一掛豬大腸。莽魁婆姨極喜歡吃酸辣肥腸，所以袁家過年無論缺啥，也不會少下一掛豬大腸。保英蹲在一堆土前，先用鐵杵將豬腸子翻過來，將裡面殘存的糞渣沖掉，這才放進溫水裡仔細搓洗。待洗得差不多了，他將豬大腸提到土堆上，朝著院裡大聲叫：「五斤！五斤！幫哥把廚房案板上那盆醋端來。你看把大人忙得跌跤哩，你就知道蹲在牆角裡弄蟲逗蛇。」很快一盆醋端來了。保英彎下腰提著豬腸，吩咐道：「慢慢倒，用醋沖一遍能去腥氣。」話音剛落，那醋卻「嘩」地一聲倒下小半盆來。保英剛立起身想罵五斤這不中用的東西，抬頭卻發現端醋的人不是五斤，而是鱉旦！他正用一雙失神的眼睛望著自己，那盆醋仍歪歪斜斜地端在手上。

「哦，是鱉旦啊！我還以爲是五斤哩。過年過年，都快把人忙日塌了。鱉旦你在旁邊坐下，菸盒裡有菸，你自己捲了抽。看把人忙的！」

鱉旦便將醋盆放下，坐在一旁的小板凳上，捲了一支菸悶悶地吸。

「鱉旦，你家咋過年呀？我看你整天遊轉閒蕩的，是把年貨置辦全了？」保英乾脆把那掛大腸放進醋盆，一邊洗一邊和鱉旦說話。

「鱉旦，你婆姨回娘家還沒回來嗎？看你一個人悽惶的！」保英說。

「你有甚心事嗎？要是你婆姨在娘家過年，你就甭置辦啥了，到哥屋來過年。」

「嗨，你看看你鱉旦，說著說著咋淌開眼淚了？大過年的，你到底有啥事張不開口的，你把我當了外人咧。」

保英見一言不發的鱉旦兀自落下淚來，知道他怕是有了甚難處了，這才趕緊將那掛豬大腸放下，在腰裡的白圍裙上擦了手，端了菸盒，將鱉旦讓到偏廈房的熱炕上坐下說話。鱉旦跟他進了屋，都到炕邊了，卻立住身子不肯脫鞋。保英催了幾遍，鱉旦卻愣頭愣腦地問：「保英哥，你甭恨我行不行？我由不得自己啊。」保英奇怪地說：「我恨你做甚？菸癮染上了，就得慢慢戒。你吸毒當然不好，但我恨你做甚！」鱉旦卻眼神茫然地說了句：「你不知道，你是不知道哩。」還沒等保英再細問，卻撥開門簾，垂著他那顆沉甸甸的腦袋走出了袁家土院。

「這熊貨怕是叫鴉片吃出甚毛病了，怎麼說話糊裡糊塗的像一鍋攪團。」保英狐疑地望著鱉旦的背影，嘟囔了一聲，也不再喊他，復去後院洗那掛豬大腸了。

快過年了，太陽似乎不幾天就變得有了些許暖意。吊莊的人家都已經開始燉雞煮肉，一屜接一屜地蒸著白麵饃饃、糖包、油麵包、菜包和肉包。村子的上空全天被從各家廚房煙囪中冒出的白煙籠罩著。碎娃們在炕席下、鍋臺旁把一串串鞭炮烤得乾透，此時已經忍耐不住，零零碎碎地在街道莊子四周「劈啪」「劈啪」地放了起來。

鰵旦從保英家出來，不知道自己該往哪兒去。他不想回自己那間凌亂不堪、至今仍瀰漫著馬種匠那串骯髒玩意一股騷腥的偏廈中去。「保英，傻老哥啊，你還不知道哩。我都要殺你了，你還讓我上炕吃菸，把你個傻保英啊！」鰵旦心中像丟了魂一樣，一面漫無目的地走，一面喃喃自語。

太陽從天上灑下一片黃光，照著空曠荒涼的原野和安詳的村莊。鰵旦不知不覺地閒轉到了莊背那座廢瓦窯前。在路過一排廢棄的老窯時，正神思遊移的鰵旦卻被「嗷」的一聲怪叫嚇了一跳。抬頭看時，卻是老莽魁正隔著窯洞的木欄門在朝自己喊叫。老漢久住窯洞，皮膚白蠟蠟地沒有一點血色，但表情卻並不萎靡。「嗷——」，他衝鰵旦叫著，牙呰得像見了生人的狼狗。鰵旦知道他患了怪病，瘋瘋癲癲地沒有常性，心生憐意，走過去隔欄摸了摸老漢的手。他聽見老漢仍不停止地放著響屁，一股刺鼻的臭氣從窯內撲面而出。「可憐見的！威武了一世，老了老了，卻偏偏得了這麼個搔臉皮的病。」鰵旦想著他心中要做的事，想著老袁家這幾年來一件連一件的禍患，心中那份煎熬又強烈了起來。他像沒有聞見那股臭味一樣久久地站在窯前，用手撫摩著老莽魁那瘦骨嶙峋的手背。

「嗷——」，老莽魁仍呰牙瞪眼地衝他怪叫著，聲音在這安靜的臘月的正午顯得異常刺耳。

「我知道你是在忌恨我，我要殺你兒哩。」

「嗷——！」

「可我沒有辦法，我能殺我都不想殺你兒。」

「嗷——」

鱉旦還想說什麼，老莽魁那圓睜的怒目卻忽然使他心裡一陣慌失。他想起了這幾日連續不斷的惡夢，夢裡提在自己手中的保英那顆血淋淋的腦袋上，圓睜的眼睛裡射出的就是這種眼神。鱉旦撇開莽魁的手，逃一般倉皇地跑開了。待逃得很遠了，他才敢驚魂未定地轉身來看，卻見這個冬天裡那種身形怪異的巨鳥，落滿了窯前那株光禿禿的皀莢樹，一動不動地像在諦聽什麼祕宣一樣聽著老莽魁那可怕的嚎叫。

臘月三十終於到了。這日下午天還未黑，吊莊各家各戶都已喜氣洋洋地貼好了紅色的春聯、花花綠綠的門神、炕帖、院帖及樹帖。神位上點燃了蠟燭，燃起了供香，獻上了白饃。碎娃們都換上了新衣新帽，脖子上掛著長命鎖滿街滿戶地串著瘋跑。天擦黑的時候，家家戶戶則都掃了今年的最後一次院子和門前，一切準備停當，就等著天黑後去公墳請先人的魂靈回家來過年了。

臘月三十日，鱉旦一天都沒有吃飯。他不貼春聯也不供神，而是抱著銅菸槍在炕上抽了一天鴉片。他心裡清楚，最後的時間離自己越來越近了。天完全黑下來以後，鱉旦隨著吊莊絡繹不絕的人流，也去了一趟公墳。這是吊莊人請先人靈魂的地方。每家大都由長子長孫前來公墳，在自家祖墳前點亮蠟燭，燃好供香，燒著黃紙在火光中跪磕三次，再站起身來彎腰作三個揖，說聲：「爺，婆！跟我回家過年了。」然後轉身回家。這樣被喚醒的先人們便會跟在身後，去和他們的子裔們團圓。這種儀式如今已經演化得失去了往日的那種肅穆，變得輕佻和滑稽。人們往往是嬉笑著到墳裡來請先人，路上相互見了，一個便問：「請完了？」另一個則說：「請了，在後面相跟著哩。」這一個又說：「天黑，小心別把先人的腳崴了。」說罷都哈哈大笑起來。這個時候如果來到距吊莊還有不近一段距離的公墳，只見暮色中燭光點點，香霧籠罩，穿梭往來的村人影影綽綽，笑聲不絕。這大概是公墳這塊安息先人們的肅穆之地上一年少有的熱鬧景象。

天黑後，吃足了鴉片的鰵旦也來上墳。鰵旦的祖父和父親都是土匪，他過去年三十之夜從來不到墳中請先人，可是今天卻來了。鰵旦腰中別著那把用來割馬種匠卵蛋的剔骨尖刀，在暮色中默默地尋到那兩個低矮的墳堆前，跪下去將一卷黃草紙焚化，磕了幾個響頭。他表情憂鬱，眼睛中閃爍著懼人的亮光。他把臉幾乎埋在父親的墳土中，一字一句地說道：「爹！我終於要走你的老路了。」他長時間地跪伏在墳前，直到公墳中請先人的村人漸漸散去，偌大一片墳場中只剩下了他一人，以及一處處隨風飄飛的紙灰。

半夜午時，鰵旦像條陰險的狼一樣離開吊莊公墳，慢騰騰地朝村莊走去。這時各家各戶的團圓宴席均已散夥，人們都聚集在堂屋中一邊喝茶、抽菸、嗑瓜子，一邊說著閒話守夜。碎娃們多已睡去，他們的枕頭邊堆滿了大小單炮和一串串血紅色的鞭炮。鱉旦兩腿蹣跚、神情憂鬱地來到了村西保英家的後院牆外。他在高高的牆根下一圈一圈地來回轉悠，直到後半夜仍下不了決心。前頭堂屋中保英似乎在和一家人說話。老莽魁大概也被臨時接回了家，鱉旦在夜色中能清清楚楚地聽見他嘴裡發出的那種咕噥不清的聲音。鱉旦抬頭望望，見保英家後院中那棵落光了葉子的大桐樹上，黑壓壓棲滿了那種怪異的巨鳥。牠們一動不動地臥在樹枝樹杈上，在朦朧的夜色中像結滿了一塊塊沉甸甸的黑色石頭，隨時都可能掉下來砸在自己的頭上……

「怕是天都不讓我殺保英哥哩。」已經在牆根下走得兩腿發酸的鱉旦，望著滿樹的巨鳥，又想起了臘月二十七日下午在廢瓦窯前看到的情形。「日他媽我咋辦呀？不殺袁保英誰管我呀？」鱉旦狠命地用拳頭捶著自己的頭，隨後還只能一圈又一圈地在後院外的野地裡不住地疾走。

「殺！殺了狗日的！」

當桐樹上那群巨鳥忽然被什麼驚飛起來，像一片片紙灰一樣紛紛揚揚的時候，鱉旦終於拔出了腰間的那柄剔骨刀，發出一聲惡毒又決絕的叫囂。但他並沒有敏捷地攀上保英家的後院牆，而是掉轉身子，在沉沉夜色中像條夜行的猛獸，疾速朝南奔竄而去。

那群驚飛的巨鳥無聲地在夜空中盤旋一周，復落下來，棲滿那株光禿禿的老桐樹。

當鱉旦撥開柳賴頭獨睡的那間上房的門閂時，柳賴頭正鼾聲如雷地睡在一床水綠色的緞被中。他被鱉旦微笑著叫醒坐起來時，眼前的情景令他仍恍恍惚惚的，覺得自己是在夢中：炕前不遠的那張描龍雕鳳的八仙桌上，赫然擺著一溜近十個人頭。他們神志各異，或驚恐，或沉靜，或痛苦，或安詳。那一個個被齊刷刷割斷的脖子緊貼著光滑的桌面，正一股股地往地上淌著殷紅的血水……

「日怪了，咋夢見個這？」柳賴頭迷迷糊糊地坐在炕上，愣愣地望著眼前的情景喃喃自語。但當鱉旦將一個面容如花似玉的年輕婆姨的腦袋擯到了他的懷中，那仍溫熱的鮮血濺了他一臉一脖時，他終於清醒了過來，知道那個手握一把剔骨刀、正在自己面前嬉笑的鱉旦是實實在在的人，而並非夢中的影子。

「啊——！」柳賴頭大叫一聲。他從炕上跳起來，卻並沒有如鱉旦期望的那樣操起牆上那把寒光四射的長刀來和自己廝鬥，而是逕直撲到那張八仙桌前，一把攬抱了一堆血淋淋的人頭，發出一陣野獸般嗚嗚咽咽的怪聲。他目光因極度驚恐變得呆滯，又由呆滯變得黯淡，像一盞漸漸熄滅的燈。他用自己那張滿是橫肉的臉不停地蹭著那一個個越來越變涼的人頭，用一種分不清是哭還是笑的聲音嚎道：「你殺了我，你殺了我吧。」

「我留給你報仇的機會。」鱉旦執刀站在一旁冷冷地說。

「我眞有眼光啊，找了你這麼個有種的漢子！哈哈哈，你殺了我吧，殺了我吧。」柳頼頭臉上沾滿血污，搖搖晃晃地站起來，仰頭朝天，發出一陣令人頭皮發麻的狂笑。

鰲旦仍握著那柄沾滿血跡的尖刀站在一旁，他眼睛中流露出一種強烈失望的神情來。他像在等待一個讓自己良心安寧的歸宿一樣，渴望著柳頼頭能揮刀而起，和自己拚個魚死網破。但這個在方圓百里以兇暴、剽悍和霸道而惡名遠播的柳頼頭，此刻卻如同一個受了傷的幼兒一樣孤獨無助。他一陣哭，一陣笑，口裡只是喃喃地重復道：「有種啊，你狗日的確實有種。」

鰲旦站了一會兒，剛才渾身那種強烈的興奮終於轉化爲完全的漠然。他像做厭了飯菜的廚師切割一塊豆腐一樣，將迷癡的柳頼頭一刀結果在他眾多親人的人頭堆中，然後翻箱倒櫃捲了全部的金銀細軟和整整幾箱菸土，於麻亮的天色中牽過後院一匹白馬，跨身上了馬背。鰲旦回頭望了望這座充滿血腥味的大院，不知爲何，發出了「唉」的一聲輕歎，然後一夾馬腹。白馬一聲高亢的嘶鳴，便四蹄狂奔地朝北疾馳而去。

此時，柳村、吊莊、老堡甚至遠處的六甲鎮，原本零零落落的鞭炮聲，正變得越來越猛烈，越來越火爆地串成一片，響徹新年第一天這塊依舊荒涼蕭瑟的土地。

27、

正月初四是老袁家待客的日子，誰也不曾想到家裡會來了一個瘋子。

這天中午，老袁家來的親戚坐了滿滿幾炕。老姑老舅、幾個媳婦的娘家人、表親兄弟等足足有二十來口。莽魁婆姨腰瘦腿疼，依然無法下地。保英、保雄、保武等來客問候過老母後，便將男客女客分別在自己及保武家的偏廈中安頓停當。水娥、撐撐、秋彥和銀珍幾個婆娘，掄胳膊挽袖子地在廚房中和麵弄菜，男人們則陪著重要的老親戚說話，添碗加水，遞菸熬茶。

待拾掇停當，兩個房子中的宴席剛剛擺好，院子裡一夥碎娃卻慌失地大叫起來：「來客了，又來客了，是個瘋子！」保英和幾個婆姨趕緊到院子來看時，果然見五斤正領了一個瘋子走進來。那瘋子滿頭亂髮，目光呆滯。十五、六歲的一個半大小夥了，竟上身穿一件又破又髒的棉襖，下身精赤，一絲不掛，已經長熟的腿間那物兒赫然在那裡晃蕩。淨花、永紅、小梅和來客中的幾個女娃見了，羞紅著臉躲進了裡屋，一夥碎兒娃起哄叫好地圍了一圈看熱鬧。保英正待質問五斤這是逞的甚精怪，那邊婆姨堆中銀珍卻叫起來：「這娃不是郝家藥鋪裡的那個什麼默嗎？」眾人細看時，果眞是郝自默。只是他過去那張白淨秀氣的臉上全是垢甲，一時竟難以辨認出來。

「五斤，這是咋回事？」保英問。

「他在澇池邊上胡轉悠哩，我便領了來屋吃飯。咱屋今天待客，見了叫化都不能不給。」五斤說。

「可……可你看他這個樣子！唉。」保英怕屋中的客人出來了難堪，趕緊將那郝自默扯著進了保雄先前住的那間偏廈。幾個婆姨本來都覺得郝自默不過是個半大兒娃，並沒有拿他當男人看。此刻見保英一臉的不高興，這才臉上羞臊起來，趕緊低頭又進了廚房。

保英和五斤將郝自默推進那間空屋，保英問自默道：「傻娃，你咋成了這樣？你們不是都回香山了嗎？你做甚大過年的又回了吊莊？」過去聰明伶俐得像仙童一樣的郝自默，此刻卻一身髒臭地瞪著一雙無神的眼睛，一句話不說，只會傻呵呵地咧著嘴笑。

「你是怎麼了？」保英生氣地問。

「他瘋了，大哥。」五斤在一旁說，「我到澇池邊去看咱屋還有沒有客來，卻見一夥碎娃圍著他笑耍哩。他有一次為了我，都挨了他師傅一個耳光，我就把他引咱屋來了。」

「你倒挺有孝心！」保英瞪了五斤一眼。他望著這個一身垢甲、下身難看地精赤著的外鄉兒娃，想起他初來時那副伶俐聰明、人見人愛的模樣，心中也可憐起來。「五斤，既然這樣，就歸你伺候了。你去跟五嫂說聲，看有沒有你保德哥留下的舊衣服。再有，你端盆水給他洗洗手臉。咱屋待客哩，甭叫人看著噁心得吐到碗裡。」說罷保英歎口氣，又慌失地出去忙著招待客人了。

五斤像當初將黃獸抱回來時一樣殷勤。他忙出忙進，屋裡貴戚滿座，全家人端飯的端飯，上菜的上菜，他卻全然不管，而是一趟趟往保雄過去那間閒置的偏廈中跑，端臉盆，拿腳盆，取肥皀，送毛巾，周到詳盡地伺候著郝自默。後來他又緊纏慢磨地跟在銀珍的屁股後頭，整得她一盆油豆腐不等炸完，只得擦了手出來，翻箱倒櫃地給那瘋娃尋了一套保德留下來的棉襖棉褲。待五斤再次把郝自默領出來時，他已經完全變了樣，又恢復到了昔日那副眉清目秀、唇紅齒白的模樣。只是神情傻愣，癡目呆眼，沒有了一點機靈勁。

銀珍給五斤把衣服翻騰完後，趕緊把亂七八糟的箱櫃整理好，這才慌失地出屋，打算繼續到廚房去炸油豆腐。剛出門她卻嚇出了一身冷汗：自己死去的丈夫保德竟蹴在廚窗根腳，正端著一隻海碗吃飯哩！待惶恐地再看時，知道是穿了保德舊衣服的那個瘋娃，這才罵一聲自己：「傻熊你是自己嚇唬自己哩。」轉身進了廚房。可不知爲什麼，銀珍的心由此卻莫名其妙地開始慌亂不寧起來。保德的身影不斷地在她的腦子裡浮現，死死地纏住自己，怎麼也驅趕不走。銀珍一次又一次透過廚窗看瘋子自默的後背，心中總湧起無端的驚恐和亢奮。

「日你媽甭看咧，那是瘋子不是保德！」銀珍一遍遍地責罵自己，但思緒卻如同脫韁的野馬，怎麼也難以駕馭。她甚至不小心把鍋臺邊一碗涼水碰翻進滾熱的油鍋，「滋喇」一聲濺起一片熱油，倒燙傷了自己的手背。

等將三叔四舅、七姑八姨的眾位親友逐一送走時，天也快麻黑起來。保英、保雄、保武和幾個婆姨們將杯盤狼藉的堂屋和廚房收拾好，正要各自散夥，卻見院子中五斤正抱了一床被子往保雄的舊屋中走。保英見狀吆喝住他，問道：

「你又日鬼弄棒槌的！把被子抱去舊屋做甚？是熱炕住得你燒心，又要去睡冷炕呀不成？」

「我和自默一起睡呀。」五斤高興地說。

「你把屁放得用籮筐盛哩。要是這樣伺候咱媽，倒算你是個孝子。趕緊打發了那個瘋子走人。」

「走到哪裡去呀？他屋又不在吊莊。」

「你管他走到哪裡去哩。你和瘋子睡在一炕，不怕他晚上犯病把你謀治了嗎？趕緊叫走，天黑了關大門呀。」

五斤抱著被子站在院中，既不說話也不聽從，就那麼硬頭鼓腦地抗著。這時，幾個婆姨從廚房中出來，水娥見狀上前說：「保英，郝家那娃怕是心裡一時受了甚虧，不像那種癲狂。你就讓他住下吧，反正咱屋也不短那麼一口飯。等郝智遠老漢回來，再把瘋娃送過去，還算是咱積了點善德哩。」

「就是就是。以後咱屋誰有個啥病，尋到智遠他還會更悉心哩。」銀珍也在一旁急頭慌腦地插嘴說。在吊莊本沒有兄弟婆姨給大伯子搭話的習俗。但銀珍不知咋的，她一聽要攆那瘋娃走，心裡就慌得有點像出閨時娘離開自己那一剎那的心情。她忘了與大伯子保英之間應有的分寸，冒失地隨口就說了出來。

「你們就這麼慣著五斤，總有把他慣出大毛病的一天。」保英瞪了幾個婆姨一眼，就撇下五斤不再數落，逕自到前面堂屋給老母的熱炕添柴火去了。水娥上去拍了一把五斤的屁股：「傻兄弟，還愣著做甚？你哥這是同意了。」五斤感激地望了望幾個嫂子，慌失地抱著被褥往保雄家的舊屋去了。

正月初四開始，瘋娃郝自默就暫時在吊莊村西袁家大院裡落了腳。初十那天，保才鎖好戲班大門，將鑰匙交給保英，自己就日急慌腦地挾起鋪蓋、馱好乾糧，又去了遠在豆會的學堂。保雄那間舊屋本來就無人居住，這回更是不用擔心，踏踏實實地讓瘋娃和五斤住了，單等郝家藥房的人馬回來，再把他移送過去。

那郝自默與過去相比，的確是完全變了一個人。但要說他完全是個瘋子倒也不像。住在袁家大院裡，他除了寡言少語、見了人只會嘿嘿傻笑外，倒也算得上安生，不是那種胡逞亂到的狂顛狀態。他整天跟在五斤身後，一撥一轉，簡直像是五斤的一條尾巴。袁家大院裡的男女老少漸漸都放下心來，不再像提防隨時會咬人的狗那樣提防他，而是有事無事就和他逗兩句，看著他咿咿呀呀說不清楚的癡相而發出輕鬆的笑聲。院子裡若有什麼活兒，水娥、秋彥等婆姨也會大聲喊：「自默，自默來搭把手。」郝自默果然就木頭似地走過來，蠢手笨腳地做婆姨們交代的事，惹得婆姨們發出愉快而響亮的暢笑。大家想起他過去那一表人才、人見人喜的神態，心中都暗暗惋惜不止。水娥就常拿這瘋娃打趣，他問道：

「自默，你長得俊樣嗎？」

「俊樣！」郝自默嘿嘿地傻笑著說。

「你既然俊樣，想不想要婆姨？」

「想要婆姨。」

「想要婆姨做甚？」

「睡覺。」

「咋睡覺呀？」水娥已忍俊不禁地咯咯咯樂了起來。

「脫了褲子睡覺。」

每當郝自默說完這句話，他那憨癡的臉上總會放出一團亮光，彷彿陷入了什麼美好的回憶之中，自己也嘿嘿嘿地笑得收斂不住。這個時候，水娥、秋彥等一幫婆姨更是笑得彎下腰，半天都直不起來。水娥眼裡都笑出了亮亮的淚花，她說：「這娃還靈醒著哩，這娃還沒有瘋到家。」

但老袁家有一個人卻很少湊趣和瘋娃自默逗樂，那就是寡婦銀珍。郝自默的到來，無端在她那本來日漸平靜的心湖上投下一粒石子，濺起層層漣漪，怎麼也難以再復歸寧靜。自默渾身上下的穿戴，全是他死去的男人保德的舊衣物。儘管她一次又一次地對自己說：「那是瘋娃，不是保德。保德死了，再過幾天就是一周年了。」可當她從屋中出來，冷不丁看到郝自默的背影時，卻又被嚇了一跳。被她漸漸遺忘的保德的影子又回到了自己的身邊。他那雙陰冷幽怨的目光，再次從四周向自己投下一片陰影，讓她回憶，讓她內疚和充滿負罪的感覺。銀珍在夜裡又像夏天那樣騷動起來。她控制不住自己的思緒，總是想起與保德、保文做過的那些讓人心跳耳熱的事，在冬天裡本來已經冷卻的身子便一次次燥熱起來，膨脹起來，使她徹夜輾轉反側，難以入眠。這種熟悉的感覺又讓她想起了可怕的夏天，想起了自己胸脯上這對在秋涼以後才漸漸停止膨脹的野獸。

「它們是像冬麥一樣蟄伏著哩。等開春天氣變暖，麥子開始揚花拔節的時候，它們就會像兩粒巨大的種子一樣，再度瘋狂地膨脹、生長。」銀珍一想起這事就驚懼不安。茶鎮老巫婆的話又一遍遍在她耳旁浮起：「恐怕你得生了崽娃！」「恐怕你得生了崽娃！」「恐怕你得生了崽娃！」……

正月裡除了走親戚，女人們能做的事就是收拾飯菜和坐在炕上耍嘴逗笑。今年過年銀珍跟著保英、水娥一家過，自己沒有起伙，一日三餐都是大嫂水娥在忙，自己只能背柴扯草、燒鍋絞水地打點下手而已，因而顯得比哪一年都清閒。

正月十七日，袁家全家老小的心都悲涼起來：明天就是老五保德的一週年忌日。保英說：「把我兄弟可憐地折了。他雖然是青喪，孤單單地一個人埋在黃腸溝裡，按理不該做周年。但如果這樣，咱活人心裡消受不下。水娥，你們婆姨們下午油炸一副獻果，明日咱都到保德墳上燒些紙去。」說著眼圈就紅了。

這天下午，水娥、撐撐、秋彥和銀珍在廚房裡整整忙了半天，和麵、捏型、雕紋、燒火、熱油地一通忙碌，炸出了黃澄澄的麵壽桃、麵人麵馬、麵花麵果一副幾十個花樣。到天麻黑時，灶角裡柴卻燒光了。水娥說：「銀珍，你去柴場攬些硬柴回來。炸完獻果了，黑天還要燒湯弄飯哩。」銀珍應了一聲，提起柴籠，出門直奔位於油坊旁邊的柴場去了。

天已經麻黑，吊莊一戶戶人家的瓦房都成了黑黢黢看不分明的一團影子。路上碰到村人，也已分辨不清，像一個個無聲無息遊轉的鬼魂。遠離村莊的柴場上，擺放著數百個龐大的柴禾堆。此刻也已變成一團團黑影，使人恍惚間覺得自己正置身墓堆墳頭。銀珍心中有些害怕地從柴禾堆間穿過去，尋著了自家的硬柴。她趕緊蹲身下去往籠裡攬著，盼著早早弄完回家。就在她把第一抱硬柴攬起來往籠裡放時，猛回頭卻看見一個黑影站在自己身後。

「啊！保德！」她嚇得渾身出了一層冷汗。可轉眼間銀珍又平靜了下來，因爲她知道那是瘋娃郝自默。最近一段時間來，他總是像個學步的碎娃一樣，悄不出聲地跟在水娥、秋彥、淨花等女人的身後，人家走到哪裡，他就跟到哪裡。

「自默是你！把我嚇了一跳。」銀珍見有人陪伴，心中倒踏實了幾分。

「自默，你老是跟在人家背後，你這是想做甚呀？」銀珍一邊攬柴一邊問。

「睡覺呀，脫了褲子睡覺呀！」

昏暗中一直默不作聲的郝自默忽然嘿嘿地笑著說了一句。這笑聲在村外這團寂靜的黑暗中格外刺耳奇特，把銀珍驚得懷中的硬柴散落了一地。郝自默又癡癡地站在身後不說話了，銀珍的欲望之火不知爲何卻又一次熊熊燃燒起來。她蹴下去慌亂地拾柴，一堆散亂的硬柴卻幾次都攬不起來。「脫了褲子睡覺呀！」瘋娃又在身後自語般地咕噥了一句。銀珍立即想起了他正月初四到袁家大院來的情形：雙股精赤，襠間晃蕩著的那串果子已經成熟……一股電流般的感覺「刷」地掠過銀珍這個水一般的女人的全身。已經冬眠日久的那隻野獸正伸著懶腰從洞穴中爬出來，銀珍頓時感到自己的胸脯又可怕地開始膨脹起來。「恐怕你得生了崽娃！恐怕你得生了崽娃！」茶鎮巫婆的話又一遍遍在耳邊迴響起來，銀珍恍惚間感到一股大潮正不可阻擋地奔湧而來，頃刻將自己完全淹沒……

「自默，脫了褲子咋睡覺呀？」銀珍說這話時，她感到自己像個充滿陰謀的魔鬼。

「脫了褲子睡覺。」瘋娃仍傻樂著說。

「我看你敢不敢脫了褲子？」

「脫了褲子睡覺。」

「來，乖娃，把手伸來我給你捂捂。」

當這個肥碩的水女人雙眼迷離地將郝自默那雙手拉過來塞進自己的胸脯時，她再也難以忍受心中那撕心扯肺般的煎熬。她絕望地叫了一聲，一把將瘋娃自默扯過來摟住，雙手迫不及待地就脫去了他的褲子，將他那瘦弱得如同女人般的身子按倒在被黑暗徹底籠罩著的柴場上……

廚房裡水娥等著柴燒，要蒸的饃已經弄好，豆腐和生蔥也已經拌好在盤裡，遲遲還是不見銀珍的影子。「這鬼婆姨！明日是她男人的忌日，怕是心裡難過，躲到哪裡哭去了。」水娥歎了口氣，摸黑出了院子就想去找，沒想到剛出門卻見銀珍背了柴籠回來，後面黑黢黢地跟著瘋娃郝自默。

「銀珍，一籠柴咋去了這麼久？把人急得圍著鍋臺直轉哩。」

「天黑，我尋不著咱家柴堆了。」

「看把你心慌的，連個柴堆都尋不見了。」

水娥接了柴籠，妯娌兩個說嘴搭話地望院裡走。瘋娃自默卻忽然在後面傻乎乎地拖著哭腔說道：「不睡覺，我不睡覺，我不脫褲子。」

「這娃今天是咱了？」水娥奇怪地問。

「瘋娃說的瘋話！」銀珍說。

28、

正月過去，天氣漸漸暖和起來，凍得硬如堅石的土地也開始變得酥軟。二月初，當吊莊村人們開始掮了鋤頭，去麥田裡施肥除草、鬆土保墒的時候，戲班楊思德和郝家藥房的郝智遠領著兩撥外姓人，也前後腳回到了各自的大院。往日裡那種咿咿呀呀的練歌吊嗓聲、鑼鼓笛弦聲、藥碾滾動聲又熟悉地陪伴著吊莊日復一日的生活，讓人感到既踏實又疲倦。

郝智遠回到吊莊的當天，保英就找到了藥房大院。藥鋪裡那個長得黝黑的夥計沉著臉進去通報，不大工夫智遠老漢就從一排藥櫃後面走了出來。他客氣地把保英讓到櫃檯後的老木椅上，兩人坐下說話。一個正月過去，郝智遠老漢倒像又年輕了幾歲，神情輕鬆飄然，一副仙風道骨的模樣。

「保英，尋我甚事？你家老母親的病，不會有了什麼反復吧？」郝老漢問。

「我來不為我媽的病情，是為你徒弟自默的事。」

「自默？他在哪裡？他其實並非我的徒弟，而是我的親兒。」智遠老漢臉上顯出吃驚的神情，「他失蹤近兩個月了。怎麼，你見著他了？」

「正月初四，他滿身垢甲、下身精赤地到了我屋。我們給他洗淨手腳，換了乾淨衣服，安排住下，本想等你回吊莊後送過來。不料他好好地待了近二十天，卻在正月二十一獨自走丟了。我四下尋了好幾天，柳村、老堡、茶鎮、六甲鎮都轉遍了，也沒有尋到。你回來了，我趕緊過來給你言語一聲。這娃的瘋病怕是越來越厲害了。」

「唉。」智遠老漢聽罷，輕輕地歎口氣道，「命該如此，尋恐怕是尋不回來了。我來吊莊前，有僧人給我占卦稱，西去僻鄉，得之道行，失之子嗣。我還不信，看來天意難違啊。」

「老師傅你還是派人到處找找，娃瘋成那樣，連吃喝都不知曉，在這樣的冷天裡難免會有個好歹啊。」

「他重回吊莊，莫非是來了斷自己的最後一縷塵緣。多謝你家容了他多日，多謝了。此事隨命，你不必再操心了。」

保英聽不太懂郝智遠那些稀奇古怪的話，既然當爹的如此淡然，自己該操的那份心也算是白操了。他坐著一邊吃菸，一邊和老漢說了些過年過節、頭疼腦熱的閒話。正在這時，從那排藥櫃後跑出一個碎娃。保英一看，卻是牛牛。保英自打聽說牛牛被牛橛戳瞎了眼睛、住進了郝家藥房以後，再就沒有見過他了。半年之隔，那牛牛卻完全像變了個人。他個頭竄高得如同十三、四歲的半大兒娃，膚色變得白皙而豐潤。他那隻傷眼變成了一個肉坑，另一隻眼睛卻似乎變得加倍明亮。牛牛雙手沾滿麵粉一樣的白末子，安靜地走到智遠老漢面前道：「師父，丸子搓得了。現在就加上黃耆水熬嗎？」智遠老漢臉上剛才那點淡淡的悽惶立即一掃而光，他溫和地說：「你先進去，等我回去再說。」牛牛應了一聲，返身就要進去。

「牛牛娃，等等，伯有話跟你說哩。」保英趕緊叫到。

「牛牛，五斤老念叨你，他想和你耍哩。」保英說。

「我忙哩，捻藥呀，搓丸子呀，忙得跌跤哩。」牛牛靜靜地望著保英，他的神情不知爲何讓保英想起了初來乍到時的郝自默。

「你搓那麼些丸子，難道是整天吃丸子呀？下午叫我家五斤來找你耍。」

「我不耍，我裡頭的事多著哩。」

說罷，牛牛竟撇下保英，逕自繞過那排藥櫃回裡院去了。坐在一旁的智遠老漢感歎起來：「我兒要是能自斷塵念，或許比這娃還要有出息，可惜不能啊。」說完他又忽然想起什麼似地道，「保英，鱉旦正月可好？」

「那熊人不知逛蕩到哪裡去了。正月裡我到他屋不知去了幾回，回回都是大開著門，卻沒有個人影。我正擔心他會出了什麼事哩。」

「出事不出事，都是定數啊。」

郝智遠感歎一聲站了起來，和保英說了幾句客套話各自散開。保英想著牛牛娃那副模樣，又想想五斤，一肚子的憂鬱和困惑。

天氣眞的暖和起來了。太陽金黃金黃地灑在地上，把冬天裡殘留在背陰處、房頂上、澇池旁的一塊塊已風乾的殘雪全部消融。覆蓋水面的那層厚厚的冰凌也慢慢消失，露出一汪清綠的池水。到土曆三月分的時候，楊樹發芽，柳樹綻綠，一種叫人勃然心動的春景已佈滿吊莊四周這片土地。

在這個季節裡，五斤終於進了楊思德的戲班去學戲。

二月分，楊戲頭領著那幫看人滴眉溜眼、走路擺胯扭臀的戲子們剛回到吊莊，已經去豆會學堂念書多日的保才特意回來了一趟。他謝絕了楊戲頭給他看家守院的酬金，而是執意要他收留七弟五斤來戲班學藝。那絡腮鬍子的楊戲頭聽完卻說：「叫五斤學戲？那娃整天像個蔫茄子似的，能到人面前去唱戲？再說了，你大哥保英厭煩戲子得要命，他能同意你的主見？保才，你還是揣上這錢。」保才卻死活不肯，他說：「楊戲頭，求你成全五斤了。這娃是個學啥成啥的料。」楊戲頭推辭不過，便答應讓五斤來試試。保才高興地謝過戲頭，又回袁家大院住了一宿。他幾乎和大哥保英吵鬧了一個通宵，最後潑煩得保英跺腳大罵起來：

「叫他去！叫他去！我再也不管這貨了。」

事實證明了保才對五斤的斷言，那蔫頭蔫腦的傢伙果眞是個學啥成啥的料。初到戲班，楊戲頭是看在省下的那筆看院費的份上，叫戲子們得空時教五斤幾句戲文和唱腔。開始時先是幾個男戲子給他教些小生戲，扮個書童、公子、狀元什麼的。那碎娃果然是一點就通，沒幾日便能整段整段地唱一些折子戲。等男戲子們沒了可教的，那些白日裡閒得心慌的女戲子又把五斤叫進她們的屋裡，戲耍著給他教些旦角的戲文。她們本來是逗樂耍笑，不料那五斤卻又很快學會了旦角戲。他穿了裙釵、戴了髮髻，描了粉臉，咿咿呀呀地唱起來。那輕擺的腰胯柔若無骨，拈花的指腕曲如幽蘭，狐媚的眼神顧盼流連，簡直活脫脫就是一個伶俐女子。這令楊戲頭來了興致，於是更是精心指點，嚴加訓練。時間不久，五斤竟能隨著戲班走街串鎮地參加演出，生末淨丑，缺甚補甚，樣樣來得，可謂戲班裡缺不得離不了的一個替補高手。開始時楊戲頭只是偶然管五斤一頓吃喝，到三月底的時候，便規定了他的薪水，每月按時發放給他。這些錢五斤都悉數回家交給了保英。保英起初拿著這錢還有些堵心，慢慢見五斤進戲班後倒省去了家裡人許多操心，且月月都有一份薪水貼補家用，便也隨了他去，不再對他學戲一事說東道西。

五斤並沒有因爲學戲而變得整日風浪好說，依舊總是沉默不語。戲學完了，他就找個房沿臺坐了或尋個角落蹴了，依舊默不作聲地逗弄那些蠍子蟲蛾。戲班白天閒來無事，男女戲子總聚在一屋，說些風浪調笑的話。開始時他們見五斤是個碎娃，倒要避著他。後來見他根本就不紮堆湊趣，總是怪裡怪氣地在陰暗無人的角落裡掐貓逗狗、弄蟲玩蛇，便不再理會他的存在與否，放肆地笑鬧狎膩一起，不再在意這個唯一的本村人會不會看見。到了夜間，戲子們總是早早地攆了五斤回家，揭開偽裝，在楊戲頭的精心安排下接客賣肉，大做唱戲之外的生意。

這夥風浪狐媚的十來個女戲子，也並非人人都是野蜂浪蝶。她們之中有個叫小寧的姑娘，就算得上是個心性清淨的人。她與楊戲頭好像有點親戚關係，楊戲頭也不招惹她，任她吃罷晚飯後，獨自到大院最裡邊那個小屋裡關上門睡覺。小寧也就十五、六歲的樣子，生得白皙乾淨。模樣雖說一般，卻周正清秀，尤其是那鮮紅的一雙巧唇和黑亮黑亮的眸子，叫人看著就憐愛頓生。自從五斤進了這戲班大院，小寧好像終於找著了一個可以說話的伴，學戲練功之餘，她總是追在這個碎娃的屁股後面，跟他說話或玩耍。但五斤似乎並不因此對她有什麼特殊的好感，仍是喜歡一個人獨自待在無人的角落。小寧一走過去，他總是立即將手中正逗弄的東西攥起來，放進衣服口袋。這倒讓小寧產生了更濃厚的好奇，有事沒事總是攆著五斤。

三月十五日天剛麻黑，楊戲頭便讓五斤趕緊回家，說戲班要關院門了。小寧卻從後院中出來，說：「姨夫，我想跟了五斤，上他屋耍去呀。」戲頭本來就嫌她在院中礙眼，怕她知道了戲班夜間的醜事回去亂說，就順水推舟道：「可以可以，你儘管去耍。」小寧高興，拉著五斤的手就去了袁家大院。進到堂屋時，保英、水娥和淨花等正圍在八仙桌上吃飯。水娥見五斤身後跟著個水靈清秀的半大姑娘，笑了叫道：「七兒弟長大了，領著婆姨回來了。」說得小寧和五斤都紅了臉。五斤說：「胡唚個甚！她是戲子。」保英見小寧乾淨清爽，不像那些浪蜂之輩，讓人並不膩味，本想責怪五斤的話又嚥回了肚裡。

「你是戲子，咋沒見過？」保英問。

「我是今年新來的，不常出門。」小寧說。

「哦，這女娃水靈的，看了就叫人心疼。」水娥過來拉著小寧的手左右端詳，又摸手又拍臉，眉眼間一派疼愛之色。淨花在一旁望著比自己大不了幾歲的小寧，也高興起來：「待吃過飯，咱們一道去耍。我有一把漂亮的花石子，我們玩丟秧兒。」

「對對對，你和淨花一起耍，晚了也不打緊。我屋有閒房，天黑就和淨花住在一起。」水娥見女兒有了玩伴，高興地在一旁說。

「就你嘴巧！」保英瞪了一眼水娥，用舌頭舔淨碗邊的節糊，低頭出了堂屋。待走到院外的黑暗中了，他又回頭喊道：「五斤，你出來，我有話給你說哩。」

五斤跟保英走進旁邊的偏廈，保英將房門掩上，拿眼睛沒好氣地瞅了五斤半天，直到把他看得心裡直發毛。

「哥，咋咧？」五斤忐忑不安地問。

「你把那女子招來的？你唱戲就唱戲，做甚把女戲子往自己的家裡招。要不看著那女子還算正經，我當面就罵回去了。」

「我沒招，她自己要來的。」

「看你說的，你是她媽的乳頭呀？不招人就主動尋著來了。」

「我就是沒招嘛。」五斤委屈得大聲嚷嚷起來。

「管你招與沒招，你娃以後老實點。學戲就好好學戲，甭跟著那夥女戲子胡張狂。」保英也躁了，聲音傲大起來，「咱老袁家是啥人家？你娃要再不懂事，就會丟祖敗宗哩。」

兄弟倆正生齟齬，門卻被人猛地推開。淨花猴急地鑽進來，一把夾起炕上自己的被子，高興地說：「我跟小寧姐說好了，我倆以後一起在閒屋住呀。我不在這裡睡了。」她一邊往外走，一邊用手扯著五斤的衣襟：「七爸，走啊，咱一道去耍。」沒料到五斤正在氣頭上，一把捽開了她的手，咕咕噥噥地說了聲：「耍個屁！甚事都賴在我的頭上。」說罷低頭出門去了。

小寧和淨花在保雄家那間偏廈屋中住了一夜，玩得高興，第二天竟給楊戲頭說自己以後不在戲班住了，天天住在五斤家裡。楊戲頭當然求之不得，當天下午就挾了小寧的鋪蓋來找保英商量。他給保英帶去兩瓶「滿太高燒」，一口一個「保英老哥」，話回得山高。保英本來昨天晚上因此事和多嘴的婆姨慪了氣，一直耷拉著個長臉坐在炕沿上默不作聲。但後來卻經不住絡腮鬍子的軟磨硬泡，又考慮到五斤在人家手下吃飯，便也只得將那捲鋪蓋接下。他看了看擺在桌上的那兩瓶「滿太高燒」，卻死活塞回了楊戲頭的手裡。他說：「我可不敢喝這酒，連鱉旦都招架不住，我哪裡敢動。」楊戲頭知道他話中有話，滿臉尷尬地將酒收起，又說了一堆謝忱的話方才走了。

從此小寧就住在了袁家。她和五斤一道去，一道回，像親姐弟一樣形影不離。只是那五斤仍每日驀頭耷腦地琢磨自己心裡那些誰也猜不透的事，並不怎麼搭理她。

29、

這一年，吊莊一帶的麥子長得特別厚實茂盛。到四月中旬的時候，返青不久的麥苗竟已經高得沒過人腰，開始揚花抽穗了。這時節油菜花也剛剛盛開。站在莊背的廢瓦窯上極目望去，但見方圓幾十里到處都是一片片的油綠和金黃。沿田野四周和土路兩旁栽種的楊樹，澇池旁的柳樹，墳墓場四周的松柏，莊戶人家院裡的泡桐、土槐和沙棗樹，都已經枝葉繁茂，生機勃勃。

「今年是個豐年！你看這麥子厚的。」吊莊村人們撫摩著田裡的青麥，就如同撫摩著婆姨懷孕的肚皮。他們滿臉喜色，眼睛中似乎看到這青麥正飛速地變黃，顆粒飽滿的新麥已經裝滿了他們的土倉。可就在這段時間，吊莊裡又算命、又接生、又保媒拉纖的老呱呱卻不知中了什麼邪，四處逢人就說：「今年麥子長得這樣急，怕是後面有甚災禍緊攆著哩。」村人一聽此話都拉長了臉，在背地裡吐著唾沫罵道：「把呱呱那個老騷貨！活得寡趣了咋的？盡說些不利市的屁話。」

四月十八日，六甲鎮新年伊始的第一個鄉集又到了。這天早上陽光明媚，天氣好得如同村人們喜悅的心情。一大早，男人婆姨、老漢碎娃都滿村串著吆喝起來，一派忙亂地拉了架子車，騎了老毛驢，背簍挎籠、抱兒攜孫地朝著六甲鎮去了。一路上人走車移，豬哼狗叫，鴨啼雞鳴，好一副熱鬧非凡的景致。

去年四月十八日，銀珍因心情不好沒有去趕集。今年她去趕集了，心情卻越發地不好。銀珍吃罷早飯後，等老袁家的人都走了，自己才到堂屋中給臥病的婆婆說了一聲，然後悄悄地出門朝六甲鎮而去。一路上銀珍低著頭，生怕和萬一碰上的熟人打招呼。她怕別人看她，尤其怕別人看到自己的肚子。天氣已經熱得穿不住夾襖了，可銀珍卻仍然捂得嚴嚴實實。

「日他媽胸脯是不鼓了，可肚子卻鼓了起來。」她忿忿地罵道。

銀珍在正月十七日和瘋娃郝自默在暮色下的柴場上，匆忙而短促地作孽之後，她一直盼望自己能懷孕。她老是想起茶鎮那個女巫的話。她知道自己若能如願，這個夏天就不用再擔心乳房那可怕的瘋長了。開始時，她幾乎每天夜裡撫摩自己的肚皮，希望它能有所動靜。她甚至懷疑郝自默那串看似成熟的果子，其實並不能完成豪邁的壯舉。可是到二月底的時候，她終於盼來了自己夢寐以求的結果。二月底開始，銀珍先是飯量大增，且饞得能一氣喝下半瓦盆老醋或吃掉兩隻豬蹄。另外，她幾乎每天早晨都會趴在洗臉盆上嚎嚎地嘔吐。她吐出的不是積食，而是一股一股清黃色的酸水。從那個時候起，她知道自己終於神不知、鬼不覺地懷孕了。起初，銀珍的情緒千眞萬確是一種「有喜了」的感覺。她沒有絲毫驚慌，而是鎮靜自若地在夜間一碗接一碗地喝辣椒水。她的腹胃被燒得灼疼難忍，但心中卻充滿輕鬆與喜悅。她想像著孕育在自己體內的那團血肉正在被辣椒水化去，它是治療自己乳房瘋長的一丸妙藥。待它徹底化掉後，自己就會告別噩夢般的記憶，開始一種全新的人生。銀珍一遍遍幻想著重生的輕鬆，便鼓起勇氣一碗接一碗地喝辣椒水，直喝得整個身體像被點燃一樣火燒火燎地疼起來。可那團血肉並沒有消化開來，她的肚子一天比一天明顯地鼓脹了起來。

這種情形持續到三月中旬的時候，一貫鎮靜的銀珍終於慌亂起來。她知道自己遇上了一樁比乳房瘋長還要可怕的事。在隨後一個多月的時間裡，銀珍夜夜被這種驚恐折磨得難以安眠。她採取了蹦跳、跺腳、用拳頭猛擊腹部等一切手段，她甚至將手、鐵鉤或竹竿從下身伸進去往外掏扯，但一切都不能阻止肚皮緩慢而耐心的膨脹，就如同那個夏天她無法阻止雙乳飛速的膨脹一樣。銀珍淚流滿面，手足無措，經常整夜整夜睜著驚恐的眼睛在黑暗裡坐到天亮。

六甲鎮上跟集的村人多得幾乎要從鎮街上溢出來。家畜牲口的買賣市場一直擺到了離鎮子一里路遠的空場上。銀珍從那裡穿過去時，一眼瞥見保英正站在人群中，跟一個老漢將手伸進彼此的袖筒中交涉著一頭豬的價錢。她嚇了一跳，忙躲在摩肩接踵的人群背後，做了賊一般心虛地直朝馮郎中的診所走去。不料剛走兩步，肩上卻冷不丁被人拍了一把：「銀珍，你咋才來？」轉過臉看時，卻是保武的婆姨秋彥。

「你看看你，把我嚇死了。」銀珍有些惱怒地嗔怪道。

「太陽明晃晃的，心裡沒鬼沒怪的，你嚇的甚！」秋彥手裡牽著女娃小梅和小燕，一人手中捏著一根麻糖在吃。

「走，咱妯娌兩個一起轉悠。聽說街東頭搭了臺子，咱家老七今日上臺，演的是楊家將裡的楊四郎。」秋彥說。

「你先去，我肚子難受，怕屙稀哩。去馮郎中那裡買副中藥。」銀珍心裡有事，慌失地推讓著秋彥先走，「我買好藥再去尋你。」

「甭去咧，甭去咧。馮郎中那個老刀客，放著這麼好的營生不做，說是連家帶口搬去南方了。六甲鎮以後再也沒有馮郎中了。你不信？我剛去過。你看小梅臉色刷白的，娃也屙稀哩。」

「眞格？」

「嗨，看你怪氣的！嫂子騙你做甚？」秋彥從衣袋中掏出一個紙包，打開後取出幾粒老鼠屎一樣的丸藥，「我剛剛在野攤上買了點藥。你吃兩粒就不屙了，咱們一道看戲去。」

銀珍一聽，腦袋「嗡」地一聲就大了起來。馮郎中是方圓一帶的名醫，接生打胎尤其手段高妙。據說他家院後的野地裡，常年扔滿了因各種原因不敢生下來的死胎。他要是走了，自己可咋辦？銀珍木呆呆地立著，直到秋彥把兩粒丸藥在眼前晃動著叫了幾聲，她這才清醒過來，連忙滿臉堆笑地把秋彥的手推開：「我不太厲害，不吃藥也能停住。走走，咱看戲去，咱一道看五斤唱戲去。」說罷兩人一人牽了一個女娃的手，一邊有心無心地說話，一邊擠開人群，朝六甲鎮街東走去。

「媽日翻了！馮郎中那個死老漢，做甚連六甲鎮都不願住了？他狗日的想住天堂呀！」銀珍說。

「聽說他算了卦，斷定這幾年此地有災哩。唉，災不災的，要死都得死，怕個甚！」秋彥說。

「人都死絕倒好了。」銀珍說。

「嗨，看你說話難聽的！人都說，好死不如賴活著，能不死還是不死的好啊。」秋彥奇怪地望了一眼銀珍，見她臉色灰暗無光，還以爲是屙稀給屙的呢。

今年六甲鎮四月十八日這個鄉集，比以往哪一年都要熱鬧。似乎方圓百里的所有男女老少，一個不落地聚集到了這裡。就彷彿這是六甲鎮的最後一個四月十八，這次錯過以後就永遠也趕不上了一樣。往年四月十八不光是個趕集日，一貫結怨的那些村莊，也準會在這一天各自糾集了本村的小夥壯漢，在六甲鎮商定好的地方比武鬥毆，爭出個高下，分清個輸贏。

幾乎每一年都有人命官司，每年都可以看到一撥撥被打得頭破血流的人被抬著從人群中擠出擠進。而今年一個這樣的場景都沒有看到，甚至連愛打架的碎兒娃也沒有聚夥丟石頭、撇瓦渣，到處是人們親切和熱情的笑臉，到處是觀看唱戲、耍猴、練武、說書的笑鬧之聲，一派和平安寧的鼎盛之象。

但這一天對楊戲頭而言，卻是個例外中的例外。

楊戲頭於四月十七下午就領著戲班子到了六甲鎮，而十八日下午，他卻再也無法像昨天那樣春風得意、滿臉微笑了。他被一群男戲子抬著，面目青腫、血流不止地回到了吊莊。這也許是本次六甲鎮鄉集上唯一的一樁流血事件。

四月十七日，楊家戲班到六甲鎮圈場搭臺、佈景拉幕，一直忙到天麻黑才弄利索。只等明日熱熱鬧鬧地賣票唱戲，穩穩地賺他一大筆錢了。一班二十來號人收拾停當，一起到六甲鎮「莫記牛羊肉泡饃館」美美地吃了一頓。楊戲頭還趁著高興，喝了兩壺滾燙的老酒，這才去離街東頭戲臺子不遠的「羅記客棧」裡安頓歇息下來。眾人忙碌一天，想著明天還要連軸轉著敲鼓唱戲，紛紛回各自的房間睡覺去了。楊戲頭也哼著小調回到了自己獨住的那間客房。他上炕靠著被子躺了一會兒，剛才那兩壺老酒卻讓他亢奮不已、毫無睡意。他輾轉反側，心中想著一幕幕亂七八糟的事，大概到二更天了仍沒能睡實。

昏暗籠罩著這間小小的客房，四周一片寂靜。一抹淡淡的月光從牆壁上方那扇小窗中照進來，在楊戲頭的炕沿上投下一個四方四正的光影。楊戲頭瞅著這方在一片黑暗中唯一看得見的亮團，漸漸心裡卻毛起來：不知是自己眼花還是心中恍惚，他似乎幾次都看到一個人頭的影子從那團亮光中投射下來，佔據了大半光線。楊戲頭驚詫地起身看看那扇小窗，卻只見一抹灰藍的天空中孤獨地懸掛著半個月牙，窗高炕低，別的什麼也看不見。楊戲頭在低頭看時，哪裡有什麼人頭的影子？那方月光依舊整整齊齊，像鋪在炕沿上的一塊白綢子。但這種情形反復了三五次後，楊戲頭的心裡開始眞正地驚恐不安起來。「難道日他媽有鬼來纏我了？」他這麼想著，渾身的汗毛就「唰」地全豎了起來。他甚至後悔今日走得匆忙，忘了帶上那桿土槍。

正當楊戲頭坐臥不安地考慮是否出門喊醒幾個男戲子來陪自己時，客房的門卻被人敲得咚咚作響起來。楊戲頭「噌」地從炕上跳下，順手操起一根搭臺剩下的木棒，站在門後厲聲問道：

「誰？」

「是我，我是五斤。」

「你半夜三更的胡日鬼個甚！」

楊戲頭一聽聲音，那顆高懸的心才悄然落地。他打開門，果然是五斤站在門外，光著腳，胡亂地穿著睡覺的短衣短褲。

「我起來尿尿，又想起有事要問你，就來敲門了。」

「大半夜的你想起了什麼事？」楊戲頭雖然聲音嚴厲，心中卻甚爲高興。他想起自己剛才恍惚看到的影子，便將五斤讓進屋來，乾脆點亮油燈，兩人坐在炕上說話。

「《四郎探母》裡面那段唱詞，『爲兒我征戰身在異鄉，常年淚漣漣回首北望。想當年娘背兒四處逃荒』，到下一句到底是『盼就盼匈奴邦早日滅亡』，還是『盼就盼兒的傷早日復康』？」五斤問道。

「嗨，你小狗日的是嚇我嗎!?」楊戲頭一聽這話可著實嚇了一跳，「明天就登臺了，你怎麼把唱詞全串亂了？《四郎探母》中哪裡有這段唱詞？你是在哪裡學下的這些戲文？」

「《四郎探母》中我演楊七郎。」

「嗨，你這碎熊今晚是吃了甚迷魂藥了？」

待楊戲頭再看時，卻見五斤斜靠在被子上，早已起了微微的鼾聲。楊戲頭連搖了他幾下，卻睡沉得像頭死豬，咋弄也不再醒來。

「這碎熊大概是夢遊哩。」楊戲頭笑著搖了搖頭。他想著五斤明天還有戲，就沒有再叫他。五斤的鼾聲倒逗出了他的瞌睡蟲。楊戲頭早已忘了剛才那叫人心神不寧的一幕，吹熄油燈，挨著五斤躺下，很快就進入了夢鄉。

四月十八日，楊家戲班演出的第一出折子戲是《四郎探母》中的一段，五斤扮的不是四郎，也不是七郎，而是楊老太身邊一個聰明伶俐的丫鬟。他描眉畫眼，塗脂抹粉，穿起府綢做的紅襖綠褲，在臺上扭扭捏捏，款款而行，慢聲細氣，拿腔捏調，拋眉送眼，使臺下起了一片喝彩聲。秋彥和滿臉愁雲的銀珍買了票進去看五斤的戲，竟沒有認出他來，氣得直罵：「日他媽把錢花冤枉了。咱沒看見七弟演四郎，倒盡看誰家個賣X女子滿臺騷情了。」

楊戲頭一直坐在幕側處拉二胡，見五斤伶俐聰明，演技叫座，心中高興今日的大發市，手中的二胡也「吱吱嗡嗡」拉得更帶勁。可就在《四郎探母》的折子戲剛演完，看戲人塞了滿滿一場，正準備等著看第二個折子戲《火焰駒》時，卻發生了誰也沒有預料到的意外。

樂人到位就座，戲子在幕後已做好登臺亮相的準備，就在楊戲頭嘴裡「嗆」地一聲吼，鑼鼓胡琴齊聲響起的一刹那間，卻不知從何處飛來一塊磚頭，隨著這聲「嗆」剛落，「咚」地一聲正砸在楊戲頭的面門之上。楊戲頭手中的二胡弓剛拉開一半，連一聲尖叫都沒有來得及發出，就從側幕的樂人堆中一頭栽出來，血頭腫臉地趴在了戲臺上。看戲的村人先是以爲鬧笑話，「轟」地一聲大笑起來。待看見戲班的樂人和施粉化妝的戲子們都慌了手腳地跑上臺來，抬手的抬手，抱腳的抱腳，將那個毛頭血嘴的楊戲頭扶起來時，才知道是眞正地出了亂子。不知人群中誰喊了一聲：「殺下人了。」上千號沒有見過此等世面的村人們立即像驚了群的馬，四下尋路奔竄逃開。一時間戲場裡你喊我叫、男泣女哭地亂成了一團。擁擠的人流甚至連場子的圍牆都擠倒了。臺上楊家戲班也早已慌了陣腳，哪裡還有心思演戲。他們日急慌腦地收拾起攤場，幾個男戲子更是急白了臉色，在六甲鎮下午集市正盛大當口，匆匆在野攤上尋人給昏迷不醒的楊戲頭敷了些藥，架著他擠開摩肩接踵的人群，神情沮喪地就奔吊莊的方向敗逃而去了。

而六甲鎮盛大熱鬧的鄉集依然如火如荼地持續著。街東戲場發生命案一事，儘管一會兒便傳得滿市皆知，但沒有人會因爲這點小小的插曲而有所震驚。「怕是楊戲頭那熊人作了甚孽，今日叫人尋著仇了。」四鄰各莊的村人們搖頭感歎一聲，繼續蹲在攤前吃他們的，喝他們的，或者把雙手縮在袖筒裡，滿臉智慧地商量著一頭牛、一匹馬、一隻羊或一口豬的價格。

越來越溫暖的陽光照在六甲鎮的街頭巷尾，把一排排青磚紅瓦的房子、店鋪，把沿街兩溜的各色飯店、客棧、酒肆、菸館的幡幌，把滿街攢動的人頭，都照得鮮豔無比、醒目無比。

沒有風，茂密的枝葉紋絲不動。

30、

四、五月分，吊莊所在的這片土地上發生了許許多多的大事，各種傳聞攪得人心惶惶，使那些兩耳不聞窗外事、整日望著厚實的青麥喜上眉梢的莊戶人，也都無端地產生了驚恐。先是從四月初開始，到處開始傳柳村惡人柳賴頭一家慘死的消息。這件事吊莊人至今都不清楚具體情節，只是聽說三月中旬的時候，柳村人發現遠離村子的柳賴頭家那座一般人不敢靠近的青磚大院周圍，不分白天黑夜，總是有成群的野狗在滿世界撕咬追逐著搶食什麼東西。剛開始村人並沒在意，等野狗群的數量越來越大、各種毛色和身形的野狗開始在柳村街道出沒的時候，人們才萬分驚訝地發現，在群狗獠牙之間撕扯著的，竟然是一個個人頭！那些人頭上的皮肉已被咬噬一盡，盡皆都成了恐怖森人的骷髏。柳村人個個嚇得面無人色，後來幾個膽大的後生成群結夥地提著棍棒，掃開野狗到柳賴頭家的院子中去察看時，才發現他一家十幾口人都身首異處，那些人胳膊、人腿、人的腸肚五臟，也盡被野狗撕扯得到處都是。柳賴頭一家的死因沒有任何確切之說，各種傳聞都來自猜測，每一個版本都充滿神祕的昭示，使吊莊人在初聽這個故事時都嚇得噤若寒蟬。緊接著到處流傳的，就是喬山一帶出現了一個土匪幫。據說有人看見他們蒙著黑漆漆的眼罩，個個快馬如飛。關於這幫馬匪的故事，多得可以讓老漢給碎娃們整整講上一個夜晚。傳完馬匪的消息，又有人傳說老堡村那個在茶鎮街口賣醸皮子的瘸腿老漢死了婆姨，終於把他那個如花似玉的親女兒納了正屋。據說那個老不要臉的還請了媒人和吹鼓手，正大光明地辦了婚禮；南山石碑一夥油匠放棄了靠榨油賺錢糊口的手藝，竟在周鄰四村買地開了客棧，專門做麥客的生意。他們等麥客收了錢回來，就招進店內，殺人劫財，並把人肉蒸了包子；杏林跟武功交界的某地挖出了一口怪井，簸箕大的癩蛤蟆一群一群地往出爬……這些令人瞠目結舌的傳聞，使吊莊的老漢們憂心忡忡，他們一邊捋著花白的鬍子在麥田裡遊轉，一邊暗自感歎：「龜走鱉爬的，怕是要出甚大亂子哩。」

對於吊莊而言，五月分出下的一檔事也讓村人們感到驚訝萬分：人們都認為能長命百歲的郝家老掌櫃郝智遠，竟然架起一捆硬柴，自焚在郝家藥鋪的門前。而郝家藥房的新掌櫃不是那群郝姓徒弟中的任何一個，而是吊莊鱉旦家那個被牛橛戳瞎了一隻眼睛的碎娃牛牛！

二月分開春以後，郝智遠老漢率一撥徒弟從喬山的深山老林重回吊莊，人們並沒有從這個鶴髮童顏、一副仙風道骨的老漢臉上發現任何不同以往的表情。他似乎比以前更顯得年輕飄逸和一臉輕鬆。唯一的變化是人們在智遠老漢自焚後才總結出來的，那就是老師父自打過完年後就很少再親自出診。方圓幾十里不管遠莊近村，若有人來求醫問病，請智遠老漢出山，都被藥房那個沉默寡言、臉色微黑的夥計一句話擋了：「師傅近日實在太忙，所有求診都無暇應承。」有急病猛疾的，若要不挑不揀，那夥計會隨來人前往治療。這種情形一直持續到四月將近的時候，智遠老漢才恢復了親自出診。

郝智遠似乎忙完了一件什麼重大的事。除了出診為人治療疾病之外，他不再整日待在藥房那座青專大院裡足不出戶，而是經常出現在村口、田畔、澇池、油坊等處。老漢臉上蕩漾著一種平和輕鬆的喜悅，幾乎失去了往日那副高古莫測、威不可近的仙人之態，變得像個吊莊本村普普通通的拾糞老漢。他或者笑眯眯地坐在古塔下和碎娃們說話，或者成晌默不作聲地圍觀一群閑老漢遊壺或揪方，或者沿著吊莊四周的塄坎、溝壕、壩原四處興致勃勃地亂走。那個時候，有些善於觀察的老漢們也曾說過：「智遠老漢這反常的樣子，怕是他要離開呢。」但這話誰聽了都是左耳進右耳出，根本沒有想到過智遠老漢不但是離開吊莊，而且是離開塵世，並且選擇那麼一種叫吊莊人永世都不會遺忘的方式。

五月十日是個晴朗溫暖的日子，藍天如鏡，萬里無雲。吊莊的村人們從四野的麥田中懶散地陸續回家，準備歇晌和吃午飯的時候，在村西郝家藥鋪前的空場上，看見郝家五、六個年輕的徒弟正把一捆捆新劈的硬柴碼放成方方正正一個柴堆。村人們路經此地，都大惑莫解地問：「你們咋把硬柴往路上摞呢？人來車移的也不嫌磕手絆腳。」那幾個徒弟神色肅穆，依然忙碌，無人搭理。吊莊村人們彈彈嫌嫌地繞著走過，誰也沒有把此事放在心上。就當人們在自家的土院中蹲蹴下來，美美地吃完幾海碗婆姨們擀的二指寬的油潑扯麵，準備到炕上歪斜著吃一袋水菸的當兒，滿街道卻響起了碎娃們亢奮的奔相走告聲：「要燒人了，要燒人了！架著硬柴燒人呀！」

這一串聲音起初村人們並沒有聽懂。當碎娃們滿街的吼叫聲響成一片時，他們終於意識到，有一件十分重大的事件正在或即將在吊莊發生。人們慌失地從炕上跳下來，無頭蒼蠅般地跑出門去，匯入了滿街逃荒般的人群。

村西郝家藥房的店鋪前已經裡三層、外三層地圍了上百口神情驚慌的吊莊男女。場子中央那用硬柴搭起的四方四正的檯子已有一人多高。此刻郝智遠老漢和他手下一夥徒弟正站在柴垛旁邊，舉行著什麼莊嚴而神祕的儀式。智遠老漢剃光了鬍鬚頭髮，只留下兩道雪白的眉毛，神態極像個高僧。他和眾徒弟皆身著煙色薄袍，一律腳蹬白幫絨面的圓口布鞋，個個面色恬淡，神態平和，使人無法相信會發生什麼可怕的事情。郝智遠和分排兩行的徒弟們相向而立，他並不多看一眼四周越圍越多、正嘰嘰喳喳議論不休的吊莊村人，而是一遍遍將目光在徒弟們的臉上掃過。最終，他的目光定在了前排中間牛牛娃的臉上。

「眾位徒兒！」智遠老漢緩緩開口說道，「郝家世醫，代代研習奇方妙丹，以救人於疾患苦海。爲師我雖身體力行，勞碌操持數十載，卻終無大成。今我已選定郝家藥房接位之人，決意卸任自焚，以求永逸。」

眾徒弟凝神屏氣，一字一句地聽著師傅智遠的話。

「郝姓世醫，本該傳位與族內之人。然你等不是斷失靈性，就是騷根復萌，於祖輩功德之業無大成之望。牛牛小兒乃天造繼位之人，從今日起他將代替我成爲郝家藥房的掌門人。你等要竭力幫扶，成就千秋功業。」

智遠老漢說罷，將牛牛從隊列中喚了出來，讓他立在自己身前，與眾徒弟相向而站。那碎娃牛牛臉上竟毫無驚詫羞澀之色，神情坦然，落落大方，那隻明亮的獨眼平靜地看著面前諸人。智遠老漢道：「從今日起，你將以慧超之號成爲郝家藥房的掌櫃和師傅。爲師我苦心相告於你的話，你可都已爛熟於胸？」牛牛不語，只是點了點頭。智遠老漢疼愛地撫摩了一下他的頭：「如此師傅就放心了。」

「拜見慧超師父！」

那個面色黝黑的大徒弟亮聲一叫，郝家眾弟子立即掀起袍襟，齊刷刷地跪倒在牛牛這個碎娃的面前，三叩三拜地行了師徒大禮。

吊莊的村人們自打智遠老漢張嘴說話起，都戛然止住了議論和打探。他們靜靜地聽著老漢滿嘴那些古奧艱澀、似懂非懂的話，眼神中流露出萬分的驚詫和惶恐。那些在吊莊德高望重的執事老漢們，望著被眾人簇擁跪拜的牛牛娃，心中大惑莫解：土匪世家的鱉旦，倒生出個入了聖醫之門的仙人，這世道究竟是怎麼了？

村人們都不言聲，只是圍在四周靜靜地看著這一幕。但當郝智遠老漢走過去，一一撫摩過眾徒弟的頭頂，準備登上那堆硬柴時，人群立即騷動了起來。三省、保堂、忠傑等幾個執事老漢從人群中出來，把手的把手、扯襟的扯襟，滿臉驚慌地問：「你老漢果眞要放火燒了自己？傳位就傳位，你閒著遊轉逛景不就完了，做甚非要弄這等怕人的事？老漢你想想，老漢你是個聰明人，好好想想。」智遠老漢卻微笑著分開了眾人的手，他神情輕鬆地道：「非我要如此，這是命數。我於此方消隱，卻於彼方再生。你等不明白，這不是受罪，是眞正的享福。」說罷便在眾人的一片驚呼聲中，從硬柴垛旁邊那架木梯上攀上去，穩穩當當地端坐在了柴垛中央。

「師傅啊！」眾郝姓徒弟大聲叫著，「撲通」「撲通」面朝柴垛跪下，把臉緊貼於黃土之中，慟哭不已。只有牛牛娃臉色平靜地站在一旁，毫無半點哀痛之色。

「慧超。時辰已到，動手吧。」智遠老漢微笑著閉上眼睛吩咐道。

圍觀的百十名吊莊村人個個目瞪口呆。他們看著這曠世難遇的場面，方寸全亂，不知道該不該蜂擁而上，把這個可能老糊塗了的智遠老漢從上面架下來。眾人心中被一種大禍欲來的惶恐籠罩著，不住地打起了尿顫。當那個村人們越看越覺得陌生的牛牛娃果然拿起清油和火把走向柴垛時，他們只是虛弱地罵了一聲：「牛牛，你個忘恩負義的熊人，你點了這把火，都不怕日後遭五雷擊頂嗎？」但沒有人敢出面阻攔，他們眼睜睜地看著牛牛將一桶清油潑向柴垛，然後像燃放一支煙花般輕易地點燃了大火。

那垛被清油浸透的硬柴頃刻間沖起鋪天蓋地的火焰，一道道金紅的火舌立即包裹了智遠老漢。人們透過灼人的火光，看見智遠老漢那雪白的眉毛在被火舌舔化的一剎那間，他張開黑洞洞的嘴，發出了一串舒暢的笑聲。這笑聲十分嘹亮，在硬柴「劈啪劈啪」的爆裂中，聽上去仍刺耳得讓人心驚……

神情惶恐、驚詫、憂鬱、不安等不一而足的吊莊村人，目睹這場大火持續燃燒了足有兩鍋菸的工夫，始終沒有一個人離去。智遠老漢在大火中扭動了幾下身子後，片刻間就萎縮成了一塊模糊的黑團。人們聽見他肉體被燒得「吱吱」冒油的聲音和骨骼像硬柴棒般脆裂的爆響，心頭被巨大的恐怖所淹沒，彷彿這些可怕的聲音來自自己的肉體。大火漸漸熄滅，一股濃烈的黑煙沖天而起，伴隨著血肉被燒焦的那股惡臭四處瀰漫，似乎吊莊這片土地上的每一個角落被被它強烈地充斥著……

這是在四、五月分這個陽光明媚、田野上到處春機盎然的季節裡，在眾多奇聞怪事廣為流傳的時候，老村吊莊人親眼目睹的極為慘烈恐怖的一幕。在一陣沖天而起的大火之後，那個仙風道骨、威勢逼人的外姓之人郝智遠，便化為了一捧黑灰、一柱濃煙和瀰漫在吊莊村前屋後的那種令人渾身直起雞皮疙瘩的臭氣。

這件令人想起來就心驚的事件被人們在飯後茶餘嚼了若干遍之後，牛牛便成了吊莊上的一個人物。村人們一遍又一遍地翻尋有關這個獨眼碎娃的往事，探討究竟是什麼原因讓他居然有了這樣大的出息。他們想起的似乎沒有什麼像五斤出生以後那些神奇古怪的事，唯能記得的就是那年他被黃獸咬破了小雞雞、去年又被牛橛戳瞎了眼睛這兩件晦氣的事。村人們百思而不得其解，甚至刨根挖底地翻尋他爹鱉旦、鱉旦的爹以及爹的爹過去的往事。「唉，這世道眞是倒了個兒了。他祖祖輩輩都是土匪，到了他爹鱉旦這一代，好不容易沒當土匪，卻又出息下一個蔘鬼。你說這麼一個家，竟會出下這麼個小仙人來。」村人們四處忿忿不平地抱怨。這麼說著，許多人這才意識到，似乎已經有半年的時間沒有見過鱉旦和改改了。「咦，日怪了！家裡出了個小神仙，倒把兩個大人燒包得沒有影子了。」人們這麼漫不經心地議論著，卻誰也沒有把這件事放在心上。

獨眼碎娃牛牛改號慧超，做了吊莊村西那座郝家藥房的新掌櫃。從智遠老漢化爲灰燼那天起，他幾乎連一點由小學徒到大掌櫃那種過渡期的不適應都沒有。接班伊始，慧超小師傅就開始爲前去求醫問病的人出診。他平日也如同過去老智遠那樣，整日待在那座青磚大院裡不顯頭露臉。偶而碰上了急病，他才從後院繞過那排藥櫃來到鋪面。小小的人兒竟也同樣將手袖挽在肘部，雙手沾滿白色、黑色或褐色的粉末子。令人驚訝的是，這個才跟了智遠老漢半年有餘的普通兒娃，出診看病時竟能熟練地搭腕號脈、張嘴觀舌地治療那些已經日久天長的痼疾，往往一根銀針或一劑湯藥，就能根除了病人的痛苦。這使得人們漸漸對他視若神明。沒過多久，慧超在吊莊方圓百里已經是名聲大噪，甚至超過了師傅郝智遠和六甲鎭神醫馮郎中。智遠死了，馮郎中拖家帶口地逃離了六甲鎭。人們不得不清醒地認識到，土匪世家的這個長相並不大器且被狗咬爛了襠、被牛橛戳瞎了眼的碎娃，已經眞的成爲吊莊一帶的活菩薩了。這使吊莊那些祖輩品行高潔、威望深遠的頭面人物們，打心眼裡感到沮喪和不忿。

被徒弟們稱爲「慧超師傅」的牛牛娃，在承接了郝家掌門人之位的那一刹那起，似乎就徹底告別了過去。他整日像個大人般沉默寡言、面色古板，除了去病人家出診或躲在深宮般的郝家藥房裡研造祕丹，他心中已蕩然無存別的記憶。他徹徹底底地忘掉了父親鱉旦和千般疼愛自己的母親改改，不但從未回過家門一次，就連別人告訴他爹媽已經數月未歸、不知是死是活時，他也像在聽別人家的故事一樣，臉色平靜，不發一言。

「把狗日的眞養成個人物了，可到頭來有個球用哩。你死了人家連瞅都不願瞅上一眼。」村人們見狀，一面罵聲四起地感歎世態炎涼，一面聯想起了自己晚年的光景，不覺對兒女們也冷了心，在院子裡罵罵咧咧地出出進進。

31、

今年的確是怪事屢現的一年。剛五月底、六月初的時候，天氣竟一夜間熱得如同到了盛夏。往年在六、七月分才會零星響起的蟬噪，此時已是一片輝煌。田野裡長得厚實旺盛的青麥，也像被火爐子在灼烤一般，見天變得綠黃起來。

莽魁婆姨等了整整一個冬天，死神終究沒有降臨到她的身上。到了這個季節，她的腰身、腿腳和肩肘等處的痲痛竟奇蹟般地消失，人又能自如地在院裡院外遊轉走動。幾個兒子保英、保雄、保武和他們的婆姨們都鬆了一口氣，心中高興無比。可莽魁婆姨卻是一腔的擔憂和失望。「這上天不讓我去，怕還有甚事在等著我這個苦命的老婆子哩。」她挪動一雙小腳在滿院金燦燦的陽光中一邊慢騰騰地走，一邊喃喃自語地想著心事。天氣變得越燥熱，她心中那莫名的擔憂就越加劇。前幾個夏天裡那些讓人羞於啓齒的事，再一次清晰地浮現在她的記憶中。她一顆衰老疲倦的心總模糊地預感到，那隻乖僻而隱祕的狐精，在經過一個冬天的冬眠之後，正滿眼閃著狡黠的亮光，伸著懶腰從洞穴中爬出來，冷笑著琢磨那些怕人的瞎瞎事。莽魁婆姨每天夜裡都坐在炕上不願睡去，她像在苦苦等待仇人的一個獵手，一眼不眨地盯著門洞上那道白簾子。「五斤，你夜裡睡靈醒點，別像頭豬似的一挨枕頭就打起鼾來。」她常常一邊等待，一邊在身旁五斤的屁股上扇一巴掌。可五斤在戲班下苦，晚上乏得叫都叫不醒來。莽魁婆姨就這麼半宿半宿地枯坐，可每當熬到後半夜，她那兩隻老眼卻熬得昏花起來，炕臺、牆壁、桌椅、門簾及屋內的一切都變成了重影。她知道自己怎麼熬也熬不過那隻狡猾的狐精了，只得長長地歎息一聲，無奈地躺下睡覺。

六月初三上午，莽魁婆姨正呆坐在炕邊悶想心事，卻聽見院子裡有人大呼小叫地嚷道：「賣鈴鐺！哎——賣鈴鐺！」莽魁婆姨心想：現在串鄉的貨郎膽子真是越來越大，隨隨便便就進人家院子了。她一邊在屋裡尖聲說：「賣你娘的腳！」一邊趕緊出來察看。這一看莽魁婆姨卻吃驚不小：那賣鈴鐺的並非什麼貨郎，而是瘦高得有些搖晃的棗胡老漢。莽魁婆姨見狀，又氣又笑地罵了起來：

「老哥，你咋越活越沒個正經了。你啥錢缺的，這麼大把年紀了跑出來賣鈴鐺，那鈴鐺能值幾個錢呀？！」

「老妹子，你說啥錢缺的？我是要攢了錢買棺材呀。」

「你沒兒沒女的，死了扔野地裡餵狗拉倒，還要的什麼棺材。」

兩人說了幾句笑罵的話，莽魁婆姨將棗胡老漢讓進堂屋坐下。腦袋奇小、身材瘦長的棗胡老漢滿脖子滿手的銅鈴鐺，走起路來「叮噹哐啷」響個不停，像是進了牛槽。莽魁婆姨想喚人給老漢沏茶，卻想起老漢說過自己只吃地裡的白雪，倒蔫了手腳，不知道這半人半仙的老哥該如何招待。棗胡老漢半拉屁股在炕沿上搭了，拿一雙豆子般的小眼睛滴溜溜四下亂瞅，鼻子翕動，像狗聞到了什麼異味。莽魁婆姨知道棗胡老漢是個神估，以為他已經覺察到了狐精的事，老臉羞得恨不能鑽進褲襠。

「老哥，你怕不是賣鈴鐺，你是專程給老妹子送鈴鐺來了？唉，我一張老臉給哪兒擱呀。」莽魁婆姨囁喏著說。

「買也罷送也罷，反正夜夜你得掛。」棗胡老漢像說快板書一樣說了兩句，過去顛顛地從身上摘下鈴鐺，一個一個沿門簾四周就掛了起來。他將門簾一晃，立即發出一片清脆而響亮的「叮噹」聲。棗胡老漢剛發出一陣嘶啞的笑聲，保英卻從牆洞中聞聲走了過來。

「是棗胡伯呀！你老咋越活越精神，倒像個碎娃一樣愛逗趣了。」保英說。

「不死想死也不死，要死不想也要死。」棗胡老漢仍頑童一般用手不斷晃動門簾，讓鈴鐺發出一片叮噹聲。

「這麼熱的天，這響聲吵吵鬧鬧的，我媽也不怕心煩？」保英知道棗胡老漢古怪的性格，也懶得理睬他滿嘴的胡話。

「吵的吵來鬧的鬧，夜夜才睡安穩覺。」棗胡老漢晃蕩著他那顆奇小的腦袋念念有辭。

「看把我棗胡伯嘴巧的，句句說的都是順口溜了。」保英心裡有些煩躁起來。

棗胡老漢像個老小孩一般手舞足蹈地自己撥弄著那串鈴鐺，不再和保英、莽魁婆姨說話。莽魁婆姨過去將他拉了一把，說：「老哥，你甭老站著，來來來，坐下說話。你看你又不吃又不喝的，倒把人弄得尷尬寡趣了。」沒想到棗胡老漢並不落座，而是用小豆眼盯住莽魁婆姨看了又看，然後說了聲：「賣也罷來送也罷，反正夜夜你得掛。」說罷袖了手就要出門而去。莽魁婆姨知道留也留不住，趕緊小腳跟著送他到了吊莊莊背，看著他在野地裡踩起兩股黃塵，駕了霧一般又滿世界遊轉去了。

莽魁婆姨復回堂屋，卻見保英正一個個把門簾四周的鈴鐺摘下來。她趕緊上前攔住，說道：「摘不得，你棗胡伯說讓掛咱就得掛。他是個神估，你爹當年強得不聽話，你看成了個甚！」

「瘋老漢滿嘴的胡話，媽你還真當聖旨了。」保英嘴裡咕噥道。

「該聽的話就要聽，不聽會出禍患哩。」

「媽，看你說的！咱不掛這鈴鐺能有個甚禍患？大熱天的，這鈴鐺吵哄哄地滿院亂響，才是禍患哩。」

「你日你媽哩！」莽魁婆姨卻忽然發起火來，「你大頭背在後面當褡褳哩，你知道以後還有甚事會落到咱屋？」

保英根本沒料到老母親會為此動了肝火，便趕緊安慰說：「媽，我是怕吵醒你睡覺。媽你甭生氣，你說掛咱就掛。」說罷嚇得慌失地把那些鈴鐺又在門簾四周掛好，扶老母在炕沿上坐下，嘴裡不住地說著慰貼的話。莽魁婆姨見狀又後悔起來。她望著保英那張因忙前忙後地操持這個家而變得憔悴蒼老的臉，心疼地說：「沒事保英。夏天媽心裡老是有火，不嚷嚷就憋得難受，你甭往心裡去。」保英忙說：「媽看你說的，你就是殺了我，我也不會往心裡去，世上哪有兒嫌母的道理。」莽魁婆姨又說：「保英，你看你一到夏天，右額上的燎泡就復發出來，白亮亮的看著嚇人。鱉旦家的牛牛娃出息成個神醫了，你哪天去找找他，看能不能去掉老根。」保英趕緊唯唯諾諾地應承下來。見老母高興起來，他這才敢在炕沿上坐下，說些什麼五斤不如牛牛有出息、銀珍最近氣色不對頭、今年夏天這厚實的麥子能不能是個好收成之類的閒話。

棗胡老漢送來的那些黃燦燦的銅鈴，一直被掛在堂屋的門簾四周。每逢有人出進或夜裡起了風，袁家的整個前院就一片叮噹聲。夏天燥熱，「鏇鍋拉鋸綁秋千，瓦渣堆裡磨鐵鍁」之類的聲音，能使燥熱心煩的村人們為雞毛蒜皮的小事打捶鬥毆。那銅鈴的響聲雖說清脆動聽，但終日不絕於耳，也使袁家一家老少聞之煩躁異常。尤其是住在堂屋中的五斤，更是一聽鈴響便直覺得黑血上湧。但一家人礙於老母親的臉面，誰也沒有說一句反對的話。

熱天到來以後，保英右額上又生出了一片燎泡。這燎泡就如同一群生命力旺盛的野獸，冬天蟄伏在人們看不見的洞穴中冬眠，天氣一熱則竄出來，任憑保英想盡辦法也難以根除。燎泡長成一片，一個挨著一個，先是黃米粒般大小，待長至大如白豆時，則會變得黃亮黃亮，閃爍著一片讓人心顫的光芒。因爲在去年夏天裡，這片燎泡是長了就破，破了再長，除偶然有些癢痛之感外，並無太大的不適，所以當今年天剛變熱、這些燎泡開始重新滋生時，保英並沒有太在意。但不知爲何，莽魁婆姨卻爲此見天煩躁不安起來。只要見著保英的臉，她幾乎每次都不厭其煩地對他嘮叨：

「保英，我說甚來？讓你把頭上那怪泡趕緊醫好，你就是不聽我的話。」

「媽，天熱事忙，我還沒尋下空哩。再說這也沒啥，怕就是熱出來的水泡而已。」

「沒啥？我一看見你右額那片亮光，就感到心驚肉顫，總覺得那不是什麼好事。」

「媽，你甭急，我再過幾天就去看。」

「再過幾天再過幾天？你老是這麼敷衍，非得等到蔓遍全身你就舒服了。」

保英見老母見天嘮叨此事，一個勁地說自己瞅見這片燎泡就堵心，就心跳肉顫，自己便也成了一塊心病，想尋個時間趕緊治好，免得整天爲此弄得疙疙瘩瘩的。保英到郝家藥房去了幾次，店鋪裡那個夥計卻說慧超師傅出診去了，已有多日不在藥房。保英央求那大夥計替自己看看，開一劑藥敷好了事。夥計察看半天，又翻尋了許多藥譜醫典，臉上卻露出疑惑的神情來。他說道：「這等皰疹我還眞說不上來，痱不像痱，瘊不像瘊，我倒不敢下手了，怕只能等師傅回來再說了。」保英說：「你將治痱的藥給我敷些便罷，這麼一點小毛病，有甚值得如此謹慎的。」但臉色黝黑的大夥計卻死推活讓，再也不肯說一句話了。保英無奈，只得蔫了精神走開，心想只有等牛牛回到藥房再說了。

到六月中旬的時候，保英一直也沒有照著那慧超小神醫的面。他額頭上那片已長得黃亮飽滿的燎泡卻不像去年那樣自行破裂，而是滿臉蔓延開來，一片接著一片，不幾天整個右臉都被它覆蓋起來，像粘上了一串又一串熟得金黃的小葡萄。保英在吊莊土街和四周田野裡忙碌時，村人們都驚訝地將他圍起來，滿眼惶恐之色地琢磨這究竟是什麼怪病。大家都遠遠地站著，只是用眼睛瞅，誰也不敢觸摸一下。當有些不懂事的碎娃想伸手時，他們的爹或爺都驚恐地揚手將他們扇到一旁，低聲吆喝道：「你熊是活得潑煩了？這要是傳染得滿身都是，你身子就會化成一灘膿水了。」保英聽見此話，就自己動手掐破一個燎泡，說：「看把你嚇的！這就是濕氣太重、天氣太熱捂出的水泡，咋會傳染呢？」他嘴上這麼說著，心裡卻慌失得像眼看自家的屋子起了火，一時半會卻找不到一盆潑火的水一樣。「這狗日的牛牛死到哪裡去了？看把人急得火燒火燎的，他卻偏偏到外莊遊轉去了。」保英一遍又一遍地往郝家藥房跑，卻都一律被黑臉夥計堵在了門外，便氣得直跺腳罵人。

六月十三日天擦黑的時候，保英見忽然起了風，老母堂屋門簾上那一串銅鈴響得叫人心裡直起急火，加上自己一臉醜陋的燎泡，怕淨花和小寧兩個女娃看著噁心，便煩躁地出了袁家大門，到吊莊村後那片麥地中去散心。

這時暮色已經升起，吊莊那一排排青瓦泥牆的房舍已變得模糊不清，黑黢黢地像蹲踞著的一隻巨獸。田野中麥浪被風掀得湧動翻滾，恍惚間讓人覺得那真正是遍布滿世界的濁水泥浪，正咆哮著鋪天蓋地而來，要淹沒這片土地上的一切。這時節在冬天裡四處盤飛的巨鳥已經返回喬山深處，青灰灰的天空十分寂寥，只是偶然能看到幾隻蝙蝠像在風中飄飛的葉子一樣，無聲地掠過頭頂。

保英從廢瓦窯的頂上沿一條土塄坎向西漫行。路過老爹莽魁暫住的那孔舊窯的崖頂時，在吼響的風中仍能隱約地聽到他那怎麼也無法止住的放屁聲，心中頓時感到又蒼涼又尷尬。「把他媽叫驢日了！這些古模怪樣的病咋都叫我屋人染上了。」他痛苦地想。他沒有到窯洞口去看看老爹，而是繼續沿那條塄坎茫然地往前走去。當他走到油坊附近的時候，暮色中忽然看見一個模糊的人影在前面一晃不見了，像是藏在了油坊旁邊的那株大樹背後。「誰家的碎娃，天恁黑了還躲在這裡做甚？」保英心中疑惑，就直奔過去欲探個究竟。沒料到大樹背後站著的不是別人，而正是自己尋了多日都沒能照上一面的慧超小師傅，那個過去和自家相當熟親的鱉旦的兒子牛牛娃！

「牛牛，你這是做甚？」保英驚詫地問。

「我……我在閒轉哩。我每天擦黑時都到地裡來閒轉。」牛牛臉上閃過一絲慌亂，但片刻就鎮靜了下來。

「你是啥時回吊莊的？哦，你是在躲我哩！牛牛，你做甚躲著大伯？你根本就沒有到外莊出診，你一直在躲著我哩。牛牛你說，你做甚要躲我？」保英從他那隻獨眼的眼神中，恍然明白牛牛藏到樹後，是在有意躲過自己，一下子變得生氣起來。

「保英伯，我確實是在躲你哩。」牛牛說。

「你說說，你躲我爲甚？你醫不好這皰疹就不醫，你躲的什麼門道？」

「我並不是醫不了你的病，而是我不想醫。」牛牛說。

「這是爲甚？我和你爹好得跟親兄弟一樣，倒跟你一個碎娃結下仇了？」保英莫名其妙又惱怒萬分。

「不是你跟我結仇。」牛牛那隻獨眼在暮色中平靜地望著保英，「這不是體疾而是天疾，我醫也只能醫好一時，不能去除老根。保英伯，你回轉罷，過幾日若能好便自然好了，如若不好，那咱處就有了天災，誰也醫不得了。」

說罷，牛牛眼光撇開保英的臉，轉了身就要走開。保英一把拉住他問道：「你說的甚話？什麼體疾天疾的？」那牛牛卻只是搖頭並不答話。保英問了幾遍，掃興地放開他，任他在越來越濃的暮色中走遠了。保英怔怔地站了一會兒，見風越吹越大，氣得索性用手將臉上那一串燎泡全部「劈啪劈啪」地捏碎了。他將滿臉的黃膿抹摔在地上，罵一聲「愛天疾地疾的！老子還懶得再醫了。」然後就沮喪地朝家裡走去。

還沒有走到袁家大院的門口，在一片被風吹得刷刷做響的樹木搖曳聲中，保英遠遠地就聽到了堂屋門簾上那片輝煌清脆的銅鈴聲。

「唉，眞把人能潑煩死啊。」他氣惱地想。

32、

四月十八日在六甲鎮的鄉集上，戲頭楊思德被暗地裡飛來的一塊磚頭砸得鼻青臉腫、血流如注，當時就從幕側的樂隊中一頭栽向戲臺，昏死了過去。幾個嚇得臉如土色的男戲子慌失地將他抬架出去，草草於野攤上買些藥敷了，急頭慌腦地一溜煙抬他回了吊莊的戲班大院。楊戲頭一直昏睡到第二天中午，才漸漸清醒過來。他剛一睜開眼，腦子裡浮現出來的就是在六甲鎮「羅記客棧」中當天晚上的情景：一方慘白的月光中那個沉甸甸的頭影，清晰地在他眼前閃現，使他渾身頓時嚇出了一身冷汗。他覺得正是那團黑影重重地砸向自己的頭頂，並且已經深深地嵌入了自己的腦子裡面。幾個一直守在他身邊的男女戲子見楊戲頭醒來，都長長地出了一口氣。他們趕緊洗鍋生火，弄下些軟麵條嫩雞蛋之類的飯食餵他吃下。

「戲頭，你看清是誰下的黑手嗎？」戲子們問。

「影子，一團影子！」楊戲頭兩目恍惚地說。

「影子!?」

「狗日的是想要我的命。」

男女戲子們面面相覷，以爲他們的老闆被一磚砸得腦子走了竅，說話變得顛三倒四起來。他們給他捶背捏腿、沏茶餵飯，說了一大通撫慰的話。這個說：「準是哪個狗日的看咱大把掙錢眼紅，拆咱的攤子哩。」那個道：「興許是誰家碎娃亂撇磚頭，卻正巧就落在您的頭上了。」甚至有的戲子猜測是戲臺棚頂年久失修，是風將一塊活動的磚頭吹下來了。楊戲頭被他們簇圍著躺在炕上，瞪著兩隻失神的眼睛，半天一語未發。等男女戲子們安慰的話都說得搜腸刮肚了，楊戲頭卻冷不丁「哈哈哈」放聲大笑起來：

「來吧，你狗日的來！我等著你哩。」

楊戲頭從炕上坐起來，看了看圍在自己四周、嚇得如同白日遇鬼一般的男女戲子，往日那種銳利的目光和沉著自信的神情漸漸又回到了臉上。他說道：

「你們甭怕，我腦子沒有跑竅，清楚得很哩。彥生，你去把鋪蓋搬來，以後和我同睡這屋。咱倆一人一桿火槍，等著他狗日的來。」

「到底是誰嘛？」戲班中善演武生、長得高大威猛的彥生仍一臉迷惑地問。

「你們別問了。咱走村串鄉多少年了，還能怕了誰不成？從今日起，咱還照排照演咱的戲，晚上照接咱的客。」

從那天晚上起，彥生便住在了楊戲頭的屋子裡。戲班一切照舊，仍是白天排戲練嗓或去別的村鎮給人家做壽辦喪、搭臺唱戲，晚上仍經營越來越知名、越來越紅火的皮肉生意。與以前唯一不同的是，每當天剛麻黑的時候，楊戲頭就打發走五斤和住在老袁家的小寧，吩咐人將大門牢牢插緊。若有客來，待仔細問清名姓後才放人進來。來一個客開一次門，而不像過去那樣整夜整夜敞著大門，任那些逐花撲蝶的浮浪之人像住店一般隨意出入。

「咱老闆怕是和啥人結仇了。你看他整天槍不離身，看著直叫人害怕。」膽小怕事的女戲子們，見此悄悄在背地裡議論紛紛。她們想像著有一日那仇家冷不丁地摸進戲班大院，不光會殺了楊戲頭，沒準會禍及她們，殺得血流成河。女戲子們擔驚受怕起來，白天唱戲和晚上接客都少了精神，整個戲班顯得沉悶不堪。

楊戲頭心中有底。他一遍一遍地回想自己以往經過的事和處過的人，清楚無疑地知道，那天夜裡將那顆沉甸甸的頭影映入自己客房的不是別人，就是在吊莊失去音訊已經很久的鱉旦！四、五月間當柳村柳賴頭全家被割掉腦袋的消息滿村傳開的時候，他更加證實了自己的猜測。「哼！就你一個鱉旦，能奈何了我？我可不是整天將大頭背在身後的人。你來，你狗日的來！你不來我倒要惦記了。」楊戲頭有事沒事就用手摸著烏黑鋥亮的土槍，心裡幻想著將鱉旦打得一頭栽倒在院子中的情形。他除了比以往更警覺以外，仍雄心勃勃地操縱著自己戲班裡的這群年青男女，為自己掙著一疊又一疊的鈔票。但讓他失望的是，被人用磚頭開了瓢的自己都沒有什麼顧忌，手下的一夥女戲子卻個個變得萎靡消沉。無論是唱戲還是接客，生意比以前都遠遠地冷落了下去。倒是多虧新來乍到的五斤聰明伶俐，每場演出無論是生旦淨末丑，扮啥角兒有啥角兒的架勢，勉強用自己微薄的力量爲戲班贏得了生存和掌聲。甚至到了後來，外莊人前來請戲時都直言相告：要是五斤出場咱就演，要是五斤不出場，我們就去請別的戲班了。這使楊戲頭對五斤百倍地器重起來，加薪重賞，另眼相待。沒料想這並沒有給五斤帶來什麼好處。那些過去將五斤視爲親兄弟的女戲子們，從此卻因爲嫉妒而眼黑了他，不但不再給他悉心傳授演技，反而總是在背後暗施手腳，或拆他的臺，或故意誘惑他變得放浪和頹廢。

整個楊家戲班中，除楊戲頭外，對五斤仍待若從前的還有一人，那就是年齡最小的女戲子小寧。

自從小寧三月分開始住進袁家大院後，她幾乎每天都和五斤早上一同去戲班，晚上一起回土院，形影不離。如果去外村演出，她坐車挨著五斤，吃飯靠著五斤，就連晚上留宿人家住大棚的通鋪時，她也總是想方設法地和這個比自己小六、七歲的兒娃擠在一起。五斤天生就是個不喜歡說話的人。他似乎並沒有感到小寧對自己的關注和別的女戲子對自己的冷落，依然除了排戲演出外，就悶頭悶腦地待在僻靜的角落裡，逗弄那些他從來都不知道厭倦的爬蟲遊蛇。但不知爲何，他越是這樣，小寧心中就越會生出一股強烈的好奇。這種好奇又奇妙地轉化爲親切，使她更願意和五斤待在一起。每當五斤蹲在角落中玩蟲逗蛇而絕對不願讓小寧看到時，小寧就覺得自己的那顆心被五斤用一根看不見的細繩拴著，而他手中那些奇怪的蟲蛇，終會順著這根繩子爬過來，癢癢地鑽入自己的心中。

小寧和保英的女兒淨花睡在保雄過去的那間偏廈房中。兩個女子一起耍玩時，小寧教淨花哼唱一些戲文，淨花則教小寧學諸如丟樣兒、踢方格、縫沙包之類吊莊本地女兒的雜事。到天黑兩人便一頭睡下，臉對臉地說閒話。可小寧越到後來，就越顯出一副心神不寧的樣子。院子裡若有人走動，她總會馬上停止說話，用手托著頭側耳細聽。「是五斤，是你七爸五斤！」小寧常常這樣說。等說完自己又好笑起來，心想自己這是怎麼了，是五斤就是五斤，天天形影不離的一個碎娃，倒像是思念已久的爹娘從老家來到了這個土院一樣。

「淨花，你七爸咋老是悶著頭不說話？那些在柴堆牆縫中爬的蟲子，到底有甚耍頭？他不跟人說話，難道是在跟那些蟲子說話嗎？」小寧在滿屋的昏黑中，一想起五斤那總是蹲蹴著的後背，眼睛裡就放出亮光，興奮不已地把已經微微起了鼾聲的淨花推醒，央告著她和自己說話。

「他在看那些蟲蟲哩，一遍又一遍地看哩。哈——欠。」淨花說。

「放屁蟲就是放屁蟲，土鱉就是土鱉，柳葉蟲就是柳葉蟲，是綠是藍，是圓是扁，不看都認下了，有甚值得那樣入迷？」

「他在看牠們……看牠們，哎呀，我臉紅得說不出口。」淨花想起過去跟五斤在一起玩耍時的情景，黑暗中忍不住「嗤嗤」笑出聲來。

「他過去還拉著我一起看哩，懂事後就再也不帶我玩了。但我知道他一蹲在牆角，就知道他在看甚哩。」淨花又說。

「什麼？哦，你是說他在看那些蟲子……肉接肉地疊在一起嗎？眞的嗎？淨花，你哄我哩。五斤那麼老實的一個好娃，咋會那樣呢？」

「就是的，我不騙你，我要騙你我是狗。他不光看，還變著戲法讓不同的蟲子疊在一起。有一次，我親眼看見他把柳葉蟲和土鱉摁在一起。」

小寧再也沒了話。她靜靜地在黑暗中躺著，心中卻泛起一縷難以平靜的情緒。那個沉默得像個世故老人般的碎娃在她的腦海中蹲著，但這次不是背對著她。她可以清楚地看見他正在用土渣築起一個圈子，將一個個在潮濕陰暗的洞穴中蟄伏很久的蟲子捉來投了進去，看著牠們醜陋地做著那事。小寧可以想得到那個十來歲的碎娃目睹此景的眼神：先是好奇、興奮、趣味盎然、津津有味，但很快這種情緒就無端地蒙上了一層厭惡和陰暗的殘忍。他開始將那些互不相同的蟲子強行按在一起，讓牠們首尾相接……這些畫面清晰地浮現在小寧的腦海中。她想起五斤的神情，忽然渾身掠過一陣顫慄，隨即燥熱和不安就如同小蟲子一樣，在自己的被臥裡四處亂爬，使她輾轉反側，難以入眠。

「好好的一個碎娃，咋會這樣！」小寧憂心忡忡地在黑暗中咕噥了一句。這時淨花也不再接腔。但小寧從她那不均勻的呼吸聲中，知道這個女孩也同樣沒有睡著。

夜已深。外面的世界被一些人類不可感知的東西佔據著，牠們在漆黑中遊蕩、嬉鬧或發出猙獰的笑聲。在這片漆黑中，只有那些夜行的動物和躲在潮濕陰涼處的爬蟲們，可以看見牠們的影子，聽到牠們的聲音。小寧聽不見，小寧只能聽見莽魁婆姨門簾上那偶然傳來的一兩下清脆的鈴聲。

「五斤！」小寧於後半夜含混地念叨了幾聲，終於在斷斷續續的鈴聲中睡去。

33、

四、五月分，當吊莊村人們在越來越熱的天氣中一件件剝去外衣，日益將他們或枯瘦、或豐腴、或美好、或醜陋、或青春、或蒼老的肉身暴露出來的時候，銀珍卻仍穿著三月分換冬襖時穿上身的那套夾襖夾褲。她一身臃腫的裝束，在家人和吊莊村人們的眼中帶來的是不解和嘲笑，給自己肉體帶來的是黏熱和痛苦，但給她的心理帶來的，卻是些許的安慰和慶幸。

但這種安慰和慶幸是暫時的，很快它就會不可避免地被爆發出來的不安和恐懼徹底摧毀。這一點銀珍心裡確信無疑。

四月十八日六甲鎮的鄉集上，秋彥告訴她馮郎中已舉家遷居南方的消息，使銀珍差點陷入了絕望之中。那日，她心神不寧地隨秋彥到街東去看了一段折子戲。秋彥因沒能辨別出五斤而沮喪地唾罵不止，而她則雙眼看到的僅是一大堆花花綠綠胡亂飄移的影子，雙耳聽到的只是鬼哭狼嚎般一陣陣雜亂無章的噪音。銀珍想著自己的心事，雙目黯然無神，兩耳形同虛設。當楊戲頭被不知從何處飛來的磚頭砸翻在戲臺上時，她差點從心眼裡叫出聲來：「上天有眼，這回我可是脫開身了。」被炸了窩的人群擠得自身難顧的秋彥還在扯聲大叫：「銀珍，別走散，挨緊我啊。」她卻早已經從相反的方向擠出了混亂不堪的戲場。銀珍幾乎是做賊一般跑到了六甲鎮南關的藥市。這裡是一條僻背的小巷，街兩旁擺滿了簡陋的攤位。有江湖郎中的、賣老鼠藥的、修剪腳趾甲的、挖雞眼的、掏耳屎的、按摩捶背的，甚至有空手蹲在地上、等著被雇去給死人淨身穿衣的。小巷裡藥味衝天，人聲鼎沸，熱鬧而混亂。銀珍賊眉鼠目地四下看看，見沒有熟人，趕緊湊到一個橫幅上寫著「平安接來世，悄然送離塵」的野郎中攤前。攤主是個五十來歲的清瘦男人，他見這麼一個豐腴白淨的青年婆姨蹲在攤前，臉上還帶著驚懼羞澀之色，心中立即就明白了幾分。

「這位妹子，我敢斷言你是來求打胎良法而非保胎妙術，對吧？」

「對，對！」銀珍慌張地又四下看了看，「你小聲點，你要能救我，要多少錢都行。」

「幾個月了？」野郎中問。

「快四個月了。」銀珍脫口而出。她想起了那個黃昏在柴場上的情形，心裡「咯噔」地打了個冷顫。

「這位妹子，我怕是難從你手裡掙得半個子兒了。」野郎中左瞧又看地仔細察看了銀珍的眉眼、口鼻和舌苔，晃蕩著腦袋道，「按說四月胎一符藥水就能打掉，但觀你五官，胎兒似成形已久，且胎相古怪。別說極難打下，即便眞能打下來，我也不敢妄動。怪胎有如太歲，不是凡人敢動的。」

「你試試，你給我開些藥水試試，我短不了你的藥錢。」銀珍一聽，早急得臉都發起白來。她掏出亂七八糟一堆毛票，帶著哭腔就往郎中手裡硬塞。野郎中卻說：「使不得，使不得！」堅辭不收。銀珍無望，又到別的攤上試了幾次，竟都是相同的說法。銀珍徹底絕望了。她失魂落魄地穿過六甲鎮摩肩接踵、熙熙攘攘的人群，一路流著眼淚，不知怎麼就回到了吊莊的袁家大院。

莽魁婆姨在堂屋躺著，聽見銀珍的聲音，喚她進屋後問道：「娃啊，你咋放個屁的工夫就回轉了？你眼睛咋紅紅的？唉，你怕是又想起那個短命鬼了。別哭別哭，我是他親娘都挺過來了，你有甚可哭的！」這本是一番勸慰話，沒料到銀珍聽了更是心裡難受，竟抹著眼淚回房去了。

自打從六甲鎮回來，銀珍有時也想拉下這張老臉不顧，去求智遠老漢救救自己，沒料到郝老漢那時正忙於給牛牛傳授醫術妙方，一切出診看病統統取消。銀珍去了藥鋪幾次未果，自己又沒臉給那個黑臉夥計說出此事，只好悻悻地回去了。後來當他聽說郝自默竟然是智遠老漢唯一的兒子，只是從小讓他喊其師父時，銀珍頓時在自己的偏廈屋中大哭起來：「看來是天意安排，不讓我見著智遠老漢，蒼天是讓我把這崽娃生下來哩。啊，可我咋辦呀？我生下他我該咋樣活人嗎？」

銀珍的肚子一天比一天大起來。她從六甲鎮回來後，已不再喝辣椒水，她知道腹中正孕育著一個生命力非凡的胎兒，其命之剛硬是遠非辣椒水所能剋的。銀珍開始還是再做了一段最後的努力，她每晚都通宵在自己的腹部壓上一塊石磨盤，試圖通過持續的重壓，使那個給自己帶來巨大恐慌的胎兒能化爲血水流出體外。「你出來吧，我求求你了。你重新轉胎投別的人家去吧，我求求你了。」銀珍被沉重的磨盤壓得喘不過氣來。她徹夜難眠，淚流滿面地一遍遍乞求著自己的腹部。

但這一切都無法阻止這團充滿撼人意志的精血的生存和成長，銀珍眼睜睜地看著自己的肚子一天大過一天，一天比一天更難以掩飾。

但從五月初十那天晚上開始，銀珍卻徹底放棄了這最後的努力。那天，銀珍站在郝家藥房店鋪前的那塊空場上，和許多吊莊的男女老少一道，目睹了智遠老漢被熊熊大火燒成一捧黑灰、一股青煙的全過程。她想著智遠老漢那個生得眉清目秀卻變得呆傻不堪、至今恐怕已經早他父親而去的郝自默，再看看自己被夾襖包裹得嚴嚴實實的腹肚，心中忽然湧上一縷無法言說的傷感，眼淚隨即像斷了閘的壩水一樣狂湧而出。弄得和她站在一起的幾個婆姨直用狐疑的眼光瞅她，她們說：「你瞧銀珍怪氣的！那老漢跟你何干，又不沾親帶故的！」

當天晚上，銀珍吃罷飯回房將門插了，坐在放置於木凳上的那扇磨盤旁，怔了很久，然後將它吃力地搬回了屋角。銀珍爬上炕去，將自己脫了個一絲不掛。她看著已明顯高隆起來的小腹，一邊撫摩一邊流著淚說道：「我娃，我可憐的娃啊！媽再也不壓你了，你要有命你就活，你要是沒命，媽陪著你一起死也認了。」

從五月十一日開始，銀珍臉上顯出一種難得的平靜和安詳。她於這一日終於脫去了從三月分就穿上身的夾襖，換上了一件藍府綢的薄衫子。她那對高聳的乳房和微微隆起的小腹，若隱若現地顯示著它們優美的輪廓。銀珍邁著輕鬆的步子在院子中來回走了幾趟，見袁家沒有人，便大著膽子又到吊莊村子四周走了一遭。不知為何，她的心裡充滿了一種自豪感，而這種自豪感使她忘記了隨時可能傾盆而下的輿論的髒水甚至滅頂之災。吊莊那些圍在麥田四周、眼巴巴地盼著麥子變黃的村人們，看見一個白皙美麗、身穿好看的府綢薄衫的年輕婆姨，像隻藍色的蝴蝶一般在土路上翩翩飛過，並沒有認出她就是短命鬼保德的遺孀、那個在大熱天仍穿得像個棉球似的銀珍。他們更沒有如其所願地注意到她那隆起的腹部。看麥子已經看得眼睛發花的村人們迷迷瞪瞪地說：「哎，你看誰家那婆姨，白得像從麵甕裡爬出來似的。嘖嘖，誰日他媽命恁好，娶下這麼個仙女般的女人。」

在這個夏天如同早產嬰兒般過早降臨大地的奇怪的季節，袁家大院被忙碌和煩亂所籠罩，直到六月初也沒人注意到銀珍這異乎尋常的變化。最令家人生畏的長子保英，似乎被堂屋門簾上終日不絕於耳的鈴鐺聲牽引了全部的注意力，加上這個季節裡他臉上那片燎泡開始瘋狂地滋生蔓延，這個過去目光威嚴、像塊隨時都會墜落到每個人頭上的巨石般的男人，變得慌亂而魂不守舍。保英每日都看著這個過去自己總愛觀察其一舉一動的弟媳在自己面前來回穿梭，卻沒有發現任何異常。這使得像在等待某個可怕時刻早日到來的銀珍甚至感到一絲淡淡的失望。倒是表情越來越憂鬱的莽魁婆姨似乎覺察到了什麼異常。她經常不由自主地在兒媳婦面前停住腳步，用一雙蒼老的眼睛上下打量著她的身子。銀珍這個時候更是掂起腳來，努力地往後院一人高的鐵絲上晾曬剛剛洗好的衣服被單。她上肢高舉，薄薄的衫子被提起來，露出大半截肚皮的白白的一圈腰肉。她在期待著婆婆能詢問點什麼，盤查點什麼。她甚至詳細地考慮好了自己對不同問題的答覆。但莽魁婆姨卻只是這麼默默地觀察一會兒，然後「唉」地發出一聲疲倦的歎息，再顛著那雙小腳慢慢走開。倒是銀珍自己再也難以忍受這漫長磨人的等待，有天上午當她在井臺打水時，看到莽魁婆姨又悄悄立在一旁，觀察著自己隨著搖轆轤而一掀一掀的肚皮，自己倒開口問起來：

「媽，你看甚哩這樣專心?」

「銀珍你怕是有啥病了，你的肚子大得嚇人。」

「我有了。」

「你是有病了，你的肚子裡有東西在長哩。」

「媽，我怕是……」

「甭怕，有甚可怕的。有了病就看，牛牛娃出息成個神醫了，有病儘管找他去瞧。」

銀珍本來還想再說什麼，但婆婆蒼老的眼睛中掩飾不住的悲涼，卻讓她一句話都說不出來。她將那桶水絞上來，使勁地扯扯衣襟，說：「媽，天熱你歇著吧，甭替我操心了。」莽魁婆姨照例輕聲歎口氣，慢騰騰地走開了。

六月分的時候，銀珍的肚子已明顯不過是懷孕了。吊莊的村人們看著她每天仍那麼挺胸腆腹地在村莊和田野間四處顯山露水地走來走去，在背地裡紛紛起了一片罵聲：「把個不要臉的騷貨！做寡婦有了娃，居然還敢張狂地四處顯擺？保英那大驚頭，連一點家法都沒有了嗎？」銀珍聽得見從身後傳來的這些刻毒的咒罵。她也慌失過、羞愧過、難過過，但她很快卻復歸平靜。她輕輕地撫摩著自己的肚皮，柔聲說道：「我娃，你聽人家在罵你媽哩！有我娃在，他們愛罵就只管罵去。」她甚至十分寬容地原諒了那些「呸呸」往地上吐著唾沫羞辱她的吊莊人，依舊臉色平和地在土塄坎上、田野上、荒地裡慢慢地散步，或專注地掐那些開得紫茵茵的野豌豆花，神情就像個十七、八歲的大姑娘。

但最讓銀珍擔心的並非是怕保英知道此事，而恰恰相反，自己的身子已經完全成了包在紙裡的一疙瘩火炭，整個袁家除淨花、小梅、小燕幾個不懂事的女娃偶然問起過外，其餘人卻一律保持了沉默。這沉默如同一顆炸彈懸浮在銀珍的頭頂，讓她難以忍受的並非它爆炸後可能帶來的打擊，而是等待它爆炸時那漫長無期的時間。

六月二十三日上午吃飯時分，銀珍在自家的廚房中隱約聽見婆婆和保英大吵了一場。她知道這場爭吵的內容是有關自己的。那日有風，堂屋門簾上鈴聲搖曳。在這片清脆的鈴聲中，保英這個出了名的孝子有生以來第一次對母親發了脾氣。銀珍聽見他那因暴怒而變得嘶啞的嗓音把窗戶紙震得唰唰直響，而莽魁婆姨卻低聲下氣，語氣中似乎充滿哀求。銀珍坐在廚房灶角的木墩上，靜靜地聽著母子倆從前院傳來的不太真切的爭執，知道自己等待已久的這一天終於要來臨了。她想像著保英可能會終於忍無可忍地從堂屋中衝過來，一面粗野地叫罵，一面撕扯著頭髮將自己拖出屋去，邊毒打邊向看熱鬧的村人們申訴自己傷風敗俗的德行。「我娃，今日就看你命大不大了。」銀珍撫摩著自己的肚子，心中並無過去自己想像中的那份恐懼。她每次聽見人的腳步聲，只是會下意識地用雙手緊緊地護抱住肚腹。

那場喋喋不休的爭吵一直持續了一個中午。最後銀珍聽見莽魁婆姨低聲哭了起來，而暴怒的保英則挑簾出了堂屋。「娃啊，他來了。」銀珍緊張地捂住自己的肚子，背對門口蜷縮在灶角裡。但保英那沉重的腳步聲並沒有奔自己的廚房而來，而是出了袁家大院，很快就消失在了遠處。「哎，日怪了！他們就這麼輕輕鬆鬆地饒過我了？」銀珍愣愣地站起身來，簡直不敢相信眼前的事實。

下午銀珍去了柴場，想背一簍麥殼回來。她看見自家那堆柴禾，看見那塊自己把郝自默壓伏其上的麥草，心中「忽悠」地悸動了一下。回來的路上，她不停地想著那天暮色中的事，心裡竟湧上一股強大的暖流，讓她渾身筋骨輕鬆，心緒安寧。她想像著過去一直無時無刻不在窺視著自己的那雙可怕的眼睛，覺得它已經如同黎明時空中的星星，越來越虛幻，越來越隱約難辨了。回到家中，莽魁婆姨喊她過去。銀珍將背簍放好，來到堂屋看時，立即大吃了一驚：她的娘家親媽正和婆婆一道坐在土炕的涼席上！

「媽！」銀珍叫了一聲。

「你還有臉叫媽？」銀珍媽見她進來，立即板起了臉，「你不自重，讓我一張老臉都無處可放。」

「親家母！你看看你，我剛說甭叫你數落娃了，你咋就不聽哩。她正在胎月，生不得氣的。」莽魁婆姨見狀，急慌慌地攔住了銀珍媽。她輕輕地歎一口氣，眼睛呆呆地望著自己枯瘦乾癟的手，像是自艾自憐般地說：「唉，甚話也甭說了。女人這一輩子呀，真是比做牲口還難。親家母，咱說點別的，不准你再數落娃了。外人說讓他說去，咱得疼咱自己的兒女。」說著說著，莽魁婆姨的眼圈又紅了起來。

「是保英把您大老遠從魯馬鎮叫來的？」銀珍站在地上，她想像著保英到魯馬娘家去逐門挨戶地敗壞自己的名聲，像終於明白了什麼似地冷笑起來，「我說袁保英咋會一下子變得這麼慈善呢？沒料想他把事做得更絕，跑到我娘家搔人臉上的皮去了。」

「你放屁！」還沒等她說完，坐在炕上的親媽卻吼罵著將掃炕笤帚砸了過來，一下子打在銀珍的前額上，差點傷著了眼睛，「你個忘恩負義的白眼狼！你婆家對你多好的，你倒昧心地反咬一口。要是你嫂子、你弟媳誰敢如此作孽，我早把驢日的剁成肉蛋蛋了。」

「銀珍，你娘家魯馬鎮今年遭災了，你媽是來看你的。」莽魁婆姨伸過手，拉銀珍在炕沿上坐下，憂鬱地說道：「你大哥保英是想給你動家法哩。也難怪，吊莊到處風言風語的，男人活的就是一張臉，怪不得他。我娘倆上午為這事一直吵鬧，他到底還是聽了我的話，不提說你一個字了。」

「把她慣寵的！該動家法就得動。銀珍，你給媽說眞話，肚子裡懷的是誰的孽種？」銀珍媽老臉擱不住，非得叫女兒說個清楚。

「你這當媽的，這不是把娃往絕路上逼嗎？」

莽魁婆姨制止了銀珍媽。她臉上堆出一看就讓人辛酸的那種笑容，拉著親家的手道：「你是一年半載來不了一回的遠客。魯馬今年收成不好，你先不忙回轉，安心在這裡住下，等銀珍生了你再回，也給娃做個伴。銀珍，後晌飯別弄了，跟你嫂子水娥一起做頓哨子麵，好好孝敬你媽。」

「我有甚臉在你屋住呢？親家我回呀，我引上這死女子一起回魯馬。話都沒臉說，還有臉吃你的哨子麵？等她輕省下來我再來，咱再商量該咋處置她。」

銀珍媽說著就從炕上跳下來，拉了銀珍就去她屋裡收拾東西。莽魁婆姨腳小，跟在後面勸走勸勸也無濟於事。銀珍那不到六十歲的母親大聲吆喝著女兒，拾掇好衣服包裹，黑了臉拉她出門就走。銀珍淚流滿面，她不住回過頭來看滿目蒼涼的莽魁婆姨。到袁家大門口時，她終於掙脫了親媽的手跑回來，「咕咚」一下跪倒在婆婆面前，哭著喊：「媽，你恨我吧。媽，求求你了，恨我吧。」

莽魁婆姨仰頭而立，但她還是控制不住自己，幾滴渾濁的老淚終於奪眶而出，從她那滿是皺紋的臉上滾落下來，灑了銀珍一後背。

34、

楊家戲班在以一種看不見卻感覺得到的速度衰落起來，就如同一個走向生命冬天的老人。由眾戲子整日那無名惶恐而引發的消沉、渙散、不和及及時行樂的放縱，成了侵蝕這個機體的可怕的病毒，使之無可挽救地潰爛和瀕臨危境。眾心渙散，單靠任何一個人的力量都難以支撐局面。雖然楊家戲班出了五斤這麼個半路出家卻異常叫座的小名角，但架不住肉少狼多，眾戲子對這個獨受老闆器重的外姓小崽娃的排擠和暗中拆臺，往往使他再也難以獨放異彩。前來吊莊戲班大院請戲的人漸漸少了起來，倒是吊莊袁家左右兩鄰的錄世和永倉兩人，糾集起一夥善吹柳笛、好弄琴弦的小夥，購置銅嗩吶和鑼鼓家什，趁機組成了一個吹鼓手隊。他們四處為那些婚喪嫁娶的儀式充當吹鼓手，漸漸名聲起來，竟比楊家戲班的生意還要紅火。

戲頭楊思德眼見這種衰落日漸明顯，心中急得如同乾看房子著火卻無水可救一樣。他往日整天浮在臉上的自信和爽朗變得越來越少，取而代之的是煩躁、暴怒和心神不寧。他背著那桿土槍終日沉著臉在院子中閒轉。那些白臉書生模樣的男戲子和提眉溜眼、過去慣於承愛受寵的女戲子們，稍有不慎就會招惹來他一頓粗聲野氣的吆喝和叫罵。「那叫驢是吃了火藥了？喝唬咱們就像喝唬他兒似的。」戲子們明面上不敢吱聲，背地裡卻罵聲一片，把過去對這個溫和隨意的老闆的喜歡和尊敬，早已徹徹底底地拋到九霄雲外去了。他們在楊戲頭的呵斥聲中順從地做事，骨子裡卻全然起了反心。

楊戲頭那份爭強好勝的心思，也漸漸被日復一日的失望和疲憊磨得失去了銳氣。「管球它哩！要散夥你一個人攔也攔不住，有他們狗日的連飯都吃不上的時候哩。」有時他看著戲班大院一派渙散的蕭條景象，乾脆心冷下來，不再為雞毛蒜皮的事大傷腦筋。楊思德心中還有自己的心病：那個出現在「羅記客棧」的沉甸甸的頭影，始終像團陰雲一樣籠罩著自己的心境。開始時他心勁勃勃然，整天嚴陣以待地等著這個仇人的到來。他內心甚至亢奮不已，一遍遍地想像著與鰲旦如何相遇、如何交手、如何把他像崩掉一隻黃羊或跑鹿般一槍崩倒在地的情形。那段時間裡，夜裡忙完女戲子們的生意後，他總是抱槍坐在炕上，一眼不眨地盯著門和窗戶，沉思不語。體格健壯威猛的彥生開始時還能勉強陪他，但後來卻越來越無力支撐，歪歪扭扭地躺在戲頭身旁睡了過去。彥生卻總是睡不踏實，他一次次被楊戲頭忽然爆發出來的笑聲驚醒，以為有了情況，懵懵懂懂地伸手就去摸槍。待細看時，卻見屋子的門窗依舊緊閉，楊戲頭仍眼睛發亮地死盯著窗外的沉沉夜色，獨自發出一陣莫名其妙的大笑。

這種情形持續了一個半月的時間後，戲班的衰落和漫長的等待，使楊戲頭漸漸失去了當初那份高昂的心勁。夜間裡他已無力再這樣半宿半宿地等待，而是早早地鑽進被窩裡睡覺。但是他睡不著，懷裡那桿已被他捂得溫熱的土槍使他無法忘掉那個影子。他覺得那團人頭大小的陰影正在日復一日地蔓延擴張開來，像從頭頂翻捲而下的一團烏雲，把自己嚴嚴實實地包裹起來，從此再也難以看到朗晴的天空。

「日你媽你要再不來，我倒要提著土槍四處去尋你了。是魚死還是網破，咱得儘早做個了結。」楊戲頭常常懷抱土槍痛苦地喃喃自語。但那個他自認為是鱉且無疑的影子卻一直沒有再出現過，它只是存在於楊戲頭的心中，像一塊魔性海綿，吸光了他的精力、心勁和全部的自信。

六月的一天，正當楊戲頭被這種漫漫無期的等待折磨得幾欲發瘋的時候，那個影子終於幽靈般地出現了，而且出現得是那樣的迅疾，那樣的使人措不及防。楊戲頭只是產生了一瞬間的短暫亢奮，隨即這亢奮便閃電般消失，將他再次拋入了更為無期、更為痛苦的黑暗之中。

這一日，白天的一切都和往日完全相同。沒有外村人來請戲，沒有人來串門聊天。男女戲子散漫地排練了半日折子戲後，便散了開去，或相互調笑戲耍，或聚在暗處商議前程衣食，或乾脆悶頭睡覺。晚間零零散散來了幾個嫖客，女戲子們萎靡不振，使那些尋歡買笑的漢子們沒能盡興，扔下幾張鈔票後罵罵咧咧地去了。院子裡清靜了下來，女戲子聚成一團，在別的屋子裡嘰嘰咕咕地商議什麼事情。楊戲頭收起錢，本想給戲子們說幾句鼓勁打氣的話，但話到嘴邊心卻灰冷下來，乾脆回屋摸出一瓶酒，獨自一杯杯地飲了起來。

這大概是楊戲頭自四月十七日在六甲鎮喝酒以來，第一次再摸酒瓶了。自打遭了暗算以後，他終日處在一種極清醒、極警覺的狀態之中，從來沒有再動過一次酒。「狗日的不會偏偏今晚摸過來吧？不會恁巧！乾脆喝足了睡個好覺。」楊戲頭嘴裡嘟囔著，一杯接一杯，很快就將一瓶「滿太高燒」喝得快見了底。長期的疲憊在酒精作用下，很快變成一種飄飄欲仙的醉態。楊戲頭覺得心中的煩惱都被徹底拋在了腦後，只剩下這騰雲駕霧般的快感了。就在這時，門被「吱扭」一聲打開，原來是彥生扛著槍進來睡覺。楊戲頭擺擺手：「你……你不用……今晚你不用陪……陪我睡了。你狗日的找樂子去，你儘管和女戲子們耍去。」彥生怔怔地站著，還未等說話，見楊戲頭又煩躁地直揮手：「你去你去！我現在見人就潑煩。」嚇得他不敢再耽擱一分鐘，神色緊張地「嗨嗨」應承了幾聲，趕緊帶上門復去別的屋子了。

外面不知是幾更天了，黑漆漆的看不見一絲月影星光。掩著房門的偏廈屋內，一盞清油燈發出昏黃幽暗的亮光，把楊戲頭的影子投射在牆壁上，顯得出奇地巨大。楊戲頭還在喝酒，一支空瓶打翻在炕桌下，新啓開的一瓶已喝下去了一截。此刻他酒已漸漸上頭，炕桌、酒瓶、油燈和懷中的那桿土槍，都在他眼前開始搖晃起來。他醉意朦朧卻毫無睡意，仍用已微微不聽使喚的手握著酒瓶，往杯中斟酒。酒被他灑得滿桌橫流，濃烈的酒香四處瀰漫。

「吱扭」又一聲門響，楊戲頭抬頭看時，見又有誰進了屋子，正在背對著自己關門。楊戲頭惱怒起來，滿嘴亂跑舌頭地說道：

「你們大半夜的……不睡覺尋魂哩嗎？……你們甭操心我……睡你們的覺去。我喝……喝我的酒呀。」

那人卻不聽話，順手插上門朝炕前走來。恍惚中楊戲頭正欲再罵時，卻忽然聽見了一聲十分熟悉的暗笑。這笑聲像道炸雷一樣掠過他的腦子，使酒意立即清醒了大半。楊戲頭剛欲抓了槍抬頭細看，一雙有力的大手卻早已撲上來死死地掐住了他的脖子，緊接著他便被三五下用被單塞緊嘴巴，反剪了雙手，那桿抱了半夜的土槍隨同自己「哐啷」一聲被摜到了地上。

「他來了！他狗日的果眞偏偏選今晚來了。」楊戲頭腦子立即清楚起來，隨即渾身亢奮，條件反射般地就想從地上蹦起來。可那一瓶半「滿太高燒」像魔鬼一樣在體內興妖作怪，使他踉踉蹌蹌，渾身不聽大腦的指揮。這種感覺使楊戲頭那瞬間興起的亢奮立即像個肥皀泡一樣破碎了，取而代之的是沮喪、絕望和發自肺腑的後悔。他掙扎著站穩看時，炕桌前自己剛剛安坐的那塊地方，正坐著一個戴著眼罩的大漢。從那兩個眼孔中射出來的一道銳利的目光，正落在自己那張因飲酒和失眠而蒼白憔悴的臉上。

「鱉旦……嗚嗚……鱉旦！」楊戲頭那被塞得結結實實的嘴裡，發出一串咕噥不清的聲音。

來人並不說話，而是從嘴角掠過一絲輕蔑的微笑。他看了看桌上那半瓶「滿太高燒」，竟從容不迫地斟滿一杯，端起來獨飲起來。

楊戲頭雙手被死死綁在背後，嘴巴又被塞得嚴嚴實實，想拚命動手不得，想喊人也出聲不能。他憤怒而驚恐地看著那臉戴眼罩、雙腕滿是銅扣的土匪，一時手足無措，不知道自己該做怎樣的反應。等稍微鎮靜一點，楊戲頭立即搖晃不穩地轉身向門口跑去。他知道自己只能靠踢門或以頭撞門，撞擊聲才有可能喚醒隔牆早已睡死的男戲子們。可剛一邁腳，就有一根木棍伸過來絆住了他，「撲」地又是一個嘴啃泥摔倒在地上。楊戲頭並不氣餒，他爬起來又往前撲。可他如同犯了癮的菸鬼一樣渾身無力，如此徒勞地努力反復了三次以後，早已經累得沒有了一絲精神和氣力，再也爬不起身來。

「嗚嚕……狗日的你殺了我吧……嗚嚕，我知道你狗日的在報復哩……嗚嚕……」

土匪見他已經無力再動，將手中的木棍放在身邊，重新撇下楊戲頭不顧，又旁若無人地獨斟獨飲起來。

「嗚嚕……嗚嚕……」一股被戲耍的屈辱代替了楊戲頭心中的驚恐和後悔，他怒目噴火地望著炕上悠然自得的土匪，拚命掙扎了幾下，但最終還是渾身無力地癱臥在了地上。

「你有種！嗚嚕，你狗日的殺了我吧。」楊戲頭平生第一次流下了淚水。在炕桌旁悶頭喝酒、一語未發的土匪，一直慢悠悠地將那半瓶「滿太高燒」喝完，才咂咂嘴從炕上跳下來。楊戲頭憤怒地睜圓眼睛瞪著他，心裡明白，自己晚上注定要這樣窩窩囊囊地被人刨腹剜心甚至大卸八塊了。「唉，我真是到了地獄裡都覺得窩囊啊。」楊戲頭心裡後悔莫及。他甚至覺得，要是自己沒有喝酒，撕殺中即便敗北而被他當眾殺掉，都會比這樣的結局讓人痛快。「殺吧，殺吧！便宜了你狗日的。」他一邊這麼想，一邊毫無懼色地望著土匪。那土匪掏出一柄剔骨尖刀，將刀刃在戲頭的衣襟上蹭了蹭，然後放在嘴邊一吹，「錚」地發出一陣金屬清脆悅耳的顫動聲。他透過眼罩的開孔望了望戲頭，將刀尖對準他的胸口，停了片刻卻又拿起來，將刀慢慢架在了他的右耳根上。「狗日的下手吧，嗚嚕，下手吧。」戲頭那份強裝出來的鎮靜和無畏，在這樣的捉弄下早已土崩瓦解。他只覺得心跳如鼓，一道道冷汗從額頭和後背上流了下來。

外邊天色已有了一線白亮，那土匪這才右手利索地一抖，「唰」地一聲將楊戲頭的右耳割掉了。他又揪了揪左耳，猶豫片刻還是放開了。戲頭的臉此刻已經被噴流不止的鮮血污糊得一片鮮紅。他疼痛難忍，一心只求那狗日的能痛快地一刀結果了自己。沒料想那土匪卻冷笑著收起刀子，然後將炕角錢箱抱起，拿了那桿土槍就要出門。都走到門口了，土匪又猶豫地看了看那桿已裝好火藥的土槍，復又放回炕桌，這才大模大樣地出門而去。片刻之後，只聽得戲班大院牆外一聲馬的嘶鳴，隨即一陣蹄聲就朝遠方而去了。

楊戲頭聽著馬蹄聲漸漸消失在原野的盡頭，才努力搖了搖頭，簡直不能相信自己真的還活著。他依舊無力起身，一直爬臥到吊莊的公雞開始啼明時，才徹底清醒了過來。他慌亂而費力地摸索著漸漸將捆手的繩子解開，然後爬起來取掉了嘴裡的被單。「日你媽你等著！」他有氣無力地咒罵了一句，然後不知是什麼心理作崇，飛快地將房間整理清爽，恢復原貌，將滿臉已經凝固的血痂洗淨，用一塊乾淨布將右耳處的傷口包紮了起來。

清晨來臨了。當沉沉睡了一夜的戲子們洗漱完畢，到戲頭的屋中來請示當日的安排時，卻發現一夜不見，他們的老闆忽然像變了個人般蒼老起來。他眼窩塌陷，眼圈發黑，臉上一點血色都沒有。他右耳上包著一塊白布，正愣神地坐在土炕上望著懷裡的那桿土槍出神。

「楊頭兒，您怎麼了，臉色恁難看？」戲子們驚慌地問。

「沒事沒事，我昨晚喝了兩瓶酒，喝得有些猛了。」楊戲頭抬起頭來，一臉平靜如常的表情。

「您的耳朵？……」

「耳朵？哦，昨天削臘肉不小心，倒把自己的耳朵削掉了。看看你們緊張的，沒事沒事。」

「楊頭兒，今天您有甚安排？」

「耍罷，你們願意做甚就做甚。去罷去罷，我一夜沒睡，睏得眼皮直打架。」

眾男女戲子見狀，都滿腹狐疑地出了屋子，隨手給楊戲頭掩好了房門。

「哎，日怪了！頭兒這是咋了，今日怎麼這麼不對勁？削臘肉削了手指說得過去，怎麼可能削掉自己的耳朵？」一個男戲子悄聲嘀咕。

「怕是有甚大事哩。咱今日可別招惹他。走走，排戲去，裝也要裝出個好樣子。」

就在這個楊戲頭徹底放棄了對戲班的興趣、任戲子們滿地放羊的日子裡，那幫平日渙散成性、暗中充滿抵觸情緒的戲子們，竟然一反常態，在院子裡又是踢腳伸腿、又是練功吊嗓地認眞做起功課來。他們那「咿咿呀呀」的聲音在晨曦中嘹亮而活潑，使這個冷清了很久的大院充滿一種陌生的朝氣和生機。

35、

對於老袁家而言，這個早到的夏天眞是充滿了災難和不祥的預感。棗胡老漢掛在莽魁婆姨門簾上的那串銅鈴，整日發出一片讓人心驚的「叮噹」聲，彷彿是什麼隱形的高人在神祕預言即將來臨的災變。六月分裡，寡婦銀珍的懷孕，讓村人們把老袁家刨宗挖祖地羞辱了一番，這使得袁家長子保英為此差點和老母親翻了臉。六月二十三日，銀珍被她娘家親媽領回魯馬鎮後，他心中的那口悶氣才算稍稍平緩了一點。可隨即另一個問題卻又開始糾纏他的思緒：那究竟是誰作的孽？保英幾乎每天晚上都在尋思這個問題。自從銀珍這個水袋般脹滿又美豔惹眼的女人娶進袁家大門以後，他幾乎每天都在觀察著她的行蹤和舉動。保英回想著自打新年過完後銀珍的蹤跡，卻越想越感到疑惑：過完年到顯出懷孕徵兆的這段時間裡，在自己記憶中銀珍就沒有怎麼出過門，連去黃腸溝給保德上墳燒紙，也是袁家老小同去同回的，她到底是什麼時候跟什麼人懷上的呢？想著想著，保英的心思開始不安起來。既然不是白天，那必然就是晚上，而如果是晚上，作孽者則一定是袁家大院裡的某個人。儘管保英極力排斥這一思路，但每一次的猜測仍會回到這條老路上。「老袁家氣數到了，怎麼盡出這樣傷風敗俗的人啊！」保英最終還是不可避免地陷入了這種推理，認定和銀珍私下有染的必是家中除自己以外唯一的男人保武了。保英想著保武那副憨厚老實的樣子，開始時確實有些動搖。但想起保文的事，他的這種動搖頃刻間便土崩瓦解了。「肯定是銀珍用她那騷情樣勾引了保武！我還奇怪哩，自打保文失蹤後她能變得那樣老實，成天足不出戶，原來是有人在夜裡伺候哩。」保英自言自語，像是著了魔一般。已在身旁睡去的婆姨水娥總是被他吵醒，一聽這話就急了：「保英，我給你說過多少遍了，現在早已經分家另灶，你再莫管人家的事了。再說，你看保武兄弟那老實樣，能像是做乃事的人嗎？不能，肯定不能！」保英一聽此話便黑了臉：「不能？見了那麼騷情風浪的女人，日他媽我看除了我不動邪心，天底下再也找不出第二個男人了。這事不說能成嗎？家裡瑣事由著他們便也罷了，可這是傷風敗俗、辱沒先人的事，能眼看著不管嗎？」水娥本來就是個軟性子的女人，見男人動了氣，便不敢再言語，只能悄沒聲息地重新鑽進被窩睡覺。

水娥其實一夜都再也未能睡著。她聽見男人不住的歎息聲夾雜在滿院過風時的那片鈴鐺聲中，兩者竟十分和諧，如同院子中正有兩個垂暮的老人在傾心交談滿腹的心事。

保英自從認定致使銀珍懷孕的人是四弟保武後，心裡的感覺就如同保德死了時那樣悲哀。他又一次像隻老謀深算的狼一樣，目光從堂屋、廚房的窗戶甚至自家糊窗紙的破洞中射出去，觀察、研究著保武的一舉一動。儘管保武依舊那麼終日沉默寡言地埋頭做事，沒有多少眼色卻著實勤快地聽從著母親、大哥、嫂子及婆姨的指撥。但這一切在保英的眼裡，卻成了掩飾自己醜事的作態。就如同打碎了尿盆的小孩子在母親還沒有察覺以前，總會殷勤地幹活，以討得歡喜而不被懷疑或從輕發落。「保武啊保武，你都是兩個女娃的爹了，你咋會活成這樣！」保英有時候痛苦地在屋中直捶自己的腦袋，那神情、那口吻就跟他當年蹴在保德僵硬的屍首前說「你咋做出這等蠢事」時一模一樣。

六月底的一天中午，保英到田間去轉了一圈。上次把右半邊臉上的燎泡全部掐破後，臉上倒是輕緩了一段時間。可現在那片燎泡卻又以更旺盛的勢頭長了起來，這使保英心中更是煩上加煩。他摸著田野中已經開始飽滿起來的麥粒，心中惶恐地感歎：今年恐怕七月分就得開鐮了，日怪的整整比往年提前了一個月。太陽火辣辣地灼烤著大地，刺得他長著燎泡的右臉一片生疼。保英本來還想到莊背的孤窯中去看看老父親莽魁，此刻卻全然沒了精神，蔫塌塌地回家去了。

走進堂屋，保武正坐在炕沿上和老母親說話。他們似乎是在說銀珍的事，保英剛一進門，聽見的第一句話就是保武的聲音。

「……銀珍離開咱家也怪可憐的。」

「恐怕這樣的人只有你會可憐。」保英一聽，便忽地一股氣湧上心頭，冷冷地甩了保武一句。

「哥，你回來了。」保武是個木訥之人，他並沒有辨出保英話中的芒刺，仍憨厚地起身坐到地下的矮凳上，把大哥讓到炕沿上坐下。

「保英，你說話做甚這麼大火氣？」莽魁婆姨望著保英那青一陣、紫一陣的臉，不解地問。

「媽，我哥還在生銀珍的氣哩。」保武見保英不吭聲，忙接上了老母親的話尾，「其實我哥大可不必操這份心。銀珍那麼年輕，能守寡一年就算得上厚道了，還眞能指望她守一輩子嗎？」

「你放的甚臭屁！守不守是她的自願，要守就守住，不守就嫁漢。說守卻背地裡日鬼搗棒槌的，這不是既要當婊子，又要立貞節牌坊嗎？」保英一聽保武的話，聲音立即又傲大了起來。

「保英！你今日咋了？跟你四弟有甚過隙了不成？」莽魁婆姨見保英果然胸中憋了股悶氣，怕他跟保武發作起來，連忙厲聲將他喝住。

「媽，沒啥。我哥能跟我有甚過隙？我哥是生銀珍的氣哩。哥啊，你甭生這號閒氣了，反正她也走了，這一走十有八九是回不來了。」保武憨憨地笑笑，從菸盒裡裝好一鍋旱菸遞過來，「哥你吃菸，你甭生氣了。」

「十有八九回不來了？哼！」保英不接菸鍋，而是將保武的手撥開，「不回來了你還能去嘛，魯馬鎮離吊莊雖遠，心急火燎的人走起來，怕一鍋菸的時辰也就到了。」

「哥，你這話是甚意思嗎？」保武臉上顯出吃驚的神色來。他訕訕地將菸鍋放回木櫃上，說話的口氣卻明顯粗重起來。

莽魁婆姨終於明白了保英的意思。她知道保武的脾氣，上次為同樣的事保文能以頭撞牆、尋死覓活，要是放在雖然木訥、發起脾氣來卻是「蔫驢踢死人」的保武身上，指不定會惹出多大的禍事。莽魁婆姨嚇出了一身冷汗，她想都沒來得及多想，隨著保英話落，就「啪」地掄手給了他一個耳光，尖聲叫罵道：

「你日你媽哩保英！你是看這個家人還沒死絕心裡不甘咋的？你把X嘴閉上少說一句話就憋死了？滾你屋去！」

這一掌扇在保英的左臉上，他頓時感到火辣辣的一陣生疼。這一段時間來，保英被各種各樣的苦惱糾纏著，心裡本來就被悶氣憋得幾欲爆炸，此時被老母親摑了一掌，火氣立即像尋著了出口一樣狂瀉而出。他從炕沿上蹦下來，氣咻咻地叫道：「就這麼包著捂著！再這樣不敢說不敢罵的，咱老袁家先人的臉皮就叫後人摳爛完了。」

「保英你日你媽趕緊閉嘴！」莽魁婆姨臉色臘白，手指哆嗦地指著保英，眼淚嘩嘩地淌了下來。

「媽，你甭急。」保武再愚，卻也聽出了大哥話中的話。這個平日溫和得如同一頭耕牛般的漢子，鼻子裡噴出兩道粗氣，臉上的肌肉「的的的」地抖動起來。他儘量克制住自己，上前安慰了老母親幾句，這才轉過身來，用一種可怕的目光死盯住平日裡自己敬若父親的長兄，一字一句地說：「哥，你的話是甚意思？你說清白了。」

「甚意思？甚意思你不知道!?不清白的事難道用嘴能說得清白？」保英正在氣頭上，哪裡還顧得上看保武的神情，脫口就是挖苦和譏諷的話。

「哥你是說我當大伯子的和弟媳胡搞了？哥你說你就是這個意思？！」

「是不是這個意思你清楚。咱老袁家虧先人哩，一家人就出下兩個不成器的東西。」

「保英，閉上你的X嘴！媽把你叫爺哩，保英！」莽魁婆姨已經被保武眼中噴湧而出的狂怒嚇得渾身如篩糠一樣顫抖不止。她一邊「砰砰」地雙手拍著炕沿，一邊流著淚哭求著保英。

保武靜靜地站著，像一棍子被人打懵了一般。稍等片刻，他忽然「嗷」地發出一聲類似野獸哀嗥般的怪叫，轉身就跑出了堂屋。他一邊歇斯底里地喊著：「不活了，日他媽咱都不活了。」一邊發瘋一般衝到自家的廚房中，從正在切菜的秋彥手中奪過菜刀轉身復向堂屋中衝去。跟在後面的秋彥一看這等架勢，知道出大事了，立即尖叫著追了出來。

堂屋中保英見狀，也頓時怒從膽邊生。他大叫一聲：「不活就不活了。」順手操起門背後一柄長炕耙，迎著保武就撲了上來。兄弟兩人像不共戴天的仇人一樣，立即撕打在一起。保英手中的炕耙長，沒等保武近身，輪起來使勁一抽，早已經打折了保武執刀的右腕，菜刀「哐啷」一聲掉在了地上。隨後進來的秋彥雖然心疼自己的男人，但畢竟怕出下人命，趕緊將刀拾起來扔到了磚牆外，這才使勁地推著保英，替自己的男人拉偏架。

兩人正打得鼻青臉紫、不可開交，忽然聽到一聲喊：「媽上吊了！」保英和保武頓時像被斷了電的機器一樣戛然住手。他們扭頭看時，果見老母親把一根繩索已套好在房梁上，正站在炕上踮著小腳，淚流滿面地將頭往套環裡伸去。

「媽！」保英慟哭一聲，撲上去一把將老母親那枯瘦的身子推坐在炕上。他隨即抱住老母的頭，哭道：「媽！媽！你甭嚇兒了，你要把當兒的嚇死嗎？」保武則怔怔地在一旁呆立著，臉上白蠟蠟的沒有一點血色。

「你們廝殺吧！我死了把眼一閉，甚心都不用操了，你們殺吧。」莽魁婆姨一邊流著淚說，一邊硬撐著仍要起身。隨即趕來的水娥、秋彥等女人也趕緊過來，死勸活說，這才將老母親勸說得稍微安靜下來。

「媽，你說這賴誰？我可是爲了咱老袁家的名聲哩。」保英拉著母親的手，聲淚俱下地說。

「都怪我！」

不料還沒等莽魁婆姨說話，站在一邊的保武卻接了一句。這個平日裡老實溫順的漢子，眼睛裡噙滿淚水，神情哀傷得令人心碎。他垂著頭走到炕沿前，「撲通」一聲跪倒在地，臉貼住黃土磕了好幾個響頭。他聲音哽咽著道：「媽，兒今後怕是想孝順您老人家都孝順不成了。媽啊，您多多保重吧。」

「保武，我的兒！你千萬不要往心裡去。你哥就是那麼個脾氣，你要是尋短見，媽立即後身就跟了你去。」莽魁婆姨說著又難過得大放悲聲。

「媽，我不死。我上有媽下有兒的，我想死都死不成。我沒有做過一件丟袁家臉的事，可我卻再也在這個院子裡住不成了……」保武說著說著傷了心，眼淚更是一股一股地流了下來。他伏下身又磕了幾個頭，轉身就要往出走。沒料想婆姨秋彥卻一把扯住他道：「你讓他當老大的把話說清楚，憑甚這樣胡整人哩？」秋彥話剛出口，臉上卻重重地挨了保武一個耳光。保武不說話低了頭就往外走，秋彥眼裡噙了淚花，臉衝著保英和水娥罵一聲：「你熊人心腸恁毒？！」趕緊跑出去追自家的男人去了。

保英還想說什麼，卻被水娥苦苦懇求著攔住了。

「唉，走吧，都走吧，走得遠遠的反倒省心了。」莽魁婆姨如夢初醒般地呆坐炕上，神情恍惚地喃喃自語道。

這時，隔壁錄世家糾集起來的那班樂人又「嗚哩哇啦」地吹起了嗩吶。那聲音在正午時分聽上去充滿晦氣，像是附近正在埋葬死去的什麼人一樣。

當天，保武和秋彥沉默著收拾了一下午東西，箱櫃桌椅、碗碟盤盞、被褥單子及一應零碎擺了一院。保英在自己的屋裡看了半晌，見保武果眞要走，心中倒懷疑起自己的判斷來。他想出去勸說幾句，卻又拉不下臉面，急得在屋子裡一邊唉聲歎氣，一邊像隻圈在籠中的狼一樣來回疾走。倒是水娥看出了男人的心思，厚著臉皮出去給保武和秋彥說話。沒料那兩人誰也不搭理她，獨自一趟趟將家具物件全搬出袁家大院去了。

天擦黑時，保武兩口子竟將老父親袁莽魁獨居的那孔舊窯收拾乾淨住了進去，而將莽魁老漢於暮色中移送到了袁家大院，將他關在了他們原來居住的那間偏廈屋中。莽魁老漢仍癡呆呆話語不全，而老毛病一點也沒有輕緩，仍是不停地放出一個個讓人既尷尬萬分又噁心欲嘔的響屁。

袁家大院的夜晚被銅鈴聲、屁聲和幾間屋子裡的哀歎聲充斥著，給人以極其神祕的不祥之感。

這一夜，留在袁家大院的所有人，除了老莽魁不知是睡是醒外，其餘人都在黑暗中瞪大眼睛，徹夜不眠地躺了一宿。

36、

莽魁婆姨自天熱以來，心中一直有一種可怕的預感。去年夏天裡那令人深感羞辱的經歷，像一塊膿水四流的癩瘡一樣佔據著她的記憶，使她一想起來就噁心得想吐。自從棗胡老漢送來一串銅鈴掛滿堂屋門簾四周後，那片終日搖曳的鈴聲雖說惹家人打心眼裡討厭，可莽魁婆姨心中卻有了片刻的寧靜。她幾乎夜夜在起風或五斤出門撒尿時都被鈴聲驚醒。她在黑暗中睜著眼睛，心中自我安慰道：「這回你狗日的溜不進來了。鈴一響我就醒過來，看你還有日天的本事。」但莽魁婆姨心裡卻也有數，這種寧靜和安全感只是暫時的。預感告訴自己，那隻幽靈般的狐精絕不會輕易走掉，牠正在什麼地方一面驚恐地聽著鈴聲，一面徘徊著伺機而動。好幾次五斤在夜裡起風時被鈴聲吵醒，煩躁得不行，起身見老母親靜靜地躺在那裡，以為她睡得正香，便躡手躡腳地下了炕，小心翼翼地開始將那些棗子般墜滿門簾的銅鈴一個個往下摘。但這時黑暗中卻猛地傳來一聲大喝：「你又日鬼成精哩！趕緊掛好。你要再彈嫌我的鈴鐺，就滾到野地裡睡去。」嚇得五斤後來即便被吵得徹夜難眠，卻再也不敢私下裡亂動母親的鈴鐺了。

六月裡，袁家出了一連串讓人心寒的事：銀珍一個寡婦家竟然懷了孕；保英臉上長滿了可怕的燎泡；保武與大哥反目成仇而舉家搬出……莽魁婆姨這個枯瘦乾癟、已步入風燭殘年的老女人，被這些變故和打擊折磨得心神憔悴。她有好幾次動了上吊自殺的念頭，想就此擺脫，一了百了。但她都將繩套繫好在房梁上後，卻總又不甘心地自己解了下來。這個老女人不知道自己究竟不甘心什麼，只是覺得還有什麼大事在等著自己，而在這大事沒有來臨之前，她是無法安心去死的。莽魁婆姨只能拚了老命去融化家裡一團團濃重的陰氣，去解開家人內心和彼此之間的一個個疙瘩。她老是苦歎自己像一隻已落盡羽毛的老鳥，既無法安臥巢中看已羽豐肌健的鳥仔們爲自己覓來美食，又不忍從枯枝上掉落下去了此殘生，任子女們各自走向興盛或衰落。

六月底，保武一家搬進那孔舊窯，而將莽魁送回院中他們原來的那間偏廈房後，在滿院清脆的鈴聲中，又添入了老莽魁那令人難堪的響動，這使得莽魁婆姨原來聽見鈴響時的安靜和安全感又完全被摧毀。她一聽見這兩種聲音混雜在一起傳進自己的耳朵，渾身就像起了一層痱子一樣瘙癢無比。「老天爺啊，人活著爲什麼要遭這麼大的罪？你要不讓我先死，就讓可憐的莽魁一夜間安靜地下世去吧。他活著人家眼黑哩。」每晚老婆姨在入睡前都向蒼天虔誠禱告，可第二天一睜眼，老莽魁的屁聲就如同沉悶的鼓聲一樣從院後傳過來，使她頓時像被放光了血一般，渾身沒有了一點精力。她在莽魁回到大院的第三天就將五斤叫到跟前，虛弱地囑咐道：「娃啊，你爹回來住了。你聽聽他這搔人臉皮的怪病，傳出去不叫人家拿尻子笑話咱們？你去給小寧說說，讓她搬回戲班大院住吧，咱屋再沒臉留宿人家女子了。」五斤先說沒有關係，見老母親臉上顏色變了，這才嘟囔道：「小寧老是念叨，打死她她都不喜歡晚上待在戲班。難出口的事沒人出頭，光知道叫我去。」然後出去找小寧說話。小寧不知其中原委，卻以爲袁家人彈嫌潑煩了自己，心裡難過地捲起鋪蓋回戲班大院去了。

七月分剛到，天氣立愣又燥熱了幾分。蟬兒已成群結夥地在樹葉背後拚命嘶鬧起來。吊莊村裡莊外、角角落落都被這蜘蛛網般的聲音結實地罩在裡面，人們彼此說話，面對面坐著都得大扯著嗓門，吶喊一般才能聽清。「今年眞是日怪透了。產啥成啥，地裡麥子長得厚旺，就連這蟬也像樹上結的棗果一樣多，這怕是個甚兆頭哩。」吊莊村人在這片巨大的蟬噪聲中出出進進，就如同鑽進了一只龐大無比的蜂箱之中，滿耳都是駭人的嗡嗡聲。田野裡的麥子越來越褪去那層綠衣，變得金黃金黃。「你看田野裡的變化，」愛說笑話的三省站在莊前那座古塔下，熱得四脖汗流地大聲對周圍人說，「青麥是新娶的婆姨，現在把綠襖脫了，露出滿身的白肉，是等著咱也脫了衣服，拿著傢伙上哩。」村人們聽了都放肆地大笑起來，上了歲數的老漢們露出滿嘴的豁牙道：「今年日頭恁毒，這婆姨們滿身的肥肉，怕是只有小夥們才啃得動哩。」村人們聽後卻再也笑不出聲來。他們望著天上那顆可怕的火球，又看看地裡那厚實得不能再厚實的麥子，知道赤膊揮鐮、日日脫皮三層的夏收即將到來了。

袁保英自從跟保武撕破臉皮後，見保武搬出了大院，而將老爹莽魁送了回來，心裡知道保武是動了眞格，過去對保武的那份疑心反而越來越少。保英老是不由自主地去莊背廢瓦窯一帶轉悠。他知道自己渴望碰到保武，渴望與他能說幾句話。但眞有幾次當他和保武在土路上相遇時，自己卻一句話也說不出口。保武也只是抬頭望一眼自己，然後重新垂著頭擦肩而過。保英清清楚楚地看見他那隻被自己打折的右手耷拉著，眼神中充滿蒼涼和傷感。保英望著保武沉重的背影消失在無邊無垠的金色麥浪中，知道自己大概永遠也沒有機會把心中的話說出口了。

七月初四下午，保英正赤著背在前院老母的堂屋前磨鐮，怎麼也沒料到被人尊爲神醫慧超的牛牛娃卻到袁家大院中來了。自從牛牛變了慧超，他除過被人邀請去看病問診外，整日都待在郝家藥房的高牆深院內，不知在忙些什麼神祕的事，從來不去別的人家主動串門。所以他一進袁家大院，保英就深深地吃了一驚。可他想起上次暮色中他在大樹背後躲避自己的樣子，心中有些不悅，低下頭去繼續磨他的割麥鐮。

「保英伯！我聽說你右臉上的燎泡好轉了，特來看看。」小慧超的口吻成熟得像個老者。他並不計較保英的板臉作色，而是取過一個馬扎在他對面坐下，左顧右盼地瞅他的右臉。他發現保英的患處果然光潔平滑，沒有了半點的異樣，立即高興地叫了起來：「果眞是好了，啊呀，果眞是好了。」

「我的燎泡好了，你來不是多餘？」保英一面磨鐮，一面不冷不熱地說。

「你可說錯了。你的病不好我不會來，好了我倒該來了。你的症狀能自行消退，不光是你的造化，更是成千上萬人的福音。保英伯，這些藥丸你服了，是補惡症初癒之虛寒的。」慧超說著，從衣袋中掏出一個香氣四溢的小木盒遞了過來。沒料保英並不接，而是將手中的鐮刀放下，發出一陣哈哈大笑道：

「牛牛就是牛牛，牛牛只不過是我鱉旦兄弟的一個碎娃！看人把你都吹成神醫了，開始你說這小病能要人命，等好了，又拿些聞著香卻甚事也不頂的東西來充補藥。哈哈哈，我算是知道你的醫道了。只不過是人看在智遠老漢的份上，把你吹得脹起來了。」

「保英伯不可不信。那是天災之症，並非肉身之患，只是自生自滅，任何藥物都是無濟於事的。」慧超並不因爲受到羞辱而動肝火，而是仍像個老者一樣，面色平靜、神志安詳。

「又來什麼天疾體病的了！什麼自生自滅？告訴你，你一個神醫治不了的病，倒讓我家五斤一下子看好了。與其說你是神醫，還不如說五斤哩。智遠乃傻老漢，放著聰明的五斤不收，偏偏選中了你。」

「什麼？五斤治好的？是不是用那塊狗尿泥治的？」慧超聽罷此話，臉上立即顯出異常驚恐的神色，那隻獨眼瞬間變得暗淡和憂鬱起來。

「狗尿泥？」保英愣了一下，「我哪裡知道是什麼？前天他見我右額上的燎泡再次大得黃亮了起來，就去拿了一個膠塊狀的黏泥來。用它擦去膿水後，臉上立即就清爽了起來，到今天竟完好如初了。那黏泥在夏天裡也冰涼冰涼的，只是味道不好聞。」

「保英伯！你聽我說，待五斤回來，趕緊將那黏泥燒化成灰，那是塊不潔之物，留著必出禍患啊。」慧超語氣驚恐不安地說。

莽魁婆姨正在堂屋炕上打盹，聽見外面說話的聲音，下了炕出來看時，見慧超小師傅正滿臉驚慌神色地與保英對面坐著說話。婆姨想喚他正好給莽魁老漢瞧瞧那怪病，可裡院廈屋中那沉悶的屁聲，卻使她羞於啓齒了。那慧超見莽魁婆姨出來，又急匆匆地說了句：「你得聽我的話，不然非捅了大馬蜂窩不可。」然後站起身朝老婆姨點點頭，倉皇地出門去了。

「保英，牛牛說甚哩？是不是你爹那怪病真的沒辦法治了？」

「沒有。媽，五斤給我治好了臉上的燎泡，牛牛碎娃不服氣，非得叫咱五斤把那塊黏土燒成黑灰哩。碎娃畢竟是碎娃，能成個什麼神醫？我聽著就有笑。」保英搖搖頭，又低頭去磨自己的鐵鐮。那鐮了整整一年的刃片在磨石上「吱唰吱唰」地來回運動著，一會兒就鋒利得寒光四射。

「保英，人都傳牛牛的確不是個凡身肉胎，果真有些功力的。我看他剛才的神情也不像是在爭強逞能，怕是有甚話還沒有說清楚。」莽魁婆姨在這個夏天裡簡直是稍有風吹草動，就嚇得心裡一陣陣直起涼意。她心裡寡落落地走到保英面前，在小慧超剛才所坐的馬扎上落下身子，說道：「保英，咱還是提防著點。牛牛說讓燒就燒，讓扔就扔。只要平平安安，無災無難，甭說燒什麼粘泥，就是把門房燒了也值啊。保英，你看看咱屋這幾年事多的！」

「媽你真是！一個碎熊兒娃的話，你都當是天爺的咒哩。他爹驚旦到咱屋都不敢放個響屁，倒能叫他給擺弄了。」

「唉，人和人不一樣。保英，五斤到底有塊甚黏泥，弄得這樣雞飛狗跳的？」

「我也不曉。」

保英已經磨好了五把鐮。他剛像往年那樣把第六把鐮刀拿出來，忽然想起今年銀珍回了魯馬鎮，保武一家又搬出了大院，一時灰了精神。他抬頭看時，見老母親正滿目憂慮地望著自己，忙又接了剛才的話茬道：「媽我真的不曉，也不知自何處而來。不過那黏泥確實神奇，涼颼颼地一下子就醫好了我的臉。五斤這娃打小就怪，誰知道搗鼓的甚玩意兒。」

「媽，你甭著急，你說該燒就燒，你說該扔就扔。五斤現在懂事聽話了，再不會像小時候要殺他黃獸時那樣執拗了。」保英又說。

「唉。」莽魁婆姨長長地歎了口氣，「保英你甭管這事了。你脾氣燥，沒幾句又跟他吵起來了。等天黑睡覺時，我慢慢跟他說罷。」

「噢！噢！」保英仍坐在磨石前，一邊望著磨得雪亮的割麥鐮發愣，一邊慌失地答應著。

這天晚上，五斤從戲班大院回來時天已麻黑。他穿過滿院的昏黑走進堂屋時，正在喝拌湯的莽魁婆姨、保英、水娥和淨花皆嚇了一跳：只見五斤滿身滿頭的泥土，一件白麻短衫被撕得襤褸不堪。他的頭臉、胳膊、胸腹等裸露之處滿是血道和青瘢，一看就知道是和誰很凶地打了一架。

「五斤！」保英一看他這副模樣就動了氣，「我還誇你越來越懂事了哩。可你看看，又在外面惹是生非了。你說說到底咋回事？」

「我沒惹事，是他們打我哩。」五斤目光深沉得像個大人。他走過去坐在炕沿上，右手藏在衣袋裡，似乎正在捏著什麼東西。

「誰打我娃了？狗日的咋這麼黑心，你看把娃打成個甚了！」莽魁婆姨見狀心疼地走過來，拿了濕毛巾就給五斤擦臉上的灰土和傷口。

「你從頭說，是爲甚起的事？是誰打的你？要是別人欺負你，我去給你出這口氣。要是賴你，你可小心我把你的驢嘴擰爛，叫你連戲都唱不成。」保英把手中的拌湯碗放下，盯著五斤厲聲問道。

「我從戲班院裡出來，」五斤望了一眼保英，又將頭低下去說道，「天已經是雞暮眼的時候了。我從滂池旁邊走過，在淹死黃獸的地方坐了一會兒。剛要走，來了兩個大人撲過來搶我手裡的東西。我攥死了不鬆手，他們就揪頭擰手地打我。我蹲蹴在地上，死也不給，他們就不停地打。後來他們嚇跑了，我就回咱屋來了。我沒惹事，是他們打我。」

「你說清楚，你一個一個回答我的問題。」

保英聽他說得怪馬蛇道，嘿嘿冷笑了起來。

「你坐在滂池旁做甚？在想黃獸哩嘛？你就那麼孝敬一頭畜生？」保英問。

「我……我在洗黏泥。」五斤說。

「那兩個人來搶你？搶你的甚寶貝？你要錢沒錢、要米沒米的，人能來搶你那塊黏泥？」

「就是來搶黏泥哩。」五斤答。

「那兩個人是誰？」保英問。

「一個是藥鋪裡的黑臉夥計，一個我認不得。」

「人家兩個大人搶不過你一個碎娃？竟然後來嚇跑了？」

「黑天裡不知從哪裡躥出一條狗來，朝著他們撲咬很凶，他們就嚇跑了。」

保英問到這裡，卻不再向五斤發話，而是將頭轉向莽魁婆姨道：「媽，你看我說甚來？

那牛牛娃就是想得到這塊寶哩。他白天見咱家不情願燒毀或埋掉，晚上乾脆派了他的徒弟下黑手，想搶去毀掉或占爲己有。媽，我沒有說岔吧？牛牛乃碎熊小時和五斤好好的，現在學得這樣刻毒起來，倒連他爹鱉旦的那點仗義勁都沒有了。」

莽魁婆姨聽著兄弟兩人的對話，不由得不信了保英下午說的話。「把牛牛一個碎娃，咋會壞成個這！一隻眼都這樣，要是兩隻眼都好著，還不成個害人精了」。老婆姨咕噥了一句。她心中幾乎同時又浮起另一個讓她百思不得其解的問題：五斤一個碎崽子娃，竟能從哪裡弄來什麼寶貝，叫郝家藥鋪的掌櫃都嫉恨到了這種份兒上？那究竟會是個什麼稀罕物件？莽魁婆姨忍不住問道：「五斤，到底是個甚物件，值得他牛牛這樣勞神？」

「牛牛說那是塊狗尿泥。五斤，他狗熊胡說哩得是？」保英說。

「五斤，到底是甚？拿出來給媽看看。」莽魁婆姨說。

五斤起初還不情願說，待保英的嗓門又傲大起來，這才將那東西從兜裡掏出來遞給老母親。莽魁婆姨接過來看時，果眞是塊黏泥一樣的東西，只是比黏泥柔韌得多，可以像橡膠一樣彈縮自如。她還沒來得及湊近細看，卻有一股極騷臭的腥氣飄進鼻子，讓她差點吐了出來。

「這是甚？果眞有股狗尿味。五斤，是狗尿泥嗎？」莽魁婆姨將那東西放在炕沿臺上，皺了眉頭問。

「不是狗尿泥！」五斤將它像寶貝一般復又揣進衣袋，說，「那是上次我怕郝自默跟我要，騙他說的謊話。」

「那到底是什麼？」保英問。

「牛筋。」

「牛筋？」保英和莽魁婆姨都吃了一驚。

「大哥，就是你給我的那條牛筋啊。」五斤說，「那年六甲鎮逢集，一個老漢拿了錢要買我的牛筋，不料被黃獸叼起來就跑。我和牛牛娃追上時，卻已經被牠嚼碎吃進了肚裡。那天晚上我引了黃獸去耍，牠趴在澇池邊吐起來，吐出的東西和黃泥黏在一起，就成了這。我看它發著亮光，又有勁道，就一直留在身上玩耍。」

「那不是牛筋，那是……」保英剛欲說是狗鞭時，看到水娥和淨花都在身旁，就又改了口，「那是牛筋泥。」

「唉，管球它是個甚哩。」莽魁婆姨想起剛才那股叫人噁心的味道，慨慨地說，「狗嘴裡吐出來的東西，聽著都噁心。咱還是聽牛牛的話，將它燒了吧。這樣他也得不到。」

莽魁婆姨話音剛落，五斤卻立即像剛才那兩個劫匪又返身回來了一樣，嚇得一把捂住衣兜，口裡尖叫道：「我不，我不！這是我的寶，我要它有用處哩。」這倒弄得莽魁婆姨搖頭笑了起來。她拍了拍五斤身上的土說：「你甭怕，你留著耍吧，我不管了。」五斤這才平靜下來。

「七爸！剛才撲過去咬那兩個壞人的狗，是黃獸嗎？」一直沒有說話的淨花，忽然在一旁問了一句。

37、

七月初，吊莊一帶的麥子已經快要黃透。天空中那種叫著「算黃算割」、「算黃算割」的時令鳥兒，已經從遙遠的地方飛臨。牠們從不歇翅地四處低飛鳴啼，催促著人們趕緊磨鐮圈屯，準備收穫今年的田禾。

保英早於七月初四就磨好了亮閃閃五把鐮刀。它們被保英一把挨一把地掛在柴房的牆壁上，像五個殘月一般閃著銀光。保英每日從大門外走進來時，都衝著這五把鐮刀微笑一下，只等帶著它們走進金黃的麥浪，把一年的悶氣全部化爲酣暢淋漓的汗水揮灑到黃土裡。

保英做夢也沒有想到，他將永遠也不會摸到那五把割麥鐮刀中的任何一把了。

就在六月裡，老袁家正一樁禍事接著一樁禍事的時候，保英又犯了去年夏天的老毛病。他幾乎隔不了幾天就做一次內容和場景完全相同的夢：他順著一條沒有河水、乾涸得四處龜裂的河床茫然漫步。河床深深低於河堤。他看見兩岸全是枯死的樹木和廢棄的房舍。那些枯樹的枝杈上沒有一片葉子，卻掛滿了各種飛禽走獸的屍體：死麻雀、死烏鴉、死貓頭鷹、死豬死羊、死驢死馬，以及那種身形怪異的巨鳥。那些屍體皆已風乾，家畜的屍體乾癟得像一片片黑色的痲袋，死鳥的屍體羽毛翻捲，像一串串又破又髒的棉絮。保英明明看見河床兩岸的天空上，到處都高懸著一顆顆燃燒得不時滴下一串串火水的太陽，河床裡的感覺卻異常冰冷，使他猶如身處寒窯而哆嗦不止。保英繼續往前走去。河床兩岸漸漸有一些模糊的人影在晃動。仔細一看，竟全是些相違已久的親人：保德正赤著腳在燒得火紅的麥茬地裡拚命追趕一個黑影，雙腳被尖利的麥茬戳得全是血眼；保文正斜靠在一堵廢牆邊，一邊哈哈大笑，一邊將從洞穴中逃竄出來的一隻隻老鼠抓住塞進嘴裡。他的笑聲開始變得嗚嚕不清，嘴角一叢鼠毛中，一隻肥碩的鼠腿仍在蹬踢；還有爺爺、奶奶等一些記憶模糊的先人。他們表情冷漠地坐在牆頭，嘴裡的聲音在風中辨不清是笑是哭……保英不知道他們何故如此，只感到渾身一陣陣發冷。再往河上游走去，顫抖不止的保英卻發現了希望：年輕的母親正端著一盆冒著熱氣的溫水，在一棵大樹後一邊朝自己招手，一邊輕柔地呼喚著他的名字。保英冰冷的身子開始溫暖，幾乎停頓的心臟重新跳動起來。他朝著岸邊跑去。他驚喜地發現自己在這種奔跑之中逐漸變化，很快就變成了一個三五歲的碎娃，渾身一絲不掛地奔向那盆誘人的溫水……可就在他快要接近那目標的時候，忽然天空中卻幽靈般飛來一大群巨大的烏鴉。牠們黑壓壓鋪天蓋地地撲飛而下，像一塊黑布罩向自己。保英能清楚地看到烏鴉們那金黃的喙一張一合，發出一陣震耳欲聾的聒噪。保英受了驚嚇，立即掉轉方向，朝河谷下游狂奔而去。那群烏鴉還在不捨地追逐著自己，但叫聲卻越來越遠地落在了後面……

每當這個時候，保英就猛地驚叫一聲醒過來，才發現剛才只不過是自己做的一個夢而已。此時房間裡一團漆黑，院子裡除了那不知何故又響成一片的鈴鐺聲外，四處安靜得聽不到一點聲音。

「狗日的棗胡老漢，做甚非得給我媽送那些鈴來。把人的好夢都攪和成惡夢了。」

保英惱怒地歎息一聲，調整一下情緒復又去睡。可那片鈴聲卻攪得他心神不寧，再也難以入眠，只能在黑暗中大睜著眼睛，胡思亂想地熬到天明。保英老是琢磨那個夢境的意味，但卻百思而不得其解。倒是夢中母親年輕時的形象，讓他心中湧起了十分溫暖的回憶。保英小的時候，一到夏天身上總是生滿痱子。那時還十分年輕俊樣的母親的確像夢中一樣，總是在傍晚吃過飯後，溫一盆熱水，將他脫得精光抱進盆裡，先是用熱水撩著沖洗半天，再抱他出來用毛巾擦乾，然後才用凝脂般的手沾上爽身粉，輕輕地塗遍他的周身，尤其是脖頸、胳肢窩、大腿根等容易漚爛的地方。爽身粉是巧手的母親自製的，散發著一股皀莢的幽香，至今讓保英記憶猶存。「我怎麼每年夏天都會夢到這一幕？」保英雖然說不出具體原因，但他心裡清楚，在自己灰色、沉重的童年時代，這一幕是唯一的一抹亮色。那時父親莽魁正值艱辛創業階段，貧寒的家境帶給他的是遙遙無期的苦難和寂寞，只有母親爲病中的他洗浴療傷的場景，給他幼小的心靈和肉體帶來了短暫卻回味無窮的溫暖。保英想起母親那雙光滑的手在自己身體上游走的情形，身體深處竟掠過一絲不易覺察的顫動。

夏天裡，保英已記不清楚自己做了多少回這樣相同的夢，而夢的結局也都是無一例外地重復著：那群巨大的烏鴉聒噪著追逐自己而來，然後是驚醒，然後就是院子裡那片鈴聲異常清晰地傳入自己耳中。保英被這個奇怪而永遠沒有結局的夢攪得整日頭昏腦脹，他覺得自己的身體像被泡在什麼充滿穀粒或芝麻的缸中，憋得幾乎要炸裂開來。「唉，媽耶！我媽到底是咋啦？非得掛那麼一串子鈴鐺，害得人夜夜睡不好覺，做不好夢。」保英常常這樣苦惱不堪地在炕上歎息。

七月初六夜裡，保英又一次進入了那條神祕莫測的河谷中。他仍是沿著那條熟悉的路線往前走去。當他看見保德又在一片麥茬地中赤腳飛奔，拚命追逐一團飛速移動的黑影時，卻有一隻什麼猛獸斜著衝過來，狠狠地咬住了自己的胳膊……保英驀然驚醒，卻發現自己正穿著褲衩站在院子中，而自己的婆姨水娥正掐住胳膊搖晃著自己。

「保英，保英！你咋了？」水娥的聲音充滿驚恐。

「我咋了？」保英懵懵懂懂地問。

「我起夜解手，炕上沒有你的人影，出門卻看見你正摸著黑在院子裡走著。叫你幾聲也不見答應，到跟前一看，你眼睛閉得死死的，像是還在睡夢中哩。你這是咋了？能把人嚇死。」

「我也不知道。」保英仍一派恍惚。

「你怕是有夢遊症哩。我一向睡得死，老是模糊覺得你咣哩咣啷的有動靜，卻不知道你有夢遊症。」水娥的表情在昏暗中看不清，只聽見她嚇得粗聲喘氣。

保英看看自己，又看看水娥，相信自己怕果眞患有夢遊症。他想著剛才的夢，再瞅了瞅這座長方形的院子，忽然渾身一陣哆嗦，嚇得身上立愣結了一層細汗。

自己正站在保德家過去住的那間空屋的窗前！

這次意外的發現，使保英由煩惱轉入了強烈的驚懼之中。他夜裡開始害怕再踏入那條河流，甚至害怕進入睡眠狀態。保英不斷地猜測，如果所看到的一切都是自己夢遊狀態下的情景，那年輕母親手中的那盆溫水會是什麼？那群鋪天蓋地的烏鴉又是什麼？保英苦苦思索而不得其解，但他心中卻模糊地意識到，有一件充滿誘惑卻不知是福是禍的事，就在那條神祕河流的盡頭等著自己。「麥黃了，我要割麥哩。家裡千萬可不敢再出甚亂子了。」保英前半夜總是輾轉反側，難以入睡。他想著柴房牆上那五把閃著亮光的鐮刀，想著吊莊四周翻滾湧動的金色麥浪，心裡喃喃地向上天祈禱著。

可到了後半夜，保英仍然會被難以支撐的睏乏和疲倦推入夢鄉，仍然會時不時踏入那條讓他恐懼的河床。而且保英怎麼也沒有預料到，自己整個六月分苦苦想接近那個溫暖的水盆終究未果，而到了七月，當他開始對那個不知是禍是福的結局開始驚恐不安的時候，他卻終於踏入了這場夢境的源頭。

七月十一日晚，保英前半夜苦想心事，輾轉反側地睡不著覺。「明天就要開鐮了，你這樣乾燈熬油的，如何支撐明天毒日下那場能曬脫人三層皮的苦役？」保英不住地說服自己入睡。他又是數數字，又是讓迷迷瞪瞪的水娥爲自己按摩捶背，一直折騰到三更時分，夫妻兩人方才安睡過去。

保英幾乎是一睡著就又懵懂地走入了那道河床。他心中似乎有一個蒼白無力的聲音說：快回來，快回來，那是一條充滿危險的河床。可心中另一個聲音卻嗡聲嗡氣地大叫：冷死了，冷死了，快去前面溫暖的池塘……夢中的保英清楚地感到，自己在這兩種聲音的吵鬧中猶豫地站了片刻，但隨後卻無可奈何地被那強有力的聲音牽引著，又一步一步朝著河床的上游走去。河床兩岸的景致依舊，那些乾枯的樹木，那些掛在枝杈上的鳥獸們乾癟的死屍，陽光下泛著金光的麥茬地，殘牆斷壁的空房……一切的一切，都像過去一樣清晰地出現在他的視野中。不同的是，這次沒有了人影，沒有了保德、保文，沒有了年輕的母親，也沒有了漠然的先人，同樣也沒有了那群總像黑色巨石般紛紛落下的尖叫的烏鴉。保英沒料到自己能如此輕鬆地奔向那個溫暖的水盆。他看著自己在奔跑，看著自己變成幼年時那赤條條的模樣，終於一步跨入了那盆溫暖得讓人渾身癢酥酥的水中……就在這個時候，保德、保文等人忽然不知從什麼地方冒出來了。他們原本熟悉的臉幻化爲猙獰的惡魔，青面獠牙地向自己撲來。

他們嘴裡發出陣陣恐怖的大笑道：「我們可把你盼來了，哈哈哈，你終於來了。」盆中幼小的保英已能清清楚楚地看見他們揮舞著的蝙蝠般烏黑的利爪……

「媽，救我！」保英驚恐地大叫一聲，立即從惡夢中醒了過來。

保英簡直不敢相信眼前這地獄裡也無法看到的情景：堂屋內油燈通亮，自己渾身一絲不掛，正爬在一個女人同樣被扒掉了褲子的身上。這女人不是別人，而是自己那已進入風燭殘年的老母親！保英看見自己襠間那醜陋的物件已經洩光，正蔫軟地從老母的下身裡光滑地脫殼而出……保英徹底懵了！他分不清這荒唐絕倫的一幕究竟是眞是夢。可他頭上「劈啪」的打擊聲和眞切的疼痛，讓他徹底醒了過來。他看見五斤正驚恐而憤怒地坐在一旁，一面瘋了一樣用笤帚猛打他的頭，一面聲嘶力竭地罵道：「你是人還是畜生啊？你看看你豬狗不如的樣子！日他媽我咋會有這麼個不要臉的哥啊。」

保英死魚般的眼神中掠過一絲惶惑。他看看身下已經昏死過去的老母，又望望自己的下身，甚至微笑著搖了搖頭。伴隨著五斤那尖利的叫罵和雨點般落到頭上的笤帚，保英僅存的那一點點疑惑徹底地變成了絕望。

「啊，狐精！狐精又來了，快打啊。」被折騰得已暈厥過去的莽魁婆姨，終於在五斤的尖聲叫罵中醒了過來。她嗷地尖叫一聲坐起身來，雙眼驚恐不安，臉色一片蠟黃。

「媽……」保英喃喃地叫了一聲，隨即驚慌失措地在炕上尋著自己的褲頭穿了。他驚恐地瞪著一雙失神的眼睛，又恍惚地搖了搖頭，似乎仍無法相信眼前的一切。

「啊，保英？」莽魁婆姨怔怔地望著兒子，然後又「啊」地一聲尖叫，這才想起自己赤裸的下體還暴露在兩個兒子面前，慌亂地扯過被子來搭在了身上。

「日你媽你還是人不是人!?」五斤仍像個徹頭徹尾的瘋子一樣，狠命地打著保英的頭，「我要是不起夜撒尿，鬼知道你會做下這等不要臉的事體。」

保英仍愣愣地坐著，疼痛此刻於他，早已經變成了虛無的感覺。他想著剛才的夢境，想著今夜沒有飛臨自己頭頂的那群尖叫的烏鴉，回過頭去看了看堂屋的門洞，卻見那裡空空蕩蕩的，這才想起來是昨天下午水娥洗衣服時，順便將老母親那掛滿銅鈴的門簾拿去洗掉了。當時老母親不讓，後來在水娥的殷勤勸說下，才勉強順從了她的意思，看著她將門簾上的銅鈴鐺一枚枚摘下來放入土櫃的抽屜，抱著那塊門簾出去了。

「媽！」保英的頭裡像塞滿了棉花，木然得完全停止了運轉。五斤那暴雨般的痛擊仍在繼續，但他卻感覺不到疼痛。他望著老母，眼神中籠罩著的全部是恐怖、癡然、絕望和悲涼。

「媽……」保英下意識地喃喃著。

莽魁婆姨終於明白了眼前發生的事。就在昨天兒媳要來洗門簾時，她心中曾有過一絲猶豫，怕今年夏天裡至今未露面的那隻狐精鑽了空子。沒料到今晚果真來了，莽魁婆姨更不會料到，所謂的狐精居然是自己的親生兒子保英！過去這麼多年裡恍惚發生在夜間的事，像閃電般一幕幕又出現在自己的眼前：生完保才後，男人莽魁幾年內幾乎都沒再做過乃事，不料後來竟雄風重振，夜裡像個吃不飽的壯漢般沒完沒了起來。莽魁婆姨望望上身赤裸的保英，見他腰身上那顆和莽魁長在相同部位的黑痣，飽滿而巨大，像一隻開得正盛的黑色花朵，在油燈下閃爍著令人迷惑的幽光。莽魁婆姨老眼裡慢慢滑落下一串冰涼的淚水。她伸手將五斤手裡的笤帚一把攔住，有氣無力地喃喃說道：

「五斤你甭再打了，你打的興許不是你哥，你怕打的是你爹哩。」

「媽！」保英聞言，發出一聲似人似獸的厲聲怪叫。他那雙死勾勾的眼睛無神地望著五斤，過去多少年來自己心中那種說不清緣由的感覺終於找到了答案。「我就說哩，我就說哩。」他喃喃自語道。此刻，保英的神思已從剛才的癡迷和恍惚中漸漸清醒，他知道自己終於找到了自己和這個奇怪的孩子間的神祕關聯。而這種關聯本來就是以絕望的形式存在的，注定在找到的剎那間就意味著摧毀。

「媽你說的甚瘋話！把你氣得直說胡話哩，他能是我爹？呸，不要臉的東西，連我哥都不配當。」五斤一邊呸呸地往地上啐著，一邊厭惡至極地說。

保英抬起自己那顆已麻木得如同一塊石頭一樣的腦袋，望了望老母親，又望了望五斤。

他失神的眼中沒有半滴淚水，在清油燈的照射下，烏塗塗的沒有一絲反光。他的嘴角動了動，不知道是想笑還是想說點什麼。但他最終卻什麼也沒有說，手腳僵硬地爬下炕去，恍恍惚惚地穿過空落落的門洞，走出堂屋，消失在院子裡那團漆黑的夜色之中。

「保英！保英！你甭亂想，你好好活，媽還有兩句話給你說哩。」堂屋中莽魁婆姨淚流滿面地喊了兩聲，見他沒有回轉，便也再無力氣去管。她撲倒在被子上，終於嚎啕大哭起來：「我不早死等的是甚？我等來的是甚嗎？老天爺我日你媽哩，你把我一個老婆子往死裡糟蹋呢。呀——啊！」

那哭聲在半夜三更傳遍吊莊的角角落落，使沉睡中的男女老少皆在夢中打了個哆嗦。隨即神馬蛇道、荒誕不經的事情紛紛闖入了他們原本甜美溫暖的夢鄉，使他們一個個咿咿呀呀、痛苦萬狀地發出一片囈語。

後半夜，一個響亮的炸雷忽然橫貫夜空，隨即竟「劈啪劈啪」地下起了瓢潑大雨。被驚醒的村人們冒上腦海的第一個念頭就是：啊呀，麥子！

「日了他老先人了。」村人們憂愁地嘟囔一聲，隨即翻過身去，迷迷糊糊地又進入了夢鄉。

38、

吊莊四周這片土地，在經歷了過早到來的這個夏天的灼烤之後，在地裡的青苗終於在煩躁難耐的村人們的盼望中變得金黃成熟的時候，卻如同一個長久被壓抑的人，在神經繃到極限的時候忽然走向了瘋狂。七月十一日，吊莊家家戶戶皆已磨好鐮刀，準備第二天開鐮收穫的時候，夜裡卻忽然下起了暴雨。這場大雨從後半夜開始落下，猛如瓢潑，一直延續到第二天仍沒有半點要停歇的跡象。

在這片雨聲中，吊莊村人們一直睡到吃早飯時刻仍懶得起來。他們躺在土炕上，煩躁地聽著房椽水猛烈敲擊瓦盆的聲音，心裡急得像猴在抓撓。「唉，你看這天爺日弄人哩！好不容易盼到了麥黃，卻偏偏這個節骨眼上撒起了天尿。唉，麥子，那麼厚實的麥子啊！」他們在被窩裡想著田野裡那翻湧的麥浪，一邊不住地歎氣，一邊心疼得直揪自己的頭髮鬍子。被酷熱曬蔫了精神的碎娃們，在一片爽快清涼的雨氣裡卻高興得睡不住懶覺，大呼小叫地早早下了炕，把藏在櫃桌底下的泥蹄拿出來綁在腳上，「踢嗒踢嗒」地到街上踩著泥水瘋去了。

此時雨聲正盛，晴天裡那片響徹吊莊上空的蟬噪，卻像一場熊熊燃燒的大火猝然被澆滅一樣，顯出一派叫村人們甚感陌生的靜寂。

快晌午的時候，雨不但不收，反而越下越猛。吊莊四周、街道、院落、豬圈、馬廄到處黃湯四溢、泥水長流。院子裡的積水順著各家門道下的水眼奔湧而出，在村街上匯成一條小河，歡快地喧嘩著流向吊莊村前的澇池。村人們再也無心思裝睡了。他們從土炕上爬起來，披了蓑衣、雨布或蔴片，綁了泥蹋或乾脆赤著雙腳，紛紛到村前去察看正在被雨水肆虐著的麥田。古塔和那道年代不明的牌坊下，到處聚集著神情憂鬱的男人。他們望著在暴雨中痛苦搖擺的麥子，數目相對卻不發一語。但後來，幾個在雨天裡耍水玩泥的碎娃的一聲驚叫，讓人們紛紛跑向了古塔前的澇池。他們驚慌地奔跑著，在泥濘不堪的土路上甩起一長串的黃漿。

在這個令人晦氣的日子裡，老袁家又出了一樁大禍事：那個在吊莊繼其父莽魁之後最有威望、最令人膽怯的袁家長子保英，一夜之間辭陽赴陰，永遠地到另一個世界裡去了。

保英的屍首是被幾個在澇池旁玩泥巴的碎娃發現的。村人們在他們失聲尖叫中圍聚到澇池旁時，看到的竟是一副血腥而慘烈的景象：保英仰面漂浮在澇池中央，赤身裸體，一絲不掛。他的屍身已經泡得有些發白，血跡皆被沖洗一盡，只能看到胸口幾處發青的刀刺窟窿。最令人不敢正視的是，他襠間的陽物被利刃鏇掉，空蕩蕩地留下了一塊醒目的傷口。保英的臉上似乎看不出死人常有的那種痛苦或猙獰之相，反倒顯得極其平靜和安然。

村人們忘記了對麥田的憂慮，他們被這突如其來的事件驚得呆若木雞。

「唉，又出事了！老袁家這幾年的禍事，比老漢衣縫裡的蝨子還多。」

「誰跟保英結了這麼深的仇？你看心狠的，連卵蛋都給割去了。」

「跟馬種匠死得一樣慘，怕是遭了土匪的劫殺。」

「老袁家雖說家業大些，可除了糧多院闊，有甚可值得搶的？八成是被人尋了仇。」

「哎，你們看！保英手裡攥著一把鐮刀，該不會是自殺的吧？」

「甭滿嘴跑牙！你見過誰自殺還割了自己的卵蛋？他拿刀肯定是和殺他的人去拚命的。」

……

村人們又震驚、又亢奮地圍滿了澇池四周，議論紛紛，猜測不斷。澇池內保英泡得又脹又白的屍首，就像是開在水中的一朵碩大而奇異的花朵，使人們心中泛起一股難以述說的複雜情緒。他們在這朵白花前驚懼、狐疑、猜測和不斷歎息。過去老袁家在人們心目中所有不快的回憶都被寬容地遺忘，此刻縈繞心中的，完全是深切的同情和淡淡的哀傷。大雨仍在無休無止地落著，從吊莊村街上匯聚而來的積水流入澇池，在這汪原本清澈明亮的水中沖出一道越來越寬的濁流。澇池漸漸變得混沌起來，保英屍首四周已經泥水難分、模糊一片，人們這才意識到應該趕緊去給袁家報訊，把人從澇池中打撈上來再說。

幾個自告奮勇的小夥踩著齊腳的泥漿，跑到村西老袁家的大院去報喪訊。剛一進門，卻見老袁家哭聲一片。「哎，莫非袁家已經知曉了？既如此，做甚不趕緊去撈人，眼睜睜地看著保英就那麼可憐地泡在泥水裡？」幾個小夥心中納悶，走進堂屋看時，卻見保雄、保武和幾個婆姨碎娃，正圍著一張靈床失聲痛哭。靈床上躺著面色蠟白、身穿壽衣的莽魁婆姨，顯然是已經下世了。

幾個小夥嚇得變了臉色，一時怔在那裡，不知道還敢不敢再把保英的死訊說出口。

「大婆她老人家……歿了？」一個小夥怯生生地上前問保雄。

「歿了。唉，好端端的甚事沒有，我媽不知爲何，昨天夜裡卻忽然上吊了。」保雄眼圈紅紅地說，「你幾個有甚事嗎？」

「你大哥……」

「保英？他在哪裡？家裡出了這麼大的亂子，他倒躲得沒了影子。」

「在……在澇池呢。」

「在澇池？下恁大的雨在澇池做甚？」保雄既驚訝又怨憤地問。

幾個小夥面面相覷，本來很輕易的話卻誰也說不出口。最後一個膽大莽撞的半大兒娃說：「死咧！叫人殺了，在澇池裡泡著哩。你兄弟幾個趕緊去撈，澇池邊上的人都圍滿了。」說罷，幾個人都不敢再看袁家人的臉色，逃一般低了頭，慌慌張張地從院子裡跑出去了。

這消息猶如又一道晴空霹靂，把守在莽魁婆姨四周的袁家老少都嚇得立愣住了哭聲。他們簡直不敢相信自己的耳朵，不敢相信世界上竟會有如此雪上加霜的事情。一直悶頭坐在老母親靈床一側、既不說話也不流淚的五斤，此刻卻忽然惡狠狠說了一句：「死球了拉倒。」保雄吃驚地望了他一眼，以爲這傻熊不知道輕重，「啪」地抬手就扇了他一個耳光。此時水娥從震驚中醒過神來，拖著長腔哭道：「娘啊爹啊，把我男人歿了！靜花我的傻娃，你再也沒有你爹了。」然後就歇斯底里地精赤著雙腳跑出堂屋，尖聲嚎叫著往澇池去了。

保雄和保武悲傷地對視一下，卻又都把目光轉向了別處。保雄默默地從牆上取下一卷麻繩，低頭就往外走。保武轉身看了看在靈床上像安睡一般的母親，二話沒說就跟著二哥走入了外面猛烈的雨線。

七月十二日這個風急雨大的晦日裡，吊莊被發生在老袁家的兩宗喪事攪得四處一團驚慌。正午時分，全村人幾乎傾巢而出，圍在風雨交加的澇池旁。保雄、保武和村裡幾個熱心腸的後生下到已渾濁得像黃泥般的水中，小心翼翼地將保英赤裸的屍首撈了上來。袁家兩兄弟在整個過程中幾乎沒說一句話。他們目光死沉沉的，臉上毫無表情。瓢潑大雨讓所有人滿臉是水，也辨不出他們究竟有沒有流淚。人們看到老四保武的右手腕無力地耷拉著，只能用左手和嘴綁緊和鬆開自己身上防止滑進深水的麻繩。

保英那缺損了男人標誌的屍首，在吊莊村人上千雙眼睛的注視下，在婆姨水娥趴在泥漿裡撕心裂肺的慟哭中，在肆無忌憚的狂風暴雨裡被抬進了袁家土院，被淨身洗面、穿起一套筆挺的壽衣，併排放在了老母親的靈床旁。袁家一家老小在保雄的指派下，悲哀而無助地忙碌著兩個親人的後事。保雄也曾問過五斤幾次，讓他說說老母親好端端的，為何一夜之間會走了絕路。五斤先是悶著頭一語不發，問得急了，反倒脖子上青筋暴脹地衝二哥嚷叫起來：「我不知道，我不知道，要問你問保英去！」保雄從五斤那像大人般銳利的目光中，確實也曾暗暗猜測老母與大哥一夜間雙雙亡故有什麼聯繫，但悲傷和衰落的頹廢使他終於啞了口，再也沒有去探聽任何細節。他忙得幾天之內臉頰黑瘦了一圈。他常常站在兩個親人的屍體前，心中默默地說：「去吧，安安靜靜地去吧。你們也只是早走一步，遲早我們都會來的。」

袁家原本打算待雲散雨歇之後再安埋老母和保英，無奈這場雨連下三天仍連綿不絕，絲毫看不出有罷歇的跡象。雖說下雨使天氣驟然涼爽下來，但畢竟夏天放不住屍體，只好決定冒雨埋葬。七月十五日，在滿街滿院的泥濘之中，兩口黑漆棺材被十幾個青壯男人從袁家大院抬了出來，冒著紛落的急雨向公墳而去。保雄曾去請過錄世家的樂人班子，無奈因五斤出生那年兩家結怨，沒有請得出來。倒是五斤說通楊戲頭，帶了幾個男女戲子在入土前冒雨唱了幾段戲、敲了一陣子鑼鼓，算是給兩個離世之人舉行了點小小的儀式。袁家一夥男女老少跟在棺材後頭，過多的悲哀已使他們變得痲木和疲憊。沒有人的哭聲，只有孝子們腳踩在黃泥中發出的一片「踢嗒」聲。吊莊的村人們冒雨踏泥地站在自家門前，看著兩口棺材被永遠抬出了死者先前生活的這個村莊。他們不知爲何又想起了那年保德入葬時的情形，嘴裡自言自語地說：「也眞是日怪事！老袁家這幾年埋人都爛泥一團。埋保德時正逢積雪化得稀爛，今年又遇上這麼個大雨天。」

一切無論是平淡無奇還是觸目驚心的事，最終都會被不斷向前奔波的生活流水所淹沒。在莽魁婆姨和保英神祕的死因被饒有興趣地猜測談論了數日後，這一宗事件漸漸便在村人們的心中變得遙遠而模糊。他們望著陰雲越聚越厚的天空，整日冒著大雨在田野四周焦急地徘徊。老呱呱一雙小腳竟也綁了泥蹄，坐在吊莊的古塔前，做起了祛雨大法。她雙目微閉，嘴裡念念有辭，一手胡亂地揮舞著，另一手將菜刀剁向空中。

但這一切都不能奏效，這場狗日的淋雨仍是沒完沒了地下個不停。到七月底的時候，田野中的麥子皆已被雨水打落在黃泥裡。金黃的麥桿漚爛發黴，一顆顆已經成熟的麥粒被雨水浸泡得發了酵，竟滿世界瀰漫出一股濃濃的酒香，令人昏然欲醉。這段時節，吊莊各戶人家餵養的牲口家禽和野外成群結夥的鳥獸們，卻興奮得如同過年。它們紛紛衝向田野，爭食滿地那發酵的新麥。濃烈的酒氣將這些畜生們醉得東到西歪，令人作嘔的穢物吐得滿地都是。

村人們先是在這種漫天飄蕩的酒腥味中痛苦得捶胸頓足、淚流滿面，有的人甚至撲進麥田裡，將那些漚得酥軟的麥粒帶著黃泥搶回家來。但慢慢地人們卻再一次平靜了下來。他們不再到田間去看那令人辛酸的場面，而是獨自待在家中睡覺、喝酒或聚在一起遊壺、揪方。收穫的話題已經毫無意義，他們討論最多的，就是今年這奇怪的氣候究竟暗示著什麼。這是吊莊多年來罕見的一個夏天，沒有忙碌而熱烈的場景，一切都浸泡在濃濃的雨汽中，顯出農閒時節才有的一派冷清、寡趣和懶散。

「你看看這沒頭沒尾的雨，怕是要滅絕咱這一帶哩。」有人說。

「怕的球！咱吊莊就算兩年絕收，倉裡的陳糧都餓不死人，有甚可怕的。」又有人說。

「你年青人懂個屁！誰知道還有甚災禍呢？你看這白茫茫的雨線，透著一股煞氣。」老漢們一聽這話，就黑了臉發起性子來。

已經到八月了，這場持續了一個月的雨仍不停地下著。村人們漸漸早已不再談論被打落的麥子，村裡有些人家年久的土牆或柴房已經被雨水泡得酥軟，塌牆倒房的事已漸有發生。對性命的擔憂開始成為人們心中一塊驅散不走的陰雲。此時，吊莊所在的這塊大地已經變得像一個無邊無際的沼澤，那些成排的房屋岌岌可危地浮在這片沼澤之上，人們似乎可以感覺到整個村莊都在晃晃悠悠，終有一日會轟然坍塌或全盤陷入泥漿之中。

「這是天要殺人哩！」吊莊那些德高望重的執事老人們一言斷定。他們率先從憂患和惶恐中擺脫出來，四處遊說，安穩人們慌失的情緒，坦然面對命運的安排。「要活都能活，要死都得死。這有甚可怕的？咱吊莊人死在一起，倒也算得上是一種福分。」他們平靜地說，如同佈道的聖人。

39、

這場大雨使楊家戲班更是陷入了不可自拔的泥潭。

自從六月底那個神祕的土匪以迅雷不及掩耳之勢顯身以來，楊戲頭像徹徹底底變了個人。他一反常態，再也不去苦心經營戲班的生意。開始時男女戲子見他舉止古怪，嚇得變臉變色，裝模作樣地勤奮振作了幾日。但這種振奮沒幾天就懈怠下來，隨之而來的是更渙散、更肆無忌憚的惡習到處滋生蔓延。到六月底，幾乎已經沒有人再來請戲。雖說夜裡的皮肉生意尚可維持，但與以前相比，也已是蕭條了許多。而楊戲頭似乎根本就沒有注意到這一點。他足不出戶，整日懷裡抱著那桿土槍呆坐在炕上。遇到有誰偶然推門進來，他會在一派幽暗之中猛地跳起來，舉槍瞄準來人，哈哈大笑道：「好啊，這次你可是自投羅網，再也甭想逃出我的手心了。」那些戲子們往往被嚇得連連擺手，大叫：「老闆，別開槍，是我，是我呀！」楊戲頭才恍若夢醒地將槍放下，和來者說話。漸漸地，戲子們不敢再貿然踏進他的房間，任他一人沉浸在那種可怕的瘋魔狀態。戲子們人心惶惶，有人甚至產生了逃離戲班、各奔東西的想法。向來管理嚴明的皮肉生意，由於楊戲頭對上交錢款的逐漸漠不關心，一些戲子開始偷著截留和私分。他們見楊戲頭上繳多少就收多少，果然心中無數，膽子便大起來。男女戲子勾結起來，搭幫結夥地拉客買肉，分外努力，竟漸漸又使蕭條衰落的夜間生意恢復得越來越紅火。戲子們幾乎不再操琴吊嗓，而是不分白天晚上地四處招攬嫖客，竟連吊莊一些未婚的小夥和嗜淫成性的男人也捲入其中。「狗日的好好一個戲班，竟不唱戲，完全變成一個明著的窯子了。」吊莊人眼看著戲班的變化，無不在背地裡起了罵聲。甚至有些性格剛直的人謀圖糾集起群眾，將戲班從吊莊趕走。無奈年輕的後生們擁者甚少，只好作罷。「唉，正氣都壓不住邪風了，百年吊莊就毀在那一幫狐狸精手中了。」吊莊的老人們幾乎逢人就一陣嘮叨，唏噓不已。

如此盛況並未持續多久，七月十一日夜間開始下起的那場大雨，幾乎徹底葬送了楊家戲班越來越紅火的皮肉生意。對大片已經成熟的麥子盡遭水害的痛惜，使村裡那些樂淫不疲的男人們沒了心思。加上四處一片泥濘，多少個晚上戲班大院裡都空無客人。「沒事，等雨歇了咱再掙錢。這段時間吃好喝足，養精蓄銳，身體可是咱們的本錢啊。」男戲子們安慰著愁眉苦臉的女戲子，給她們加油打氣。但這場雨卻經月不停，戲班裡日日分文不進，漸漸坐吃山空。到八月初時，所存糧食已經是所剩無幾。戲子們看見楊戲頭出屋解手，便告之以實情，不料楊戲頭卻一臉不耐煩地說：「去球去球！沒糧吃找我做甚？沒糧吃難道要吃我的肉嗎？」

雨仍不住地下著，田野裡的麥桿已被漚泡成了稀滑的草泥，發出濃烈得讓人幾欲窒息的腥氣。戲班子整日吃完了睡，睡醒了吃，百無聊賴地打發著日子。楊戲頭除了吃飯時露個面外，不分黑明待在屋中搗鼓那兩桿土槍。他的臉也如同被水氣漚泡了一樣越來越蒼白，眼睛裡的兩束銳光卻燃燒般越來越明亮熾烈。

「咱老闆怕是瘋了？」

「誰知道啊，打上次沒了右耳朵以後，他確實是越來越怪氣了。」

「雨再不停，咱跟著他就餓死了。」

「那還不如趁早散夥，各回各的老家罷。」

……

戲子們無所事事，整天聚在一起感歎和議論。夜裡沒有嫖客上門，閑來寂寞，男女戲子便相互調笑淫樂，甚至混宿一處，多人一起做豬狗不如的事體。做著做著也厭了，便又尋著法子找刺激，找來找去就將主意打到兩個不合群的人頭上來了。

這兩個人就是五斤和小寧。

小寧自從被五斤家人勸回戲班後，給楊戲頭說過，仍獨自住了院子最靠後的那間小屋。

這個時節裡楊戲頭已經徹底撒手戲班諸事，整天待在屋中癡迷地幻想復仇的事。男女戲子不再操琴排戲，而是終日招客淫樂，賣身掙錢。小寧已是個懂得了事體的女子，她看在眼裡，急在心頭，幾次都推開門去找姨夫楊戲頭告狀。沒料到姨夫卻像不認得她一般，厭煩地說：「你來說這些廢話做甚？我自己的事都管不過來，還有心思管那群婊子？」他死盯著槍筒的那雙眼睛，在光線昏暗的屋子裡亮得叫人害怕。小寧本來還想規勸幾句，一看這架勢，嚇得心早「怦怦」地狂跳起來，啥也不敢說就逃一般地出去了。

戲班裡本來是輪流換班負責一日三餐。男女戲子相互勾結，沒黑沒明地賺髒錢暗飽私囊。他們見小寧一個女子娃心態高傲，不和別的女戲子來往，竟欺負她頓頓在廚房幹活。不唱戲閒來無事，小寧倒也無甚怨言，能做好的事儘量免出差錯。忙活完畢，她回到小屋關緊房門，卻是舉目無親，常常淒涼寂寞得趴在被窩裡暗自哭泣。小寧不知為什麼總想起五斤，想起淨花告訴她的有關五斤的祕密。每當這時，她滿身竟顫慄般掠過一陣奇妙的感覺，這感覺讓她羞愧不已。「哼，就你一個碎娃，你不理我，我還懶得理你呢。」小寧在被窩裡忿忿地說。可話雖硬氣，五斤那蹲蹴著的背影卻怎麼也難以從她腦海中抹掉，總是讓她再一次充滿好奇難忍的想像。

但在白天裡，小寧卻真的不理睬五斤了。六月底戲班已不再排戲練功以來，儘管早已經沒有了薪水，五斤卻每天依舊到大院中來。男戲子們前一段都因為戲頭對他的器重和賞識而眼黑他，女戲子一看見進院，竟不管他才多小的年齡，浪聲笑著高叫起來：「五斤，咱不再演戲了你還來做甚？你是來當嫖客嗎？你這碎熊，把褲子脫下來讓人看看，傢伙長硬了沒有？」說罷，一幫女戲子便哄笑著將五斤圍住，耍弄著就要脫他的褲子。五斤尖聲叫罵著掙脫了便走，女戲子在背後說：「看把你値貴的！我們看都看不得，你是留給小寧吃獨食嗎？」隨即又是一陣浪聲淫笑。五斤不理睬女戲子，只是低著頭在院裡閒走，沒著沒落地不知道該做點什麼。他見小寧正站在房門前瞅著自己，便訕訕地走過去想和她說話。不料小寧卻轉身進去，「砰」地一聲重重地關上了屋門。

七月裡，五斤幾乎再也沒有來過戲班大院。即便偶而來，也只是在滿野地、滿塄坎閒轉過之後，回家前到這裡來默默地立上一陣。女戲子見狀不和他耍笑，而是在院中高叫：「小寧，小寧，客來了！客是專爲你而來的，快出來接客啊。」小寧知道是別人在捉弄自己，只悶了頭在屋裡生氣，並不瞅睬她們。五斤似乎並不在乎是否有人出來，而是在戲班大院裡挨門挨窗地撫摸一遍，天擦黑時才蔫頭蔫腦地轉身回家。

七月十一日一夜之間，袁家同時死了莽魁婆姨和保英，往後的日子又一直淫雨連綿，戲班大院裡的男女戲子除出殯那日，被楊戲頭吆喝著去葬禮上唱了兩段戲外，之後似乎就再也沒有見過五斤的面。雨天裡沒有客人，男女戲子們便胡浪在一起，變著法兒找樂子。他們見小寧像個失魂落魄的寡婦一樣，經常久久地站在門口張望，心裡便生出了一個惡念。他們一邊無恥廝混，一邊滿嘴噴糞地說：

「小寧也到知曉風月的年齡了，可惜相中了一個沒有長硬的碎娃。」

「小寧是咱院唯一的處女，我眞想給她開封。」

「把你架勢大的！小寧可是管戲頭叫姨夫哩，你狗熊不怕那兩桿黑槍？」

「咦，咱把五斤和小寧撮合在一起，看著小寧起急。」

「這倒是個樂子！咦，你戲唱不來，這方面倒有靈性。」

……

無聊閒悶得心裡像長了草的一群戲子，頓時來了精神。他們想像著把小寧和五斤弄在一起調戲耍弄的情形，恨不得立即就將兩人捉來。這種想像讓他們的淫心復起，就又分撥論對、勁頭十足地胡浪了一氣。

但五斤卻再也沒有到戲班大院來過一回了。

老袁家連遭禍事，使吊莊這個原本人丁興旺的望族大戶，變得更加冷清和衰敗。保雄、保武操心安埋了母親和長兄，給大嫂水娥說了許多寬慰的話，便各自回家去了。空蕩蕩的一個大院裡只剩下了水娥、淨花、五斤和關在房間裡終日放屁不絕、咕咕噥噥說不清一句話的老莽魁。水娥雖然沉浸在這場滅頂之災帶來的悲傷之中，整日以淚洗面，但她仍然一如既往地擔起了做飯、伺候老小、餵豬養雞、打水掃院的沉重家務。五斤仍住在老母留下的那間堂屋中。這次災變使他一夜之間完全變了樣。他不再像過去那樣總是沉默寡言得如同大人，而是像終於擺脫了某種束縛自己的羈絆一樣，驟然間變得暴躁而任性。水娥在這個晦雨不絕的季節裡，經常看到這個跟自己孩子一樣大小的碎娃踩著滿院的泥濘打豬罵雞，眼睛裡噴射著可怕的怒火。水娥隱隱約約感覺到五斤的變化與那個可怕的災難之夜有關，但她不敢細問，她只能小心翼翼地維持著這個支離破碎的家。

但很快連這種短暫的平和都難以維持。五斤不知中了什麼邪，總是故意找茬和水娥嘔氣。一天晌午，做好飯的水娥讓淨花給她七爸端到堂屋，沒多久卻聽見前院吵鬧了起來。水娥出去看時，見五斤竟將一碗扯麵潑倒在泥濘的院子裡，橫鼻子豎眼地正在指著淨花罵道：「日你媽誰讓你到堂屋來的？滾滾滾，我看見你們一幫狗日的就噁心。」罵得淨花紅臉脹脖，委屈得兩眼噙滿了淚水。

「五斤！娃給你把飯端來，你倒發脾氣罵她！你心裡到底有甚話你就說，沒你哥了，咱還有啥心思淘氣鬧架的。」水娥說著，眼圈又紅了起來。

「我哥？他狗日的也算是我哥？」五斤站在堂屋前的房沿臺上，一邊聲大傲高地說著，一邊呸呸地往地上吐著唾沫，噁心得就像是吃了蒼蠅。

「你屁大一點碎娃，說話越來越沒邊了。」水娥一聽五斤這麼說自己死去的男人，終於忍不住動了肝火，「家裡出了這麼大的事，你長得一人高了，一把活不幹，整天吊著個驢臉叫人伺候不說，倒掄屁眼摔胯骨地找茬叫板了。」

「我叫你狗日的伺候了？」五斤竟抬起頭來，怒目瞪著水娥，像剛才對待淨花一樣高聲叫罵起來。

「你！你你！」水娥氣得一身的肉都嘩嘩嘩顫抖起來。她抬手「啪」地就給了五斤一個耳光，「你要是看著我們不順眼，你有種就滾！滾得越遠越好，再也甭吃一口我做的飯。」

五斤捂著被扇得麻疼的臉，沒有哭，竟「嘿嘿」地冷笑了兩聲道：「我巴不得哩！夜夜睡在這屋我都噁心得想吐。」說完竟轉身走進堂屋，甩手踢腳地賭氣收拾起自己的幾件衣服，綁了泥蹄就往外走。水娥見狀心又軟了下來，在門口堵住他道：「你碎娃上哪裡去？又是去戲班？那裡都成個什麼髒窩了，你還有臉去！」

「再是髒窩也比這裡乾淨。」五斤硬是低著頭從水娥的胳肢窩裡往外鑽。

「你到底是犯了甚病嗎!?」水娥氣得放聲嚎哭起來，「你心裡到底有甚話？老是噁心噁心的，這堂屋到底出了甚怪事？哎嗨，這個家，這個家啊。」她渾身像被人抽光了血一樣虛弱無力，可憐兮兮地看著這個愣頭青撥開自己，一頭鑽入了外面的大雨之中。

「唉，保英，保英啊！」水娥一屁股癱坐在地，大哭不止。

這場大雨一直持續到了八月中旬，這才扭扭捏捏地雲收雨歇，漸漸放晴，那顆久違的太陽終於露了出來。被一個多月的大雨澆得酥軟泥濘的這片土地，沐浴在從天而降的太陽光中，像一個久病初癒的老人般蒼白無力。吊莊的村人們從瀰漫著濃濃的霉味的土屋中鑽出來，聚集在莊前那座古塔旁，相互無言地望著這久違的太陽和朗晴的天空，臉上並沒有顯露出一絲擺脫災難的喜悅和興奮。吊莊四周無邊無垠的田野中，一個多月前那翻滾湧動的金色麥浪，早已化為烏黑稀爛的草漿，散發著一陣陣熏人的腥氣。栽在村莊四周的許多樹木，因土壤鬆軟而東倒西歪，呈現出一副讓人心酸的頹敗之象。

「唉，禍不單行，誰知道後面還會發生什麼。等著吧，等著天殺了咱吊莊。」

村人們一邊唉聲歎氣，一邊捋了衣袖，開始弄來泥漿，加上草節和石灰，修補殘損的院牆、照壁和沖刷得露出了葦箔的房頂和屋背。

天終於晴朗起來。那顆太陽又像往日般慷慨地投下一片金色的陽光，但它卻如同在雨水中受潮了一樣，變得溫和而虛弱。一個月前還在樹木深處拚命高叫的蟬，不知是皆已淹死在這場大雨中，還是飛向了別的地方，此刻已是悄無聲息。沒有了一聲蟬鳴，到處顯示出一種令人陌生的寂寞和冷清。

秋天的影子隨後便飛快地降臨到這片土地上。

40、

五斤是於八月初的一天冒雨來到戲班大院的。

當時幾個男女戲子正在偏廈房中無聊地調笑或說著閒話，一個女戲子趴在窗臺上發愣，卻看見多日不見的五斤，正低著頭從大門外走了進來。她像閒貓看見一隻耗子般立即興奮地尖叫起來：「五斤，五斤來了！」其他戲子聞言立即衝到院裡，將五斤連推帶讓地叫到了偏廈屋內。

「五斤，戲班不排戲了，你還來做甚?是看你小寧姐來了?」

「五斤，幾十天不見，人又高了一截。來，讓姐摸摸，襠裡的玩意兒長了沒有。」

「五斤，你到咱戲班來，天黑了我們給你教新戲，這新戲你準保愛演。嘻嘻。」

……

一群戲子七擁八拽，就解掉五斤的泥蹄將他弄到了炕上。這個摸臉、那個揣頭地笑鬧耍樂。五斤臉色陰沉，一句話也不說，只是用兩手將褲襠捂住，不讓幾個風騷的女戲子把手伸進去。

「我從今天開始來戲班住，不排戲我就到廚房裡燒鍋。」五斤說。

「那太好了。廚房裡每天都是小寧一人弄飯，你倆又能形影不離了。可是五斤，晚上你睡哪裡呢？」彥生臉上帶著不懷好意的笑容說，「你小寧姐倒是一人住一間屋。你去跟她說，黑天就和她睡在一起。」

「我不和女子睡。我黑了和男人住一屋。」五斤說。

「跟女子睡一起怕甚？你又不是大人，只是個碎娃。」

幾個男女戲子正滿炕瘋笑著拿五斤取樂耍笑，房門卻「吱扭」一聲被推開，小寧從外面走了進來。她不看那幫男女戲子，走到炕邊拽起五斤的胳膊說：「五斤你來，我有話要給你說哩。」說罷不顧別人的哄笑，將五斤從炕上拉下來，穿上泥蹄帶到了自己獨住的屋子。小寧將屋門關上，轉過身死死地盯著他問道：

「五斤，不演戲了你來戲班住爲甚？這是個什麼地方？能是你一個碎娃來的？你要住在這院裡，不出三天你就學得沒人樣了。」

「我不想在家住，我在家住著噁心。」五斤神情憂鬱，垂著眼皮不看小寧。

「家裡住著噁心？你犯病哩。好好的家裡住著噁心，跟那幫不正經的狗男女混在一起倒不噁心了？走走，我送你回去。」

「我不回去，我死了都不回去。」

小寧望著五斤，見他眼光中帶著一絲過去少有的煩躁和不安。她知道這個碎娃的強驢脾氣，便輕歎一口氣，沉默了半晌才說：「你在戲班住幾天也行，但不許住他們那裡，你就住我屋。」

「我不和女子住。」

「那我去跟我姨夫說一聲，你跟他睡。你要跟那幫人住在一起，準保變成個壞種。」

小寧說畢便開門走了出去。她來到楊戲頭的屋門前，先敲了敲門說：「姨夫，把槍放下，我進來了。」然後才小心翼翼地推門走進去。楊戲頭坐在炕上，懷裡仍抱著那桿槍。這間小屋中光線幽暗，四處散發著一股奇怪的霉味。楊戲頭漠然地看了一眼小寧，像不認識她一般咕噥道：

「你又來煩我！我忙事哩，你尋我做甚？」

「五斤來了，想在院裡住哩。」小寧說。

「住住住，愛住就住去。」

「住哪裡呀？讓他跟你住一屋行嗎？」

「去球！跟我住一屋？我忙著哩，誰也不要。」

小寧見楊戲頭滿臉厭倦和煩躁的表情，知道再說也是白搭，只得又心事忡忡地走出來。

「死說活說也得讓他跟我住一屋。」小寧這麼想著，進自己的屋裡看時，五斤卻已經不在了。她趕緊又跑到男戲子們住的那間大屋，果然看見五斤正被他們圍在炕上取笑。小寧拉下臉來，厲聲說道：

「五斤，戲頭說了，你要住只能住我屋。趕緊下炕。」

「喲，看把小寧猴急的！你甭怕，我幾個男人能把他咋了？在我們這邊住幾日，等我們給他開了竅，到時你不用拉他都往你屋鑽哩。」彥生本來對楊戲頭就心存忌恨，此時見小寧過來，立即在一旁陰陽怪氣地說道。

「你不要臉！」小寧一聽，臉上氣得青一陣、白一陣。她過去拽起五斤的胳膊，央告道：「五斤你聽話，跟我過去。」

「嘿，小寧果真是發情了。要不咱避開，就讓她和五斤在這裡耍罷。」另一個男戲子又說了一句，滿屋子人立即邪笑起來。

小寧也不再搭話，只是去拉五斤。沒料那五斤先是硬撐著不動，後來竟煩躁起來。他黑下臉來，嘟嘟囔囔地甩開小寧的手道：「你少管我，你是我的甚人有權管我？」一句話噎得小寧鬆了手。她怔怔地望著五斤，眼睛裡立即噙滿了淚水。她在周圍幾個男戲子陰陽怪氣的哄笑聲中站了片刻，用手指著五斤道：「我再也不管你了。有你碎熊哭爹喊娘的時候哩。」說罷扭過頭，氣咻咻地走了出去。

五斤在男戲子們的大屋中住了下來。他將自己的鋪蓋捲在大通鋪的角落剛展平，彥生卻抱起來，在炕中間擠出一塊地方重新鋪好。他說：「角落裡冷，你就睡在我們中間，晚上說話也熱鬧。」五斤猶豫了一陣，卻沒有再堅持住到角落。

五斤來到戲班大院，使小寧陷入了一種可怕的預感之中。前段時間一到夜晚，她就會想起五斤那乖僻的樣子，心中那份好奇讓她一直渴望再見到五斤。但自從五斤來大院住下那日起，她的心緒卻一下子變得恐慌不安。多少個夜晚裡男女戲子及各色嫖客們那淫蕩的調笑聲，總讓她不由自主地聯想起了五斤手中那些成群結夥地疊在一起交尾的蟲子。小寧趴在自己的窗戶上望著五斤沉默地來回出進的背影，似乎又看到了他在不知疲倦地觀察那些交媾的蟲子時的神情：陰沉、專注，嘴角不時浮過一絲誰也捉摸不透的微笑。想著想著，小寧忽然渾身打了個冷顫。過去對五斤所產生的那種讓人心神不安的好奇感，忽然間有了一個模糊的答案。儘管小寧還無法說清楚其中的關聯，但她卻強烈而清楚地預感到，一場可怕的災難會因為五斤加入了那群浪人而提前到來。

開始的一、兩天裡，小寧在做飯時總會忘記自己那天的指天發誓，仍苦口婆心地勸五斤搬回家或住到自己的屋中來。但蹲在灶臺角落裡燒鍋的五斤，被爐火映得通紅的臉上表現出來的那副神情，很快就使小寧徹底放棄了努力。小寧知道那是必然要到來的一場災難，是自己這雙無力的手所難以挽救的。她不再和五斤說話，而是每日趴在窗臺上，用舌頭舔破一塊窗紙，透過小孔看五斤越來越己熱地和那夥男女戲子混在一起。「唉，他才是個碎娃，他才是個碎娃呀。」小寧常痛苦地搖頭歎息，但她模糊的心中並不清楚自己到底是在歎息什麼。

八月分，這場令人厭倦的大雨終於停了。太陽從烏雲堆中鑽出來，明晃晃地照耀著這方被雨水泡得酥軟的土地。戲班的男女戲子們欣喜若狂了一陣，以爲過去那紅火的皮肉生意又能爲他們帶來滾滾財源。但很快，他們就陷入了失望之中。這場大雨吞噬了今年的全部收成，淋濕了吊莊的每一寸土地，同時也泡透了吊莊人本來如同夏天一般熱鬧的心緒。大雨初晴，四處仍滿目泥漿。人們蔫頭耷腦地修補著瀕臨倒塌的房屋和土牆，梳理淤泥，通暢水眼。他們的心緒如同被一場淋雨頃刻間變得溫和乏力的陽光一樣，沒有了往日的熾熱和喧鬧。夜幕一升，四處早已是人影稀落，並沒有人像過去那樣來尋歡作樂，位於莊東頭的戲班大院終日仍是空寂無人。

男女戲子們高亢起來的情緒，三五天便萎蔫下去。他們又開始用調笑和淫樂來打發無聊的日子，並隔三岔五地試圖將五斤捲入這種遊戲，以求得新奇和刺激。但這種試圖卻總是以失敗而告終。五斤無論誰怎麼誘勸，都絕對不到隔壁女戲子們的屋裡去。他一吃完飯就一個人回到屋中，或在屋角逗弄那些因潮濕而成群繁殖的蟲子，或乾脆獨自悶頭睡覺。那些男戲子有時甚至明著攛弄他學做成年男人的事，卻見他一臉厭惡的樣子，慢慢竟失去了興趣，早把要將他和小寧按弄在一起的惡作劇忘了個精光。「這碎熊不成，太小，傢伙還沒長硬哩。」男戲子們嬉鬧著說。他們夜裡常半宿半宿地和女戲子們胡整，回屋時五斤常常是早已沉沉入睡。男戲子們個個筋疲力盡，也懶得搭理他，鑽進被窩倒頭就睡。這樣一個多月，倒也井水不犯河水，彼此安生。

雨剛停住不久的一天夜裡，彥生因到吊莊去試著攬客未果，悻悻地回到戲班大院。這時別的男戲子都各自去尋自己的相好，屋裡只剩下五斤一人在悶頭大睡。彥生看他睡相乖巧有趣，心裡起了捉弄的意思。他將被子輕輕揭起，褪去五斤的薄褲時卻嚇了一跳：這麼點個碎娃，腿間那物兒竟細長如蛇，足有兩指來長。彥生取過一片糊窗紙，用唾沫舔濕後貼於五斤的腳心，再用一把蒲扇朝腳心輕扇。漸漸地，那物兒果眞如同被驚醒的蛇一樣，蠕動著昂起頭來，碩大赤紅，令人驚歎。彥生玩心頓起，他快步跑到隔壁，對一群正在飲酒作樂的男女戲子道：「隔壁來生意了，看架勢厲害得緊，估計沒人能伺候得了。」

「甚厲害主兒，連你都發如此感歎？」女戲子們浪笑著問。

「去看看就開眼了，都去都去，千萬不要出聲。」彥生不懷好意地笑笑，帶著一群人去了男戲子們的大屋。

眾人見屋內空空，除酣睡的五斤外並無他人。大家正一臉疑惑，卻見彥生悄不出聲地掀開了五斤身上的被子。眾人見狀，差點驚得叫出聲來。幾個女戲子更是色眼迷離、騷情難禁起來。

「看把你們賤的！甭看粗粗大大，怕只是個樣子貨，中看不中用的。畢竟才是個十來歲的碎熊。」彥生看著幾個女戲子，小聲笑罵道，「不過怎麼也是個童男子，讓你等幾個嚐個鮮罷。」

這幫淫蕩騷情的戲子們，做慣了群宿群奸的無恥勾當，說上就上。當時就有個叫秋蘭的女戲子，眾目睽睽之下寬衣解帶，爬上炕去，捉住那物兒就納。沒幾下五斤卻被弄醒，他睜開迷迷糊糊的眼睛一見此景，立即尖罵起來：「日你媽！你們這些不要臉的豬狗。」彥生等幾個男戲子見狀，竟嘻嘻哈哈地一擁而上，捂嘴的捂嘴，摁腿的摁腿，愣是將五斤死死按在炕上，任他怎麼掙扎都動彈不得。

「給這碎熊破了童身，他狗日的就知道跟小寧睡在一起有多美氣。」彥生淫笑著說。

「秋蘭，咋樣嘛？」炕底下另外幾個女戲子都已經起了喘聲，目光迷離地問。

秋蘭嘴裡卻已經是一片咿呀哼唧之聲，她只顧狂顛瘋擺，早已言語不得。炕下幾個女戲子道：「別貪，給我們留點鮮嚐。」話音剛落，那秋蘭卻已大叫一聲從五斤身上跌下，昏昏然沉睡過去。眾人看時，五斤那物兒卻如惡蛇舉首，仍可怕地挺在那裡。

「這狗日的真是個球精！」幾個男戲子見小小碎娃竟有如此工夫，臉上不覺有些難堪。彥生說：「你們一個一個輪流上，不信這麼點碎熊竟能長了個金剛鑽。」男戲子們仍死死地按住五斤，讓另外幾個女戲子上炕胡浪……

這一夜，戲班裡的五、六個男戲子全部傻了眼：幾個女戲子輪番上陣，狂浪了半宿，結果一個個都被顫慄的大浪衝垮，渾然死睡過去。而碎娃五斤襠間物兒卻猶如一截鐵杵，一直高挺不痿……那彥生本是耍鬧，沒料想結果卻讓他們白白顯眼，口裡咕噥道：「這熊聽說出生時就怪事不斷，我這回算是信了。」便示意眾人放開五斤。五斤早已憋得滿臉通紅，那捂嘴的手一鬆開，便「哇」地一聲大哭起來。他提上褲子從炕上跳起來，拿起笤帚一邊狠命抽打那幾個死睡過去的女戲子，一邊罵道：「日你媽了，不要臉的髒貨。」那些女戲子竟不覺疼痛，哼哼唧唧地睜不開眼睛。

「五斤，弄得恁美，你熊人倒哭上了。」彥生見他臉上帶著嚇人的凶相，連忙安慰道。

「就是嘛，這有個甚。」另一個男戲子附和道。

五斤抽打了幾下，卻一下子鬆開笤帚，不出聲地坐在那裡流起眼淚來。彥生幾個無論怎麼哄勸，他都毫不理睬。過了一陣，男戲子驚奇地看到，情緒稍微平靜的五斤從衣兜中掏出一團粘泥樣的東西，伸到褲襠裡一抹，那處高高支起的帳篷立即便塌陷下去。五斤撥開眾人，七手八腳地穿好衣服，跳下炕就往外跑。

「五斤，你拿的甚寶貝？給我們瞅瞅。」

「五斤，三更半夜的，你去哪裡？」

五斤卻一句話也不說，目光兇狠地打開幾隻試圖攔他的手，拉開屋門，一頭就栽進了外面漆黑的暗夜之中。

「咦，那碎熊拿的是甚？」幾個戲子眼巴巴地聽著他「吱扭」打開戲班大門跑出了院子，這才滿腹狐疑地在炕沿上坐下。他們回頭看看炕上死人一樣橫七豎八的女戲子，心中都泛起一股醋意。五斤那碩大驚人的物兒，他手中那塊效能神奇的黏泥，都讓他們陷入了百思不得其解的迷惑之中。

「那黏泥到底是甚？」

「聽說他哥保英臉上的燎泡，就是五斤用一塊黏泥治好的。」

「沒準那是個壯陽的寶物哩。你看看五斤那相況！」

「不像壯陽的，要不一抹咋就蔫了呢？」

「眞是怪事啊。」

「確實，日怪透頂了。」

幾個男戲子失落地議論了幾句，灰頭土臉地上了炕，胡亂躺在死睡的女戲子身邊，很快就發出了陣陣鼾聲。

41、

九月初的時候，七、八月分那場漫長的雨季所造成的泥濘方才慢慢乾燥起來。天高雲淡的秋季來臨了，卻沒有可以收穫的莊稼，樹木上也沒有一枚果實。一顆越來越黯淡無力的太陽孤懸在瓦藍寥廓的天空，像老人眼光一樣注視著這片劫後的土地。吊莊村人們已加固和修補好了他們的院牆和房屋。他們腳踏著越來越堅硬結實的土地，反倒有些陌生起來。這是一個本該繁忙的收穫季節，此刻到處卻一派閒散。不知誰百無聊賴，竟去田間把漸漸乾起來的漚麥稈放火點燃。那麥稈已經無法起焰，而是在田野中蔓延引燃，散發出一股股濃濃的黑煙，騰空而起，直衝雲霄。吊莊被這片黑煙籠罩著，到處朦朦朧朧，幾步之隔就看不清對面來人的臉面。「狗日的誰閑得磨牙，做下這等缺德事？」人們被嗆得一邊咳嗽，一邊惱怒地叫罵著。但當知道燃起如此黑煙的是五斤那個碎娃時，卻都又大吃了一驚：「老袁家一出怪事，村裡就有災禍哩。等著吧，不知又日神弄鬼地搞出個甚名堂來。」村人們漸漸地不再責怪叫罵，而是在嗆人的濃煙中依舊平靜下來，做著他們該做的一切。

這場持續多日都無法散去的濃煙，卻使郝家藥房陷入了無法解脫的困境。黑色的煙塵在空氣中隨意飄蕩，落在屋內的案板、藥捻、滾槽和各色各樣的藥麵中，到處像撒了一層火藥一般。郝家藥房一年四季瀰漫著的那股清香濃烈的藥味，和這嗆人的黑色細塵混雜在一起，發出一種類似腐屍般的奇怪味道，讓人噁心欲嘔。

慧超小師傅被這不絕如縷的黑煙弄得頓失平和。他再也無法成晌待在藥房，專心致志地研製靈丹妙藥，而是心緒煩亂地在院裡來回走動。「唉，這是天逐我哩。」慧超長歎一聲。他抬頭看看如陣陣惡雲一樣翻滾而下的黑煙，忽然想起了智遠老人一度曾鬱鬱不樂的神情。「師傅，天降邪惡，徒兒恐怕也是難圓師傅多年之夢啊。」說罷慧超禁不住淚流滿面。他起身喚來門下徒弟，在智遠老人的牌位前行過大禮，遂吩咐打點行李，準備遠遊他鄉。郝家藥房眾人也不多問，便立即行動起來，將各種藥草妙丹、神水鬼符皆裝入箱櫃。不料慧超從房中出來，見狀卻道：「你等只須打點各自衣物用具，我們只帶郝氏藥典，這裡所有的藥物皆已經沾了邪氣，都挖深坑埋了罷。」

九月六日，郝家藥房一行數人在小慧超的指撥下，從遠處雇請了一架馬車，草草帶著幾箱東西，就要離吊莊而去。此時吊莊仍籠罩在一片濃煙之中，除了幾個前來問病求藥的老漢外，根本沒有人知道這一消息。那幾個病老漢拉著慧超的手苦苦挽留。獨眼慧超說不出話，卻淌下了一臉淚水。

「這二年能看病的都走了。看來天絕人命的年頭要來了。」病老漢們望著消失在眼前煙霧中的那掛馬車，老淚縱橫，唏噓不已。

這場鋪天蓋地的煙霧，卻給楊家戲班帶來了意想不到的收穫。九月分大地漸漸恢復乾硬以來，村裡四處已經可以自如走動，加上人們對於那場晦雨所帶來的煩惱也慢慢忘卻，喜歡追蜂逐蝶的浪蕩男人們舊病復發，又開始在夜間光臨戲班這叫人銷魂的所在。生意雖有起色，但畢竟人數寥寥，並不紅火。這場大煙卻使振而不興的局面發生了根本的變化。濃煙遮擋了人們的視線，使得本來就少得可憐的農活和家務都停了下來。男人們在家裡無所事事，竟開始有人大白天在濃煙的遮掩下，到戲班大院裡去做銷魂蝕骨之事。整個戲班大院終於熱鬧了起來。不論白天黑夜，人們在如同夜幕般濃重厚實的煙幕中一面咳嗽，一面發出淫哼嬌喘。這種風氣瀰漫開來，以致吊莊的浪蕩男人們在濃煙中彼此辨出了對方的聲音，也不再遮遮掩掩，而是公然撕破過去的面罩，結爲嫖友，整日相邀了同出同進，聲大傲高，無所避諱。

在這片鋪天蓋地而來的大煙之中，住在戲班大院最裡面那間小屋中的小寧，徹底地病倒了。

小寧病起於五斤突然莫名其妙地離開了戲班大院後不久。那幾日她獨自到廚房裡做飯時，總是聽到幾個女戲子私下裡喋喋不休地提及五斤的名字。她側耳細聽後，終於知道了那天夜裡發生的事。小寧說不清楚自己當時的那種情緒，到底是失望、同情、憐憫還是噁心、憎惡或別的什麼，她只感到當初那模糊的預感終於變成了現實。小寧當時正坐在五斤過去常坐的那個樹墩上燒鍋，這個消息讓她恍恍惚惚，好幾次都引燃了身邊的柴堆。她又想起了淨花描述過的五斤逗蟲的情形：他將一隻白淨嬌小的柳葉蟲放在地上，再在其背上疊摞一隻憨頭憨腦的褐色土鱉，讓兩蟲尾部對接。不料土鱉不解風月，一口將柳葉蟲咬得綠汁四濺，然後吞入腹中……小寧不知道自己爲什麼總會想起這些古怪是事情，只覺得五斤像過去存放在自己內心的一個神祕的鋕子，此刻卻被打得粉碎。小寧渾身的血像被人抽光了一樣感到噁心和虛弱。她忘了鍋裡的攪團，結果一直燒得焦糊冒煙，在幾個戲子的驚叫聲中才猛然驚醒……

那天下午開始，小寧就病歪歪地倒在了土炕上。

九月初這場日久不散的濃煙，給戲班的皮肉生意帶來一派生機。無論白天黑夜，大院裡人來客走，熱鬧異常。小寧躺在自己的小屋中，緊關木門。她感到自己這間小屋如同漂浮在河水上的一葉孤舟，四周的水面上佈滿了骯髒腥臭的鳥獸或牲畜的腐屍。院子裡那肆意的淫聲浪笑，隨著濃濃的煙霧一同飄進屋內，像一簇簇射向自己胸膛的利箭。小寧渾身痠疼疲軟，腦袋裡一片恍惚。她依舊想著五斤這個碎娃，想像著他被那些肥臀聳胸的浪蕩女人騎在身上時可能做出的表情，是憤怒、痛苦、厭惡？還是喜悅、幸福、快慰？小寧想像不出來，就像她無法想像柳葉蟲被土鱉壓在身下一樣。小寧的腦子裡總是閃現著這樣一副畫面：受辱後逃脫出去的五斤，在袁家土院和戲班大院之間來回徘徊，目光迷離，心無所歸，最終低著頭走向了遠處荒涼的田野。他的身影在廣闊得無邊無垠的大地上越來越小，最後竟小得如同他經常逗弄的一隻蟲子。而土地卻無限地脹大起來，陰濕處昆蟲的洞穴變得大如地道，裡面閃爍著無數隻綠色的眼睛。它們正呼喚著五斤走進去，走進去，和他們歡樂地聚會……「啊！」每當這個時候，小寧總會驚恐地尖叫一聲從想像中擺脫出來，她發現自己渾身已經滿是虛汗。

「他還是個碎娃，他還是個碎娃呀。」小寧常常這樣若有所失地感歎著。

大霧般的濃煙一直持續了十多天，到九月中旬時才漸漸散盡。人們在濃煙瀰漫中不分白天黑夜地生活了多日，當一派晴明重新回到這片土地上空的時候，他們竟然被太陽那並不強烈的光線刺得直流眼淚。村人們到田野中去四處遊轉，見土地一片焦黑，厚厚的灰燼被微風吹揚起來，形成一股股貼地漂浮的塵帶。

在這個季節裡，老袁家那個寡婦銀珍又從娘家魯馬鎮回到了吊莊。令村人們驚詫不已的是，那個女人居然仍挺著那越來越隆起的大肚子！「老袁家這幾年眞是龜走鱉爬的，甚新鮮事都有哩。你看看，那寡婦不嫌搔臉，竟回婆家生她的野種來了。」村人們在背地裡紛紛唾罵不止。但這種對閒事的憤怒畢竟是蒼白的，很快人們的注意力卻轉向寡婦同時帶來的一個消息：今年方圓數百里都遭了多年不遇的澇災，有的地方不僅顆粒無收，而且發了洪水，人死房塌，到處都是沖得橫七豎八的屍體！這消息使村人們震驚不已。他們想像著外地那可怕的慘相，心裡漸漸倒僥倖起來：這麼說咱處遭的這點災就算不得什麼了。咱吊莊年年豐收，餘糧夠咱過個一、兩年的。可北面一帶就難了，不去逃荒怕只有等著餓死了。這想法使吊莊人甚至產生了一絲幸福的感覺。

銀珍走回袁家大院時，水娥和淨花正在後院用鐵篩子篩石灰。見銀珍回來，水娥忙起身接住。她不好說銀珍身子不便之類的問候話，尷尬地將她讓到堂屋中坐下，喊淨花沏了碗茶端過來。

「大嫂，媽歿了？」銀珍望著八仙桌上的牌位，驚詫地問。

「保英也死了。」水娥說。

「哦。」銀珍說。

「你哦甚？你都不問問咋回事，也不給媽跪下哭兩聲？」水娥見狀，有些生氣地說。

銀珍沒有說話，卻伸手從莽魁婆姨牌位前的供品中拿過一個拐頭饃吃起來。水娥一看她狼吞虎嚥的樣子，心裡難受起來，氣便也消了下去。她將那碗熱茶往銀珍跟前推了推，又有句沒一句地和她說話。

「銀珍，魯馬鎮的人真的逃荒了？」水娥問。

「逃哩，全逃哩。」銀珍仍大口地吃著拐頭饃。

「咱吊莊糧多，你咋不把你媽一道引來？」

「我媽不來，我媽說寧可餓死，也不想看著我這大肚子丟臉。」

水娥沒了話，但心中那股彆扭又泛了上來。「你倒不怕丟人！你沒聽吊莊人咋學舌咱老袁家哩。」水娥這麼想著，就沒了興趣再陪銀珍說話，而是又去後院中篩石灰了。

銀珍坐在莽魁婆姨的牌位前，一口氣將三個拐頭饃全部吃完，又喝了那碗熱茶，身子立即暖和了起來。她安靜地坐在堂屋的炕沿上，用雙手輕輕地撫摩著圓滾滾的肚皮，喃喃地說道：「娃啊，媽要是不爲你，早就死在魯馬了，還有甚臉到吊莊來？娃啊，你好好長，能把你生下來，就是讓人恨得剁成肉醬，媽都甘心了。」

這麼說著，銀珍不覺淌了一臉淚水。

天氣漸漸地涼了起來，人心也一天比一天變得沉靜。這時有關遠方饑荒的消息不斷傳來，今日說某某鎮餓死的人堆了整整一溝，明日又傳某某村發生了父親殺兒吃肉的事……流言蜚語到處瘋傳。但這些消息帶給吊莊人的，卻是安慰和踏實。他們望著土倉裡堆得滿滿的糧食，想著那些處在饑荒中的人們，心中立即湧上一絲說不出的幸福。

但踏實的感覺很快就被打得粉碎。十月份初，喬山深處那種身形巨大的怪鳥再一次飛臨吊莊。同時相伴而來的，則是外地大批大批衣衫襤褸、面黃肌瘦的叫化子。開始的時候，通往吊莊一帶的條條土路上總是像跟集趕會一樣，到處走著討飯的外鄉人。無論男人婆姨、老人小孩，皆瘦得皮包骨頭，眼睛裡流露著貪婪嚇人的目光。到後來，他們竟從四面八方的野地裡成群結夥地趕來，像鋪天蓋地的蝗蟲。這些叫化子拖著長長的哭腔，在吊莊和附近的一些村子裡挨家挨戶地乞討。起初吊莊人還能應付，到後來多得令人應接不暇。人們心裡開始慌失起來，乾脆日日緊閉大門，把乞討者統統拒之門外。有的村人甚至起了懼怕之心，竟將鐵斧鋼刀之類的東西整日帶在手邊，以防發生什麼意外的事。

成群結夥的叫化子們倒沒有做出什麼出格的舉動。他們往來穿梭於六甲鎮、老堡、天度、柳村、茶鎮一帶，漸漸地，竟有些叫化子們在這些鄉村或小鎮上找據點紮下根來。郝家藥房的青磚大院沒有上鎖，開始也有些叫化子在吊莊住了下來。沒有多長時間，就發展到藥房大院無論屋內院外，到處都被他們擠滿。就連吊莊村前那片空場上，竟也搭起了越來越多的窩棚，儼然像新起的一個村莊。

「唉，你看那些外鄉人！催命似地整天跟在屁股後面，怕會越來越成個事了。」

吊莊人偶然聚集在那座古塔下，望著像燎泡般蔓延開來的窩棚，心裡那份踏實感完全消失，一種恐怖和驚慌悄悄地爬上了心頭。

42、

天越變越冷的時候，楊家戲班的皮肉生意又一次冷清了下來。那場濃霧般的大煙散去以後，雖然晚上的紅火景象曾延續了一段，但很快還是復歸冷清。此時外界饑荒的消息不斷傳來，逃荒的外鄉叫化子在吊莊村子四周安營紮寨的越來越多。整個吊莊陷入了空前的驚恐和憂慮，尋歡作樂的人自然也寡了心思。

戲班大院陷入了同外界沒有什麼兩樣的饑荒之中。囤裡的餘糧已經少得無法維持正常的一日三餐，而六甲鎮、茶鎮由於饑荒而糧價飛漲，使得戲班前段時間所賺的髒錢很快告急。到九月底的時候，已經到了只能靠野菜稀湯和從吊莊人手裡接受的施捨度日了。男女戲子皆慌了手腳。他們知道無須去找楊戲頭討主意。那個過去曾熱情剛毅、精力無窮的男人，正像一粒豆子般在那間昏暗潮濕的偏廈屋中變黃發芽，不知道會開出什麼奇異的花朵。戲子們經常聚在一起商議。他們也曾想乾脆散夥回家，可這種想法剛一冒出來，就被自己否定了：那些逃荒的叫化子們有不少是來自他們老家那片土地的，甚至有關大饑荒的殘酷故事中，不時竟能聽到他們熟人的名字。戲子們徹底絕望起來。他們沒有別的辦法，唯一能用來苟延殘喘的手段，除了皮肉生意別無他法了。於是他們對交易的標價越定越低，男女戲子成天神色慌張地出入吊莊許多人家，相約晚上的生意或乾脆上門服務。一時間，吊莊那些還沒有娶到婆姨的懶漢或半大後生，也都享受了風月之趣。他們僅用一碗陳舊的麥子或兩碗玉米，就可以肆意地將那些曾讓他們眼饞得在背地裡狂亂手淫的女戲子們剝光了按在炕上。這些年久未觸摸過女人身子的懶漢或初識風月的後生們，個個精力旺盛無比，一次又一次地光顧戲班，沒完沒夠地做著消魂蝕骨的事體。他們在大街上聚在一起高談闊論，逞強比能，赤裸裸地沒有絲毫羞愧或掩飾。老漢老婆們從他們身旁走過去，都難過得直搖頭歎氣。

這眞是一個令人惶惶不可終日的秋天。十月初就成群結夥湧向這片土地的叫化子們，如同螞蟻圍骨頭般越來越多地在吊莊四周安營紮寨的同時，吊莊裡發生了許多神祕古怪、令人心驚的事件：先是老袁家右鄰錄世家院後的那棵曾埋過死牛的柿子樹，好端端的卻忽然在十月初就完全落光葉子，成了枯枝枯杈的一棵死樹。不久就有越來越多的貓頭鷹和那種從深山中飛來的巨鳥棲在上面。剛開始人們並沒有在意，可貓頭鷹和巨鳥的數量越來越多，枯枝上從早到晚落得密密麻麻，上空仍有成千上萬隻在四周盤旋驚叫。錄世家用土槍打、彈弓轟，想盡了辦法卻無一奏效。有人出主意道：「乾脆往樹上淋上清油，一把火燒掉了事。」錄世一聽卻翻了臉：「鎮宅之樹，怎麼燒得，那不等於燒了祖墳？」於是乾脆聽之任之，不再勞神。不久，兩種鳥爲爭地盤在樹枝間、半空中忽然撕咬抓鬥起來，頓時吊莊上空到處都是鳥群那巨大而淒厲的叫聲。錄世家那株古怪的柿子樹周圍及上空，鋪天蓋地都是撲飛、撕咬的貓頭鷹和無名巨鳥。翅膀的扇動聲和兩種鳥的鳴叫聲混雜一起，震耳欲聾。兩派都死傷不斷，牠們的羽毛如同落葉一樣紛紛揚揚，從天而降。樹下的鳥屍已經鋪了厚厚一層，個個脖斷頭裂、眼睛死白、黑血如注，慘不忍睹。鳥糞和鳥屍的怪味在這秋天的朗晴之日裡，隨微風四處傳送，瀰漫到吊莊的每一戶人家。當鳥群剛剛開始飛臨時，吊莊的碎娃們還曾興奮地圍觀過一陣，但很快那種好奇心就被恐怖所代替。村人們待在家中，一邊聽著聒噪成一片的嘶鳴，一邊痛苦地捶打著自己的腦袋。

當村人們對這種可怕的情景慢慢習以爲常的時候，又一樁怪事開始騷擾吊莊人那已經草木皆兵的脆弱神經：從十月中旬開始，吊莊前面的澇池裡，忽然開始有許多褐黃色的癩蛤蟆爬出來。吊莊澇池裡每年都能見到這種拳頭大小、滿身疙瘩的癩蛤蟆，所以起初人們並沒有在意，但很快就發現了異常：這些癩蛤蟆源源不斷地爬出來，一天比一天數量龐大。牠們慢騰騰地在土路、田野、院落、牆頭、房頂、廚房、桌下椅後、甚至炕沿枕邊爬行或靜臥，像一堆堆讓人噁心的黃屎。癩蛤蟆越來越多，以至於後來村人們走路時，稍不小心就會踩上那黃屎一樣軟綿綿的東西。這個季節耗子也肆無忌憚地從洞穴中鑽了出來，發了瘋般滿院子追逐撕咬，而家養的老貓竟然個個嚇成了縮頭烏龜，一聽見耗子的尖叫就渾身哆嗦……吊莊人在這四處觸目驚心的場景中生活，整日惶惶不安，不知道還有什麼樣的災難，會降臨這片劫後餘生的土地。

但最令吊莊人感到恐怖的，倒不是那漫天盤飛追逐的鳥群和到處亂爬的癩蛤蟆，而是出現在十月中旬的另一件事。

這件事始起於楊家戲班。大約在九月底的時候，戲班裡的男女戲子都感到下身越來越癢無比。那時大家都忙於走家串戶地掙錢掙糧，誰也沒有太放在心上。到了十月初，他們都驚異地發現下身變得紅腫不堪，過了幾日竟生出一圈痱子。這痱子以不可抗拒的速度逐日變大，十月中旬時已長成十分嚇人的黃色燎泡。先是男女戲子得了這種怪病，後來光顧過戲班的那些追蜂逐蝶的浪蕩男人、懶漢和半大兒娃們均染疾在身。這種燎泡迅速地在他們身體上蔓延開來，從大腿根開始，上到腹臍、胸背、脖頸、頭臉，下到膝蓋、小腿和雙足。戲子和吊莊染病的人嚇得驚慌失措。他們發瘋一般到處尋疹問藥，想盡了一切可能的辦法，卻無一奏效，眼睜睜地看著身上的燎泡蔓延開來，沒有幾日就變成了一個全身密密麻麻地被黃色燎泡覆蓋著的怪物。這些病人們只露出兩隻驚恐或無神的眼睛，耳目醜陋得如同魔鬼。他們身體裡的燎泡被夾衣夾褲磨爛，膿水從衣服裡滲出來，如同出了一身大汗。膿水散發出一股令人欲嘔的腐臭，強烈地飄蕩在他們走過的每一處地方。

「唉，你看，讓狗日的做惡，都爛成一包膿水了。」剛開始時，村人們都又同情又鄙視地議論著不時在街上慌張而過的一個個病人，以爲這是老天爺對他們淫亂失節的報復。可是漸漸地，村裡竟有些碎娃、女子、婆姨和老漢們也染上了此病。他們痛苦萬狀又羞愧難當，有些看重臉面的老漢便上吊投井，走了絕路。吊莊這才眞正意識到了問題的嚴重性。他們知道這並非只是上蒼對無德惡行的懲罰，而是六親不認、執意要毀滅這片土地上所有生靈的可怕災難。吊莊的許多人家擔心被傳染，乾脆徹底封死了大門，不出不進，吃喝拉灑睡全在院內，完全與外界隔絕了起來。

可怕的怪病仍在蔓延，吊莊已有三、四十個滿身黃膿、難辨模樣的患者。戲班裡的彥生和兩個女戲子已經死掉。他們到後來徹底化爲了一灘膿水，已經沒有了血肉，只剩下一具森然的白骨。

「咱得想辦法救吊莊啊。」村裡的執事老漢們見狀心急如焚、老淚縱橫。他們聚集在三省爺的家裡，通宵達旦地商議對策。鬍子花白的老漢們絞盡腦汁，雞一嘴、鴨一嘴地出著主意。他們甚至建議架起一堆大火，乾脆將所有患者燒死以保全他人。但主意一個個想出來，又一個個被推翻。他們坐臥不寧，熬得一個個眼眶深陷，像是從墓窟中爬出來的一夥骷髏。

「得找根尋源，找到禍起之因才行啊。」

「可是根在哪裡嗎？」

「你看那些燎泡，跟過去保英臉上的一模一樣，都閃著怕人的黃光，會不會病根出在袁家？」

「保英臉上的病是五斤傳下的。對，那碎熊一出世就怪事連連，天生是個禍害。」說到五斤，執事老漢們的眼睛一下子都亮了起來。他們聯想到了他出生時的諸多怪事，以及老袁家這幾年一樁接一樁的禍患，幾乎異口同聲地認同了這個說法。

「對，禍害都是那碎熊引起的。」

「斬草除根，要保全吊莊，就得除掉五斤。」

「對，把狗日的捉來放火燒死。」

「聽說那熊整天像頭狼一樣，在塄坎上胡轉悠哩。得趁他不注意，找幾個小夥把他抓住。」

「這事千萬甭說出去，省得他聞著風聲溜掉。」

幾個執事老漢又興奮又緊張地商議著如何下手的事，心裡頓時朗晴起來，就如同在那場遙遙無期的雨季裡終於盼出了太陽一樣。他們感到了從滅頂之災中拯救村莊的神聖使命，一個個神情肅穆、莊嚴異常。等諸事都商量定了，三省老漢剛欲架磚攏火，爲老漢們燒壺熱茶時，緊關的屋門卻被人急促地敲響。三省驚詫地打開門看時，卻是楊家戲班的小寧姑娘。

小寧在十月份病情變得更加嚴重。她神情恍惚，難分晝夜，甚至連夢境和現實都總是混淆不清。她腰疼背疼、渾身乏力，卻還得強撐著爲戲子們做飯，以換取一點有限的吃食，來維持自己和那個已經黃瘦蔫軟、癡癡魔魔的姨夫楊戲頭的生活。她的病已經到了不敢再延誤的程度，只好試著去找郝家大院的慧超小師傅，這才知道郝家藥房早已被外鄉的叫化子占得滿滿當當，而慧超和他的徒弟們早就雲遊他方去了。小寧四處打聽，聽說三省爺曾跟著六甲鎮的馮郎中學過一些醫術，便病急亂投醫地找上了門來。三省老漢先是推辭不接，後來見她年齡尚小，又從不和那幫爛戲子同流合污，心下憐惜，便不時弄些丸藥草湯之類的東西幫她治療。到十月中旬時，病狀竟漸漸有所緩和了。

「沒事沒事。」三省老漢開門後見是小寧，轉頭對一臉緊張的執事老漢們道，「女子是尋我來拿藥療病的，不礙不礙。」

「女子，你剛才聽見我們說甚了嗎？」一個執事老漢仍不放心地問。

「沒有，我剛來嘛。」小寧說。

「女子，你先坐著。我給老漢們把茶熬好，再給你尋些藥來。」三省說。

「爺你忙，爺你忙你的！」小寧趕緊說。她依言在老漢們傍邊一張小凳子上坐下，看著三省熬茶。眾執事老漢卻紛紛站了起來，道：「茶甭熬了，你給女子看病。我幾個先去尋人，把大事辦利索了心才踏實。」小寧一聽，卻還不等三省老漢開口，自己卻慌失地站起來說：「幾個爺，你們還是慢慢坐下喝茶。我不打攪了，等會兒再來。」說罷便低下眉眼趕緊出門去了。三省見狀也說：「你們先坐下喝口茶。那女子的病不甚緊要，由她去罷。」

「這女子在戲班大院裡，算得上是出淤泥而不染了。你看她有眼色的。」幾個執事老漢憐惜地感歎著，復又坐下來等著喝茶。

這天下午，吊莊幾個執事老漢還未來得及找人去抓五斤，卻又發生了另一樁亂子。在吊莊村前莊後塔棚建窩的那夥叫化子，在一戶人家討飯被拒絕後，竟然糾集眾人衝進那戶人家，不但搶走了所有口糧，還把一家四口打得遍體鱗傷。執事老漢們聞訊震驚萬分。他們挨家挨戶地將所有體格健壯的後生漢子召集起來，操起撅頭鐵鍬和刀斧利刃。他們並沒有膽量去叫化子們的大本營討還公道，而是把守好吊莊的四個入口，嚴防他們再次來犯。那些眼睛中流露著貪婪目光的外姓叫化子們，雖嗷叫著聚集在村口起哄喊鬧，最終卻畏懼了吊莊人手中那些寒光四射的利器，誰也不敢貿然進犯。

等這件事忙了個手腳朝天，三省等老漢才帶上一幫小夥，到村莊四周的廢瓦窯、油坊、黃狼溝等處尋找五斤。但那個過去經常在這些地方孤獨走動的碎娃，卻神祕地消失了。他們轉遍了所有的溝溝坎坎，也沒能找到五斤的影子。「把他能跑了？」三省嘴上這麼咕噥著，心裡卻產生了一絲失望的預感。他領著一夥人又去了莊西老袁家的院子，碰見大肚子的銀珍正坐在房沿臺上曬太陽。水娥和淨花正在後院中忙碌著。她們把落成一層的死鳥的屍體拾進籠中，準備抬出土倒掉。袁家大院由於緊挨著錄世家，天空中盤飛撕扯的貓頭鷹和巨型怪鳥多得遮天蔽日，淒厲的尖叫響成一片。

「你們家五斤呢？」三省扯著嗓子問。

「沒在家。」銀珍說。

「你知道去甚地方了？」

「大抵在戲班。上午小寧來家，慌慌張張地把他喚走了。」銀珍撫摩著滾圓的肚皮，漫不經心地說。

「日你媽看你張狂的！懷了野種的寡婦，倒像是給袁家傳宗接代的功臣了。」三省厭煩地低聲罵了一句，一溜小跑，又帶一夥人去了戲班大院。

戲班大院靜悄悄的，到處瀰漫著一股讓人作嘔的腐屍的臭味。彥生和兩個女戲子已經死掉，其餘所有戲子也都已染病多日。他們身上長滿了那種可怕的燎泡，奄奄一息地躺在土炕上呻吟著。膿水從炕沿上一股股地流下，讓人覺得他們像開春後的凍柹子一樣，正在化成稀爛的一灘。三省等人捂著鼻子又去戲頭的屋子看了看，見昔日那個精明強幹的絡腮鬍子瘦得失了人形。他抱著槍一動不動地坐在炕上，甚至分不清是死是活。三省帶人再去小寧住的那間小屋找時，一進門就長歎一聲，知道自己的預感終於變成現實了。

小寧的屋子空蕩蕩的。五斤和小寧平日所穿的兩套髒衣服凌亂地扔在地上，而屋裡所有稍微值錢點的東西，都已經被席捲一空了。

「唉，傻女子，咋會想起來救這個禍種！」

「怕是他命不當滅啊。要不咱們商量那事時，小寧咋會恁巧就來找三省看病？」

「別操心了，橫豎都是死，吊莊沒人救得了了。」

……

見此情形，執事老漢們在驚詫之餘，已經沒有了太多的失望感。他們感到了一種可怕的命數，一種靠他們力量根本不可改變的命數。

天漸漸黑了下來。暮色中群鳥那陣陣驚人的鳴叫仍在持續。老漢們從中似乎聽到了一個聲音，一個喃喃自語卻誰也不懂其意的聲音。

43、

在這個秋天裡，隨著天氣的一日日變涼，卻再也難以呈現出往年那種寂寥和高遠的景致了。禍事沒有任何要收斂的跡象，相反變得越來越猖獗肆虐。

到十月底，錄世家後院那棵柿子樹上群鳥的毆鬥嘶鳴，已經到了令人無法忍受的地步。錄世動員全家人沒黑沒明地用籠筐將死鳥往出抬，那紛紛落下的鳥屍卻仍然越積越厚。壓在底層的鳥屍已經在污血的浸泡下開始腐爛，散發出陣陣將人熏得幾乎窒息的惡臭。錄世家的房頂上也堆積了厚厚的死鳥，竟壓得幾處瓦碎椽斷、搖搖欲墜起來。錄世一家最終只能洗淨滿手的鳥血和滿頭的鳥糞，含淚告別自己的土院，又搬到廢瓦窯旁祖輩留下的那幾孔破窯中去安身了。

在吊莊安營紮寨的那群叫化子，剛開始還曾爲群鳥大戰而高興過一陣。他們將死鳥拾回窩棚，去毛淨膛一通收拾，然後烹來吃時，卻發現無論貓頭鷹還是那種叫不上名的巨鳥，不僅肉皆粗糙難嚼，而且還帶著一股熏人的騷臭，根本難以入口。叫化子們的希望成了泡影，只能再去琢磨別的糊口之道。此時吊莊周邊的六甲鎮、茶鎮、老堡、天度等地，情形基本上都變得相同：當地村人們都組織起來，由青壯男人手執利器把守著村口，叫化子們寸步難入，再也討不到一口剩飯冷饃。被饑餓折磨著的叫化子們竟開始鋌而走險。他們糾集起來，殺人放火，劫財搶糧，屢次洗劫附近村鎮。吊莊村大人眾，四周的叫化子們一時倒還不敢太放肆，但從後院翻牆入戶、偷糧傷人的事也時有發生。

最可怕的是那燎泡膿腫也越來越劇烈地蔓延開來，到處都行走著身染此疾的患者。令人不解的是，即使吊莊村人們緊緊地封死了大門，與外界截然隔絕起來，仍無法阻止怪病的流傳。村裡每天都有新的人被傳染，到後來竟連牲口家禽、豬羊貓狗都開始被傳染，膿水的腥臭濃烈得讓人早忘記了別的味道。有一天武賢正懷孕的妻子也染上了此疾，沒幾天胎兒就小月，生下了一灘血肉模糊的膿水。吊莊無論街頭還是村尾，每天都能看到一個個病人在慢騰騰地挪動。他們一律被燎泡徹底覆蓋了臉面，只剩下一對惶恐不安的眼睛。這些病人已無法辨認，村人們只能從他們那被膿水淌滿的衣服上，隱約地猜測這個是誰誰的男人，那個是某某的婆姨，這個是誰誰的爹，那個是某某的兒。滿街都是這種異常醒目、醜陋恐怖的景象，令人感到不寒而慄。

「狗日的天爺啊，你要殺就殺，要剮就剮，來點痛快的，何必把人這樣往死裡糟蹋呀！」

「甭罵咧，該是甚命就是甚命，還不如把心放寬展。」

「咱吊莊怕眞要絕種了呢。」

……

執事老漢們已經不再徒勞地尋找拯救吊莊的辦法。他們平靜地聚在三省的屋裡喝茶，思緒迷惘地回想著吊莊過去的日子，想著那滿目金浪翻湧的麥田，還有那熱鬧非凡、令人神往的六甲鎮，忽然覺得一切竟那麼遙遠，恍惚得像上輩子經歷的事情一樣。

各種令人絕望和瘋狂的消息，在袁家大院中卻沒有引發絲毫的惶恐。袁家大院上空終日被滿天撲飛、撕扯追逐的鳥群籠罩著，鳥屍和羽毛不時紛紛揚揚地跌落下來，厚厚地鋪了一院。開始時水娥和淨花還天天堅持用籠筐裝了，抬出門倒進野地，慢慢地見根本無法理清，索性不再管了。倒是大肚子銀珍偶然將堵了臺階和通道的鳥屍或趴臥著的癩蛤蟆揀起來，扔得稍微遠一點。

「銀珍，你甭揀了。人都說那些鳥吃得了膿泡病的死人哩，提防傳染了你。」水娥見了就大聲地說。

「不怕，不怕的。」銀珍說。

「你沒聽說武賢的婆姨染了病，生下一灘膿水嗎？」水娥說。

「不怕，不礙事的。」銀珍仍笑眯眯地說。

銀珍總是坐在房沿臺上曬太陽。太陽在秋天裡一天比一天變得溫呑，可銀珍卻感到自己肚子裡一日日地暖和了起來。她心中充滿一種讓自己踏實平和的情緒，在這災禍橫生的歲月裡不會感到一絲驚懼。銀珍坐在房沿臺上，太陽光從盤飛的鳥群的縫隙中透射下來，在滿院形成一個個飛速變幻的光斑，在她的臉上也形成了不斷流動的陰影。銀珍輕撫著自己越來越滾圓的肚子，默默地說：「我娃不會染病的，多大的難腸都經過了，這算得了個甚。」

老袁家土院上空一派聒噪和撲飛之聲，而籠罩其下的這座院子卻顯得異常清靜。囚禁著老莽魁的那間屋子裡聽不到任何聲音。不知是他那奇怪的放屁病忽然好了，還是上空那尖利震耳的鳥鳴暫時掩蓋了那令人尷尬的動靜。水娥不知何時又將棗胡老漢送來的那串鈴鐺掛在了後院用來晾衣服的鐵絲上，估摸她是想用來嚇走那聲勢浩大的鳥群。但此刻那串鈴鐺的聲音也完全被遮蔽，再也難以發出夏日裡那片整日搖曳不止的脆響。

十一月姍姍來遲。當葉子開始從樹枝上雪片一般紛紛落下，寒冷的冬天開始在吊莊這片土地上肆虐的時候，一場也許是人們等了很久很久的災難終於降臨。這場災難對有些人而言，也許並不是災難，而是一種永遠的解脫。

十一月初七是個與平日無甚異常的日子。那些撲飛的鳥群，那爬滿地面幾乎每一寸地方的癩蛤蟆，那越來越多瀕臨死亡的染病之人，一切的一切，都已經讓人麻木，讓人習以爲常。吊莊人在緊張地與那夥住在窩棚中的叫化子們對峙了一天後，回家封死院門，吃罷晚飯後疲憊不堪地進入了夢鄉。「這麼活著，還不如一下子痛快地死去。」許多人在臨睡前都這樣厭倦地嘟囔了一句。但當時他們誰也沒有料到會一語成讖，就在這天夜晚，他們並不真實的願望在一瞬間變成了現實。

就在這個貌似平靜的夜晚，在沒有風、沒有月光的漆黑的夜晚，大約三更時分，吊莊這塊沉睡了不知幾千年的土地，忽然像一隻睡醒的野獸般蠕動起來。頓時，立在吊莊村前的那座古塔及牌坊轟然倒下，接著梁裂椽斷、房倒牆塌，巨大的轟鳴聲立即響徹夜空。吊莊這些正在土炕上雲遊夢鄉的人們，幾乎沒有來得及吭上一聲，就被坍塌下來的土樓、房梁、磚塊和胡基砸成了肉醬。他們有的被夾在斷屋的裂縫處，斷胳膊折腿，血肉模糊，慘不忍睹。各種各樣驚恐的哭喊、尖叫、呻吟和哀嚎，在仍顫抖不止的這片土地上彙集起來，像炸雷一樣劃過夜空……

住在窩棚中的那些外鄉叫化子們，被這恐怖的聲音驚醒。他們先是不安地在吊莊村前聚成一團，鬼頭鬼腦地相互探聽。等弄清所發生的一切後，他們那一雙雙被饑餓折磨得黯淡無光的眼睛頓時亮了起來，紛紛興奮地尖叫著跑回窩棚，拿起裝糧食的土布口袋，待大地的震動稍微輕緩後，蜂擁般朝吊莊這片廢墟上衝去……

44、

十一月初七夜三更時分，就在人們被一場突如其來的地震完全擊倒之前，他們在香甜的夢中清晰無比地聽見，從莊西老袁家傳來一陣無比洪亮的嬰兒的啼哭……

初草於一九九四、二、二十一—三、十三
北京、惠新東街

國家圖書館出版品預行編目資料

媾疫 / 亦夫著. -- 初版. -- 新北市：華夏出版有限公司, 2023.04

面；　　公分. - -（Sunny文庫；298）

ISBN 978-626-7134-98-6（平裝）

857.7　　　　112001073

Sunny 文庫　298

媾疫

著　　作　亦夫
印　　刷　百通科技股份有限公司
　　　　　電話：02-86926066　傳真：02-86926016
出　　版　華夏出版有限公司
　　　　　220 新北市板橋區縣民大道 3 段 93 巷 30 弄 25 號 1 樓
　　　　　電話：02-32343788　傳真：02-22234544
E-mail　pftwsdom@ms7.hinet.net
總 經 銷　貿騰發賣股份有限公司
　　　　　新北市 235 中和區立德街 136 號 6 樓
　　　　　電話：02-82275988　傳真：02-82275989
　　　　　網址：www.namode.com
版　　次　2023 年 4 月初版一刷
特　　價　新臺幣 640 元　（缺頁或破損的書，請寄回更換）

ISBN-13：978-626-7134-98-6
《媾疫》由亦夫授權華夏出版有限公司出版繁體字版